FANTASY

Die Welt der DRACHENLANZE
im Goldmann Verlag:

Die Chronik der DRACHENLANZE
1. Drachenzwielicht (24855) • 2. Drachenjäger (24856) • 3. Drachenwinter (24857) • 4. Drachenzauber (24858) • 5. Drachenkrieg (24859) • 6. Drachendämmerung (24860)

Die Legenden der DRACHENLANZE
1. Die Brüder (24861) • 2. Die Stadt der Göttin (24862) • 3. Der Krieg der Brüder (24863) • 4. Die Königin der Finsternis (24864) • 5. Der Hammer der Götter (24865) • 6. Caramons Rückkehr (24866)

Das Heldenlied der DRACHENLANZE
1. Das Ehrenwort (24587) • 2. Verrat unter Rittern (24589) • 3. Das Schwert des Königs (24591) • 4. Heldenblut (24593) • 5. Unter dunklen Sternen (24594) • 6. Die Stunde des Skorpions (24595)

Die Geschichte der DRACHENLANZE
1. Die Zitadelle des Magus (24538) • 2. Der Magische Turm (24539) • 3. Die Jagd des Todes (24540) • 4. Der Zauber des Palin (24541) • 5. Der edle Ritter (24542) • 6. Raistlins Tochter (24543)

Der Bund der DRACHENLANZE
1. Ungleiche Freunde (24867) • 2. Die Erben der Stimme (24868) • 3. Die Stunde der Diebe (24869) • 4. Finstere Pläne (24870) • 5. Das Mädchen mit dem Schwert (24871) • 6. Verspätete Rache (24872)
7. Schattenreiter (24673) • 8. Das Siegel des Verräters (24674) • 9. Stahl und Stein (24675) • 10. Das Schloß im Eis (24676) • 11. Der Zauber des Dunkels (24677) • 12. Die Jäger der Wüste (24678)

Die Krieger der DRACHENLANZE
1. Der Dieb der Zauberkraft (24816) •
2. Die Ritter der Krone (24817)

DRACHENLANZE – Die Neue Generation (24621)

Die Erben der DRACHENLANZE
1. Drachensommer (24708) • 2. Drachenfeuer (24718) • 3. Drachennest (24782) • 4. Die Grube der Feuerdrachen (24783)

Weitere Bände in Vorbereitung.

MARGARET WEIS & TRACY HICKMAN

DIE CHRONIK DER DRACHENLANZE 1

Drachen zwielicht

Aus dem Amerikanischen
von Marita Böhm

GOLDMANN

Die amerikanische Originalausgabe erschien
unter dem Titel »DRAGONLANCE® Saga, Chronicles 1:
Dragons of Autumn Twilight« (Book 1)
bei TSR, Inc., 1801 Lind Ave SW, Renton, WA 98055, USA

Umwelthinweis:
Alle bedruckten Materialien dieses Taschenbuches
sind chlorfrei und umweltschonend.
Das Papier enthält Recycling-Anteile.

Der Goldmann Verlag
ist ein Unternehmen der Verlagsgruppe Bertelsmann

Genehmigte Taschenbuchausgabe

U. S., CANADA,
ASIA, PACIFIC &
LATIN AMERICA
Wizards of the Coast, Inc.
P.O. Box 707
Renton, WA 98057-0707
+ 1-206-624-0933

EUROPEAN HEADQUARTERS
Wizards of the Coast,
Belgium
P.B. 34
2300 Turnhout
Belgium
+32-14-44-30-44

Visit our website at http://www.tsr.com

Published in the Federal Republic of Germany by
Wilhelm Goldmann Verlag, München
Deutschsprachige Rechte beim
Wilhelm Goldmann Verlag, München
Umschlaggestaltung: Design Team München
Umschlagillustration: TSR/Larry Elmore
Innenillustrationen: Jeffrey Butler
Satz: IBV Satz- und Datentechnik GmbH, Berlin
Druck: Elsnerdruck, Berlin
Verlagsnummer: 24855
V. B. · Herstellung: SC
Printed in Germany
ISBN 3-442-24855-8

1 3 5 7 9 10 8 6 4 2

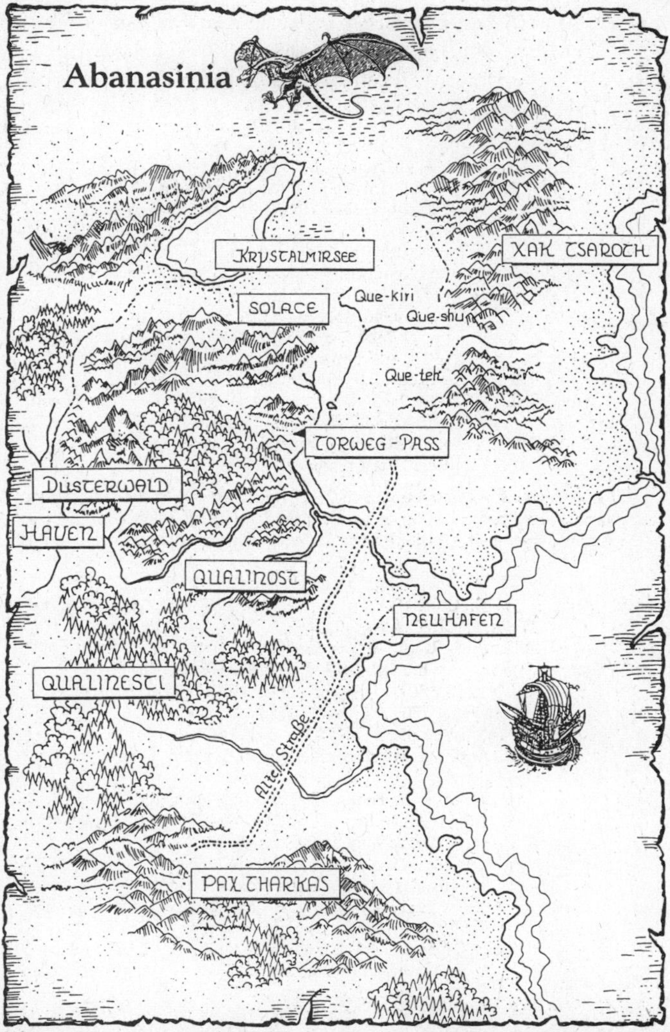
Abanasinia
KRYSTALMIRSEE
XAK TSAROTH
SOLACE
Que-kiri
Que-shu
Que-teh
TORWEG-PASS
DÜSTERWALD
HAVEN
QUALINOST
NEUHAFEN
QUALINESTI
Alte Straße
PAX THARKAS

Der alte Mann

Tika Waylan richtete seufzend ihren Rücken auf und bewegte ihre Schultern, um die verkrampften Muskeln zu lockern. Sie warf den seifigen Putzlappen in den Wasserkübel und sah sich im leeren Raum um.

Es wurde immer schwieriger, dieses alte Wirtshaus zu halten. Zwar war das Holz liebevoll poliert, aber Liebe und Wachs konnten die Sprünge und Risse in den abgenutzten Tischen nicht verbergen. Das Wirtshaus Zur letzten Bleibe war alles andere als geschmackvoll eingerichtet, im Unterschied zu jenen Wirtshäusern in Haven, von denen sie gehört hatte. Aber es war gemütlich. Der Baum, in dem die Gaststube gebaut war, umfing sie zärtlich mit seinen uralten Ästen, während die Wände und Möbelstücke um die Zweige des Baumes mit einer solchen Sorgfalt verarbeitet worden waren, daß unmöglich zu erkennen war, wo das Werk der Natur aufhörte und die Geschicklichkeit des Menschen begann. Die Theke schien wie eine glänzende Woge um das lebende Holz zu steigen und zu fallen. Das Buntglas in den Fensterscheiben warf ein angenehmes Licht in den Raum.

Die Schatten schrumpften zusammen, als es Mittag wurde. Das Wirtshaus Zur letzten Bleibe würde bald öffnen. Tika sah sich um und lächelte zufrieden. Die Tische waren sauber poliert. Sie mußte nur noch den Boden fegen. Sie begann gerade, die schweren Holzbänke zur Seite zu schieben, als Otik aus der Küche trat.

»Könnte wieder ein herrlicher Tag werden – sowohl was das Wetter als auch das Geschäft angeht«, sagte er und quetschte seinen stämmigen Körper hinter die Theke. Während er die Krüge aufstellte, pfiff er fröhlich ein Lied.

»Mir wären ein ruhigeres Geschäft und wärmeres Wetter lieber«, antwortete Tika und zerrte an einer Bank. »Gestern habe ich mir die Füße wundgelaufen und wenig Dank erhalten und noch weniger Trinkgeld! So ein finsteres Publikum! Alle nervös; bei jedem Geräusch springen sie hoch. Gestern abend habe ich einen Krug fallen gelassen, und – ich schwöre dir – Retark hat sofort sein Schwert gezogen!«

»Pah!« erwiderte Otik. »Retark gehört zur Wache der Sucher von Solace. Die sind immer nervös. Das wärst du auch, wenn du für Hederick arbeiten müßtest, diesen fanat...«

»Vorsicht!« warnte Tika.

Otik zuckte mit den Schultern. »Solange der Oberste Theokrat nicht fliegen kann, wird er uns nicht belauschen. Ich würde seine Stiefel auf den Stufen hören, bevor er mich hören könnte.« Aber Tika bemerkte, daß seine Stimme leiser wurde, als er fortfuhr. »Die Bewohner von Solace werden sich das alles nicht mehr lange gefallen lassen, denke an meine Worte! Leute verschwinden, werden wer weiß wohin verschleppt. Es ist eine traurige Zeit.« Er schüttelte den Kopf. Dann strahlte er. »Aber gut fürs Geschäft.«

»Bis auch wir dicht machen«, sagte Tika düster. Sie griff nach dem Besen und fing energisch zu fegen an.

»Selbst Theokraten müssen ihre Bäuche stopfen und das Feuer und den Schwefel aus ihren Kehlen spülen.« Otik gluckste. »Es muß schon eine durstmachende Arbeit sein, den Leuten tagein, tagaus flammende Ansprachen über die Neuen Götter zu halten – er ist jeden Abend hier.«

Tika hörte mit dem Fegen auf und lehnte sich gegen die Theke.

»Otik«, sagte sie ernst, ihre Stimme war gedämpft. »Es gibt auch noch andere Gerüchte – Gerüchte über Krieg. Im Norden sammeln sich Soldaten. Und diese seltsamen Kapuzenmänner in der Stadt, die sich mit dem Obersten Theokraten herumtreiben und Fragen stellen.«

Otik betrachtete zärtlich das neunzehnjährige Mädchen und streichelte ihre Wange. Er war zu ihr wie ein Vater, seitdem ihr leiblicher Vater auf mysteriöse Weise verschwunden war. Er zupfte an ihren roten Locken.

»Krieg. Pah.« Er rümpfte die Nase. »Seit der Umwälzung wird über Krieg geredet. Es ist nur Gerede, Mädchen. Vielleicht verbreitet der Theokrat solche Gerüchte, um die Leute bei der Stange zu halten.«

»Ich weiß nicht.« Tika runzelte die Stirn. »Ich...«

Die Tür öffnete sich.

Tika und Otik schraken beunruhigt auf und wandten sich zur Tür. Sie hatten keine Schritte auf den Stufen gehört, und das war unheimlich! Das Wirtshaus Zur letzten Bleibe war hoch in die Zweige eines mächtigen Vallenholzbaumes gebaut worden, so wie jedes Gebäude in Solace, außer der Schmiede. Während des Terrors und des Chaos, die der Umwälzung folgten, hatten die Städter beschlossen, sich in den Bäumen niederzulassen. Und so war aus Solace eine Baumstadt geworden, eines der wenigen wahrhaft schönen Wunder auf Krynn. Stabile hölzerne Brückenwege verbanden die hoch über den Boden thronenden Häuser und Geschäfte, in denen nun die fünfhundert Menschen ihren täglichen Beschäftigungen nachgingen. Das Wirtshaus Zur letzten Bleibe war das größte Gebäude in Solace und lag zwölf Meter über dem Boden. Treppen führten um einen uralten knorrigen Stamm. Wie Otik gesagt hatte, würde man jeden Gast, der zum Wirtshaus wollte, lange hören, bevor man ihn sehen konnte.

Aber weder Tika noch Otik hatten den alten Mann gehört.

Er stand, auf einen abgenutzten Eichenstock gestützt, in der Tür und sah sich prüfend in der Gaststube um. Die zerfetzte Kapuze seines einfachen grauen Gewandes war übers Gesicht gezogen und verhüllte seine Züge, nur seine scharfen, glänzenden Augen waren sichtbar.

»Kann ich Euch helfen, Alter?« fragte Tika den Fremden, während sie beunruhigte Blicke mit Otik tauschte. War dieser alte Mann ein Spion der Sucher?

»Äh?« blinzelte der alte Mann. »Ist hier geöffnet?«

»Nun...« Tika zögerte.

»Gewiß«, sagte Otik mit einem breiten Lächeln. »Kommt herein, Graubart. Tika, bring unserem Gast einen Stuhl. Er muß nach dieser langen Kletterei müde sein.«

»Kletterei?« Der alte Mann kratzte sich am Gesicht und sah sich weiter um. »O ja. Kletterei. Es sind sehr viele Stufen ...« Er humpelte herein und schlug mit dem Stock spielerisch in Tikas Richtung. »Mach mit deiner Arbeit weiter, Mädchen. Ich kann mir selber einen Stuhl suchen.«

Tika zuckte die Achseln, nahm sich den Besen und fegte weiter, während ihre Augen an dem alten Mann haften blieben.

Er stand mitten im Raum und sah sich forschend um, als ob er sich den Standort jedes Tisches und jedes Stuhles einprägen wollte. Die Gaststube war groß und verlief bohnenförmig um den Baumstamm. Boden und Decke wurden von den dünneren Ästen getragen. Der alte Mann sah mit besonderem Interesse zum Kamin, der seinen Platz im dritten Viertel des Raumes einnahm. Der Kamin war die einzige Steinmetzarbeit in der Gaststube, offensichtlich von Zwergenhand geschaffen, und wirkte wie ein Teil des Baumes, wie er sich selbtverständlich durch die oberen Zweige schlängelte. Neben dem Kamin stand ein Behälter, der mit Klafterholz und Kiefernscheiten aus den hohen Bergen gefüllt war. Kein Bewohner von Solace würde daran denken, das Holz der eigenen Bäume zu verbrennen. Es gab noch einen Hinterausgang von der Küche: eine zwölf Meter tiefe Fallvorrichtung, die einige von Otiks Gästen praktisch fanden. Auch der alte Mann.

Er murmelte zufriedene Kommentare, während seine Augen umherstreiften. Dann ließ er zu Tikas Erstaunen plötzlich seinen Stock fallen, krempelte die Ärmel seines Gewandes hoch und begann die Möbel umzustellen!

Tika hörte auf zu fegen und lehnte sich auf den Besen. »Was macht Ihr da? Dieser Tisch steht immer hier!«

Mitten im Gemeinschaftsraum stand ein großer niedriger Tisch. Der alte Mann zerrte ihn durch den Raum, bis er gegenüber dem Baumstamm stand, quer zum Kamin hin, dann trat er zurück und begutachtete sein Werk.

»Dort«, brummte er, »ist er näher am Kamin. Nun bring mir noch zwei Stühle. Ich brauche hier sechs.«

Tika schaute zu Otik. Er schien gerade Einspruch erheben zu wollen, als aus der Küche ein loderndes Licht flackerte. Ein Aufschrei des Koches gab zu verstehen, daß das Fett wieder Feuer gefangen hatte. Otik eilte auf die Pendeltür zur Küche zu.

»Er ist harmlos«, keuchte er Tika im Vorbeigehen zu. »Laß ihn machen, was er möchte – solange es vernünftig ist. Vielleicht gibt er eine Gesellschaft.«

Tika seufzte und brachte dem alten Mann zwei Stühle, wie er es verlangt hatte. Sie stellte sie dort ab, wo er hinzeigte.

»Jetzt«, sagte der alte Mann und sah sich schnell um, »bring noch zwei Stühle, aber bequeme. Stell sie neben den Kamin, in die finstere Ecke.«

»Es ist nicht finster«, protestierte Tika. »Man sitzt dort im vollen Sonnenlicht!«

»Ah«, die Augen des alten Mannes verengten sich, »aber heute abend wird es finster sein, nicht wahr? Wenn das Feuer angezündet ist...«

»Ich, ich glaube, ja...«, stotterte Tika.

»Bring die Stühle her. Gutes Mädchen. Und *ich* will diesen genau hier stehen haben.« Der alte Mann deutete auf eine Stelle vor dem Kamin. »Für mich.«

»Gebt Ihr eine Gesellschaft, Alter?« fragte Tika, als sie den bequemsten, jedoch sehr abgenutzten Stuhl hinübertrug.

»Eine Gesellschaft?« Der alte Mann schien diesen Gedanken lustig zu finden. Er kicherte. »Ja, Mädchen. Es wird eine Gesellschaft sein, die Krynn seit der Umwälzung nicht mehr erlebt hat! Sei bereit, Tika Waylan. Sei bereit!«

Er tätschelte ihre Schulter, zauste ihr Haar, dann wandte er sich um und ließ sich in dem Stuhl nieder.

»Einen Krug Bier«, bestellte er.

Tika ging zur Theke, um das Bier einzuschenken. Nachdem sie dem alten Mann sein Getränk gebracht hatte und wieder mit dem Fegen beschäftigt war, hielt sie plötzlich inne und fragte sich, woher er ihren Namen kannte.

Das Treffen der alten Freunde. Eine unsanfte Unterbrechung

Flint Feuerschmied brach auf einem moosbedeckten Findling zusammen. Seine alten Zwergenknochen hatten ihn lang genug getragen und waren nicht mehr gewillt weiterzumachen.

»Ich hätte niemals fortgehen sollen«, murrte Flint, als er auf das Tal hinabschaute. Er sprach laut, obwohl er allein zu sein schien. Lange Jahre des einsamen Wanderns hatten den Zwerg dazu gebracht, Selbstgespräche zu führen. Er schlug beide Hände auf die Knie. »Und ich will verdammt sein, wenn ich jemals wieder auf Wanderschaft gehen sollte!«

Der durch die Nachmittagssonne gewärmte Findling tat dem uralten Zwerg wohl, denn er war den ganzen Tag in der kühlen Herbstluft gewandert. Flint ruhte sich aus und ließ die Wärme in seine Knochen eindringen – die Wärme der Sonne und die Wärme seiner Gedanken. Er war zu Hause.

Er sah sich um, seine Augen verweilten liebevoll auf der vertrauten Landschaft. Die unter ihm liegenden Gebirgshänge bildeten einen Teil eines hohen Gebirgsbeckens, das in herbstliche Farbenpracht getaucht war. Die Vallenholzbäume im Tal funkelten in den Farben der Jahreszeit, die strahlenden Rot- und Goldtöne verblaßten im Purpur der weiter entfernt liegenden Kharolisgipfel. Der makellos azurblaue Himmel über den Bäumen spiegelte sich im Krystalmir-See wider. Dünne Rauchwolken kräuselten sich zwischen den Baumwipfeln – der einzige Hinweis auf die Stadt Solace. Ein sanfter Dunst hüllte das Tal in den süßen Duft verbrannten Holzes.

Während sich Flint ausruhte, zog er einen Holzklotz und einen glänzenden Dolch aus seinem Tornister hervor. Seine Hände bewegten sich automatisch. Seit Ewigkeiten verspürte sein Volk das Bedürfnis, dem Formlosen nach seinem Geschmack Gestalt zu geben. Er selbst war ein recht bekannter Metallschmied gewesen, bis er sich vor einigen Jahren zur Ruhe gesetzt hatte. Er setzte den Dolch an, dann wurde seine Aufmerksamkeit abgelenkt, und mit untätigen Händen beobachtete er den Rauch, der aus den verborgenen Kaminen aufstieg.

»Das Feuer in meinem Haus ist ausgegangen«, klagte Flint leise. Er schüttelte sich, wütend über diese sentimentalen Empfindungen, und begann, das Holz wie besessen zu bearbeiten. Dann murrte er lauter werdend: »Mein Haus ist nicht bewohnt. Wahrscheinlich ist das Dach undicht, die Möbel ruiniert. Blödsinnige Suche. Das Dümmste, worauf ich mich je eingelassen habe. Mit hundertachtundvierzig Jahren sollte ich es eigentlich gelernt haben!«

»Du wirst es niemals lernen, Zwerg«, antwortete eine ferne Stimme. »Auch nicht, wenn du zweihundertachtundvierzig Jahre alt werden solltest!«

Der Zwerg ließ das Holz fallen, seine Hand bewegte sich mit ruhiger Gewißheit vom Dolch zur Axt, während er den Pfad hinunterspähte. Die Stimme klang vertraut, die erste vertraute Stimme seit langer Zeit. Aber er konnte sie nicht einordnen.

Flint blinzelte in die untergehende Sonne. Er glaubte, die Gestalt eines Mannes den Pfad heraufschreiten zu sehen. Er erhob sich und zog sich in den Schatten einer hohen Kiefer zurück, um besser sehen zu können. Der Gang des Mannes war von einer schwerelosen Anmut gekennzeichnet – einer elfischen Anmut, hätte Flint gesagt; jedoch der Körper des Mannes hatte die Schwere und angespannten Muskeln eines Menschen, und das Barthaar war entschieden menschlich. Alles, was der Zwerg vom Gesicht des Mannes unter der grünen Kapuze erkennen konnte, waren gebräunte Haut und ein braunrötlicher Bart. Ein Langbogen baumelte über eine Schulter, und an seiner linken Hüfte hing ein Schwert. Er war in weiches Leder gekleidet, sorgfältig verziert mit den ausgeklügelten Mustern, die die Elfen so lieben. Jedoch konnte kein Elf auf Krynn einen Bart haben… kein Elf außer…

»Tanis?« fragte Flint zögernd, als der Mann näher kam.

»Richtig.« Im bärtigen Gesicht des Fremden zeigte sich ein breites Grinsen. Er öffnete seine Arme, und bevor der Zwerg ihn aufhalten konnte, umschlang er Flint in einer Umarmung, die ihn vom Boden hob. Der Zwerg drückte sich für einen kurzen Augenblick eng an seinen alten Freund, dann erinnerte er sich an seine Würde, krümmte und befreite sich aus der Umarmung des Halb-Elfs.

»Nun, in den fünf Jahren hast du keine Manieren gelernt«, murrte der Zwerg. »Immer noch keinen Respekt vor meinem Alter oder meiner Position. Hebt mich hoch wie einen Sack voller Kartoffeln.« Flint sah die Straße hinunter. »Hoffentlich hat uns kein Bekannter gesehen.«

»Ich bezweifle, daß es viele gibt, die sich an uns erinnern«, sagte Tanis. Seine Augen musterten liebevoll den untersetzten Freund. »Die Zeit verstreicht für uns nicht so, alter Zwerg, wie es bei den Menschen der Fall ist. Für sie sind fünf Jahre eine lange Zeit und für uns nur ein Augenblick.« Dann lächelte er. »Du hast dich nicht verändert.«

»Was man von anderen nicht behaupten kann.« Flint setzte sich wieder auf den Stein und fuhr mit der Schnitzerei fort. Finster blickte er zu Tanis hoch. »Warum der Bart? Du warst doch so schon häßlich genug.«

Tanis kratzte sich am Kinn. »Ich war in Ländern, in denen man Elfen nicht wohlgesinnt ist. Der Bart – ein Geschenk meines menschlichen Vaters«, sagte er mit bitterer Ironie, »hat geholfen, mein Elfentum zu verbergen.«

Flint ächzte. Er wußte, daß dies nicht die ganze Wahrheit war. Obwohl der Halb-Elf das Töten verabscheute, würde Tanis sich nicht hinter einem Bart verstecken, um einem Kampf aus dem Wege zu gehen. Holzspäne flogen.

»Ich habe mich in Ländern aufgehalten, in denen man niemandem wohlgesinnt ist, egal welcher Rasse er angehört.« Flint drehte das Holz prüfend in seiner Hand. »Aber jetzt sind wir zu Hause. All das liegt hinter uns.«

»Nicht nach dem, was ich gehört habe«, erwiderte Tanis und zog seine Kapuze wieder über das Gesicht, um nicht von der Sonne geblendet zu werden. »Die Sucherfürsten in Haven haben einen Mann namens Hederick zum Obersten Theokraten in Solace ernannt, und er ist dabei, die Stadt mit seiner neuen Religion in eine Brutstätte des Fanatismus zu verwandeln.«

Tanis und der Zwerg drehten sich um und sahen hinab in das friedliche Tal. Lichter begannen aufzuflimmern und ließen die Häuser in den Bäumen sichtbar werden. Die Nachtluft war still und ruhig und süß, mit dem Duft verbrannten Holzes aus den häuslichen Kaminen vermischt. Hin und wieder konnten sie von fern die Stimme einer Mutter vernehmen, die ihre Kinder zum Abendessen rief.

»Ich habe keine schlechten Nachrichten über Solace gehört«, sagte Flint ruhig.

»Glaubensverfolgung... Inquisition...« Tanis' Stimme klang aus der Tiefe seiner Kapuze unheilvoll. Sie war tiefer, trübsinniger, als Flint sie in Erinnerung hatte. Der Zwerg runzelte die

Stirn. Sein Freund hatte sich in den fünf Jahren verändert. Elfen verändern sich niemals. Aber Tanis war nur ein Halb-Elf – ein Kind der Gewalt, da seine Mutter von einem Menschen-Krieger vergewaltigt worden war, in einem der vielen Kriege, die die verschiedenen Rassen auf Krynn in den chaotischen Jahren nach der Umwälzung gespalten hatten.

»Inquisition! Das gilt nur für die, die sich dem neuen Theokraten widersetzen, den Gerüchten nach«, schnaubte Flint. »Ich glaube nicht an die Götter der Sucher – habe es niemals getan – aber ich stelle meinen Glauben nicht auf der Straße zur Schau. Bleib ruhig, und sie lassen dich in Ruhe – das ist mein Motto. Die Sucherfürsten in Haven sind immer noch weise und rechtschaffene Männer. Es ist nur dieser faulige Apfel in Solace, der den ganzen Korb verdirbt. Nebenbei, hast du gefunden, wonach du gesucht hast?«

»Zeichen der uralten wahren Götter?« fragte Tanis. »Oder inneren Frieden? Ich habe beides gesucht. Was meinst du?«

»Nun, ich nehme an, das eine hat etwas mit dem anderen zu tun«, knurrte Flint. Er drehte das Holzstück in seinen Händen, immer noch nicht zufrieden mit seiner Form. »Sollen wir hier die ganze Nacht herumstehen und die Kochdüfte riechen? Oder gehen wir in die Stadt und essen zu Abend?«

»Laß uns gehen«, winkte Tanis. Die zwei schritten gemeinsam den Pfad hinunter. Tanis' große Schritte zwangen den Zwerg zu einer schnelleren Gangart. Obwohl es viele Jahre her war, daß sie zusammen gewandert waren, verlangsamte Tanis unbewußt seinen Schritt, während Flint seinen unbewußt beschleunigte.

»Du hast also nichts gefunden?« nahm Flint wieder den Faden auf.

»Nichts«, erwiderte Tanis. »Wie wir vor langer Zeit herausgefunden haben, dienen die einzigen Kleriker und Priester in dieser Welt den falschen Göttern. Ich habe Geschichten von Heilungen gehört, aber es hat sich alles als Betrügerei und Magie herausgestellt. Glücklicherweise hat unser Freund Raistlin mich gelehrt, worauf ich achten muß...«

»Raistlin!« keuchte Flint. »Dieser käsige, dürre Magier. Er ist doch selber ein halber Scharlatan. Immer wehleidig tun und winseln und seine Nase in Dinge stecken, wo sie nichts zu suchen hat. Wenn sein Zwillingsbruder nicht da wäre, der sich um ihn kümmert, hätte schon vor langer Zeit jemand seiner Zauberei ein Ende bereitet.«

Tanis war froh, daß der Bart sein Lächeln verbarg. »Ich glaube, der junge Mann ist ein besserer Magier, als du denkst«, sagte er. »Außerdem mußt du zugeben, daß er lange und unermüdlich gearbeitet hat, um denen zu helfen, die von den falschen Klerikern reingelegt worden sind – so wie ich.« Er seufzte.

»Wofür du wenig Dank erhalten hast, zweifellos«, brummte der Zwerg.

»Sehr wenig«, sagte Tanis. »Die Leute wollen an irgend etwas glauben – selbst dann, wenn sie tief im Innern wissen, daß es falsch ist. Aber was ist mit dir? Wie war die Reise in dein Heimatland?«

Flint stapfte mit grimmigem Gesicht und ohne zu antworten weiter. Schließlich murmelte er: »Ich hätte niemals gehen sollen.« Und sah zu Tanis auf, seine Augen – kaum sichtbar durch die dicken, überhängenden weißen Augenbrauen – sagten dem Halb-Elf, daß diese Wendung des Gespräches nicht willkommen war. Tanis verstand den Blick, fragte jedoch weiter.

»Was ist mit den Zwergenklerikern? Mit den Geschichten, die wir gehört haben?«

»Nicht wahr. Die Kleriker verschwanden vor dreihundert Jahren, während der Umwälzung. So sagen jedenfalls die Älteren.«

»Genauso wie die Elfen«, sagte Tanis nachdenklich.

»Ich sah...«

»Psst!« Tanis streckte warnend seine Hand aus.

Flint hielt inne. »Was ist?« flüsterte er.

Tanis gab ein Zeichen. »Dort drüben im Gehölz.«

Flint spähte durch die Bäume und griff dabei nach seiner Streitaxt, die an seinen Rücken geschnallt war.

Die roten Strahlen der untergehenden Sonne glitzerten kurz auf einem Stück Metall, das in den Bäumen aufblitzte. Tanis sah es einmal, verlor es und sah es dann wieder. In diesem Moment jedoch ging die Sonne unter, ließ den Himmel violett aufleuchten und die nächtlichen Schatten durch den Wald kriechen.

Flint blinzelte in die Düsterheit. »Ich sehe überhaupt nichts.«

»Aber ich«, sagte Tanis. Er starrte weiterhin auf die Stelle, wo er das Metall gesehen hatte, und allmählich machten seine Elfenaugen die warme rote Aura aus, die von allen Lebewesen ausgestrahlt wird, aber nur für Elfen sichtbar ist. »Wer ist dort?« rief Tanis.

Längere Zeit war die einzige Antwort ein schauriger Ton, der die Nackenhaare des Halb-Elfen zu Berge stehen ließen. Es war ein hohler, surrender Klang, zuerst leise, dann immer höher und schriller werdend und schließlich in ein hohes schreiendes Winseln übergehend. Zu diesem Geräusch ertönte eine Stimme.

»Elfenwanderer, schlag eine andere Richtung ein und laß den Zwerg zurück. Wir sind die Geister jener armen Seelen, die Flint Feuerschmied auf dem Boden der Schenke liegen ließ. Starben wir im Kampf?«

Die Geisterstimme schwang sich zu neuen Höhen empor, begleitet von den winselnden, surrenden Klängen.

»Nein! Wir starben vor Scham, verflucht vom Geist der Weintraube, weil wir nicht in der Lage waren, einen Zwerg aus den Bergen unter den Tisch zu trinken.«

Flints Bart zitterte vor Zorn, und Tanis, der in Gelächter ausbrach, mußte den wütenden Zwerg an der Schulter festhalten, damit dieser nicht Hals über Kopf in das Gebüsch stürmte.

»Verdammt seien die Augen der Elfen!« Die Geisterstimme klang auf einmal fröhlich. »Und verdammt seien die Bärte der Zwerge!«

»Wer hätte das gedacht?« stöhnte Flint auf. »Tolpan Barfuß!«

Im Untergebüsch raschelte es schwach, dann stand eine

kleine Gestalt auf dem Pfad. Es war ein Kender, jene Rasse, die von vielen Bewohnern auf Krynn als genauso lästig wie Fliegen empfunden wurde. Die Kender mit ihrem filigranen Knochenbau wurden selten größer als ein Meter zwanzig. Dieser Kender hier war ungefähr genauso groß wie Flint, aber seine schmächtige Gestalt und sein ewig kindliches Gesicht ließen ihn kleiner erscheinen. Er trug eine leuchtendblaue Hose, die im scharfen Kontrast zu der Fellweste und dem einfachen, selbstgewebten Überkleid standen. Seine braunen Augen funkelten vor Schalk und Vergnügen; sein Lächeln schien bis zu den Ohrläppchen seiner spitzen Ohren zu reichen. Er neigte seinen Kopf in einer scheinheiligen Verbeugung, so daß eine lange Mähne braunen Haares – sein ganzer Stolz – über seine Nase vorschnellte. Dann richtete er sich auf und lachte. Der metallische Strahl, den Tanis' flinke Augen erspäht hatten, war aus einer Schnalle gekommen, an der zahlreiche Bündel, die über Schultern und Hüften hingen, befestigt waren.

Tolpan grinste sie an, während er sich auf seinen Hupakstab stützte. Und genau dieser Stock hatte den unheimlichen Ton erzeugt. Tanis hätte diesen Klang sofort erkennen müssen, da er schon häufig den Kender erlebt hatte, der viele Möchtegernangreifer abgeschreckt hatte, indem er den Stab in die Luft wirbelte und so dieses schreiende Winseln erzeugte. Es war eine Erfindung der Kender: Der Boden des Hupaks war kupferplattiert und lief spitz zu; das obere Ende war gabelförmig gespalten und mit einer Lederschlinge versehen. Der Stab selber war aus einem einzigen Stück biegsamen Weidenholzes hergestellt. Obwohl von jeder anderen Rasse auf Krynn verspottet, war der Hupak für einen Kender mehr als nur ein nützliches Werkzeug oder eine Waffe – er war sein Symbol. »Neue Wege erfordern einen Hupak«, war ein bekanntes Sprichwort unter den Kendern. Und diesem schloß sich unverzüglich ein anderes Sprichwort an: »Kein Weg ist ständig alt.«

Tolpan rannte plötzlich mit ausgebreiteten Armen auf sie zu.

»Flint!« Der Kender warf seine Arme um den Zwerg und drückte ihn an sich. Flint erwiderte die Umarmung verlegen und widerstrebend und trat schnell zurück. Tolpan grinste und sah dann zum Halb-Elf hoch.

»Wer ist das?« Er ächzte. »Tanis! Ich hab' dich mit dem Bart gar nicht erkannt!« Er streckte seine kurzen Arme aus.

»Nein danke«, sagte Tanis lächelnd und winkte ab. »Ich will meinen Geldbeutel behalten.«

Mit einem plötzlich besorgten Gesichtsausdruck griff Flint unter seinen Waffenrock. »Du Schuft!« brüllte er und sprang dem Kender nach, der lachend einen Haken schlug. Die beiden fielen in den Staub.

Tanis begann lachend, Flint von dem Kender wegzuziehen. Dann hielt er inne und drehte sich beunruhigt um. Zu spät vernahm er das silberhelle Klimpern von Pferdegeschirr und Zaumzeug und das Wiehern eines Pferdes. Der Halb-Elf legte seine Hand an den Griff seines Schwertes, aber er hatte bereits jeden Vorteil verloren, den er durch Wachsamkeit gehabt hätte.

Fluchend konnte Tanis nur dastehen und auf die Gestalt starren, die aus dem Schatten hervorkam. Sie saß auf einem schmächtigen Pony, das mit gesenktem Kopf trabte, als schämte es sich seines Reiters. Graue, gefleckte Haut hing faltig im Gesicht des Reiters. Zwei rosarote Äuglein lugten aus dem Gesicht unter einem militärisch aussehenden Helm hervor. Sein fetter, schwammiger Körper quoll aus einer protzigen Rüstung.

Ein merkwürdiger Geruch traf Tanis, und er rümpfte angeekelt die Nase. »Hobgoblin!« registrierte sein Gehirn. Er lokkerte sein Schwert und trat mit dem Fuß nach Flint, aber in diesem Moment nieste der Zwerg heftig und setzte sich auf den Kender.

»Pferd«, sagte Flint und nieste wieder.

»Hinter dir«, erwiderte Tanis schnell.

Flint, dem der warnende Unterton in der Stimme seines Freundes nicht entgangen war, rappelte sich auf. Tolpan machte es ihm geschwind nach.

Der Hobgoblin saß mit gespreizten Beinen auf dem Pony und

beobachtete sie mit einem höhnischen und herablassenden Blick.

»Seht mal, Jungs«, bemerkte der Hobgoblin, »mit was für Dummköpfen wir hier in Solace zu tun haben.« Er gebrauchte die Umgangssprache, jedoch mit einem breiten Akzent.

Aus den Bäumen hinter dem Hobgoblin ertönte knirschendes Gelächter. Fünf Goblinwachen in einfachen Uniformen traten hervor und postierten sich zu beiden Seiten ihres berittenen Anführers.

»Nun...« Der Hobgoblin lehnte sich über seinen Sattel. Tanis beobachtete mit einer Art entsetzter Faszination, daß der Sattelknauf unter dem riesigen Bauch dieser Kreatur völlig verschwand. »Ich bin Truppführer Toede, Anführer der Streitkräfte, die Solace vor unerwünschten Elementen beschützen. Ihr habt kein Recht, nach Einbruch der Dunkelheit die Stadtgrenzen zu passieren. Ihr seid verhaftet.« Truppführer Toede beugte sich zu einem Goblin: »Bring mir den Stab mit dem blauen Kristall, wenn du ihn bei ihnen findest«, sagte er in der krächzenden Goblinsprache. Tanis, Flint und Tolpan sahen sich fragend an. Sie beherrschten alle ein wenig Goblin – Tolpan besser als die anderen. Hatten sie richtig gehört? Ein Stab mit einem blauen Kristall?

»Falls sie sich wehren«, fügte Truppführer Toede hinzu, wobei er sich wieder der Umgangssprache bediente, um eine größere Wirkung zu erzielen, »dann töte sie.«

Er zerrte heftig an den Zügeln, schlug mit einer Reitpeitsche auf das Tier ein und galoppierte den Pfad hinab auf die Stadt zu.

»Goblins! In Solace! Dieser neue Theokrat scheint allerhand auf dem Kerbholz zu haben!« fauchte Flint. Er langte nach hinten, zog seine Streitaxt aus der am Rücken befestigten Halterung und setzte seine Füße auf den Pfad, sich hin und her wiegend, bis er ein Gleichgewicht gefunden hatte. »Nun gut«, verkündete er. »Dann kommt schon.«

»Ich rate euch, das Feld zu räumen«, sagte Tanis. Er warf seinen Umhang über eine Schulter und zog sein Schwert. »Wir hatten eine lange Reise. Wir sind hungrig und müde und spät dran für ein Treffen mit Freunden, die wir schon sehr lange nicht mehr gesehen haben. Wir haben nicht die Absicht, uns verhaften zu lassen.«

»Oder getötet zu werden«, fügte Tolpan hinzu. Er hatte keine Waffe gezogen, sondern beobachtete die Goblins nur interessiert.

Die verblüfften Goblins sahen sich nervös an. Einer warf einen haßerfüllten Blick zum Pfad hin, auf dem ihr Anführer verschwunden war. Die Goblins waren daran gewöhnt, Hausierer und in die Stadt reisende Bauern einzuschüchtern – aber nicht herausfordernde, bewaffnete und offensichtlich geübte Kämpfer. Aber ihr Haß auf alle anderen Rassen auf Krynn war uralt, und sie zogen ihre langen gebogenen Klingen.

Flint schritt nach vorn, seine Hände hielten den Griff der Axt fest umschlossen. »Es gibt nur eine Kreatur, die ich mehr verachte als einen Gossenzwerg«, murmelte er, »und das ist ein Goblin!«

Der Goblin warf sich auf Flint in der Hoffnung, ihn niederzumachen. Flint schwang seine Axt mit tödlicher Genauigkeit. Der Goblinkopf rollte in den Staub, der Körper fiel zu Boden.

»Was habt ihr Schleim in Solace zu suchen?« fragte Tanis, während er den ungeschickten Dolchstoß eines anderen Goblins gewandt parierte. Ihre Schwerter kreuzten sich und verhielten einen Augenblick, dann stieß Tanis den Goblin nach hinten. »Arbeitet ihr für den Obersten Theokraten?«

»Theokrat?« Der Goblin gluckste vor Lachen. Er schwang wild seine Waffe und rannte auf Tanis zu. »Dieser Dummkopf? Unser Truppführer arbeitet für den… hu!« Er hatte sich selbst an Tanis' Schwert aufgespießt und rutschte stöhnend auf den Boden.

»Verdammt!« fluchte Tanis und starrte enttäuscht auf den toten Goblin. »Dieser ungeschickte Narr! Ich wollte ihn nicht töten – nur herausfinden, wer ihn angeheuert hat.«

»Du wirst noch herausfinden, wer uns angeheuert hat – eher

als dir lieb ist!« knurrte ein anderer Goblin und stürmte auf den abgelenkten Halb-Elf zu. Tanis drehte sich schnell um, entwaffnete die Kreatur, trat ihr in den Bauch, und der Goblin brach zusammen.

Ein anderer Goblin sprang Flint an, bevor der Zwerg Zeit hatte, sich von seinem tödlichen Schlag zu erholen. Er war zurückgestolpert und versuchte, wieder sein Gleichgewicht zu gewinnen.

Dann ertönte Tolpans schrille Stimme: »Dieser Abschaum kämpft für jeden, Tanis. Wirf ihnen ab und zu Hundefleisch zu, und sie gehören dir für imm...«

»Hundefleisch!« krächzte der Goblin und wandte sich zornig von Flint ab. »Wie steht es denn mit Kenderfleisch, du kleiner Quietscher!« Der Goblin bewegte sich auf den anscheinend unbewaffneten Kender zu, die purpurroten Hände griffen nach seinem Hals. Tolpan, ohne seinen unschuldigen kindlichen Gesichtsausdruck zu verlieren, griff in seine Fellweste, zückte plötzlich einen Dolch und warf ihn – mit einer einzigen Bewegung. Der Goblin griff krampfhaft nach seiner Brust und fiel stöhnend zu Boden. Hastige Schritte waren zu hören, als der übriggebliebene Goblin floh. Die Schlacht war vorüber.

Tanis steckte sein Schwert in die Scheide und zog angeekelt vor den stinkenden Körpern eine Grimasse; der Geruch erinnerte ihn an verwesenden Fisch. Flint wischte schwarzes Goblinblut von seiner Axtklinge. Tolpan starrte düster auf den Leichnam des Goblins, den er getötet hatte. Er war mit dem Gesicht nach unten gefallen und hatte den Dolch unter sich vergraben.

»Ich hol' ihn dir«, bot Tanis an und rollte den Körper auf die andere Seite.

»Nein.« Tolpan zog ein Gesicht. »Ich will ihn nicht zurück. Weißt du, man bekommt den Gestank niemals ganz weg.«

Tanis nickte. Flint befestigte seine Axt wieder in der Halterung, und die drei setzten ihren Weg fort.

Die Lichter von Solace wurden mit zunehmender Dunkelheit heller. Der Duft brennenden Holzes in der kühlen Nachtluft weckte Gedanken an Essen und Wärme – und Sicherheit. Die Gefährten beschleunigten ihren Schritt. Lange Zeit sprachen sie nicht, jeder hörte nur Flints Worte in seinen Gedanken widerhallen: Goblins. In Solace!

Schließlich jedoch kicherte der nicht kleinzukriegende Kender.

»Nebenbei bemerkt«, sagte er, »es war Flints Dolch!«

Rückkehr zum Wirtshaus
Ein Schock. Der Eid ist gebrochen

Fast alle Einwohner von Solace schafften es in diesen Tagen, während der Abendstunden in das Wirtshaus Zur letzten Bleibe einzukehren. Die Menschen fühlten sich in der Menge sicherer.

Solace war seit langer Zeit ein Treffpunkt für Reisende. Sie kamen aus Nordosten von Haven, der Hauptstadt der Sucher. Sie kamen aus dem im Süden gelegenen Königreich der Elfen, Qualinesti. Zuweilen kamen sie aus dem Osten über die unfruchtbaren Ebenen von Abanasinia. In der ganzen zivilisierten Welt war das Wirtshaus Zur letzten Bleibe als Zuflucht für Reisende und Umschlagplatz der Neuigkeiten bekannt. Und auf dieses Wirtshaus steuerten die drei Freunde zu.

Der riesige gewundene Stamm erhob sich zwischen den umgebenden Bäumen. Die farbigen Fensterscheiben des Wirtshauses leuchteten hell gegen die Schatten des Vallenholzbaums, und Stimmen waren durch die Fenster zu hören. In den Zweigen hängende Laternen beleuchteten die sich hochschlängelnden Treppenstufen. Obwohl sich die Herbstnacht kühl in den Bäumen von Solace niederließ, spürten die Reisenden die Gemeinschaft, und Erinnerungen wärmten ihre Seelen und wuschen die Schmerzen und Leiden der Straße fort.

Das Wirtshaus war an diesem Abend dermaßen überfüllt, daß die drei ständig gezwungen waren, auf den Stufen beiseite zu treten, um Männer, Frauen und Kinder vorbeizulassen. Tanis fiel auf, daß die Leute ihn und seine Begleiter mißtrauisch musterten – es waren keine willkommen heißenden Blicke, so wie es noch vor fünf Jahren der Fall gewesen war.

Tanis' Miene verdüsterte sich. Dies war nicht die Heimkehr, von der er geträumt hatte. Niemals hatte er in den fünfzig Jahren, die er in Solace verbracht hatte, eine derartige Spannung gespürt. Die Gerüchte, die er über die bösartigen Machenschaften der Sucher gehört hatte, mußten stimmen.

Fünf Jahre zuvor waren die Männer, die sich selbst »Sucher« nannten (»wir suchen die neuen Götter«), eine lose Organisation von Klerikern gewesen, die ihre neue Religion in den Städten Haven, Solace und Torweg praktizierten.

Diese Kleriker waren in die Irre geführt worden, so glaubte Tanis, aber zumindest waren sie ehrlich und aufrichtig. In den darauffolgenden Jahren hatten die Kleriker jedoch mit dem Aufblühen ihrer Religion immer mehr an Prestige gewonnen. Sehr bald kümmerten sie sich weniger um die Herrlichkeit des Lebens nach dem Tode und mehr um die Macht auf Krynn. Mit dem Segen der Bewohner übernahmen sie die Regierung der Städte.

Eine Berührung an Tanis' Arm unterbrach seine Gedanken. Flint zeigte schweigend nach unten. Als Tanis hinunterschaute, sah er Wachen vorbeiziehen, jeweils im Vierertrupp. Sie waren bis an die Zähne bewaffnet und stolzierten mit wichtigtuerischen Mienen.

»Zumindest sind es Menschen – und keine Goblins«, sagte Tolpan.

»Dieser eine Goblin hat höhnisch gegrinst, als ich den Obersten Theokraten erwähnte«, sinnierte Tanis. »Als ob sie für einen anderen arbeiten würden. Ich frage mich, was hier vor sich geht.«

»Vielleicht wissen es unsere Freunde«, sagte Flint.

»Falls sie hier sind«, fügte Tolpan hinzu. »In fünf Jahren kann eine Menge passieren.«

»Falls sie leben, werden sie da sein«, erwiderte Flint mit gedämpfter Stimme. »Wir haben einen heiligen Eid geschworen – uns nach fünf Jahren wiederzutreffen, um zu berichten, was wir über das Böse, das sich in der Welt verbreitet, herausgefunden haben. Kaum zu glauben, daß wir zurückkehren und das Böse an der eigenen Haustür finden!«

»Still! Pst!« Mehrere Vorübergehende sahen bei den Worten des Zwerges so beunruhigt aus, daß Tanis den Kopf schüttelte.

»Wir reden hier lieber nicht darüber«, riet der Halb-Elf.

Als sie die oberste Stufe erreicht hatten, riß Tolpan die Tür weit auf. Eine Woge von Licht, Geräuschen, Wärme und dem vertrauten Duft von Otiks Würzkartoffeln schlug ihnen entgegen und überschwemmte sie besänftigend. Otik stand hinter der Theke, so wie sie ihn in Erinnerung hatten. Er hatte sich nicht verändert, außer daß er vielleicht korpulenter geworden war. Auch das Wirtshaus schien sich nicht verändert zu haben, außer daß es noch gemütlicher wirkte.

Tolpan, dessen flinke Kenderaugen die Menschenmenge überflogen, schrie auf und zeigte quer durch den Raum. Etwas anderes hatte sich auch nicht verändert – der Schein des Feuers flackerte auf einem glänzenden geflügelten Drachenhelm.

»Wer ist da?« fragte Flint, der sich bemühte, etwas zu erkennen.

»Caramon«, antwortete Tanis.

»Dann wird Raistlin auch hier sein«, sagte Flint ohne jegliche Wärme in der Stimme.

Tolpan schlüpfte bereits durch die murmelnden Menschenknoten, sein kleiner, geschmeidiger Körper wurde kaum wahrgenommen. Tanis hoffte inbrünstig, daß der Kender keine Gegenstände von den Gästen »erwarb«. Es war nicht so, daß er stahl – Tolpan wäre tief verletzt gewesen, wenn man ihn des Diebstahls beschuldigt hätte. Aber der Kender war unersättlich neugierig, und verschiedene interessante Gegenstände, die anderen Leuten gehörten, fielen irgendwann in seinen Besitz. Das letzte, was Tanis heute abend wollte, war Ärger. Er nahm sich vor, mit dem Kender einmal unter vier Augen zu reden.

Der Halb-Elf und der Zwerg bahnten sich ihren Weg durch die Menschenmenge, nicht so mühelos wie ihr kleiner Freund. Fast jeder Stuhl, fast jeder Tisch war besetzt. Jene, die keinen Sitzplatz gefunden hatten, standen herum und unterhielten sich leise. Tanis und Flint wurden düster, mißtrauisch oder neugierig gemustert. Niemand grüßte Flint, obwohl viele der Gäste alte Kunden des Zwerges gewesen waren, als er noch als Metallschmied gearbeitet hatte. Die Menschen von Solace hatten ihre eigenen Probleme, und es war offensichtlich, daß Tanis und Flint als Fremde betrachtet wurden.

Ein Gebrüll drang durch den Raum von dem Tisch, auf dem der Drachenhelm lag und das Licht vom Feuer reflektierte. Tanis' düsteres Gesicht entspannte sich zu einem Lächeln, als er sah, wie der riesige Caramon den kleinen Tolpan vom Boden in einer Bärenumarmung hochhob.

Flint, der sich durch ein Meer von Gürtelschnallen kämpfte, konnte sich den Anblick nur vorstellen, als er Caramons dröhnende Stimme auf Tolpans piepsende Begrüßung antworten hörte. »Caramon sollte besser auf seine Geldbörse aufpassen«, brummte Flint, »oder seine Zähne zählen.«

Schließlich hatten der Zwerg und der Halb-Elf die Menschentraube an der langen Theke überwunden. Der Tisch, an dem Caramon saß, war gegen den Baumstamm geschoben worden, in eine in der Tat merkwürdige Position. Tanis fragte sich, warum Otik ihn so hingestellt hatte, da doch alles andere beim alten geblieben war. Aber der Gedanke wurde geradezu zerquetscht, denn nun war er an der Reihe, die herzliche Begrüßung des riesigen Kriegers entgegenzunehmen. Tanis hatte gerade noch hastig Langbogen und Köcher vom Rücken entfernt, damit sich Caramon bei der Umarmung nicht an den Giftpfeilen verletzte.

»Mein Freund!« Caramons Augen schimmerten feucht. Er wollte etwas sagen, wurde aber von seinen Gefühlen überwältigt. Auch Tanis war einen Moment lang nicht in der Lage zu sprechen, aber nur deswegen, weil Caramons muskulöse Arme ihn am Atmen hinderten.

»Wo ist Raistlin?« fragte er schließlich, als er wieder sprechen konnte. Die Zwillinge waren niemals weit voneinander entfernt.

»Dort.« Caramon nickte zum Ende des Tisches hin. Dann runzelte er die Stirn. »Er hat sich verändert«, warnte der Kämpfer Tanis.

Der Halb-Elf schaute in eine Ecke, die sich durch eine Unregelmäßigkeit des Vallenholzbaums gebildet hatte. Die Ecke war in Schatten eingetaucht, und einen Moment lang konnte er nach dem grellen Schein des Feuers überhaupt nichts erkennen. Dann erblickte er eine schmächtige Gestalt, die in roten Gewändern zusammengekauert dasaß, trotz der Wärme des nahen Feuers. Das Gesicht war von einer Kapuze verdeckt.

Tanis empfand plötzlich ein Unbehagen, allein mit dem jungen Magier zu sprechen, aber Tolpan hatte sich auf der Suche nach der Bedienung davongemacht, und Flint wurde nun von Caramon hochgehoben. Tanis bewegte sich auf das Ende des Tisches zu.

»Raistlin?« fragte er. Ihn überfiel ein seltsames Gefühl der Vorahnung.

Die vermummte Gestalt blickte auf. »Tanis?« flüsterte der Mann, als er langsam die Kapuze vom Kopf zog.

Der Halb-Elf holte tief Luft und wich einen Schritt zurück.Er erstarrte fast vor Angst.

Das Gesicht, das sich ihm aus den Schatten zugewendet hatte, war das Gesicht aus einem Alptraum. Verändert, hatte Caramon gesagt! Tanis schauderte. »Verändert« war nicht das richtige Wort! Die weiße Haut des Magiers hatte eine goldene Farbe angenommen. Sie glänzte im Schein des Feuers metallisch und sah aus wie eine grausige Maske. Das Fleisch war aus dem Gesicht geschmolzen und ließ die Wangenknochen in scheußlichen Schatten hervortreten. Die Lippen waren zu einer dunklen, geraden Linie festgezogen. Aber es waren die Augen des Mannes, die Tanis' Aufmerksamkeit fesselten und ihn in ihrem schrecklichen Blick festhielten. Denn die Augen waren nicht mehr die Augen eines Lebewesens. Die schwarzen Pupillen hatten jetzt die Form von Stundengläsern. Die einstmals blaßblaue Iris erinnerte Tanis jetzt an funkelndes Gold!

»Ich sehe, mein Aussehen erschreckt dich«, flüsterte Raistlin. Auf seinen dünnen Lippen lag die schwache Andeutung eines Lächelns.

Tanis setzte sich dem jungen Mann gegenüber und schluckte. »Im Namen der wahren Götter, Raistlin…«

Flint ließ sich auf einen Stuhl neben Tanis plumpsen. »Heute wurde ich so viele Male in die Luft gehievt, wie… *Reorx!*« Flints Augen weiteten sich. »Welches Unheil ist hier am Werke? Bist du verflucht?« Der Zwerg keuchte, während er Raistlin anstarrte.

Caramon setzte sich neben seinen Bruder. Er hob seinen Krug Ale und blickte kurz zu Raistlin. »Willst du es ihnen erzählen, Raist?« fragte er leise.

»Ja.« Raistlin dehnte das Wort zu einem Zischen, das Tanis erzittern ließ. Der junge Mann sprach mit sanfter, pfeifender Stimme, es war kaum mehr als ein Flüstern, als wäre er nur noch so in der Lage, die Worte aus seinem Körper zu pressen. Seine langen, nervösen Hände, die die gleiche goldene Färbung wie sein Gesicht hatten, spielten geistesabwesend mit dem nichtangerührten Essen auf einem Teller vor ihm.

»Erinnert ihr euch, als wir uns vor fünf Jahren trennten?« begann Raistlin. »Mein Bruder und ich planten eine Reise, die so geheim war, daß ich nicht einmal euch, meine teuren Freunde, erzählen konnte, wohin wir gehen wollten.«

In der sanften Stimme lag ein sarkastischer Unterton. Tanis biß sich auf die Lippe. Raistlin hatte niemals – in seinem ganzen Leben – »teure Freunde« gehabt.

»Ich wurde von Par-Salian, dem Oberhaupt meines Ordens, auserwählt, mich den Prüfungen zu unterziehen«, fuhr Raistlin fort.

»Die Prüfungen!« wiederholte Tanis wie betäubt. »Aber du warst noch zu jung. Wie – zwanzig? Die Prüfungen dürfen doch nur Magier ablegen, die jahrelang studiert haben...«

»Dann kannst du dir also meinen Stolz vorstellen«, sagte Raistlin kalt, verärgert über die Unterbrechung. »Mein Bruder und ich reisten zu dem geheimen Ort – den sagenhaften Türmen der Erzmagier. Und dort bestand ich die Prüfungen.« Die Stimme des Magiers wurde schwach. »Und dort wäre ich beinahe gestorben!«

Caramon konnte, von Gefühlen übermannt, die Tränen kaum zurückhalten. »Es war schrecklich«, erzählte der große Mann mit bebender Stimme. »Ich fand ihn an diesem furchtbaren Ort, Blut floß aus seinem Mund, er lag im Sterben! Ich hob ihn auf und...«

»Genug, Bruder!« Raistlins sanfte Stimme schnalzte wie eine Peitsche. Caramon zuckte zusammen. Tanis sah, wie sich die goldenen Augen des jungen Magiers verengten und sich die schmalen Hände verkrampften. Caramon verfiel in Schweigen und stürzte sein Ale hinunter, während er nervös seinen Bruder anblickte. Zwischen den Zwillingen herrschte eindeutig ein neuer Druck, eine Spannung.

Raistlin holte tief Luft und fuhr mit seiner Geschichte fort. »Als ich erwachte«, erzählte der Magier, »hatte meine Haut diese Farbe angenommen – ein Merkmal meines Leidens. Mein

Körper und meine Gesundheit sind für immer zerstört. Und meine Augen! Ich sehe durch Stundenglaspupillen, und darum sehe ich die Zeit – so wie sie sich auf alle Dinge auswirkt. Selbst wenn ich dich jetzt ansehe, Tanis«, flüsterte der Zauberer, »sehe ich dich sterben, ganz langsam und allmählich. Und so sehe ich jedes Lebewesen.«

Raistlins dünne, klauenhafte Hand hielt Tanis' Arm fest umklammert. Der Halb-Elf schauerte unter der kalten Berührung und wollte seinen Arm wegziehen, aber die goldenen Augen und die kalte Hand waren stärker.

Der Magier lehnte sich nach vorn, seine Augen glühten fiebrig. »Aber ich verfüge jetzt über Macht!« wisperte er. »Par-Salian sagte mir, daß der Tag kommen wird, an dem meine Macht die Welt verändern wird! Ich habe Macht und« – und er gestikulierte – »den Stab des Magus.«

Tanis sah auf und erblickte einen Stab, der gegen den Vallenholzstamm lehnte, in Reichweite von Raistlins Hand. Ein einfacher Holzstab, an dessen Spitze eine helle Kristallkugel, von einer körperlosen goldenen Klaue umklammert, einer Drachenklaue ähnlich, funkelte.

»War es das wert?« fragte Tanis ruhig.

Raistlin starrte ihn an, dann teilten sich seine Lippen zu einem fratzenhaften Grinsen. Er zog seine Hand von Tanis' Arm fort und steckte seine Arme in die Ärmel seines Gewandes. »Natürlich!« zischte er. »Die Macht ist es, nach der ich so lange suchte – und weitersuchen werde.« Er lehnte sich zurück, und seine schmächtige Figur verschmolz mit den dunklen Schatten, bis Tanis nur noch die goldenen Augen sehen konnte, die im Schein des Feuers glänzten.

»Bier«, sagte Flint. Er räusperte sich und leckte über seine Lippen, als ob er einen schlechten Geschmack im Mund wegwischen wollte. »Wo ist der Kender? Vermutlich hat er die Magd bestohlen ...«

»Hier sind wir«, schrie Tolpan fröhlich. Ein hochgewachsenes, junges rothaariges Mädchen tauchte hinter ihm auf, in den Händen ein Tablett mit Krügen.

Caramon grinste. »Nun, Tanis«, dröhnte er, »rate mal, wer das ist. Du auch, Flint. Wenn du gewinnst, gebe ich eine Runde aus.«

Tanis, der erleichtert war, von Raistlins dunkler Geschichte abgelenkt zu werden, starrte auf das lachende Mädchen. Rotes Haar kräuselte sich um ihr Gesicht, ihre grünen Augen funkelten vor Vergnügen, Sommersprossen verstreuten sich leicht über Nase und Wangen. Tanis schien sich an die Augen zu erinnern, aber mehr fiel ihm nicht ein.

»Ich gebe auf«, sagte er. »Aber es ist auch so, daß sich die Menschen für Elfen so schnell verändern, daß wir sie oft nicht wiedererkennen. Ich bin hundertundzwei Jahre alt, jedoch sehe ich für euch nicht älter aus als dreißig. Und für mich sind diese hundert Jahre wie dreißig Jahre. Diese junge Frau muß ein Kind gewesen sein, als wir aufgebrochen sind.«

»Ich war vierzehn.« Das Mädchen lachte und stellte das Tablett auf den Tisch ab. »Und Caramon pflegte zu sagen, ich wäre so häßlich, daß mein Vater jemanden bezahlen müßte, damit er mich heiratete.«

»Tika!« Flint schlug mit der Faust auf den Tisch. »Du zahlst die Runde, du alter Hornochse!« Er zeigte auf Caramon.

»Das ist nicht fair!« Der Riese lachte. »Sie hat dir einen Tip gegeben.«

»Nun, er hat sich geirrt«, sagte Tanis lächelnd. »Ich bin auf vielen Straßen gewandert, und du bist eines der hübschesten Mädchen, die ich auf Krynn gesehen habe.«

Tika errötete vor Freude. Dann verdunkelte sich ihr Gesicht. »Übrigens, Tanis« – sie griff in ihre Tasche und holte einen zylinderförmigen Gegenstand hervor –, »dies ist heute für dich angekommen. Unter merkwürdigen Umständen.«

Tanis runzelte die Stirn und nahm den Gegenstand entgegen. Es war ein kleiner Schriftrollenbehälter aus schwarzem, hochpoliertem Holz. Langsam entnahm er ihm ein kleines Stück Pergament und entrollte es. Sein Herz schlug dumpf und schmerzhaft beim Anblick der ausgeprägten schwarzen Handschrift.

»Es ist von Kitiara«, sagte er schließlich. Ihm war bewußt, daß seine Stimme angespannt und unnatürlich klang. »Sie kommt nicht.«

Einen Moment lang herrschte Schweigen. »Das war's dann«, sagte Flint. »Der Kreis ist gebrochen, der Eid verworfen. Unglück.« Er schüttelte den Kopf. »Unglück.«

Ritter von Solamnia
Die Gesellschaft des alten Mannes

Raistlin beugte sich vor. Er und Caramon wechselten Blicke, als würden zwischen ihnen Gedanken wortlos ausgetauscht. Es war ein seltener Augenblick, denn nur große persönliche Schwierigkeiten oder Gefahren ließen die enge Blutsverwandtschaft der Zwillinge offensichtlich werden. Kitiara war ihre ältere Halbschwester.

»Kitiara würde ihren Eid nicht brechen, falls sie nicht an einen anderen, stärkeren Eid gebunden ist.« Raistlin sprach aller Gedanken laut aus.

»Was schreibt sie?« fragte Caramon.

Tanis zögerte, dann befeuchtete er seine trockenen Lippen. »Die Pflichten bei ihrem neuen Herrn halten sie fest. Sie bedauert es sehr und sendet uns allen die besten Wünsche und ihre Liebe…« Seine Kehle schnürte sich zusammen. Er hustete. »Ihre Liebe zu ihren Brüdern und zu…« Er machte eine Pause und rollte dann das Pergament zusammen. »Das ist alles.«

»Liebe zu wem?« fragte Tolpan lebhaft. »Autsch!« Wütend funkelte er Flint an, der ihm auf den Fuß getreten war. Der Kender sah Tanis erröten. »Oh«, machte er und kam sich ziemlich dumm vor.

»Wißt ihr, von wem sie spricht?« fragte Tanis die Brüder. »Was für einen neuen Herrn hat sie?«

»Wer weiß schon bei Kitiara Bescheid?« Raistlin zuckte mit seinen mageren Schultern. »Wir haben sie das letzte Mal hier in diesem Wirtshaus vor fünf Jahren gesehen. Sie ist mit Sturm gen Norden gewandert. Seitdem haben wir nichts mehr von ihr gehört. Was den neuen Herrn betrifft, würde ich sagen, wissen wir jetzt, warum sie unsern Eid gebrochen hat: sie hat einem anderen Treue geschworen. Trotz allem ist sie Söldnerin.«

»Ja«, stimmte Tanis zu. Er ließ die Rolle in ihren Behälter gleiten und sah zu Tika hinauf. »Du hast gesagt, diese Botschaft sei unter merkwürdigen Umständen angekommen. Erzähle es mir.«

»Ein Mann brachte sie heute am späten Morgen. Zumindest glaube ich, daß es ein Mensch war.« Tika schauderte. »Er war von Kopf bis Fuß in Kleider eingehüllt. Ich konnte nicht einmal sein Gesicht erkennen. Seine Stimme war zischend, und er sprach mit einem fremden Akzent. ›Überreiche dies Tanis, dem Halb-Elfen‹, sagte er. Ich antwortete ihm, daß du schon seit Jahren nicht mehr hiergewesen wärst. ›Er wird hiersein‹, sagte der Mann. Dann ging er.« Tika zuckte mit den Schultern. »Das ist alles, was ich dir sagen kann. Der alte Mann dort drüben hat ihn auch gesehen.« Sie zeigte auf einen alten Mann, der am Feuer auf einem Stuhl saß. »Du könntest ihn fragen, ob er noch etwas bemerkt hat.«

Tanis drehte sich um und erblickte den Alten, der einem

schläfrigen Kind Geschichten erzählte. Flint berührte seinen Arm.

»Da kommt jemand, der dir mehr erzählen kann«, sagte der Zwerg.

»Sturm!« sagte Tanis herzlich, als er zur Tür sah.

Alle außer Raistlin wandten sich um. Der Magier versank wieder in den Schatten.

In der Tür stand eine Gestalt in voller Rüstung – auf dem Brustschild das Wappen des Ordens der Rose. Die meisten Gäste im Wirtshaus funkelten ihn finster an. Der Mann war ein solamnischer Ritter, und die Ritter von Solamnia hatten im Norden einen schlechten Ruf. Die Gerüchte über ihre Korruptheit hatten sich bis in den Süden verbreitet. Die wenigen, die Sturm als einen langjährigen früheren Bewohner von Solace erkannten, zuckten nur die Achseln und wandten sich wieder ihren Getränken zu. Jene, die ihn nicht wiedererkannten, starrten ihn weiter an. In diesen Tagen des Friedens war es mehr als ungewöhnlich, einen Ritter in voller Rüstung das Wirtshaus betreten zu sehen. Und noch ungewöhnlicher war es, einen Ritter in einer Rüstung zu sehen, die noch aus der Zeit der Umwälzung herrührte!

Sturm nahm die Blicke als Respektsbezeugung für seinen Rang entgegen. Er glättete sorgfältig seinen dicken Schnurrbart, ein uraltes Symbol der Ritter, das genauso fossil war wie seine Rüstung. Er trug den Schmuck der solamnischen Ritter mit unerschütterlichem Stolz – und er hatte den Schwertarm und die Übung, um diesen Stolz zu verteidigen. Obwohl die Leute im Wirtshaus ihn anstarrten, wagte niemand – wenn er in die ruhigen kalten Augen des Ritters gesehen hatte – zu kichern oder eine abfällige Bemerkung zu machen.

Der Ritter hielt einem hochgewachsenen Mann und einer in Pelze gehüllten Frau die Tür auf. Die Frau mußte sich bei Sturm bedankt haben, denn er verbeugte sich vor ihr in einer höfischen, altmodischen Manier, die in der neuen Welt schon lange in Vergessenheit geraten war.

»Schaut euch das an.« Caramon schüttelte bewundernd den

Kopf. »Der tapfere Ritter hilft der schönen Dame. Ich frage mich, wo er die beiden aufgegabelt hat.«

»Das sind Barbaren aus den Ebenen«, erklärte Tolpan, der sich auf einen Stuhl gestellt hatte und seinem Freund zuwinkte. »Das ist die Kleidung des Que-Shu-Stammes.«

Augenscheinlich hatten die beiden Menschen der Ebenen irgendein Angebot Sturms abgelehnt, denn der Ritter verneigte sich wieder und schritt darauf durch die überfüllte Gaststube mit einer stolzen und edlen Miene, so wie er sie wohl getragen hatte, als er vom König zum Ritter geschlagen worden war.

Tanis erhob sich. Sturm ging erst zu ihm und warf seine Arme um den Freund. Tanis drückte ihn fest an sich und spürte die starken, sehnigen Arme des Ritters, die ihn herzlich umfaßten. Dann gingen beide einen Schritt zurück, um sich einen kurzen Augenblick zu mustern.

Sturm hat sich nicht verändert, dachte Tanis, nur um seine traurigen Augen sind mehr Linien, mehr Grau ist in seinem braunen Haar. Der Umhang ist ein bißchen abgetragener. Die uralte Rüstung hat ein paar Dellen mehr. Aber der wallende Schnurrbart des Ritters – sein ganzer Stolz – war lang und schwungvoll wie eh und je, sein Schild strahlend poliert, seine braunen Augen wie immer herzlich, wenn er seine Freunde traf.

»Und du hast einen Bart«, sagte Sturm belustigt.

Dann wandte sich der Ritter Caramon und Flint zu, um sie zu begrüßen. Tolpan flitzte wieder davon, um mehr Bier zu besorgen, denn Tika war zu anderen Gästen fortgerufen worden.

»Ich grüße dich, Ritter«, wisperte Raistlin aus seiner Ecke.

Sturms Gesicht wurde feierlich, als er den anderen Zwilling erblickte. »Raistlin«, sagte er.

Der Magier zog seine Kapuze weg, so daß das Licht auf sein Gesicht fiel. Sturm war zu gut erzogen, um sein Erstaunen zu zeigen. Aber seine Augen weiteten sich. Tanis stellte fest, daß der junge Magier ein zynisches Vergnügen an der Verlegenheit seiner Freunde entwickelte.

»Kann ich dir etwas bestellen, Raistlin?« fragte Tanis.

»Nein, danke«, antwortete der Magier und verschwand wieder im Schatten.

»Er ißt praktisch nichts«, sagte Caramon besorgt. »Ich glaube, er lebt von der Luft.«

»Einige Pflanzen leben von der Luft«, bemerkte Tolpan, der mit einem Krug Bier für Sturm wiedergekommen war. »Das hab' ich gesehen. Ihre Wurzeln saugen Nahrung und Wasser aus der Atmosphäre.«

»Wirklich?« Caramon bekam große Augen.

»Ich weiß nicht, wer der größere Idiot ist«, sagte Flint voller Abscheu. »Nun, wir sind alle da. Gibt es Neuigkeiten?«

»Alle?« Sturm sah Tanis fragend an. »Kitiara?«

»Kommt nicht«, erwiderte Tanis mit fester Stimme. »Wir haben gehofft, daß du uns etwas sagen könntest.«

»Nein.« Der Ritter runzelte die Stirn. »Wir reisten gemeinsam Richtung Norden und trennten uns, bald nachdem wir die Meerengen bei Alt-Solamnia überquert hatten. Sie wollte Verwandte ihres Vaters aufsuchen, sagte sie. Das war das letzte, was ich von ihr gesehen habe.«

»Nun, vermutlich war es das.« Tanis seufzte. »Was ist mit deinen Verwandten, Sturm? Hast du deinen Vater gefunden?«

Sturm hob an zu erzählen, aber Tanis hörte seinen Geschichten über seine Reise in das Land seiner Vorfahren nur halb zu. Seine Gedanken waren bei Kitiara. Von all seinen Freunden hatte er sich am meisten nach ihr gesehnt. Nachdem er fünf Jahre lang versucht hatte, ihre dunklen Augen und ihr verschmitztes Lächeln aus seinen Gedanken zu verbannen, mußte er entdecken, daß seine Sehnsucht nach ihr mit jedem Tag zunahm. Zügellos, impulsiv, leidenschaftlich – diese Kämpferin stellte all das dar, was Tanis nicht war. Sie war aber ein Mensch, und die Liebe zwischen Menschen und Elfen mußte in einer Tragödie enden. Trotzdem konnte Tanis sie nicht mehr aus seinem Herzen reißen, so wie er auch nicht seine menschliche Hälfte aus seinem Blut herausfiltern konnte. Er riß sich aus seinen Gedanken und fing an, Sturm zuzuhören.

»Ich habe Gerüchte gehört. Einige sagen, mein Vater ist tot.

Andere sagen, daß er lebt.« Sein Gesicht verdunkelte sich. »Aber niemand weiß, wo er sich aufhält.«

»Dein Erbe?« fragte Caramon.

Sturm lächelte ein melancholisches Lächeln, das die Kerben in seinem stolzen Gesicht glättete. »Das trage ich am Körper«, antwortete er schlicht. »Meine Rüstung und meine Waffe.«

Tanis beugte sich und sah, daß der Ritter ein zwar altmodisches, aber prächtiges zweihändiges Schwert trug.

Caramon stand auf und spähte über den Tisch. »Das ist ein wunderschönes Schwert«, sagte er. »Heutzutage wird so etwas nicht mehr angefertigt. Mein Schwert ist bei einem Kampf mit einem Oger zerbrochen. Theros Eisenfeld hat heute eine neue Klinge angepaßt, aber es hat mich sehr viel gekostet. So bist du jetzt also ein Ritter?«

Sturms Lächeln verschwand. Er ignorierte die Frage und fuhr liebevoll über den Schwertgriff. »Nach der Legende wird dieses Schwert nur durch mich zerbrechen«, sagte er. »Das ist alles, was übriggeblieben ist von meines Vaters...«

Plötzlich wurde er von Tolpan unterbrochen, der nicht zugehört hatte. »Wer sind diese Leute?« fragte der Kender im schrillen Flüsterton.

Tanis sah auf, als die zwei Barbaren an ihrem Tisch vorbeigingen und auf freie Stühle zusteuerten, die im Schatten eines Winkels neben der Feuerstelle standen. Solch einen riesigen Mann hatte Tanis noch nie zuvor gesehen. Caramon mit seinen zwei Metern würde ihm nur bis zu den Schultern reichen. Aber Caramons Brustkorb war wahrscheinlich doppelt so breit und seine Arme dreimal so dick. Obwohl der Mann in Felle gekleidet war, wie es bei barbarischen Stammesangehörigen üblich war, konnte man erkennen, daß er für seine Größe sehr mager war. Sein zwar dunkelhäutiges Gesicht hatte die Blässe eines Kranken.

Seine Begleiterin – die Frau, vor der sich Sturm verbeugt hatte – war in einen Fellumhang und eine Kapuze eingemummt, so daß es schwierig war, mehr über sie zu sagen. Weder sie noch ihr Gefährte schauten beim Vorbeigehen zu Sturm.

Die Frau hielt einen schlichten Stab in der Hand, der nach Barbarenart mit Federn geschmückt war. Der Mann trug einen abgetragenen Rucksack mit sich. Sie ließen sich in ihren Fellen auf den Stühlen nieder und unterhielten sich leise.

»Ich traf sie außerhalb der Stadt, auf der Straße herumirrend«, sagte Sturm. »Die Frau schien völlig erschöpft zu sein, dem Mann schien es nicht besserzugehen. Ich brachte sie hierher und sagte ihnen, daß sie etwas zu essen und Unterkunft für die Nacht bekommen könnten. Es sind stolze Leute, und sie hätten meine Hilfe abgelehnt, glaube ich, aber sie hatten sich verlaufen, waren müde und« – Sturm senkte seine Stimme – »in diesen Tagen trifft man auf Dinge in den Straßen, denen man besser nicht in der Dunkelheit begegnet.«

»Wir trafen heute einige, die nach einem Stab fragten«, erzählte Tanis grimmig. Er beschrieb ihre Begegnung mit Truppführer Toede.

Sturm schüttelte den Kopf, obgleich er bei der Schilderung des Kampfs lächeln mußte. »Eine Wache der Sucher befragte mich auch über einen Stab«, sagte er. »Blauer Kristall, nicht wahr?«

Caramon nickte und legte seine Hand auf den schmächtigen Arm seines Bruders. »Einer dieser schleimigen Wachleute hielt uns auf«, erzählte der Kämpfer. »Sie wollten Raistlins Stab enteignen, einfach so – ›für weitere Untersuchungen‹, sagten sie. Ich bin mit meinem Schwert auf sie losgegangen, und sie haben es sich dann anders überlegt.«

Raistlin löste seinen Arm aus der Berührung seines Bruders, ein spöttisches Lächeln auf seinen Lippen.

»Was wäre passiert, wenn sie deinen Stab genommen hätten?« fragte Tanis Raistlin.

Der Magier sah ihn aus den Schatten seiner Kapuze an, seine goldenen Augen glänzten. »Sie wären eines fürchterlichen Todes gestorben«, flüsterte der Magier, »und *nicht* durch meines Bruders Schwert!«

Den Halb-Elf fröstelte es. Die sanft gesprochenen Worte des Magiers waren erschreckender als das prahlerische Benehmen seines Bruders. »Ich frage mich, was so bedeutend ist an diesem blauen Kristallstab, daß Goblins töten würden, um ihn zu bekommen?« grübelte Tanis.

»Es gibt noch schlimmere Gerüchte«, sagte Sturm ruhig. »Im Norden sammeln sich Soldaten. Armeen aus fremdartigen Kreaturen – nicht menschlich. Man munkelt von Krieg.«

»Aber was? Wer?« fragte Tanis. »Ich habe das gleiche gehört.«

»Und ich auch«, fügte Caramon hinzu. »In der Tat habe ich gehört...«

Während die Unterhaltung weitergeführt wurde, gähnte Tolpan und wandte sich ab. Leicht gelangweilt blickte sich der Kender im Wirtshaus nach einem neuen Zeitvertreib um. Seine Augen gingen zu dem alten Mann, der dem Kind am Feuer immer noch Geschichten erzählte. Seine Zuhörerschaft hatte sich vergrößert – um die beiden Barbaren, stellte Tolpan fest. Dann sackte ihm der Kiefer runter.

Die Frau hatte ihre Kapuze zurückgeworfen, und der Schein des Feuers beleuchtete ihr Gesicht und ihre Haare. Der Kender sah sie bewundernd an. Das Gesicht der Frau war wie das einer Marmorstatue – klassisch, rein, kalt.

Aber es war ihr Haar, das die Aufmerksamkeit des Kenders fesselte. Tolpan hatte niemals zuvor solche Haare gesehen, erst recht nicht bei den Menschen der Ebenen, die normalerweise dunkelhaarig und dunkelhäutig waren. Kein Juwelier mit seinen Gold- und Silberarbeiten könnte solche Wirkung erzielen wie das silbriggoldene Haar dieser Frau, das im Feuerlicht glänzte.

Noch eine andere Person lauschte dem alten Mann. Es war ein in die kostbare braune und goldene Robe eines Suchers gekleideter Mann. Er saß an einem kleinen runden Tisch und trank Glühwein. Mehrere geleerte Krüge standen schon vor ihm, und während der Kender ihn beobachtete, bestellte er mürrisch einen weiteren Krug.

»Das ist Hederick«, flüsterte Tika, als sie am Tisch der Gefährten vorbeiging. »Der Oberste Theokrat.«

Der Mann rief wieder seine Bestellung aus und starrte Tika an. Sie eilte flink zu ihm. Er fauchte sie wütend an und beschwerte sich über die schlechte Bedienung. Sie schien ihm eine spitze Antwort geben zu wollen, biß sich aber auf die Lippe und blieb stumm.

Der alte Mann kam mit seiner Geschichte zum Ende. Der Junge seufzte. »Sind all deine Geschichten über die alten Götter wahr, Opa?« fragte er neugierig.

Tolpan sah Hederick die Stirn runzeln. Der Kender hoffte, daß er den alten Mann nicht belästigen würde. Tolpan berührte Tanis' Arm, um seine Aufmerksamkeit zu erregen, und nickte mit dem Kopf in der Richtung des Suchers mit einem Blick, der möglichen Ärger vermuten ließ.

Die Freunde wandten sich um. Alle waren sofort von der Schönheit der Frau überwältigt. Sie staunten sie schweigend an.

Die Stimme des alten Mannes übertönte die anderen Gespräche im Gemeinschaftsraum. »In der Tat sind meine Geschichten wahr, Kind.« Der alte Mann schaute die Frau und ihren Begleiter direkt an. »Frag diese beiden. Sie tragen solche Geschichten in ihren Herzen.«

»Stimmt das?« Der Junge wandte sich eifrig der Frau zu. »Kannst du mir eine Geschichte erzählen?«

Die Frau schreckte in den Schatten zurück, ihr Gesicht von Besorgnis erfüllt, als sie feststellte, daß Tanis und seine Freunde sie anstarrten. Der Mann rückte beschützend näher an sie heran, die Hand griff an seine Waffe. Er blickte die Gruppe finster an, besonders den schwerbewaffneten Caramon.

»Unruhiger Bastard«, bemerkte Caramon, während auch seine Hand zum Schwert zuckte.

»Ich verstehe nicht, warum«, sagte Sturm. »Solch einen Schatz zu bewachen… Er *ist* ihr Leibwächter, nebenbei bemerkt. Ich habe ihrer Unterhaltung entnommen, daß sie in ihrem Stamm so etwas wie einen fürstlichen Rang hat. Obgleich ich mir aufgrund ihrer Blicke vorstellen kann, daß die Beziehung der beiden ein bißchen tiefer geht.«

Die Frau erhob protestierend ihre Hand. »Es tut mir leid.«

Die Freunde mußten sich anstrengen, um ihre leise Stimme zu verstehen. »Ich bin keine Geschichtenerzählerin. Ich verstehe nichts von dieser Kunst.« Sie bediente sich der Umgangssprache, sprach aber mit starkem Akzent.

In das erwartungsvolle Gesicht des Kindes zog Enttäuschung. Der alte Mann streichelte ihm über den Rücken, dann sah er direkt in die Augen der Frau. »Du bist vielleicht keine Geschichtenerzählerin«, sagte er freundlich, »aber du bist eine Sängerin, nicht wahr, Tochter des Stammeshäuptlings. Sing dem Kind dein Lied vor, Goldmond. Du weißt, welches ich meine.«

Wie aus dem Nichts tauchte in den Händen des alten Mannes eine Laute auf. Er überreichte sie der Frau, die ihn voller Angst und Erstaunen anstarrte.

»Woher… kennt Ihr mich, mein Herr?« fragte sie.

»Das ist nicht wichtig.« Der alte Mann lächelte sanft. »Sing für uns, Tochter des Stammeshäuptlings.«

Die Frau nahm die Laute mit sichtbar zitternden Händen entgegen. Ihr Begleiter schien flüsternd zu protestieren, aber sie hörte nicht auf ihn. Ihre Augen waren fest auf die glänzenden schwarzen Augen des alten Mannes gerichtet. Langsam, wie in Trance, begann sie die Laute zu schlagen. Als die wehmütigen Saiten anklangen, verstummten alle Gespräche. Bald beobachtete sie jeder, aber sie merkte es nicht. Goldmond sang nur für den alten Mann.

Eine drückende Stille herrschte im Raum, als ihre Hand die letzte Saite anschlug. Sie holte tief Luft, gab dem alten Mann die Laute zurück und tauchte wieder in den Schatten.

»Vielen Dank, meine Liebe«, sagte der alte Mann lächelnd.

»Kann ich jetzt eine Geschichte hören?« fragte der kleine Junge sehnsüchtig.

»Natürlich«, antwortete der alte Mann und lehnte sich in seinem Stuhl zurück. »Vor langer, langer Zeit hörte der große Gott, Paladin…«

»Paladin?« unterbrach das Kind. »Ich habe noch nie von einem Gott Paladin gehört.«

Der Oberste Theokrat am Nachbartisch ließ ein verächtliches

Schnauben vernehmen. Tanis sah zu Hederick, der errötete und finster dreinblickte. Der alte Mann schien es nicht zu bemerken.

»Paladin ist einer der alten Götter, Kind. Seit langer Zeit wird er nicht mehr verehrt.«

»Warum ist er gegangen?« fragte der kleine Junge.

»Er ist nicht von uns gegangen«, entgegnete der alte Mann, und sein Lächeln wurde traurig. »Die Menschen verließen ihn nach den dunklen Tagen der Umwälzung. Sie gaben den Göttern die Schuld für die Zerstörung der Welt anstatt sich selbst, so wie sie es hätten tun sollen. Hast du jemals vom ›Hohelied der Drachen‹ gehört?«

»O ja«, sagte der Junge begierig. »Ich liebe Drachengeschichten, obwohl Papa immer sagt, Drachen hätten niemals existiert. Aber ich glaube an sie. Und ich hoffe, daß ich eines Tages einem begegnen werde!«

Das Gesicht des alten Mannes schien zu altern und wurde kummervoll. Er streichelte über das Haar des Jungen. »Sei vorsichtig mit dem, was du dir wünschst, mein Kind«, sagte er sanft. Dann verfiel er in Schweigen.

»Die Geschichte...«, drängte der Junge.

»O ja. Nun, vor langer, langer Zeit hörte Paladin das Gebet eines sehr großen Ritters, Huma...«

»Huma aus dem ›Hohelied‹?«

»Ja, genau der. Huma hatte sich im Wald verlaufen. Er wanderte und wanderte, bis er völlig verzweifelt war, denn er dachte, er würde seine Heimat niemals wiedersehen. Er betete zu Paladin um Hilfe, und plötzlich erschien vor ihm ein weißer Hirsch.«

»Hat Huma ihn getötet?« fragte der Junge.

»Er wollte es zuerst, aber sein Mut verließ ihn. Er konnte dieses wunderschöne Tier nicht töten. Der Hirsch sprang davon. Dann verhielt er und sah zu Huma zurück, als ob er warten würde. Huma folgte ihm. Tag und Nacht folgte er dem Hirsch, bis er ihn in seine Heimat geführt hatte. Er dankte dem Gott Paladin...«

»Blasphemie!« knurrte laut eine Stimme. Ein Stuhl wurde umgeworfen.

Tanis stellte seinen Krug Bier ab und sah auf. Alle am Tisch hörten auf zu trinken und beobachteten den betrunkenen Theokraten.

»Gotteslästerung!« Hederick, der unsicher auf den Füßen stand, zeigte auf den alten Mann. »Häretiker! Verdirbt unsere Jugend! Ich bringe dich vor Gericht, alter Mann.« Der Sucher stolperte einen Schritt zurück, dann wieder nach vorn. Er sah sich wichtigtuerisch im Raum um. »Verhaftet diesen Mann und diese Frau. Offensichtlich ist sie eine Hexe! Ich werde diesen Stab enteignen!«

Der Sucher torkelte auf die Barbarin zu, die ihn voller Abscheu anschaute. Er griff unbeholfen nach ihrem Stab.

»Nein«, entgegnete die Frau mit dem Namen Goldmond kalt. »Er gehört mir. Du wirst ihn mir nicht nehmen.«

»Hexe!« höhnte der Sucher. »Ich bin der Oberste Theokrat! Ich nehme das, was ich will.«

Er versuchte noch einmal, nach dem Stab zu greifen. Der riesige Begleiter der Frau erhob sich. »Die Tochter des Stammeshäuptlings sagt, daß du ihn nicht nehmen wirst«, erklärte der Mann schroff. Dann schob er den Sucher vom Tisch fort.

Der Schubs des Mannes war nicht grob gewesen, aber der betrunkene Theokrat verlor das Gleichgewicht, fuchtelte wild mit den Armen um sich und versuchte, sich wieder zu fangen. Er torkelte nach vorn – jedoch zu weit –, stolperte über seine eigene Robe und fiel mit dem Kopf ins Feuer.

Das Feuer zischte und flackerte, dann folgte der ekelerregende Gestank brennenden Fleisches. Die Schreie des Theokraten zerrissen das betäubende Schweigen, als der vor Schmerzen wahnsinnige Mann auf die Füße kam und außer sich herumwirbelte. Er war zur lebenden Fackel geworden!

Tanis und die anderen saßen da, unfähig, sich zu bewegen, gelähmt durch den Schock des Vorfalls. Nur Tolpan hatte noch seine Sinne zusammen, er rannte nach vorn, um dem Mann zu helfen. Aber der Theokrat schrie nur und fuchtelte mit den Armen und entfachte noch mehr die Flammen, die seine Kleider und seinen Körper zerstörten. Es schien für den kleinen Kender keine Möglichkeit zu geben, ihm zu helfen.

»Hier!« Der alte Mann griff nach dem federgeschmückten Stab der Barbarin und überreichte ihn dem Kender. »Schlag ihn nieder. Dann können wir das Feuer ersticken.«

Tolpan nahm den Stab. Er schwang ihn mit all seiner Kraft und schlug gegen die Brust des Theokraten. Der Mann fiel zu Boden. Der Menge verschlug es den Atem. Tolpan selbst stand mit weitgeöffnetem Mund da, den Stab mit seinen Händen fest umklammert, und starrte auf den unglaublichen Anblick vor seinen Füßen.

Die Flammen waren sofort ausgegangen. Die Kleidungsstücke des Mannes waren unversehrt, unbeschädigt, seine Haut rosig und gesund. Er setzte sich mit einem ängstlichen und ehrfürchtigen Blick auf und untersuchte seine Hände und seine Roben. Keinerlei Brandmale waren zu erkennen, nicht einmal ein winziges Stück Asche qualmte von seiner Kleidung.

»Er hat ihn geheilt!« verkündete der alte Mann mit lauter Stimme. »Der Stab! Seht euch den Stab an!«

Tolpans Augen bewegten sich zu dem Stab in seinen Händen. Auf seiner Spitze funkelte ein blauer Kristall!

Der Alte begann zu schreien. »Ruft die Wachen! Verhaftet den Kender! Verhaftet die Barbaren! Verhaftet ihre Freunde! Ich sah sie mit dem Ritter kommen.« Er zeigte auf Sturm.

»Was?« Tanis sprang hoch. »Bist du verrückt, alter Mann?«

»Ruft die Wachen!« Die Worte verbreiteten sich. »Habt ihr gesehen...? Der blaue Kristallstab? Wir haben ihn gefunden. Jetzt werden sie uns in Ruhe lassen. Ruft die Wachen!«

Der Theokrat erhob sich schwankend, sein Gesicht war blaß und von roten Flecken übersät. Die Barbarin und ihr Begleiter standen auf, Furcht und Bestürzung in ihren Gesichtern.

»Du dreckige Hexe!« Hedericks Stimme bebte vor Zorn. »Du hast mich mit dem Bösen geheilt! So wie ich brennen werde, um mein Fleisch zu reinigen, so wirst du brennen, um deine Seele zu läutern!« Damit ging der Sucher zum Kamin, und bevor ihn jemand aufhalten konnte, hatte er seine Hand in die Flammen getaucht! Er würgte vor Schmerzen, aber schrie nicht. Dann riß er seine verkohlte, geschwärzte Hand heraus und stolperte, mit einem wilden Blick der Zufriedenheit auf seinem schmerzverzerrten Gesicht, durch die murmelnde Menge.

»Ihr müßt hier sofort verschwinden!« Tika eilte zu Tanis. »Die ganze Stadt ist auf der Jagd nach diesem Stab! Diese Kapuzenmänner haben dem Theokraten angedroht, Solace zu zerstören, wenn sie jemanden mit dem Stab finden. Die Leute hier werden euch den Wachen übergeben!«

»Aber es ist nicht unser Stab!« protestierte Tanis. Er blickte flüchtig zu dem alten Mann, der sich mit einem zufriedenen Lächeln wieder auf seinem Stuhl niedergelassen hatte. Der alte Mann grinste Tanis an und winkte ihm zu.

»Meinst du, sie werden euch glauben!« Tika rang verzweifelt die Hände. »Sieh doch!«

Tanis sah sich um. Die Gäste blickten sie haßerfüllt an. Einige hielten ihre Krüge fest umklammert. Andere tasteten vorsichtig nach den Griffen ihrer Schwerter. Rufe von draußen lenkten seine Augen wieder auf seine Freunde.

»Die Wachen kommen!« rief Tika aus.

Tanis erhob sich. »Wir werden durch die Küche verschwinden müssen.«

»Ja!« Sie nickte. »Dort werden sie sich nicht gleich umsehen. Aber beeilt euch. Es wird nicht lange dauern, und sie haben den Platz umstellt.«

Obwohl sie jahrelang getrennt gewandert waren, hatten die Gefährten nicht ihre Fähigkeit verloren, bei Gefahren als Gruppe zu handeln. Caramon hatte seinen glänzenden Helm übergestülpt, sein Schwert gezogen, seinen Rucksack geschultert und half nun seinem Bruder auf die Füße. Raistlin umrundete mit seinem Stab in der Hand den Tisch. Flint hielt seine Kampfaxt bereit und musterte mit finsteren Blicken die anderen Gäste, die angesichts der gutbewaffneten Männer vor einem Angriff zurückschreckten. Nur Sturm saß weiter ruhig am Tisch und trank sein Bier.

»Sturm!« drängte Tanis. »Nun komm schon! Wir müssen hier verschwinden!«

»Weglaufen?« Der Ritter wirkte erstaunt. »Vor diesem Pöbel?«

»Ja.« Tanis hielt inne: der Kodex der Ritterschaft untersagte Sturm, bei Gefahr wegzulaufen. Er mußte ihn überzeugen. »Dieser Mann ist ein Glaubensfanatiker, Sturm. Er wird uns wahrscheinlich auf Scheiterhaufen verbrennen lassen! Und...« Ein plötzlicher Einfall kam ihm zur Hilfe. »...außerdem müssen wir eine Dame beschützen.«

»Die Dame, natürlich.« Sturm stand sofort auf und ging zu der Frau hinüber. »Meine Dame, Euer Diener.« Er verbeugte sich; der ehrenhafte Ritter ließ sich nicht zur Eile drängen. »Es scheint, wir hängen alle in dieser Sache drin. Euer Stab hat uns beachtlichen Gefahren ausgesetzt – vor allem aber seid Ihr in Gefahr. Wir kennen uns in dieser Gegend aus, wir sind hier großgeworden. Es wäre eine Ehre für uns, Euch und Euren edlen Freund zu begleiten und Euer Leben zu schützen.«

»Kommt endlich!« drängte Tika und zerrte an Tanis' Arm. Caramon und Raistlin warteten bereits an der Küchentür.

»Hol den Kender«, sagte Tanis zu ihr.

Tolpan stand wie angewachsen da und starrte auf den Stab. Er hatte schnell wieder seine alte, nichtssagende braune Farbe angenommen. Tika griff Tolpan am Schopf und zog ihn zur Küche. Der Kender stieß einen spitzen Schrei aus und ließ den Stab fallen.

Goldmond hob ihn geschwind auf und hielt ihn eng an sich gepreßt. Obwohl erschrocken, waren ihre Augen klar und fest, als sie Sturm und Tanis ansah; offensichtlich begriff sie sehr rasch. Ihr Begleiter sagte in ihrer Sprache einige barsche Worte. Sie schüttelte den Kopf, woraufhin er die Stirn runzelte und mit seiner Hand eine schneidende Bewegung machte. Sie fuhr ihn mit einer schnellen Erwiderung an, und er verfiel in Schweigen, sein Gesicht verfinsterte sich.

»Wir werden mit euch gehen«, sagte Goldmond zu Sturm in der Umgangssprache. »Vielen Dank für das Angebot.«

»Hier raus!« Tanis führte sie hinaus durch die Pendeltür, gefolgt von Tika und Tolpan. Er blickte kurz zurück und sah einige der Gäste sich langsam, ohne Eile vorwärts bewegen.

Der Koch starrte sie an, als sie durch die Küche rannten. Caramon und Raistlin waren bereits am Ausgang, der nicht mehr war als ein in den Boden geschnittenes Loch. Ein Seil, das an einem kräftigen Baumast befestigt war, lief nach unten zum Boden.

»Ah!« rief Tolpan lachend. »Hier wird also das Bier hoch- und der Abfall hinuntergebracht.« Er schwang sich an das Seil und kletterte mühelos hinunter.

»Es tut mir leid«, entschuldigte sich Tika bei Goldmond, »aber dies ist der einzige Weg nach draußen.«

»Ich bin schon an einem Seil hinuntergeklettert.« Dann lächelte die Frau und fügte hinzu: »Obwohl ich zugeben muß, daß es schon viele Jahre her ist.«

Sie reichte ihrem Begleiter den Stab und ergriff das dicke Tau. Dann begann sie mit geschickten Bewegungen abzusteigen. Als sie den Boden erreicht hatte, warf ihr Begleiter den Stab nach, schwang sich ans Seil und rutschte durch das Loch.

»Wie willst du hinunterkommen, Raist?« fragte Caramon mit einem sorgenvollen Gesichtsausdruck. »Ich könnte dich auf dem Rücken tragen...«

Raistlins Augen blitzten vor Wut. »Ich schaffe es schon allein!« zischte der Magier. Bevor ihn jemand aufhalten konnte, trat er zum Rand des Loches und sprang hinab. Alle spähten keuchend hinunter, in der Erwartung, Raistlin auf den Boden aufschlagen zu sehen. Statt dessen konnten sie beobachten, wie der junge Magier sanft hinunterglitt, mit flatterndem Gewand. Der Kristall an seinem Stab glühte hell.

»Er macht mir angst!« knurrte Flint Tanis zu.

»Beeil dich!« Tanis schob den Zwerg vor. Flint packte das Seil. Caramon folgte, das Gewicht des schweren Mannes ließ den Baumast, an dem das Tau befestigt war, knarren.

»Ich werde als letzter gehen«, sagte Sturm mit gezogenem Schwert.

»Na schön.« Tanis wußte, daß Widerspruch sinnlos war. Er schwang den Langbogen und den Köcher um seine Schultern, erfaßte das Seil und begann hinunterzuklettern. Plötzlich verloren seine Hände den Halt. Er glitt am Seil hinab und konnte nicht verhindern, daß die Haut an den Handflächen aufriß. Er landete auf dem Boden und zuckte zusammen, als er seine blutenden Hände betrachtete. Aber er hatte keine Zeit, weitere Gedanken darüber zu verlieren. Er sah nach oben und sah dem Ritter entgegen.

Tikas Gesicht erschien in der Öffnung. »Geht in mein Haus!« rief sie und zeigte zwischen die Bäume. Dann war sie verschwunden.

»Ich kenne den Weg«, sagte Tolpan, seine Augen funkelten vor Aufregung. »Folgt mir.«

Sie eilten hinter dem Kender her und hörten, wie die Wachen die Stufen zum Wirtshaus bestiegen. Tanis fand sich nach fünfjähriger Abwesenheit von Solace nicht mehr zurecht. Über sich konnte er die Brückenpfade sehen, die Straßenlaternen schimmerten zwischen den Baumblättern. Er war völlig desorientiert, aber Tolpan trieb sie, sich des Weges sicher, vorwärts, schlängelte sich durch riesige Stämme der Vollenholzbäume. Die Geräusche des Durcheinanders im Wirtshaus erstarben.

»Heute nacht werden wir uns bei Tika verstecken«, flüsterte Tanis Sturm zu, als sie ins Unterholz eintauchten. »Nur für den Fall, daß uns jemand erkannt hat und unsere Häuser durchsuchen läßt. Bis morgen werden alle diesen Vorfall vergessen haben. Dann nehmen wir die Barbaren in mein Haus, damit sie sich ein paar Tage ausruhen können. Und dann können wir sie nach Haven schicken, wo die Versammlung der Suchenden mit ihnen reden kann. Ich denke sogar, daß ich mitgehe – dieser Stab hat mich neugierig gemacht.«

Sturm nickte. Dann sah er Tanis an und lächelte sein seltenes, melancholisches Lächeln. »Willkommen zu Hause«, sagte der Ritter.

»Das gleiche gilt auch dir.« Der Halb-Elf grinste.

Sie verhielten plötzlich, denn sie waren in der Dunkelheit mit Caramon zusammengestoßen.

»Ich glaube, wir sind da«, sagte Caramon.

Im Schein der Straßenlaternen in den Ästen konnten sie Tolpan erkennen, der wie ein Gossenzwerg einen Ast hochkletterte. Die anderen folgten ihm langsamer, Caramon half seinem Bruder. Tanis, der vor Schmerz seine Zähne zusammenbiß, kletterte langsam durch das spärlicher werdende Herbstlaub. Tolpan zog sich mit der Geschicklichkeit eines Einbrechers über das Geländer der Veranda. Der Kender glitt zur Tür und spähte in alle Richtungen des Brückenpfads. Als er niemanden sah, winkte er den anderen zu. Dann untersuchte er das Türschloß und lächelte zufrieden vor sich hin. Der Kender holte etwas aus einem seiner Beutel. Innerhalb von Sekunden war die Tür von Tikas Haus geöffnet.

»Kommt rein«, sagte er, als wäre er der Gastgeber.

Sie versammelten sich in dem kleinen Haus, der hochgewachsene Barbar war gezwungen, seinen Kopf einzuziehen, um nicht an die Decke zu stoßen. Tolpan zog die Vorhänge vor die Fenster. Sturm fand für die Dame einen Stuhl, und ihr Begleiter stellte sich hinter ihr auf. Raistlin schürte das Feuer.

»Wir müssen Wache halten«, sagte Tanis. Caramon nickte. Der Krieger hatte sich bereits vor einem Fenster aufgebaut und starrte in die Dunkelheit hinaus. Das Licht einer Laterne schien durch die Vorhänge in den Raum und warf dunkle Schatten an die Wände.

Tanis ließ sich nieder. Seine Augen wanderten zu der Frau. »Der blaue Kristallstab«, sagte er bedächtig, »hat diesen Mann geheilt. Wie?«

»Ich weiß es nicht.« Sie zögerte. »Ich... ich habe ihn noch nicht sehr lange.«

Tanis sah auf seine Hände. Sie bluteten immer noch an den Stellen, wo das Tau seine Haut aufgerissen hatte. Er hielt sie ihr hin. Mit blassem Gesicht berührte die Frau ihn langsam mit dem Stab, der blau zu leuchten begann. Tanis fühlte einen leichten

Schock durch seinen Körper kribbeln. Er beobachtete, wie das Blut von den Handflächen verschwand, die Haut glatt und unversehrt wurde, der Schmerz nachließ und bald ganz aufhörte.

»Wahres Heilen!« sagte er ehrfürchtig.

Die offene Tür
Flucht in die Dunkelheit

Raistlin setzte sich neben den Herd und wärmte seine mageren Hände an dem kleinen Feuer. Seine goldenen Augen leuchteten heller als die Flammen, während er wie gebannt auf den blauen Kristallstab starrte, der über dem Schoß der Frau lag.

»Was denkst du?« fragte Tanis.

»Falls sie ein Scharlatan ist, dann ein sehr guter«, kommentierte Raistlin nachdenklich.

»Wurm! Du wagst es, die Tochter des Stammeshäuptlings als Scharlatan zu bezeichnen!« Der riesige Barbar trat zu Raistlin, seine Augenbrauen finster zusammengezogen. Caramon stieß einen leisen, grollenden Ton aus, bewegte sich vom Fenster weg und stellte sich hinter seinen Bruder.

»Flußwind…« Die Frau legte ihre Hand auf den Arm des Mannes. »Bitte. Er meint es nicht so. Und es ist nur recht, daß sie uns nicht trauen. Sie kennen uns nicht.«

»Und wir kennen sie nicht«, knurrte der Mann.

»Dürfte ich ihn ansehen?« fragte Raistlin.

Goldmond nickte und hielt ihm den Stab entgegen. Der Magier streckte seinen langen, knochigen Arm aus, seine dürren Hände grapschten gierig nach dem Stock. Als Raistlin ihn jedoch berührte, blitzte ein blaues Licht auf, und ein knisterndes Geräusch ertönte. Der Magier riß seine Hand zurück und schrie vor Schmerz auf. Caramon sprang vor, aber sein Bruder hielt ihn zurück.

»Nein, Caramon«, flüsterte Raistlin heiser und hielt seine verletzte Hand fest. »Die Dame hat damit nichts zu tun.«

Die Frau starrte erstaunt auf den Stab.

»Was ist es dann?« fragte Tanis atemlos. »Ein Stab, der heilt und zugleich Wunden zufügt?«

»Er kennt sich selbst kaum«, Raistlin befeuchtete seine Lippen, seine Augen glänzten. »Paßt auf! Caramon, nimm den Stab.«

»Ich nicht!« Der Kämpfer wich wie vor einer Schlange zurück.

»Nimm den Stab«, befahl Raistlin.

Widerstrebend streckte Caramon eine zitternde Hand aus. Sein Arm zuckte, als seine Finger immer näher kamen. Er schloß die Augen und biß die Zähne in Erwartung des Schmerzes zusammen, als er den Stab berührte. Nichts geschah.

Caramon öffnete verwirrt die Augen. Er hielt den Stab fest, hob ihn mit seiner riesigen Hand hoch und grinste.

»Seht ihr.« Raistlin gestikulierte wie ein Zauberkünstler, der der Menge einen Trick zeigt. »Nur jene von schlichter Güte, mit einem reinen Herzen« – sein Sarkasmus war beißend – »können den Stab berühren. Es ist wahrhaftig ein geweihter Heilstab, von einem Gott gesegnet. Es ist keine Magie. Keine magischen Gegenstände, von denen ich je gehört habe, verfügen über heilende Mächte.«

»Psst!« befahl Tolpan, der Caramons Platz am Fenster eingenommen hatte. »Die Wachen des Theokraten!« warnte er mit leiser Stimme.

Niemand sprach. Jetzt konnten sie alle die stampfenden Schritte von Goblins auf den Brückenwegen vernehmen.

»Sie durchsuchen die Häuser!« flüsterte Tanis ungläubig. Fäuste trommelten an die Tür des Nachbarhauses.

»Die Sucher verlangen das Recht, einzutreten!« krächzte eine Stimme. Nach einer Pause sagte die Stimme: »Niemand zu Hause, sollen wir die Tür eintreten?«

»Nein«, antwortete eine andere Stimme. »Wir berichten das nur dem Theokraten, soll er doch die Tür eintreten. Wenn sie unverschlossen wäre, wäre es etwas anderes – dann dürften wir hinein.«

Tanis sah zu der Tür in der Wand ihm gegenüber. Er spürte, wie sich seine Nackenhaare sträubten. Er hätte schwören können, daß sie die Tür hinter sich geschlossen hatten – jetzt war sie einen Spalt geöffnet!

»Die Tür!« flüsterte er. »Caramon...«

Aber der Kämpfer hatte sich schon hinter die Tür gestellt, mit dem Rücken zur Wand, seine riesigen Hände in Bereitschaft.

Die Schritte kamen zum Stehen. »Die Sucher verlangen das Recht, einzutreten.« Die Goblins klopften an die Tür, dann hielten sie überrascht inne, als sie sich öffnete.

»Hier ist niemand«, sagte einer. »Laß uns weitergehen.«

»Dir fehlt Phantasie, Grum«, sagte der andere. »Eine gute Gelegenheit, ein paar Silberlinge mitgehen zu lassen.«

Ein Goblinkopf erschien in der Tür. Seine Augen richteten sich auf Raistlin, der ruhig mit seinem Stab dasaß. Der Goblin grunzte beunruhigt, dann fing er an zu lachen.

»Ho ho! Sieh mal, was wir da haben. Einen Stab!« Die Augen des Goblins strahlten. Er trat einen Schritt auf Raistlin zu, dicht gefolgt von seinem Kameraden. »Her mit dem Stab!«

»Sicher«, flüsterte der Magier. Er hielt seinen Stab vor. *»Shirak«*, sagte er. Die Kristallkugel flackerte auf. Die Goblins kreischten und schlossen die Augen und tasteten nach ihren Schwertern. In diesem Moment sprang Caramon hinter der Tür hervor, griff die Goblins an den Hälsen und schlug ihre Köpfe mit großer Kraft zusammen. Die Leichname der Goblins zerfielen zu stinkenden Haufen.

»Tot?« fragte Tanis, als Caramon sich über sie beugte und sie beim Licht von Raistlins Stab untersuchte.

»Leider.« Seufzte er. »Ich habe zu fest zugeschlagen.«

»Jetzt ist es aus«, sagte Tanis grimmig. »Jetzt haben wir noch zwei Wachen des Theokraten umgebracht. Die ganze Stadt wird sich auf einen Kampf einstellen. Wir können hier nicht mehr bleiben – wir müssen hier raus! Und ihr zwei« – er wandte sich an die Barbaren – »kommt lieber mit uns mit.«

»Wo immer wir auch hingehen«, brummte Flint gereizt.

»Wohin wolltet ihr eigentlich?« fragte Tanis Flußwind.

»Wir waren unterwegs nach Haven«, antwortete der Barbar widerwillig.

»Dort leben weise Männer«, sagte Goldmond. »Wir hoffen, daß sie uns etwas über den Stab sagen können. Dieser Stab hat unser Leben gerettet...«

»Das müßt ihr uns später erzählen«, unterbrach Tanis. »Wenn diese Wachen nicht zurückkommen, wird jeder Goblin in Solace ausschwärmen. Raistlin, mach das Licht aus.«

Der Magier sagte ein anderes Wort: *»Dumak.«* Der Kristall glimmerte, dann erstarb das Licht.

»Was machen wir mit den Leichen?« fragte Caramon und stieß mit seinem Stiefel gegen einen Goblin. »Und was ist mit Tika? Wird sie nicht in Schwierigkeiten kommen?«

»Laß die Körper hier liegen.« Tanis hatte schnell einen Plan parat. »Und hack die Tür auf. Sturm, reiß Tisch und Stühle um. Es soll aussehen, als wären wir eingebrochen und mit diesen Burschen in einen Kampf verwickelt worden. Auf diese Weise wird Tika kaum Ärger bekommen. Sie ist ein kluges Mädchen – sie wird das schon hinkriegen.«

»Wir brauchen Lebensmittel«, bemerkte Tolpan. Er rannte in die Küche, wühlte auf den Borden und stopfte Brot und alles, was eßbar aussah, in seinen Beutel. Flint warf er einen Weinschlauch zu. Sturm stieß ein paar Stühle um. Caramon veränderte die Lage der Körper, um den Eindruck zu erwecken, sie wären in wildem Kampf gestorben. Die Barbaren standen vor dem niedergebrannten Feuer und sahen Tanis unsicher an.

»Nun?« fragte Sturm. »Was jetzt? Wohin gehen wir?«

Tanis zögerte und ging in Gedanken rasch alle Möglichkeiten durch. Die Barbaren kamen aus dem Osten und – falls ihre Geschichte stimmte und ihr Stamm wirklich versucht hatte, sie zu töten – würden nicht zurückkehren. Die Gruppe konnte in Richtung Süden reisen, in das Königreich der Elfen, aber Tanis empfand einen seltsamen Widerstand, in seine Heimat zurückzukehren. Auch wußte er, daß es den Elfen nicht gefiel, wenn Fremde ihre geheime Stadt betraten.

»Wir werden nach Norden ziehen«, sagte er schließlich. »Wir werden die beiden bis zum Scheideweg begleiten, dann können wir weiter entscheiden. Sie können dann südöstlich nach Haven weiterziehen, falls sie es wünschen. Ich für meinen Teil will weiter in den Norden. Ich will mich vergewissern, ob die Gerüchte wahr sind, daß sich dort Soldaten sammeln.«

»Und vielleicht, um auf Kitiara zu treffen«, flüsterte Raistlin hinterhältig.

Tanis errötete. »Ist der Plan in Ordnung?« fragte er und sah die anderen an.

»Obwohl du nicht der Älteste von uns bist, Tanis, so bist du doch der Klügste«, sagte Sturm. »Wir folgen dir – wie immer.«

Caramon nickte. Raistlin steuerte bereits auf die Tür zu. Flint schulterte brummend den Weinschlauch.

Tanis spürte eine sanfte Hand seinen Arm berühren. Er wandte sich um und sah in die klaren blauen Augen der wunderschönen Barbarin.

»Wir danken euch«, sagte Goldmond langsam, als ob sie es nicht gewohnt wäre, Dankbarkeit zu zeigen. »Ihr riskiert euer Leben für uns, obwohl wir Fremde sind.«

Tanis lächelte und drückte ihre Hand. »Ich heiße Tanis. Das dort sind die Brüder Caramon und Raistlin. Der Ritter heißt Sturm Feuerklinge. Flint Feuerschmied trägt den Wein, und Tolpan Barfuß ist unser kluger Schlosser. Du bist Goldmond, und er heißt Flußwind. Nun – wir sind nicht länger Fremde.«

Goldmond lächelte müde. Sie strich über seinen Arm und ging dann zur Tür, stützte sich dabei auf ihren Stab, der wieder normal und nichtssagend aussah. Tanis sah ihr nach, dann zu Flußwind, der ihn anstarrte, das dunkle Gesicht eine undurchdringbare Maske.

»Nun«, fügte Tanis stumm hinzu, »*einige* von uns sind keine Fremden mehr.«

Bald waren alle draußen. Tolpan führte sie. Tanis stand einen Moment lang allein im verwüsteten Wohnzimmer und starrte auf die Leichen der Goblins. Eigentlich sollte es eine friedliche Heimkehr nach bitteren Jahren des einsamen Wanderns werden. Er dachte an sein behagliches Heim. Er dachte an all die Dinge, die er sich vorgenommen hatte – Dinge, die er gemeinsam mit Kitiara machen wollte. Er dachte an lange Winterabende, mit Geschichtenerzählen am Feuer im Wirtshaus, dann nach Hause gehen, zusammen unter den Felldecken lachen, in den verschneiten Morgen schlafen...

Tanis trat nach den glühenden Kohlen und verstreute sie. Kitiara war nicht zurückgekehrt. Goblins hatten seine friedliche Stadt besetzt. Er floh in die Nacht, um einem Haufen gläubiger Fanatiker zu entkommen, und mit aller Wahrscheinlichkeit würde er niemals zurückkehren können.

Elfen bemerken nicht das Fließen der Zeit. Sie leben Hunderte von Jahren. Für sie vergehen die Jahreszeiten wie ein kurzer Regenschauer. Aber Tanis war ein Halbmensch. Er spürte eine Veränderung nahen, fühlte die beunruhigende Ruhelosigkeit, die Menschen vor einem Gewitter empfinden.

Er seufzte und schüttelte den Kopf. Dann trat er hinaus durch die zerstörte Tür, die nur noch in einer Angel hing.

Flints Abschied
Pfeile fliegen. Botschaft in den Sternen

Tanis schwang sich über die Veranda und ließ sich durch die Äste auf den Boden fallen. Die anderen warteten in der Dunkelheit verborgen, abseits vom Licht der Straßenlaternen. Ein kühler Nordwind war aufgekommen. Tanis sah sich um und bemerkte andere Lichter, die Lampen der Suchtrupps. Er zog die Kapuze über sein Gesicht und eilte vorwärts.

»Der Wind hat sich gedreht«, sagte er. »Spätestens morgen wird es regnen.« Er schaute zu der kleinen Gruppe, auf die das unheimliche, wild tanzende Licht der vom Wind hin- und hergeschaukelten Laternen fiel. Goldmonds Gesicht war vor Müdigkeit verzerrt, Flußwinds Gesicht eine unerschütterliche Maske der Stärke, aber seine Schultern waren nach vorn gesunken. Raistlin stand zitternd an einen Baum gelehnt und holte keuchend Luft.

Tanis zog seinen Kopf vor dem Wind ein. »Wir müssen eine Zuflucht suchen«, sagte er. »Einen Platz zum Ausruhen.«

»Tanis...« Tolpan zog am Umhang des Halb-Elfs. »Wir könnten ein Boot nehmen. Der Krystalmir-See ist nicht weit entfernt. Auf der anderen Seite sind Höhlen, und wir kürzen unseren morgigen Marsch ab.«

»Das ist eine gute Idee, Tolpan, aber wir haben kein Boot.«

»Kein Problem.« Der Kender grinste. Sein kleines Gesicht und seine spitzen Ohren ließen ihn in dem unheimlichen Licht noch spitzbübischer aussehen. Tolpan genießt das alles, dachte Tanis. Ich sollte den Kender durchschütteln und ihm klarmachen, in welcher Gefahr wir uns befinden. Aber der Halb-Elf wußte, daß das sinnlos war: Kender sind gegen Angst immun.

»Das mit dem Boot ist eine gute Idee«, wiederholte Tanis nach kurzer Überlegung. »Du führst uns. Und sag Flint nichts davon«, fügte er hinzu. »Ich kümmere mich schon um ihn.«

»In Ordnung«, kicherte Tolpan und glitt zu den anderen zurück. »Folgt mir«, rief er gedämpft und flitzte los. Flint, der in seinen Bart brummte, stapfte hinter dem Kender. Goldmond folgte dem Zwerg. Flußwind warf einen kurzen durchdringenden Blick auf jeden einzelnen und ging dann der Frau nach.

»Ich denke, er traut uns nicht«, bemerkte Caramon.

»Würdest du es?« fragte Tanis und blickte kurz zu dem riesigen Mann. Caramons Drachenhelm schimmerte im flackernden Licht; sein Kettenpanzer wurde sichtbar, sobald der Wind seinen Umhang zurückblies. Sein Langschwert schlug gegen seine kräftigen Oberschenkel, ein kurzer Bogen und ein Köcher mit Pfeilen baumelten über seine Schulter, ein Dolch ragte aus seinem Gürtel. Sein Schild trug die Beulen und Dellen vieler Kämpfe. Der Riese war zu allem bereit.

Tanis sah zu Sturm hinüber, der stolz das Waffenkleid einer Ritterschaft trug, die vor dreihundert Jahren in Ungnade gefallen war. Obwohl Sturm nur vier Jahre älter war als Caramon, hatten sein strenges, diszipliniertes Leben, die Härten der Armut und seine melancholische Suche nach seinem geliebten Vater ihn über die Jahre hinaus altern lassen. Mit seinen neunundzwanzig Jahren sah er wie vierzig aus.

Tanis dachte, ich glaube nicht, daß ich einem von uns trauen würde.

»Wie sieht der Plan aus?« fragte Sturm.

»Wir fahren mit einem Boot«, antwortete Tanis.

»Oh!« kicherte Caramon. »Hast du es Flint schon gesagt?«

»Nein. Überlaß das nur mir.«

»Woher bekommen wir ein Boot?« fragte Sturm argwöhnisch.

»Du wirst glücklicher sein, wenn du es nicht weißt«, antwortete der Halb-Elf.

Der Ritter runzelte die Stirn. Seine Augen folgten dem Kender, der weit vorn war und von einem Schatten zum nächsten huschte. »Mir gefällt das nicht, Tanis. Erst sind wir Mörder, und jetzt werden wir auch noch Diebe.«

»Ich betrachte mich nicht als Mörder«, schnaubte Caramon verächtlich. »Goblins zählen nicht.«

Tanis sah, wie der Ritter Caramon anstarrte. »Mir gefällt es auch nicht, Sturm«, sagte er hastig und hoffte, einen Streit zu verhindern. »Aber man zwingt uns dazu. Nimm die Barbaren – ihr Stolz ist das einzige, was sie noch aufrecht hält. Nimm Raistlin...« Ihre Augen fuhren zum Magier, der durch das Laub schlurfte und sich dabei nur im Schatten bewegte, gestützt auf seinen Stab. Gelegentlich peinigte ein trockener Husten seinen zerbrechlichen Körper.

Caramons Gesicht verdüsterte sich. »Tanis hat recht«, sagte er leise. »Raist schafft es kaum noch. Ich muß zu ihm.« Er verließ Ritter und Halb-Elf und eilte nach vorn, um die verhüllte, gebeugte Gestalt seines Zwillingsbruders einzuholen.

»Laß mich dir helfen, Raist«, hörten sie Caramon wispern.

Raistlin schüttelte seinen Kopf und entzog sich der Berührung seines Bruders. Caramon zuckte zusammen und ließ seinen Arm fallen. Aber der Krieger blieb dicht bei seinem schwachen Bruder, bereit, ihm im Notfall beizuspringen.

»Warum läßt er sich das gefallen?« fragte Tanis leise.

»Familie. Blutsbande.« Sturm klang nachdenklich. Er schien mehr sagen zu wollen, aber seine Augen richteten sich auf Tanis' Elfengesicht mit dem menschlichen Barthaar, und er schwieg. Tanis sah den Blick und wußte, was der Ritter gedacht hatte: Familie, Blutsbande – Dinge, von denen der verwaiste Halb-Elf keine Ahnung hatte.

»Komm weiter«, sagte Tanis abrupt. »Wir fallen zu weit zurück.«

Bald hatten sie die Vallenholzbäume von Solace hinter sich gelassen und betraten den Kiefernwald, der den Krystalmir-See umgab. Tanis konnte weit hinter sich gedämpfte Schreie hören. »Sie haben die Leichen gefunden«, vermutete er. Sturm nickte düster. Plötzlich schien sich Tolpan aus der Dunkelheit direkt unter der Nase des Halb-Elfen zu materialisieren.

»Der Pfad verläuft etwas mehr als eine Meile zum See«, sagte Tolpan. »Ich werde euch dort treffen.« Er machte eine vage Handbewegung und verschwand wieder, bevor Tanis irgend etwas sagen konnte. Der Halb-Elf sah nach Solace zurück. Es schienen jetzt noch mehr Lichter zu sein, und sie bewegten sich in ihre Richtung. Die Straßen waren wahrscheinlich schon dichtgemacht.

»Wo ist der Kender?« brummte Flint, als sie in den Wald eintauchten.

»Tolpan wird uns am See treffen«, erwiderte Tanis.

»See?« Flints Augen wurden vor Unruhe größer. »Was für ein See?«

»Es gibt hier nur einen See, Flint«, sagte Tanis und bemühte sich angestrengt, Sturm nicht zuzugrinsen. »Komm schon. Wir sollten lieber weitergehen.« Seine Elfenaugen sichteten den breiten roten Umriß von Caramon und den schmaleren roten Schatten seines Bruders, die in den dichten Wald verschwanden.

»Ich dachte, wir würden uns ein ruhiges Plätzchen im Wald

suchen.« Flint schob sich an Sturm vorbei, um sich bei Tanis zu beschweren.

»Wir werden ein Boot nehmen.« Tanis ging weiter.

»O nein!« knurrte Flint. »Ich werde kein Boot besteigen!«

»Dieser Unfall ist vor zehn Jahren passiert!« sagte Tanis wütend. »Sieh mal! Caramon wird ganz ruhig sitzen.«

»Absolut nicht!« sagte der Zwerg entschieden. »Keine Boote. Ich habe ein Gelübde abgelegt.«

»Tanis«, flüsterte Sturm von hinten. »Lichter.«

»Angriff!« Der Halb-Elf hielt inne und drehte sich um. Er mußte einen Augenblick warten, bis er die Lichter durch die Bäume schimmern sehen konnte. Ihre Verfolger waren näher gekommen. Er eilte nach vorn, um Caramon, Raistlin und die Barbaren einzuholen.

»Lichter!« rief er in einem durchdringenden Flüstern. Caramon blickte zurück und fluchte. Flußwind hob bestätigend die Hand. »Leider müssen wir jetzt schneller gehen, Caramon...«, begann Tanis.

»Wir schaffen das schon«, erwiderte der Krieger gelassen. Er stützte jetzt seinen Bruder, sein Arm lag um Raistlins schmalen Körper, praktisch trug er ihn. Raistlin hustete leise, aber er bewegte sich nicht. Sturm erreichte Tanis. Als sie ihren Weg durch das Gebüsch schlugen, konnten sie Flint hören, der hinter ihnen keuchte und ärgerlich Selbstgespräche führte.

»Er wird nicht mitkommen, Tanis«, sagte Sturm. »Flint hat eine Todesangst vor Booten, seitdem Caramon ihn damals versehentlich fast ertränkt hat. Du warst nicht dabei. Du hast ihn nicht erlebt, als wir ihn wieder herauszogen.«

»Er wird mitkommen«, sagte Tanis schwer atmend. »Er kann uns junges Gemüse nicht allein der Gefahr überlassen.«

Sturm schüttelte zweifelnd den Kopf.

Tanis sah sich wieder um. Er konnte jetzt keine Lichter erkennen, wußte aber, daß sie nun tief im Wald waren. Truppführer Toede würde wohl niemanden mit seiner Intelligenz beeindrucken, aber man brauchte auch nicht viel Intelligenz, um sich auszurechnen, daß ihre Gruppe sich für den Wasserweg entscheiden würde. Tanis hielt plötzlich inne, um nicht mit jemandem zusammenzustoßen. »Was ist das?« flüsterte er.

»Wir sind da«, antwortete Caramon. Tanis atmete erleichtert auf, als er den Krystalmir-See erblickte. Der Wind peitschte das Wasser zu weißen Schaumkronen auf.

»Wo ist Tolpan?«

»Dort drüben, glaube ich.« Caramon deutete auf einen dunklen Umriß, der dicht am Ufer trieb. Tanis konnte den Kender in dem großen Boot kaum ausmachen.

Die Sterne strahlten mit eisiger Helligkeit vom blauschwarzen Himmel. Lunitari, der rote Mond, stieg wie ein blutiger Fingernagel aus dem Wasser empor. Solinari, sein Partner im Nachthimmel, war bereits aufgegangen und markierte den See wie mit geschmolzenem Silber.

»Was für herrliche Zielscheiben wir abgeben werden!« sagte Sturm gereizt.

Tanis konnte Tolpan erkennen, der suchend auf ihre Richtung zusteuerte. Der Halb-Elf bückte sich, um einen Stein in der Dunkelheit zu suchen. Nachdem er einen gefunden hatte, warf er ihn ins Wasser. Er spritzte nur einige wenige Meter vor dem Boot auf. Tolpan reagierte auf Tanis' Signal und steuerte das Boot auf das Ufer zu.

»Du willst uns alle in ein Boot setzen!« sagte Flint voller Angst. »Du bist verrückt, Halb-Elf!«

»Es ist ein großes Boot«, erwiderte Tanis.

»Nein! Da mache ich nicht mit. Selbst wenn es eines der legendären weißgeflügelten Boote von Tarsis wäre, würde ich immer noch nicht einsteigen. Lieber lasse ich es auf eine Begegnung mit dem Theokraten ankommen!«

Tanis ignorierte den aufgebrachten Zwerg. »Steigt alle so schnell wie möglich ein. Wir müssen in ein paar Minuten weg sein.«

»Es darf nicht zu lange dauern«, warnte Sturm. »Hört!«

»Ich kann es hören«, sagte Tanis grimmig. »Geh weiter.«

»Was sind das für Geräusche?« fragte Goldmond den Ritter, als er zu ihr trat.

»Suchtrupps der Goblins«, antwortete Sturm. »Mit diesen Flöten halten sie untereinander Kontakt, wenn sie sich trennen. Sie sind schon sehr nahe.«

Goldmond nickte verstehend. Sie sprach einige Worte zu Flußwind in ihrer eigenen Sprache, offensichtlich eine Unterhaltung, die Sturm unterbrochen hatte. Der riesige Barbar runzelte die Stirn und gestikulierte in Richtung Wald.

Er versucht sie zu überzeugen, sich von uns zu trennen, erkannte Sturm. Vielleicht verfügt er über ausreichende Kenntnisse, um sich tagelang vor den Goblins in den Wäldern zu verbergen; aber er bezweifelte das.

»Flußwind, gue-lando!« sagte Goldmond scharf. Sturm hörte Flußwind vor Wut knurren. Ohne ein weiteres Wort wandte er sich um und ging auf das Boot zu. Goldmond seufzte und sah ihm nach, in ihrem Gesicht war tiefe Trauer.

»Kann ich Euch helfen, meine Dame?« fragte Sturm sanft.

»Nein«, erwiderte sie. Dann sagte sie traurig, mehr zu sich: »Er beherrscht mein Herz, aber ich bin seine Herrscherin. Einst, als wir noch Kinder waren, dachten wir, daß wir das vergessen könnten. Aber ich bin schon zu lange die Tochter des Stammeshäuptlings.«

»Warum traut er uns nicht?« fragte Sturm.

»Er hat alle Vorurteile unseres Volkes«, erwiderte Goldmond. »Die Barbaren trauen den nichtmenschlichen Wesen nicht.« Sie sah zurück. »Tanis kann trotz seines Bartes seine Elfenherkunft nicht verbergen. Und dann sind da noch der Zwerg und der Kender.«

»Und wie steht es mit Euch?« fragte Sturm. »Warum traut Ihr uns? Habt Ihr nicht dieselben Vorurteile?«

Goldmond wandte ihm ihr Gesicht zu. Er konnte ihre Augen sehen, dunkel und schimmernd wie der See hinter ihr. »Als ich ein Mädchen war«, sagte sie mit tiefer, leiser Stimme, »war ich die Prinzessin meines Volkes. Ich war Priesterin. Sie verehrten mich als Göttin. Ich glaubte ihnen. Ich betete sie an. Dann passierte etwas...« Sie brach ab, ihre Augen füllten sich mit Erinnerungen.

»Was passierte?« drängte Sturm sanft.

»Ich verliebte mich in einen Schäfer«, antwortete Goldmond und sah zu Flußwind. Sie seufzte und ging zum Boot.

Sturm sah Flußwind in das Wasser waten, um das Boot näher an das Ufer zu ziehen. Raistlin umklammerte zitternd sein Gewand.

»Meine Füße dürfen nicht naß werden«, flüsterte er heiser. Caramon antwortete nicht. Er legte einfach seine riesigen Arme um seinen Bruder und hob ihn wie ein Kind sanft hoch und setzte ihn ins Boot. Der Magier verkroch sich im hinteren Teil des Bootes, ohne ein Wort des Dankes.

»Ich halte es fest«, sagte Caramon zu Flußwind. »Steig ein.« Flußwind zögerte einen Moment und kletterte dann schnell über die Bootswand. Caramon half Goldmond ins Boot. Die Barbaren setzten sich ins Heck hinter Tolpan.

Caramon wandte sich an Sturm, als der Ritter näher kam. »Was geschieht da drüben?«

»Flint sagt, daß er sich eher verbrennen läßt, als in ein Boot zu steigen – zumindest würde er dann an Hitze sterben und nicht an Nässe und Kälte.«

»Ich gehe zu ihm und zwinge ihn ins Boot«, sagte Caramon.

»Du wirst alles nur noch schlimmer machen. Schließlich warst du derjenige, der ihn fast ertränkt hat, erinnerst du dich? Laß das Tanis machen – er ist da geschickter.«

Caramon nickte. Beide Männer warteten schweigend. Sturm sah Goldmond, wie sie Flußwind stumm anflehte, aber der Barbar beachtete ihren Blick nicht. Tolpan zappelte auf seinem Platz herum und wollte gerade eine schrille Frage stellen, aber ein strenger Blick des Ritters hielt ihn davon ab. Raistlin wikkelte sich tief in sein Gewand und versuchte, einen Hustenanfall zu unterdrücken.

»Ich werde mal nachsehen«, sagte Sturm schließlich. »Dieses Pfeifen kommt immer näher. Wir dürfen keine Zeit mehr verlieren.« Aber in diesem Moment sah er, wie Tanis und der Zwerg sich die Hand gaben und der Halb-Elf allein auf das Boot zulief. Flint blieb nahe am Waldrand zurück. Sturm schüttelte den Kopf. »Ich habe Tanis gesagt, daß der Zwerg nicht kommen würde.«

»Dickköpfig wie ein Zwerg, sagt ein altes Sprichwort«, grunzte Caramon. »Und dieser Zwerg verbrachte hundertachtundvierzig Jahre damit, noch dickköpfiger zu werden.« Der Riese schüttelte traurig den Kopf. »Nun, wir werden ihn vermissen, das steht fest. Er hat mehr als einmal mein Leben gerettet. Laßt mich gehen, um ihn zu holen. Ein Schlag gegen das Kinn, und er wird nicht wissen, ob er im Boot oder im Bett liegt.«

Tanis rannte keuchend auf sie zu und hörte die letzte Bemerkung. »Nein, Caramon«, sagte er. »Flint würde uns das nie verzeihen. Mach dir keine Sorgen um ihn. Er geht in die Berge zurück. Steig in das Boot. Es sind jetzt noch mehr Lichter geworden. Wir haben eine Spur durch den Wald hinterlassen, der selbst ein blinder Gossenzwerg folgen könnte.«

»Es hat keinen Sinn, wir werden alle naß werden«, sagte Caramon. »Du und Sturm, ihr steigt ein. Ich werde das Boot schieben.«

Sturm war bereits im Boot. Tanis klopfte Caramon auf die Schulter und stieg ein. Der Kämpfer schob das Boot aufs Wasser hinaus. Er stand bis zu den Knien im Wasser, als sie einen Schrei vom Ufer hörten.

»Haltet an!« Es war Flint, der von einem Baum kletterte, eine vage, sich bewegende schwarze Gestalt gegen den vom Mond beleuchteten Uferrand. »Haltet an! Ich komme mit!«

»Halt!« rief Tanis. »Caramon! Warte auf Flint!«

»Seht!« deutete Sturm, der halb aufgestanden war. Die Lichter kamen aus den Bäumen immer näher, rauchende Fackeln der Goblinwachen.

»Goblins, Flint!« gellte Tanis. »Hinter dir! Lauf!« Der Zwerg duckte sich und suchte krampfhaft den Strand, eine Hand am Helm, damit dieser nicht wegfliegen konnte.

»Ich decke ihn«, sagte Tanis und nahm seinen Bogen. Mit seinen Elfenaugen war er der einzige, der die Goblins hinter den Fackeln erkennen konnte. Während Tanis einen Pfeil auflegte, hielt Caramon das große Boot bereit. Tanis schoß auf den Umriß des ersten Goblin. Der Pfeil bohrte sich in seine Brust, und er sackte zusammen. Die anderen Goblins verlangsamten ihre Schritte und griffen nach ihren Bogen. Tanis hatte einen weiteren Pfeil aufgelegt, als Flint das Ufer erreichte.

»Wartet! Ich komme!« keuchte der Zwerg, tauchte in das Wasser und versank wie ein Stein.

»Pack ihn!« schrie Sturm. »Tolpan, ruder zurück. Hier ist er! Die Luftblasen...« Caramon planschte hektisch im Wasser herum und suchte den Zwerg. Tolpan versuchte zurückzurudern, aber das Gewicht des Bootes war zu schwer für den Kender. Tanis schoß wieder, verfehlte sein Ziel und fluchte. Er zog einen weiteren Pfeil heraus. Die Goblins schwärmten den Hügel hinunter.

»Ich hab' ihn!« schrie Caramon und zog den tropfenden und spuckenden Zwerg am Kragen seiner Ledertunika heraus. »Hör auf zu kämpfen«, sagte er zu Flint, dessen Arme in alle Richtungen fuchtelten. Aber der Zwerg befand sich in einem völlig panischen Zustand. Caramon wurde an seinem Kettenhemd von einem Goblinpfeil getroffen. Der Pfeil blieb stecken wie eine dünne Feder.

»Das war's wohl!« grunzte der Kämpfer atemlos, und mit einem heftigen Ruck seiner muskulösen Arme warf er den Zwerg ins Boot. Flint blieb irgendwo liegen, seine Beine hingen noch über den Bootsrand. Sturm griff ihn am Gürtel und zog ihn ganz ins Boot, worauf es beunruhigend schaukelte. Tanis verlor beinahe das Gleichgewicht und war gezwungen, seinen Bogen fallen zu lassen, um sich festzuhalten. Ein Goblinpfeil traf den Bootsrand und verfehlte Tanis' Hand um Haaresbreite.

»Rudere zu Caramon zurück, Tolpan!« gellte Tanis.

»Ich kann nicht!« schrie der Kender von seinem Platz. Der Schlag eines außer Kontrolle geratenen Ruders stieß Sturm fast über Bord.

Der Ritter zog den Kender von seinem Platz weg. Er ergriff die Ruder und brachte das Boot dorthin, wo Caramon sich an einer Seite festhalten konnte.

Tanis half dem Kämpfer beim Einsteigen, dann schrie er Sturm zu. »Ruder!« Der Ritter ruderte aus voller Kraft. Das Boot schoß vom Ufer fort, begleitet vom Heulen der wütenden Goblins. Noch mehr Pfeile zischten um das Boot, als sich der triefende Caramon neben Tanis niederließ.

»Heute abend üben die Goblins Ziele treffen«, murrte Caramon, als er den Pfeil aus seinem Panzer zog. »Wir heben uns vorteilhaft gegen das Wasser ab.«

Tanis tastete nach seinem fallengelassenen Bogen, als er bemerkte, daß Raistlin sich erhob. »Halte dich in Deckung!« warnte Tanis, und Caramon wollte seinen Bruder wieder herunterziehen, aber der Magier, der beide finster anblickte, ließ seine Hand in einen Beutel an seinem Gürtel gleiten. Seine zarten Finger zogen etwas hervor, als ein Pfeil neben ihm niederging. Raistlin reagierte nicht. Tanis wurde gewahr, daß er in der Konzentration versunken war, die für einen Magier notwendig war, um einen Zauber zu bewirken. Ihn jetzt zu stören, könnte drastische Folgen haben und dazu führen, daß der Magier den Zauber vergaß oder – noch schlimmer – den Zauber verfehlte.

Tanis knirschte mit den Zähnen und sah nur noch zu. Raistlin hob seine dünne Hand und ließ die Zaubermaterie, die er aus seinem Beutel genommen hatte, langsam zwischen seinen Fingern auf das Deck rieseln. Sand, stellte Tanis fest.

»Ast tasarak sinuralan krynawi«, murmelte Raistlin und bewegte dann seine rechte Hand langsam bogenförmig parallel zum Ufer. Tanis sah zum Land zurück. Die Goblins ließen einer nach dem anderen ihre Bogen fallen und purzelten zu Boden, als ob Raistlin sie nacheinander berührt hätte. Keine Pfeile zischten mehr. Goblins, die weiter entfernt waren, heulten vor Wut und stürzten vor. Aber zu dieser Zeit hatten Sturms kräftige Ruderstöße das Boot bereits außer Reichweite getragen.

»Gute Arbeit, kleiner Bruder!« sagte Caramon herzlich. Raistlin blinzelte und schien wieder in die Welt zurückzukehren, dann sank der Magier vornüber. Caramon fing ihn auf und hielt ihn einen Moment fest. Raistlin setzte sich auf, holte tief Luft und löste damit einen Hustenanfall aus.

»Mit mir ist alles in Ordnung«, flüsterte er und zog sich von Caramon zurück.

»Was hast du mit ihnen angestellt?« fragte Tanis, als er die feindlichen Pfeile aus dem Boot zog und sie ins Wasser warf; Goblins vergifteten gelegentlich die Pfeilspitzen.

»Ich habe sie eingeschläfert«, zischte Raistlin durch die Zähne, die vor Kälte klapperten. »Und jetzt muß *ich* mich ausruhen.« Er sank gegen die Bootsflanke.

Tanis sah auf den Magier. Raistlin hatte in der Tat an Macht und Geschick gewonnen. Ich wünschte mir, ich könnte ihm vertrauen, dachte der Halb-Elf.

Das Boot glitt über den von Sternen befunkelten See. Tolpan entkorkte den Weinschlauch, den Flint irgendwie bewahrt hatte, und versuchte, dem eiskalten, zitternden Zwerg einen Schluck einzuflößen. Aber Flint, der zusammengekauert auf dem Boden lag, konnte nur schaudernd auf das Wasser starren.

Goldmond versank tief in ihren Fellumhang. Ihre Stiefel waren aus weichem Leder. Wasser war in das Boot eingedrungen, als Caramon Flint ins Boot geworfen hatte. Das Wasser hatte das Leder aufgeweicht, und bald fror und zitterte auch sie.

»Nimm meinen Umhang«, sagte Flußwind in ihrer Sprache und nahm seinen Bärenfellmantel ab.

»Nein.« Sie schüttelte den Kopf. »Du hast noch Fieber. Ich werde niemals krank, das weißt du. Aber« – sie sah zu ihm hoch und lächelte – »du kannst deinen Arm um mich legen, Krieger. Die Wärme unserer Körper wird uns beiden guttun.«

»Ist das ein königlicher Befehl?« flüsterte Flußwind.

»So ist es«, sagte sie und lehnte sich zufrieden seufzend gegen seinen starken Körper. Sie sah zum sternenklaren Himmel hoch, versteifte sich dann und hielt beunruhigt den Atem an.

»Was ist denn?« fragte Flußwind und sah hoch.

Die anderen im Boot hatten die Unterhaltung zwar nicht verstanden, aber sie hörten Goldmonds Keuchen und sahen ihre Augen auf irgend etwas im Nachthimmel gerichtet.

Caramon stieß seinen Bruder an und fragte: »Raist, was ist denn? Ich sehe überhaupt nichts!«

Raistlin erhob sich, warf seine Kapuze zurück und hustete. Als der Anfall vorüber war, untersuchte er den Nachthimmel. Dann wurde auch er steif, und seine Augen weiteten sich. Er streckte seine dünne, knochige Hand aus, umklammerte Tanis' Arm und hielt ihn fest umgriffen, als der Halb-Elf sich unwillkürlich dem knöchernen Griff des Magiers entziehen wollte. »Tanis…« Raistlin keuchte, er atmete kaum noch. »Die Konstellationen…«

»Was?« Tanis war wirklich erschrocken über die Blässe der metallgoldenen Haut des Magiers und das fiebrige Glänzen in seinen seltsamen Augen. »Was ist mit den Konstellationen?«

»Vorbei!« krächzte Raistlin und fiel in einen Hustenanfall zurück. Caramon legte seinen Arm um ihn, hielt ihn eng an sich gedrückt, fast als ob er versuchen wollte, den zerbrechlichen Körper seines Bruders zusammenzuhalten. Raistlin erholte sich, wischte mit seiner Hand über den Mund. Tanis sah, daß seine Finger von Blut dunkel gefärbt waren. Raistlin holte tief Luft, dann sprach er.

»Die eine Konstellation ist bekannt als die Königin der Finsternis und die andere als der tapfere Krieger. Beide sind jetzt verschwunden. Sie ist nach Krynn gekommen, Tanis, und er auch, um sie zu bekämpfen. All die schrecklichen Gerüchte, die wir gehört haben, haben sich bewahrheitet. Krieg, Tod, Zerstörung…« Seine Stimme erstarb in einem weiteren Hustenanfall.

Caramon hielt ihn fest. »Raist«, sagte er besänftigend. »Laß dich nicht so aufwühlen. Es ist nur ein Sternenhaufen.«

»Nur ein Sternenhaufen«, wiederholte Tanis ausdruckslos. Sturm nahm das Rudern wieder auf und steuerte schnell auf das gegenüberliegende Ufer zu.

Nachts in einer Höhle
Meinungsverschiedenheiten
Tanis entscheidet

Ein eisiger Wind blies über den See. Sturmwolken rollten aus dem Norden und radierten die klaffenden schwarzen Löcher im Himmel aus. Die Gefährten kauerten sich im Boot zusammen und zogen ihre Umhänge dichter an sich, als der Regen niederprasselte. Caramon half Sturm beim Rudern. Der Kämpfer versuchte, mit dem Ritter zu sprechen, aber Sturm ignorierte ihn. In grimmigem Schweigen ruderte er weiter und murmelte nur gelegentlich etwas auf solamnisch.

»Sturm! Dort – zwischen den großen Steinen auf der linken Seite!« rief Tanis aus.

Sturm und Caramon ruderten angestrengt. Bei dem Regen war es schwierig, die Grenzsteine auszumachen, und einen Moment lang schien es, als hätten sie in der Dunkelheit die Orientierung verloren. Dann tauchten die Steine schemenhaft vor ihnen auf. Sturm und Caramon manövrierten das Boot ans Ufer. Tanis sprang hinaus und zog es auf den Strand. Sintflutartige Regenfälle prasselten nieder. Die Gefährten kletterten naß und frierend aus dem Boot. Sie mußten den Zwerg herausziehen – Flint war vor Angst steif wie ein toter Goblin. Flußwind und Caramon versteckten das Boot im dichten Ufergebüsch. Tanis führte die anderen einen steinigen Pfad hinauf zu einer schmalen Öffnung in der Felswand.

Goldmond sah unschlüssig auf die Öffnung. Sie schien nicht mehr zu sein als ein riesiger Spalt. Im Innern jedoch war die Höhle groß genug, so daß sich alle bequem ausstrecken konnten.

»Nettes Heim«, Tolpan sah sich um. »Nicht viele Möbel hier.«

Tolpan lächelte den Halb-Elf an. Es war gut, den alten Tanis zu sehen. Er hatte seinen Freund als ungewöhnlich launisch und unschlüssig erlebt, nicht als den starken Führer, an den er sich aus alten Tagen erinnerte. Jedoch nun, da sie wieder unterwegs waren, war der Glanz in die Augen des Halb-Elfen zurückgekehrt. Er hatte seine brütende Schale verlassen und wieder die Führung übernommen, war wieder in seine gewohnte Rolle geschlüpft. Er brauchte dieses Abenteuer, um sich von seinen Problemen abzulenken – was immer das für welche waren. Der Kender, der niemals Tanis' inneren Aufruhr verstanden hatte, war über dieses zufällige Abenteuer glücklich.

Caramon trug seinen Bruder aus dem Boot und legte ihn so sanft wie möglich auf den weichen, warmen Sand, der den Boden der Höhle bedeckte, während Flußwind ein Feuer machte. Dann verdeckte der Barbar den Höhleneingang mit Gestrüpp, um den Schein des Feuers zu verbergen und den Regen fernzuhalten.

Er fügt sich gut ein, dachte Tanis, als er den Barbar bei seiner

Arbeit beobachtete. Er könnte fast einer von uns sein. Seufzend wandte der Halb-Elf seine Aufmerksamkeit Raistlin zu. Besorgt betrachtete er den jungen Magier. Raistlins blasses Gesicht, in dem sich das flackernde Feuer spiegelte, erinnerte den Halb-Elfen an die Zeit, als er, Flint und Caramon Raistlin gerade noch von einem bösartigen Mob befreien konnten, der den Magier auf einem Scheiterhaufen verbrennen wollte. Raistlin hatte versucht, einen Kleriker-Pfuscher zu entlarven, der die Dorfbewohner um ihr Geld betrog. Doch statt sich auf den Kleriker zu stürzen, hatten sich die Dorfbewohner auf Raistlin gestürzt. So wie Tanis zu Flint gesagt hatte – die Leute wollten an irgend etwas glauben.

Caramon kümmerte sich um seinen Bruder, legte seinen dikken Umhang um seine Schultern. Raistlins Körper wurde von Hustenanfällen geschüttelt, und Blut tröpfelte aus seinem Mund. Seine Augen glänzten fiebrig. Goldmond kniete neben ihm nieder, mit einem Becher Wein in der Hand.

»Kannst du das trinken?« fragte sie ihn leise.

Raistlin schüttelte den Kopf, versuchte zu sprechen, hustete und schob ihre Hand weg. Goldmond sah zu Tanis hoch. »Vielleicht – mein Stab?« fragte sie.

»Nein«, röchelte Raistlin. Er bedeutete Tanis, näher zu kommen. Selbst als Tanis neben ihm saß, konnte er kaum die Worte des Magiers verstehen; seine Sätze wurden von Keuchen und Hustenanfällen unterbrochen. »Der Stab wird mich nicht heilen, Tanis«, flüsterte er. »Verschwende seine Kraft nicht für mich. Wenn es ein gesegneter Gegenstand ist... ist seine heilige Macht begrenzt. Mein Körper war der Preis... für meine Magie. Dieser Schaden ist unwiderruflich. Nichts kann helfen...« Seine Stimme erstarb, er schloß die Augen.

Das Feuer flackerte plötzlich auf, als Wind in die Höhle zog. Tanis sah auf: Sturm zog den Busch beiseite und betrat die Höhle. Er stützte Flint, der auf unsicheren Füßen hereinstolperte. Sturm setzte ihn neben dem Feuer ab. Beide waren völlig durchnäßt. Sturm war in bezug auf den Zwerg mit seiner Geduld völlig am Ende und, wie Tanis schien, mit der ganzen

Gruppe. Tanis beobachtete ihn besorgt. Er erkannte die Zeichen einer tiefen Depression, die den Ritter manchmal überwältigte. Sturm liebte das Ordentliche, das Disziplinierte. Das Verschwinden der Sterne – die Störung der natürlichen Ordnung der Dinge – hatte ihn schwer getroffen.

Tolpan legte eine Decke über den Zwerg, der auf dem Höhlenboden niederkauerte; seine Zähne klapperten so sehr, daß sein Helm rappelte. »Sch-sch-schiff…« konnte er nur noch sagen. Tolpan goß ihm einen Becher Wein ein, den der Zwerg gierig leerte.

Sturm sah Flint voller Abscheu zu. »Ich übernehme die erste Wache«, sagte er und ging wieder zum Höhleneingang.

Flußwind erhob sich. »Ich werde dich begleiten«, sagte er schroff.

Sturm runzelte die Stirn, dann drehte er sich langsam zu dem Barbar um. Tanis konnte das Gesicht des Ritters erkennen, im Schein des Feuers war es wie ein Relief geschnitten, dunkle Linien gruben sich um den harten Mund. Obwohl der Ritter kleiner war, ließen sein edles Auftreten und seine Standfestigkeit ihn dem Barbar ebenbürtig erscheinen.

»Ich bin ein Ritter von Solamnia«, sagte Sturm. »Mein Schwert ist meine Ehre, und meine Ehre ist mein Leben. Ich habe im Gasthaus mein Wort gegeben, daß ich Euch und Eure Dame beschützen werde. Falls Ihr Euch entscheidet, mein Wort anzuzweifeln, bezweifelt Ihr meine Ehre und beleidigt mich. Ich kann nicht dulden, daß diese Beleidigung im Raum stehenbleibt.«

»Sturm!« Tanis war auf den Füßen.

Der Ritter, der seine Augen auf den Barbar gerichtet hielt, hob seine Hand. »Misch dich nicht ein, Tanis«, sagte Sturm. »Nun, wie sollen wir es austragen – Schwerter, Messer? Wie kämpft ihr Barbaren?«

Flußwinds unerschütterlicher Gesichtsausdruck veränderte sich nicht. Er betrachtete den Ritter aufmerksam mit seinen dunklen Augen. Dann sprach er, wobei er seine Worte sorgfältig wählte. »Ich wollte Eure Ehre nicht in Frage stellen. Ich kenne die Menschen und ihre Städte nicht, und ich sage es geradeheraus – ich habe Angst. Es ist meine Angst, die mich so sprechen läßt. Ich habe Angst, seitdem man mir den blauen Kristallstab übergeben hat. Und vor allem habe ich Angst um Goldmond.« Der Barbar sah zu der Frau hinüber. »Ohne sie werde ich sterben. Wie soll ich Vertrauen...« Seine Stimme versagte. Seine gleichmütige Maske brach zusammen, und sein Gesicht verzerrte sich vor Schmerz und Müdigkeit. Seine Knie sackten zusammen, und er fiel vornüber. Sturm fing ihn auf.

»Du hast recht«, sagte der Ritter. »Ich verstehe. Du bist müde und krank.« Tanis half ihm, den Barbar im hinteren Teil der Höhle hinzulegen. »Ruhe dich aus. Ich werde Wache halten.« Der Ritter schob sich an dem Busch vorbei, und ohne ein weiteres Wort zu sagen, trat er in den Regen hinaus.

Goldmond hatte der heftigen Auseinandersetzung schweigend zugehört. Jetzt kniete sie an Flußwinds Seite. Er legte seinen Arm um sie und hielt sie dicht an sich, sein Gesicht in ihr silbriggoldenes Haar vergraben. In Flußwinds Fellumhang eingehüllt, schliefen sie bald ein, Goldmonds Kopf ruhte auf seiner Brust.

Tanis atmete erleichtert auf und wandte sich wieder Raistlin zu. Der Magier war in einen unruhigen Schlaf gefallen. Manchmal murmelte er seltsame Worte in der Sprache der Magie, seine Hand griff nach dem Stab. Tanis blickte zu den anderen. Tolpan saß neben dem Feuer und sortierte seine »erworbenen« Schätze. Er saß im Schneidersitz, die Schätze vor sich auf dem Höhlenboden ausgebreitet. Tanis konnte glitzernde Ringe sehen, einige ungewöhnliche Münzen, die Feder eines Ziegenmelkervogels, mehrere Schnüre, ein Perlenhalsband, eine Seifenpuppe und eine Pfeife. Einer der Ringe kam ihm bekannt vor. Es war ein Elfenring, den Tanis vor langer Zeit von einer ihm wichtigen Person erhalten hatte.

Tanis schlich zum Kender hinüber, um die anderen nicht zu wecken. »Tolpan...« Er klopfte dem Kender auf die Schulter. »Mein Ring...«

»Wirklich?« fragte Tolpan mit unschuldigen, weit geöffneten

Augen. »Ist das deiner? Dann bin ich ja froh, daß ich ihn gefunden habe. Du mußt ihn im Wirtshaus verloren haben.«

Tanis nahm den Ring mit einem gequälten Lächeln an sich, dann setzte er sich zum Kender. »Hast du eine Karte dieser Gegend, Tolpan?«

Die Augen des Kenders glänzten. »Eine Karte? Ja, Tanis. Natürlich.« Er fegte all seine Schätze zusammen, stopfte sie in einen Beutel und fingerte einen handbemalten, hölzernen Schriftrollenbehälter aus einem anderen Beutel. Er zog ein Bündel Karten heraus. Tanis hatte schon früher die Sammlung des Kenders gesehen, aber sie überraschte ihn immer wieder aufs neue.

»Ich dachte, du kennst hier jeden Baum, Tanis.« Tolpan sortierte seine Karten, gelegentlich fiel ein sehnsüchtiger Blick auf eine besonders schöne.

Der Halb-Elf schüttelte den Kopf. »Ich habe hier viele Jahre gelebt«, sagte er. »Aber ich kenne nicht alle dunklen und geheimen Wege.«

»Es wird nicht viele nach Haven geben.« Tolpan zog eine Karte hervor und breitete sie auf dem Boden aus. »Die Haven-Straße durch das Solace-Tal ist der kürzeste Weg, das steht fest.«

Tanis studierte die Karte beim Schein des erlöschenden Lagerfeuers. »Du hast recht«, sagte er. »Die Straße ist nicht nur der direkteste – es scheint auch der einzig passierbare Weg für mehrere Meilen zu sein. Sowohl im Süden als auch im Norden liegt vor uns das Kharolis-Gebirge – keine Pässe.« Stirnrunzelnd rollte Tanis die Karte auf und gab sie zurück. »Was wird sich wohl der Theokrat ausmalen?«

Tolpan gähnte. »Nun«, sagte er und steckte die Karte sorgfältig wieder in den Behälter, »dies ist ein Problem, das von klügeren Leuten, als ich es bin, gelöst werden wird. Ich bin zu meinem Vergnügen da.« Nachdem er den Behälter wieder in einem Beutel verstaut hatte, legte er sich flach auf den Boden, zog seine Beine bis zum Kinn hoch und schlief bald den friedlichen Schlaf kleiner Kinder und Tiere.

Tanis sah ihn neidisch an. Obwohl er todmüde war, konnte er sich nicht entspannen. Die meisten waren inzwischen eingeschlummert, nur der Caramon wachte über seinen Bruder. Tanis ging zu ihm hinüber.

»Leg dich hin«, flüsterte er. »Ich passe auf Raistlin auf.«

»Nein«, sagte der Caramon. »Vielleicht braucht er mich.«

»Aber du könntest auch ein wenig Schlaf gebrauchen.«

»Aber ja doch.« Caramon grinste. »Leg dich selbst ein wenig hin, Kindermädchen. Deinen Kindern geht es gut. Schau – sogar dem Zwerg.«

»Da brauch' ich nicht hinzusehen«, sagte Tanis. »Der Theokrat kann ihn höchstwahrscheinlich in Solace schnarchen hören. Nun, mein Freund, dieses Wiedersehen ist nicht so verlaufen, wie wir es vor fünf Jahren geplant hatten.«

»Was ist?« fragte Caramon leise und sah zu seinem Bruder.

Tanis tätschelte ihn am Arm, dann legte er sich hin, rollte sich in seinen Mantel und schlief schließlich ein.

Die Nacht verstrich – langsam für die, die Wache hielten, schnell für die Schlafenden. Caramon löste Sturm ab. Tanis löste Caramon ab. Der Sturm heulte die ganze Nacht, der Wind peitschte den See auf. Blitze krachten durch die Nacht, Bäume standen in Flammen. Unentwegt rollte der Donner. Gegen Morgen beruhigte sich der Sturm, und der Halb-Elf sah in die graue, eisige Dämmerung. Der Regen hatte aufgehört, aber die Sturmwolken hingen immer noch tief. Die Sonne kam nicht durch. Tanis verspürte wachsenden Druck. Eine Wetterbesserung war nicht abzusehen in Anbetracht der Sturmwolken, die sich zum Norden hin versammelten. Herbststürme waren selten, besonders solche heftigen. Da er der Natur eng verbunden war, war Tanis über das seltsame Wetter fast genauso beunruhigt wie Raistlin über die Sternenkonstellation. Er fühlte, daß sie aufbrechen mußten, obwohl es noch sehr früh war. Er ging in die Höhle, um die anderen zu wecken.

Trotz des Feuers war die Höhle eisig und düster. Goldmond und Tolpan bereiteten das Frühstück. Flußwind stand im hinteren Teil der Höhle und schüttelte Goldmonds Fellumhang aus.

Tanis sah zu ihm. Der Barbar war gerade im Begriff gewesen, Goldmond etwas zu sagen, als Tanis eintrat. Er blieb stumm und begnügte sich damit, sie bedeutungsvoll anzusehen, während er mit seiner Arbeit fortfuhr. Goldmond hielt ihre Augen gesenkt, ihr Gesicht war blaß, und sie sah beunruhigt aus. Der Barbar bereute sein Verhalten vom Vortag, kam Tanis zum Bewußtsein.

»Leider gibt es nicht viel zu essen«, sagte Goldmond.

»Tikas Speisekammer war nicht gerade üppig bestückt«, fügte Tolpan entschuldigend hinzu. »Wir haben nur ein Brot, etwas Trockenfleisch, Käse und Weizenmehl. Tika muß immer auswärts essen.«

»Flußwind und ich haben überhaupt nichts dabei«, sagte Goldmond. »Wir waren nicht auf diese Reise vorbereitet.«

Tanis wollte sie nach dem Stab fragen, aber die anderen wurden gerade wach, als sie den Essensduft rochen. Caramon gähnte, streckte sich und erhob sich. Er ging zum Kochtopf hinüber und grunzte dann: »Mehlbrei? Ist das alles?«

»Zum Abendessen wird es noch weniger geben.« Tolpan grinste. »Schnallt eure Gürtel enger. Du nimmst doch sowieso von jedem Körnchen zu.«

Der schwere Mann seufzte ergeben.

Das spärliche Frühstück wurde in der kalten Dämmerung lustlos verspeist. Sturm, der alle Essensangebote ablehnte, hielt wieder draußen Wache. Caramon aß schnell seinen Anteil, verschlang noch die Portion seines Bruders und machte sich dann über Sturms Essen her, als der Ritter einmal hinausgegangen war. Der große Mann sah den anderen sehnsüchtig beim Essen zu.

»Willst du das essen?« fragte er, auf Flints Brot deutend. Der Zwerg knurrte. Tolpan, der die Augen des Kämpfers über seinen Teller streifen sah, stopfte sein Brot in den Mund und erstickte fast daran. Zumindest hält es ihn ruhig, dachte Tanis. Tolpan hatte Flint den ganzen Morgen lang unbarmherzig gehänselt, ihn »Herrscher der Meere« und »Schiffskamerad« genannt, ihn nach dem Fischpreis gefragt und wieviel er verlangen würde, sie wieder über den See zu rudern. Flint hatte schließlich einen Stein nach ihm geworfen, und Tanis hatte Tolpan zum Ufer geschickt, um die Töpfe zu spülen.

Der Halb-Elf ging zum hinteren Teil der Höhle.

»Wie geht es dir heute, Raistlin?« fragte er. »Wir müssen uns bald auf den Weg machen.«

»Mir geht es viel besser«, erwiderte der Magier mit seiner leisen, wispernden Stimme. Er trank einen selbstgebrauten Kräutertee.

Tolpan kam zur Höhle zurück und klapperte laut mit den Töpfen und Blechtellern. Tanis biß die Zähne bei dem Krach zusammen und wollte den Kender rügen, änderte dann aber seine Meinung. Es würde keinen Sinn haben.

Flint, der die Anspannung in Tanis' Gesicht sah, nahm dem Kender das Zeug ab und verstaute es. »Reiß dich mal zusammen«, zischte der Zwerg Tolpan zu. »Oder ich fasse dich am Schopf und häng' dich an einen Baum als Warnung für alle Kender…«

Tolpan zog etwas aus dem Bart des Zwergen. »Schau mal!« Der Kender hielt es schadenfroh hoch. »Algen!« Flint brüllte auf und wollte nach dem Kender greifen, aber Tolpan war flink ausgewichen.

Es raschelte, als Sturm das Gesträuch im Eingang wegschob. Sein Gesicht war dunkel und nachdenklich.

»Hört endlich auf!« fuhr er Flint und Tolpan an. Sein Schnurrbart zitterte. Sein mürrischer Blick richtete sich auf Tanis. »Ich kann diese zwei deutlich bis zum See hören. Sie werden jeden Goblin auf Krynn auf uns aufmerksam machen. Wir müssen hier verschwinden. Nun, welchen Weg nehmen wir?«

Ein ungemütliches Schweigen entstand. Alle, außer Raistlin, hielten in ihrer Tätigkeit inne und sahen auf Tanis. Der Magier wischte seinen Becher mit einem weißen Tuch aus. Er säuberte ihn weiter mit gesenkten Augen, als hätte Sturm nichts gefragt.

Dann seufzte er und kratzte sich am Bart. »Wir wissen nun, daß der Theokrat von Solace bestechlich ist. Er benutzt diesen

Goblinabschaum, um die Kontrolle über alles zu haben. Wenn er den Stab bekommen würde, würde er ihn zu seinem eigenen Gewinn einsetzen. Seit Jahren suchen wir nach einem Zeichen der wahren Götter. Anscheinend haben wir es gefunden. Ich habe nicht vor, diesen Stab diesem Betrüger in Solace zu überlassen. Tika sagte, sie sei überzeugt, daß die Sucherfürsten in Haven immer noch an der Wahrheit interessiert seien. Sie könnten uns vielleicht etwas über den Stab sagen, woher er kommt, welches seine Mächte sind. Tolpan, gib mir die Karte.«

Der Kender verstreute den Inhalt sämtlicher Beutel auf dem Boden und holte schließlich die verlangte Karte hervor.

»Wir sind hier, am Westufer des Krystalmir-Sees«, fuhr Tanis fort. »Nördlich und südlich von uns erstrecken sich die Ausläufer des Kharolis-Gebirges, die die Grenzen zum Solace-Tal bilden. Es sind keine Wege durch ihre Gebirgsketten bekannt, außer dem Torweg-Paß südlich von Solace...«

»Und der wird mit Sicherheit von Goblins bewacht«, murmelte Sturm. »Es gibt Durchgänge im Nordosten...«

»Das ist über den See!« sagte Flint voller Angst.

»Ja«, sagte Tanis, ohne eine Miene zu verziehen, »über den See. Aber diese Wege führen zu den Ebenen, und ich glaube nicht, daß ihr in diese Richtung gehen wollt.« Er sah zu Goldmond und Flußwind. »Die westliche Straße führt durch die Gipfel des Wächters und die Schattenschlucht nach Haven. Für mich scheint das unsere Richtung zu sein.«

Sturm runzelte die Stirn. »Und wenn die Sucherfürsten genauso verkommen sind wie der in Solace?«

»Dann reisen wir weiter in den Süden, nach Qualinesti.«

»Qualinesti?« Flußwind blickte finster drein. »Das Land der Elfen? Nein! Den Menschen ist verboten, es zu betreten. Außerdem ist der Weg geheim...«

Eine röchelnde, zischende Stimme unterbrach die Diskussion. Alle wandten sich Raistlin zu, als er sprach. »Das ist der Weg.« Seine Stimme war gedämpft und spöttisch, seine goldenen Augen glitzerten im kalten Licht der Dämmerung. »Die Wege von Düsterwald. Sie führen direkt nach Qualinesti.«

»Düsterwald?« wiederholte Caramon beunruhigt. »Nein, Tanis!« Der Kämpfer schüttelte den Kopf. »Ich kämpfe jeden Tag mit Lebenden, wenn es sein muß – aber mit den Toten!«

»Die Toten?« fragte Tolpan. »Erzähl mir, Caramon...«

»Halt den Mund, Tolpan!« brauste Sturm auf. »Düsterwald ist der blanke Irrsinn. Keiner, der ihn betreten hat, ist je wieder herausgekommen. Willst du uns gegen den Stab eintauschen, Magier?«

»Halte ein!« sagte Tanis scharf. Alle schwiegen. Sogar Sturm blieb still. Der Ritter sah in Tanis' ruhiges, nachdenkliches Gesicht, in die mandelförmigen Augen, in denen die Weisheit des jahrelangen Wanderns ruhte. Der Ritter hatte sich oft Gedanken gemacht, warum er Tanis' Führerschaft akzeptierte. Trotz allem war er nur ein Bastard, ein Halb-Elf. Er war nicht von edler Herkunft. Er trug keine Rüstung, keinen Schild mit einem stolzen Wappen. Und trotzdem folgte Sturm ihm und liebte ihn und respektierte ihn so, wie er keinen anderen respektierte.

Das Leben war für den solamnischen Ritter ein dunkler Schleier. Er konnte nicht sagen, daß er es kannte oder verstand, außer durch den Kodex der Ritterschaft, den er befolgte. *»Est Sularus oth Mithas«* – »Die Ehre ist mein Leben.« Der Kodex definierte Ehre und war vollständiger und genauer und strenger, als auf Krynn bekannt war. Der Kodex galt seit siebenhundert Jahren, aber Sturms geheime Angst war, daß eines Tages, in der letzten Schlacht, der Kodex keine Antworten mehr geben könnte. Er wußte, daß Tanis, wenn dieser Tag gekommen war, an seiner Seite wäre und die zerbröckelnde Welt zusammenhalten würde. Denn während Sturm den Kodex befolgte, lebte Tanis ihn.

Tanis' Stimme brachte die Gedanken des Ritters wieder in die Gegenwart. »Ich erinnere euch alle daran, daß dieser Stab nicht unser ›Preis‹ ist. Der Stab gehört rechtmäßig zu Goldmond – wenn er überhaupt jemandem gehört. Wir haben kein Recht auf ihn, genausowenig wie der Theokrat in Solace.« Tanis wandte sich an Goldmond. »Was ist Euer Wunsch, meine Dame?«

Goldmond starrte von Tanis zu Sturm, dann auf Flußwind. »Du kennst meine Gedanken«, sagte er kalt. »Aber – du bist die Tochter des Stammeshäuptlings.« Er erhob sich. Ihren bittenden Blick ignorierend, ging er nach draußen.

»Was meint er?« fragte Tanis.

»Er will, daß wir euch verlassen und mit dem Stab nach Haven gehen«, antwortete Goldmond. »Er sagt, ihr wäret eine Gefahr für uns. Auf uns allein gestellt, wären wir sicherer.«

»Eine Gefahr für euch!« explodierte Flint. »Wir wären nicht hier, ich wäre nicht wieder beinahe ertrunken – wenn es nicht wegen... wegen...« Der Zwerg begann vor Wut zu stottern.

Tanis erhob die Hand. »Es reicht.« Er kratzte sich am Bart. »Ihr werdet sicherer mit uns sein. Willst du unsere Hilfe annehmen?«

»Ja«, sagte Goldmond, »zumindest für eine Weile.«

»Gut«, sagte Tanis. »Tolpan, du kennst den Weg durch das Solace-Tal. Du bist unser Führer. Aber vergiß nicht, wir machen keinen Ausflug mit Picknick!«

»Ja, Tanis«, antwortete der Kender gedämpft. Er suchte seine vielen Beutel zusammen, hängte sie um Taille und Rükken. Als er an Goldmond vorbeiging, kniete er sich schnell hin und streichelte ihre Hand, dann war er aus der Höhle. Die anderen nahmen eilig ihr Gepäck auf und folgten ihm.

»Es wird wieder regnen«, brummte Flint mit einem Blick auf die tiefhängenden Wolken. »Wäre ich doch in Solace geblieben.« Grummelnd ging er weiter. Tanis, der auf Goldmond und Flußwind wartete, schüttelte lächelnd den Kopf. Zumindest verändert sich manches niemals, unter anderem Zwerge.

Flußwind nahm Goldmond den Rucksack ab und schwang ihn über seine Schulter. »Ich hab' das Boot gut versteckt«, berichtete er Tanis. An diesem Morgen trug er wieder seine undurchdringliche Maske. »Für den Fall, daß wir es brauchen sollten.«

»Eine gute Idee«, sagte Tanis. »Danke...«

»Geh du vor«, unterbrach Flußwind. »Ich komme nach; will ich hier erst unsere Spuren verwischen.«

Tanis wollte dem Barbaren danken. Aber Flußwind hatte sich schon umgedreht und mit seiner Arbeit begonnen. Als er den Pfad hinunterging, schüttelte Tanis den Kopf. Hinter sich konnte er Goldmond hören, die leise in ihrer Sprache redete. Flußwind antwortete mit einem barschen Wort. Goldmond seufzte, dann verlor sich das weitere Gespräch im Geräusch des knisternden Busches, mit dem Flußwind ihre Spuren beseitigte.

Die Geschichte des Stabes
Seltsame Kleriker. Unheimliche Gefühle

Der dichte Wald des Solace-Tals war eine grüne Masse pulsierenden Lebens. Unter den Dächern der Vallenholzbäume blühten Distelbüsche. Der Boden war mit lästigen Kletterpflanzen überzogen. Man mußte vorsichtig auf diese Pflanzen treten, denn sonst schlangen sie sich einem um den Knöchel und hielten das hilflose Opfer so lange gefangen, bis es von einem der Raubtiere, die im Tal lauerten, verschlungen wurde. Auf diese Weise versorgte sich auch die Schlingpflanze mit dem, was sie zum Leben brauchte – Blut.

Sie brauchten über eine Stunde, um sich durch das Gebüsch

zu hacken und zur Haven-Straße zu gelangen. Alle waren zerkratzt, zerrissen und erschöpft, und die vor ihnen liegende Straße mit ihrer weichen, lockeren Erde war ihnen willkommen. Erst als sie kurz vor der Straße anhielten und sich ausruhten, bemerkten sie, daß völlige Ruhe herrschte. Ein Schweigen war über das Land gefallen, als ob jedes Lebewesen den Atem anhielt und wartete. Jetzt hatten sie die Straße erreicht, und niemand war besonders erpicht, aus dem Schutz des Gebüsches hervorzutreten.

»Glaubst du, es ist sicher?« fragte Caramon und lugte aus einer Hecke.

»Sicher oder nicht, diesen Weg müssen wir nehmen«, sagte Tanis. »Falls du nicht fliegen kannst oder wieder in den Wald zurück willst. Wir haben eine Stunde gebraucht, um einige hundert Meter zurückzulegen. Bei diesem Tempo dürften wir die Kreuzung nächste Woche erreichen.«

Caramon errötete verärgert. »Ich meinte nicht...«

»Tut mir leid«, seufzte Tanis. Auch er spähte auf die Straße. Die riesigen Vallenholzbäume bildeten einen dunklen Korridor im grauen Licht. »Mir gefällt es genausowenig.«

»Trennen wir uns, oder bleiben wir zusammen?« unterbrach Sturm das seiner Meinung nach müßige Gespräch mit eiskaltem, praktischem Verstand.

»Wir bleiben zusammen«, entgegnete Tanis. Und fügte nach einem Moment hinzu: »Trotzdem sollte jemand kundschaften gehen.«

»Das mache ich, Tanis«, bot sich Tolpan an, der aus dem Busch unter Tanis' Ellbogen hervorsprang. »Niemand würde es verdächtig finden, daß ein Kender allein reist.«

Tanis runzelte die Stirn. Tolpan hatte recht – niemand würde ihn beargwöhnen. Es war im allgemeinen bekannt, daß Kender gern auf Wanderschaft gingen und Krynn auf der Suche nach Abenteuern durchreisten. Aber Tolpan hatte die beunruhigende Angewohnheit, seine Mission zu vergessen und die Reiseroute zu ändern, wenn irgend etwas Interessanteres seine Aufmerksamkeit fesselte.

»Nun gut«, sagte Tanis schließlich. »Aber vergiß nicht, Tolpan Barfuß, halte deine Augen offen und deine Gedanken zusammen. Kein Umherstreifen, und vor allem« – Tanis fixierte den Kender mit strengen Augen – »halte deine Hände aus den Taschen anderer Leute.«

»Solange es keine Bäcker sind«, fügte Caramon hinzu.

Tolpan kicherte, schob sich durch das Gestrüpp und hatte bald die Straße erreicht; sein Hupakstab bohrte Löcher in den Sand, seine Beutel hüpften beim Gehen auf und ab. Und dann sang er ein Liedchen.

Tanis grinste, ließ noch einige Minuten vergehen, und nachdem er den letzten Vers des Liedes gehört hatte, trat er vor. Schließlich traten alle auf die Straße mit genausoviel Angst wie ein Trupp schlechter Schauspieler vor einer feindseligen Zuschauerschaft. Ihnen war, als ruhte jedes Auge aus Krynn auf ihnen.

Der tiefe Schatten unter den flammenfarbigen Blättern machte es unmöglich, im Wald seitlich der Straße irgend etwas auszumachen. Sturm führte allein und im bitteren Schweigen die Gruppe. Tanis wußte, daß der Ritter sich durch eigene Dunkelheit schleppte, obwohl er den Kopf stolz hochhielt. Caramon und Raistlin folgten. Tanis hielt ein Auge auf den Magier, besorgt über seinen Zustand.

Raistlin hatte einige Schwierigkeiten gehabt, durch das Gestrüpp zu kommen, aber jetzt kam er gut voran. Er stützte sich mit einer Hand auf seinen Stab, in der anderen hielt er ein aufgeschlagenes Buch. Tanis wunderte sich anfangs, was der Magier las, bis ihm klar wurde, daß es sein Zauberbuch war. Es ist der Fluch der Magier, daß sie ständig lernen und jeden Tag ihre Zaubersprüche wiederholen müssen. Die Worte der Magie brennen sich dem Geist ein, flackern dann und erlöschen, wenn der Zauber geworfen ist. Jeder Zauber zerstört einen Teil der physischen und geistigen Energie des Magiers, bis er völlig erschöpft ist und sich ausruhen muß, bevor er seine Magie erneut anwenden kann.

Flint stapfte auf der anderen Seite neben Caramon. Die beiden begannen leise über den Bootsunfall zu streiten, der zehn Jahre zurücklag.

»Versuchen, mit bloßen Händen einen Fisch zu fangen...«, grummelte Flint voller Abscheu.

Tanis bildete mit den Barbaren das Schlußlicht. Er wandte seine Aufmerksamkeit Goldmond zu. Jetzt, wo er sie deutlich im fleckigen grauen Licht unterhalb der Bäume sah, bemerkte er um ihre Augen Linien, die sie älter als neunundzwanzig erscheinen ließen.

»Unser Leben war nicht einfach«, vertraute Goldmond ihm an. »Flußwind und ich lieben uns schon seit vielen Jahren. Doch es ist das Gesetz meines Volkes, daß ein Kämpfer, der die Tochter des Stammeshäuptlings heiraten will, eine große Tat vollbringen muß, denn er muß sich ihrer würdig erweisen. Es wurde immer schlimmer für uns. Flußwinds Familie war von unserem Stamm Jahre zuvor vertrieben worden, weil sie sich geweigert hatten, unsere Vorfahren zu ehren. Sein Großvater glaubte an uralte Götter, die vor der Umwälzung existiert hatten, obwohl es keine Beweise für ihre Existenz auf Krynn gab.

Mein Vater hatte entschieden, daß ich nicht so tief unter meinem Stand heiraten sollte. Er schickte Flußwind auf eine Mission, die kaum zu erfüllen war.– Er sollte ein Objekt mit heiligen Eigenschaften finden, das die Existenz dieser alten Götter beweisen könnte. Natürlich glaubte mein Vater nicht, daß es so einen Gegenstand geben würde. Er hoffte, Flußwind würde den Tod finden oder daß ich mit der Zeit einen anderen lieben könnte.« Sie sah zu Flußwind hoch und lächelte. Aber sein Gesicht blieb hart, seine Augen starrten in die Ferne. Ihr Lächeln versiegte. Seufzend fuhr sie mit ihrer Geschichte fort. Sie schien eher zu sich als mit Tanis zu sprechen.

»Flußwind war jahrelang unterwegs. Und mein Leben war leer. Manchmal dachte ich, mein Herz würde sterben. Und dann kehrte er vor einer Woche zurück. Er war halbtot, verwirrt und hatte hohes Fieber. Er stolperte in das Lager und brach vor meinen Füßen zusammen, seine Haut brannte bei der Berührung. In seiner Hand hielt er diesen Stab umklammert.

Wir mußten ihn ihm entreißen. Auch in Ohnmacht ließ er ihn nicht los.

Im Fieber sprach er über einen dunklen Ort, eine zerstörte Stadt, wo der Tod schwarze Flügel trüge. Dann, als er vor Angst und Entsetzen in Panik geriet und die Diener ihn ans Bett fesseln mußten, erinnerte er sich an eine Frau, eine in blaues Licht gekleidete Frau. Sie kam zu ihm an den dunklen Ort und heilte ihn und gab ihm den Stab. Diese Erinnerung ließ ihn ruhiger werden, und das Fieber sank.

Vor zwei Tagen...« Sie hielt inne, war es wirklich erst zwei Tage her? Es schien ein Leben zu sein! Seufzend erzählte sie weiter: »Er zeigte meinem Vater den Stab und erzählte ihm, daß er ihn von einer Göttin erhalten hätte, daß er aber ihren Namen nicht wüßte. Mein Vater sah sich den Stab an« – Goldmond hob ihn hoch – »und befahl ihm, etwas zu tun – irgend etwas. Nichts geschah. Er warf ihn Flußwind wieder zu, erklärte ihn zum Betrüger und befahl dem Stamm, ihn als Strafe für seine Gotteslästerung zu Tode zu steinigen.«

Goldmonds Gesicht wurde beim Sprechen blaß, Flußwinds Gesicht finster trüb.

»Sie fesselten Flußwind und zogen ihn zur Klagemauer.« Sie konnte nur noch flüstern. »Sie fingen an, ihn mit Steinen zu bewerfen. Er sah mich mit solch einer Liebe an, und er schrie, daß nicht einmal der Tod uns trennen könnte. Ich konnte den Gedanken nicht ertragen, ohne ihn zu leben. Ich rannte zu ihm. Die Steine trafen uns beide...« Goldmond faßte sich an die Stirn, weinte in der Erinnerung an den Schmerz, und Tanis bemerkte erst jetzt eine frische, tiefe Narbe auf ihrer Haut. »Auf einmal war da ein blendender Blitz. Als Flußwind und ich wieder sehen konnten, standen wir auf der Straße nach Solace. Der Stab glühte blau, schimmerte und wurde dann wieder so, wie du ihn jetzt siehst. Wir entschieden uns daraufhin, nach Haven zu gehen und die weisen Männer im Tempel über den Stab zu befragen.«

»Flußwind«, fragte Tanis beunruhigt. »Was weißt du noch von dieser zerstörten Stadt? Wo war sie?«

Flußwind antwortete nicht. Er blickte Tanis aus den Winkeln seiner dunklen Augen an, offensichtlich war er mit seinen Gedanken weit weg. Dann starrte er in die schattigen Bäume.

»Tanis Halb-Elf«, sagte er schließlich. »Das ist dein Name?«

»Die Menschen nennen mich so«, antwortete Tanis. »Mein Elfenname ist für Menschen zu lang und zu schwierig auszusprechen.«

Flußwind runzelte die Stirn. »Warum«, fragte er, »wirst du Halb-Elf und nicht Halb-Mensch genannt?«

Die Frage traf Tanis wie ein Schlag. Er mußte sich beherrschen, keine wütende Antwort zu geben. Er wußte, Flußwind stellte diese Frage aus einem bestimmten Grund. Sie war nicht als Beleidigung gemeint. Dies war eine Prüfung, wurde Tanis klar. Und er wählte seine Worte sorgfältig.

»Für die Menschen ist ein halber Elf nur ein Teil eines ganzen Wesens. Und ein halber Mensch ist ein Krüppel.«

Flußwind dachte lange über die Antwort nach, nickte schließlich einmal und beantwortete plötzlich Tanis' Frage.

»Ich bin viele Jahre gewandert«, erzählte er. »Oft wußte ich nicht einmal, wo ich eigentlich war. Ich folgte der Sonne und dem Mond und den Sternen. Die Reise war wie ein dunkler Traum.« Einen Moment lang schwieg er. Als er wieder sprach, kam seine Stimme wie aus weiter Ferne. »Es war einst eine sehr schöne Stadt, mit weißen Gebäuden, die von riesigen Marmorsäulen getragen wurden. Aber nun sieht sie aus, als ob eine Riesenhand die Stadt aufgehoben und gegen eine Gebirgswand geschleudert hätte. Die Stadt ist jetzt sehr alt und sehr böse.«

»Tod auf schwarzen Flügeln«, sagte Tanis leise.

»Er stieg auf wie ein Gott aus der Dunkelheit, von seinen Kreaturen verehrt, gellend und heulend.« Das Gesicht des Barbaren erblaßte unter seiner sonnengebräunten Haut. Er schwitzte in der kühlen Morgenluft. »Ich kann darüber nicht reden!« Goldmond legte ihre Hand auf seinen Arm, und die Spannung in seinem Gesicht löste sich.

»Und aus diesem Alptraum erschien eine Frau, die dir den Stab gab?« drängte Tanis.

»Sie heilte mich«, sagte Flußwind. »Ich lag im Sterben.«

Tanis betrachtete aufmerksam den Stab, den Goldmond in der Hand hielt. Es war ein schlichter, gewöhnlicher Stab, den man erst dann wahrnahm, wenn man seine Aufmerksamkeit auf ihn lenkte. Ein seltsames Bild war in seine Spitze geschnitzt, und Federn – so wie es die Barbaren lieben – waren darüber gebunden. Dennoch hatte er ihn blau glühen sehen! Er hatte seine Heilkräfte gespürt. War er ein Geschenk uralter Götter – gekommen, um in dieser Zeit der Bedrängnis zu helfen? Oder war er böse? Was wußte er überhaupt von diesen Barbaren? Tanis überdachte Raistlins Behauptung, daß der Stab nur von Lebewesen mit reinem Herzen berührt werden konnte. Er schüttelte den Kopf. Es klang gut. Er wollte es glauben.

In Gedanken verloren, spürte er, daß Goldmond seinen Arm berührte. Tanis sah auf – Sturm und Caramon gaben Zeichen. Der Halb-Elf stellte plötzlich fest, daß er und die Barbaren ziemlich weit zurückgefallen waren. Er fing an zu laufen.

»Was ist los?«

Sturm antwortete trocken: »Der Kundschafter kommt zurück.«

Tolpan kam die Straße herunter auf sie zu. Er winkte dreimal.

»Ins Gebüsch!« befahl Tanis. Die Gruppe verließ eilig die Straße und versank im Gebüsch, alle außer Sturm.

»Komm schon!« Tanis ergriff den Ritter am Arm. Sturm entzog sich dem Halb-Elf.

»Ich verstecke mich nicht im Graben!« erklärte der Ritter eisig.

»Sturm…«, begann Tanis und versuchte, seine aufsteigende Wut zu unterdrücken. Er schluckte bittere Worte hinunter, die nichts bringen würden und nicht wiedergutzumachenden Schaden anrichten konnten. Statt dessen wendete er sich mit zusammengepreßten Lippen vom Ritter ab und wartete in grimmigem Schweigen auf den Kender.

Tolpan kam angeflitzt, seine Beutel hüpften beim Laufen wild auf und ab.

»Kleriker!« keuchte er. »Eine Gesellschaft von Klerikern. Acht Stück!«

Sturm rümpfte die Nase. »Ich dachte, es wäre zumindest ein Bataillon von Goblinwachen. Ich denke, mit acht Klerikern werden wir fertig.«

»Ich bin mir nicht sicher«, entgegnete Tolpan. »Ich habe auf ganz Krynn Kleriker gesehen, aber solche noch nie.« Er blickte besorgt die Straße hinunter, dann zu Tanis mit einem ungewöhnlichen Ernst in seinen braunen Augen. »Erinnerst du dich, was Tika über die seltsamen Männer in Solace gesagt hat – die mit Hederick herumhängen? Mit Kapuzen und in schwere Roben gekleidet? Nun, diese Beschreibung paßt genau auf diese da! Und, Tanis, ich hatte bei ihrem Anblick ein ganz unheimliches Gefühl...« Der Kender schauderte. »Wir werden sie gleich sehen.«

Tanis warf Sturm einen schnellen Blick zu. Der Ritter hob die Augenbrauen. Beide wußten, daß Kender das Gefühl der Angst nicht kannten, dafür waren sie jedoch äußerst empfindsam gegenüber den Ausstrahlungen anderer Lebewesen. Tanis konnte sich nicht erinnern, daß der Anblick irgendeines Wesens auf Krynn Tolpan jemals ein »unheimliches Gefühl« vermittelt hätte – und er hatte sich mit dem Kender schon in einigen merkwürdigen Gegenden aufgehalten.

»Da kommen sie«, sagte Tanis plötzlich. Die drei zogen sich in den Schatten der Bäume zur Linken zurück und beobachteten die Kleriker, die um die Straßenbiegung kamen. Für den Halb-Elf waren sie noch zu weit entfernt, um viel über sie sagen zu können, außer daß sie sich sehr langsam bewegten und einen großen Handkarren hinter sich zogen.

»Vielleicht solltest du mit ihnen sprechen, Sturm«, sagte Tanis leise. »Wir müssen mehr über die Straße wissen. Aber sei vorsichtig, mein Freund.«

»Ich werde vorsichtig sein«, antwortete Sturm lächelnd. »Ich habe nicht die Absicht, mein Leben sinnlos wegzuwerfen.«

Der Ritter faßte Tanis einen Moment lang in stummer Entschuldigung am Arm, dann ließ er ihn los, um sein Schwert zu lockern. Er ging auf die andere Straßenseite und lehnte sich gegen einen abgebrochenen Holzpfahl, den Kopf gesenkt, als wollte er sich ausruhen. Tanis stand einen Moment unentschlossen da, dann wandte er sich um und bahnte sich einen Weg durch das Gebüsch, Tolpan auf seinen Fersen.

»Was ist denn los?« grunzte Caramon, als Tanis und Tolpan erschienen. Der Krieger streckte sich, so daß sein Waffenarsenal heftig zu klirren begann. Die übrigen Gefährten hatten sich hinter ein Gebüsch gedrängt, von wo aus sie jedoch die Straße überblicken konnten.

»Psst.« Tanis kniete sich neben Caramon und Flußwind, der hinter einem Busch einige Meter zu Tanis' Linken kauerte. »Kleriker«, flüsterte er. »Sturm soll sie ausfragen.«

»Kleriker!« Caramon schnaubte spöttisch und machte es sich bequem. Aber Raistlin wurde unruhig.

»Kleriker«, wisperte er nachdenklich. »Mir gefällt das nicht.«

»Wie meinst du das?« fragte Tanis.

Raistlin lugte aus den dunklen Schatten seiner Kapuze zum Halb-Elf. Tanis konnte nur die goldenen Augen des Magiers erkennen, enge Schlitze voller List und Klugheit.

»Seltsame Kleriker.« Raistlin sprach mit umständlicher Geduld, wie zu einem Kinde. »Der Stab hat spirituelle, heilende Fähigkeiten – Fähigkeiten, die man auf Krynn seit der Umwälzung nicht mehr erlebt hat! Caramon und ich sahen einige dieser Männer in Solace. Findest du es nicht seltsam, mein Freund, daß diese Kleriker und dieser Stab zur selben Zeit am selben Ort erscheinen, obwohl beide zuvor nie gesehen wurden? Vielleicht gehört ihnen rechtmäßig dieser Stab.«

Tanis blickte zu Goldmond. Sie sah sehr beunruhigt aus. Sicherlich hatte sie sich dieselbe Frage gestellt. Er sah wieder zur Straße. Die verhüllten Gestalten bewegten sich im Schneckentempo, während sie den Karren zogen.

Die Gefährten warteten schweigend. Graue Wolken zogen sich zusammen, der Himmel wurde dunkler, und bald darauf begann es durch die Zweige zu tropfen.

»Es regnet«, brummte Flint. »Nicht genug, daß ich mich wie ein Pilz in einen Busch quetschen muß, jetzt werde ich auch noch bis auf die Knochen naß...«

Tanis funkelte den Zwerg wütend an. Flint murmelte noch etwas und schwieg dann. Bald hörten die Gefährten nur noch den Regen, der auf die Blätter prasselte und auf Schild und Helm trommelte. Es war ein kalter, beständiger Regen, ein Regen, der durch den dicksten Mantel drang. Er floß über Caramons Drachenhelm und tröpfelte an seinem Hals hinunter. Raistlin begann zu zittern und zu husten und hielt sich die Hand vor den Mund, um das Geräusch zu dämpfen, als ihn alle entsetzt anstarrten.

Tanis sah auf die Straße. Wie Tolpan hatte er niemals zuvor etwas Ähnliches wie diese Kleriker während seiner hundert Lebensjahre auf Krynn gesehen. Sie waren hochgewachsen, über einen Meter achtzig. Lange Gewänder verhüllten ihre Körper, mit Kapuzen versehene Umhänge bedeckten die Gewänder. Selbst ihre Füße und Hände waren vermummt, wie Bandagen über Leprawunden. Als sie sich Sturm näherten, blickten sie sich vorsichtig um. Einer von ihnen sah direkt auf das Gebüsch, wo sich die Gefährten versteckt hielten. Nur die dunkelglänzenden Augen waren durch einen Stoffschlitz zu erkennen.

»Heil dir, Ritter von Solamnia«, grüßte der führende Kleriker in der Umgangssprache. Seine Stimme klang hohl, lispelnd – eine nichtmenschliche Stimme. Tanis erschauerte.

»Seid gegrüßt, Brüder«, antwortete Sturm ebenfalls in der Umgangssprache. »Ich bin heute schon viele Meilen gewandert, und ihr seid die ersten Reisenden, auf die ich stoße. Ich habe seltsame Gerüchte gehört, und ich müßte Näheres über die Straße wissen. Woher kommt ihr?«

»Eigentlich aus dem Osten«, erwiderte der Kleriker. »Aber heute sind wir von Haven aufgebrochen. Für das Wandern ist der Tag eiskalt, Ritter, darum ist wohl die Straße so leer. Wir auch, wenn uns nicht ein Notfall dazu veranlaßt hätte. Wir haben dich unterwegs nicht getroffen, also mußt du aus Solace kommen, Ritter.«

Sturm nickte. Die übrigen Kleriker standen in der Nähe des Karrens und unterhielten sich murmelnd. Der Anführer sagte etwas zu ihnen in einer fremden kehligen Sprache. Tanis blickte fragend seine Gefährten an. Tolpan schüttelte den Kopf, die anderen auch: Keiner von ihnen hatte diese Sprache je gehört. Der Kleriker sprach wieder in der Umgangssprache. »Ich bin neugierig, über diese Gerüchte zu hören, Ritter.«

»Man munkelt von Armeen im Norden«, erwiderte Sturm. »Ich reise in diese Richtung, in meine Heimat Solamnia.«

»Von diesen Gerüchten wissen wir nichts«, antwortete der Kleriker. »Soweit uns bekannt ist, ist die Straße zum Norden frei.«

»Ah, das kommt davon, wenn man Betrunkenen glaubt.« Sturm zuckte mit den Schultern. »Aber welchen Notfall meint ihr, der euch Brüder bei solch einem schlechten Wetter heraustreibt?«

»Wir suchen einen Stab«, antwortete der Kleriker bereitwillig. »Mit einem blauen Kristall. Wir hörten, daß er in Solace gesichtet wurde. Weißt du etwas darüber?«

»Ja«, meinte Sturm. »Ich habe in Solace davon gehört. Von den gleichen Kameraden, die mir auch von den Armeen im Norden erzählten. Was ist an diesen Geschichten dran?«

Der Kleriker schien einen Moment lang verwirrt zu sein. Er blickte sich unsicher um.

»Erzähl mir«, sagte Sturm und lehnte sich wieder an den Pfahl, »warum sucht ihr den Stab mit dem blauen Kristall? Ein schlichter Holzstab würde besser zu euch passen.«

»Es handelt sich um einen geweihten Heilstab«, erwiderte der Kleriker ernst. »Einer unserer Brüder ist schwer krank; ohne die gesegnete Berührung mit diesem heiligen Relikt wird er sterben.«

»Heilen?« Sturm hob die Augenbrauen. »Ein gesegneter Heilstab wäre von unschätzbarem Wert. Wie konntet ihr dann solch einen seltenen und wundervollen Gegenstand aus den Augen verlieren?«

»Wir haben ihn nicht – verloren!« schnaubte der Kleriker.

Tanis sah, wie der Mann seine vermummten Hände vor Wut zusammenpreßte. »Er wurde unserem heiligen Orden gestohlen. Wir verfolgten die Spur des Diebes bis zu einem Barbarendorf in den Ebenen, dann verlor sich seine Spur. Dann hörten wir Gerüchte über seltsame Geschehnisse in Solace, und darum gehen wir dorthin.« Er zeigte auf den Karren. »Diese unheilvolle Reise ist nur ein kleines Opfer für uns, verglichen mit den Schmerzen, die unser Bruder erleiden muß.«

»Leider kann ich nicht helfen...«, begann Sturm.

»Ich kann euch helfen«, ertönte eine klare Stimme neben Tanis. Er griff um sich, aber es war zu spät. Goldmond hatte sich hinter dem Busch erhoben und ging entschlossen auf die Straße zu, schob Zweige und Dornensträucher beiseite. Flußwind sprang hoch und stürzte ihr nach.

»Goldmond!« Tanis riskierte ein durchdringendes Wispern.

»Ich muß es wissen!« erwiderte sie nur.

Die Kleriker, die Goldmonds Stimme hörten, blickten sich wissend an und nickten sich zu. Tanis spürte eine Spannung, aber bevor er etwas sagen konnte, war auch Caramon auf die Füße gesprungen.

»Diese Barbaren werden mich nicht hier hocken lassen, während sie sich amüsieren!« erklärte Caramon und arbeitete sich hinter Flußwind durch das Dickicht.

»Sind jetzt alle verrückt geworden?« knurrte Tanis. Er packte Tolpan am Kragen und zog den Kender, der Caramon fröhlich hinterherspringen wollte, zurück. »Flint, paß auf den Kender auf. Raistlin...«

»Mach dir keine Sorgen um mich, Tanis«, flüsterte der Magier. »Ich habe nicht die Absicht, mich zu zeigen.«

»Gut. Bleibt hier.« Tanis erhob sich und bewegte sich langsam nach vorn. Ein »unheimliches Gefühl« beschlich ihn.

Die Suche nach der Wahrheit
Unerwartete Antworten

»Ich kann euch helfen.« Goldmonds klare Stimme ertönte wie eine silberne Glocke. Die Tochter des Stammeshäuptlings sah Sturms entsetztes Gesicht.

Aber Goldmond war weit davon entfernt, wie ein dummes hysterisches Weib zu handeln. Sie hatte zehn Jahre lang über ihren Stamm geherrscht, seitdem eine Krankheit wie ein Blitz über ihren Vater gekommen war und er weder deutlich sprechen noch seinen rechten Arm und sein rechtes Bein bewegen konnte. Sie hatte ihr Volk durch Kriegszeiten mit Nachbarstämmen und durch Friedenszeiten geführt. Sie hatte Versuche, ihre Macht zu schmälern, vereitelt. Sie wußte, daß das, was sie jetzt vorhatte, gefährlich werden konnte. Diese seltsamen Kleriker erfüllten sie mit Ekel. Aber offenbar wußten sie etwas über den Stab, und sie mußte erfahren, was das war.

»Ich führe den Stab mit mir«, sagte Goldmond und trat mit stolz erhobenem Haupt zum Führer der Kleriker. »Aber wir haben ihn nicht gestohlen; der Stab wurde uns gegeben.«

Flußwind ging an ihrer Seite, Sturm an der anderen. Caramon war hinter ihr, die Hand am Schwertgriff, ein entschlossenes Grinsen auf dem Gesicht.

»So, sagst du«, antwortete der Kleriker mit leiser, höhnischer Stimme. Er starrte mit gierigen schwarz glänzenden Augen auf den schlichten braunen Stab in ihrer Hand, dann streckte er seine verhüllte Hand aus, um ihn an sich zu nehmen. Goldmond drückte den Stab schnell an ihren Körper.

»Der Stab wurde von einem bösen Ort fortgetragen«, sagte sie. »Ich will tun, was ich kann, um deinem sterbenden Bruder zu helfen, aber ich werde weder dir noch einem anderen diesen Stab übergeben, solange ich nicht von deinem rechtmäßigen Anspruch überzeugt wurde.«

Der Kleriker zögerte und sah auf seine Brüder. Tanis bemerkte, wie sie ihre Hände nervös auf ihren Gürteln bewegten, die sie um ihre weiten Gewänder gebunden hatten. Ungewöhnlich breite Gürtel, dachte Tanis, mit seltsamen Wölbungen – er war sicher, daß es keine Gebetgürtel waren. Er fluchte innerlich vor Wut und hoffte, daß es Sturm und Caramon nicht entgangen war. Aber Sturm schien völlig entspannt, und Caramon stupste ihn, als ob sie sich gerade einen Witz erzählt hätten. Tanis hob behutsam seinen Bogen und legte seinen Pfeil auf.

Der Kleriker beugte schließlich unterwürfig seinen Kopf und steckte seine Hände in die Ärmel seines Umhangs. »Wir sind für jede Hilfe dankbar, die du unserem armen Bruder gewähren kannst«, sagte er mit dumpfer Stimme. »Und dann hoffe ich, daß du und deine Gefährten mit uns nach Haven zurückgehen werden. Ich verspreche dir, dich zu überzeugen, daß dieser Stab irrtümlich in deinen Besitz geraten ist.«

»Wir gehen dahin, wohin wir wollen, Bruder«, knurrte Caramon.

Dummkopf! dachte Tanis. Der Halb-Elf überlegte, eine Warnung auszustoßen, aber entschied dann, sich für den Fall verborgen zu halten, daß sich seine wachsenden Befürchtungen bewahrheiteten.

Goldmond und der Kleriker gingen zum Karren, Flußwind dicht auf Goldmonds Fersen. Caramon und Sturm blieben dicht neben dem Karren stehen und beobachteten das Ganze interessiert. Als Goldmond und der Kleriker den hinteren Teil des Karrens fast erreicht hatten, zerrte der Kleriker Goldmond plötzlich weiter. Sie entzog sich seinem Griff und trat selbst vor. Der Kleriker verbeugte sich demütig, dann zog er ein Tuch zurück, das den hinteren Teil des Karrens bedeckt hatte. Goldmond, die den Stab vor sich hielt, schaute hinein.

Tanis sah eine hastige Bewegung. Goldmond schrie. Blaues Licht blitzte auf, dem ein Schrei folgte. Die Frau taumelte nach hinten, und Flußwind sprang schützend vor sie. Der Kleriker setzte ein Horn an die Lippen und blies lange, winselnde Töne.

»Caramon! Sturm!« rief Tanis und hob seinen Bogen. »Es ist eine Fall…« Eine schwere Last fiel von oben auf den Halb-Elf und ließ ihn zu Boden stürzen. Starke Hände umklammerten seine Kehle und drückten sein Gesicht tief in den Schlamm. Tanis rang nach Luft, aber Nase und Mund waren mit Schlamm verstopft. Er riß panisch an den Händen, die ihm den Atem zu rauben versuchten. Der Griff des Mannes war unglaublich stark. Tanis schwanden die Sinne. Er spannte seine Muskeln für einen letzten verzweifelten Versuch an, als er einen heiseren Aufschrei hörte, dem ein Aufprall folgte. Die Hände lösten sich von seiner Kehle, und die Last wurde von ihm weggezogen.

Tanis rappelte sich schwer atmend auf. Er wischte sich den Schlamm aus dem Gesicht, und sein Blick fiel auf Flint, der einen Holzklotz in der Hand hielt. Aber die Augen des Zwerges waren nicht auf ihn gerichtet, sondern auf den Körper zu seinen Füßen.

Tanis folgte dem Blick des Zwergen und schauderte entsetzt

zurück. Das war kein Mensch! Lederne Flügel wuchsen aus dem Rücken der Kreatur. Sie hatte die schuppige Haut eines Reptils; ihre riesigen Hände und Füße waren mit Krallen versehen und ließen darauf schließen, daß das Wesen nach Menschenart aufrecht gehen konnte. Eine ausgeklügelte Rüstung schien der Kreatur das Fliegen zu ermöglichen. Es war jedoch ihr Gesicht, das Tanis schaudern ließ – nie zuvor hatte er solch ein Gesicht gesehen, weder auf Krynn noch in seinen dunkelsten Alpträumen. Es war die Fratze eines bösartigen Reptils mit menschlichen Zügen.

»Bei allen Göttern«, Raistlin rang nach Luft, als er zu Tanis kroch. »Was ist denn das?«

Bevor Tanis antworten konnte, sah er aus den Augenwinkeln ein strahlend blaues Licht, und er hörte Goldmond wieder schreien.

Als die Frau in den Karren geschaut hatte, hatte sie sich einen Moment lang gefragt, welch schreckliche Krankheit es war, die das Fleisch eines Menschen in Schuppen verwandeln konnte. Sie war vorgetreten, um den bemitleidenswerten Kleriker mit ihrem Stab zu berühren, doch in dem Augenblick sprang die Kreatur sie an und griff mit einer Klauenhand nach dem Stab. Ein blauer Lichtblitz folgte. Das Wesen kreischte vor Schmerzen und sank zurück, seine verkohlten Hände aneinanderreibend. Flußwind war mit gezogenem Schwert vor seine Häuptlingstochter gesprungen.

Aber nun hörte diese ihn keuchen und sah seinen Schwertarm lahm werden. Flußwind taumelte zurück und unternahm keine Anstrengung, sich zu verteidigen. Grobe vermummte Hände griffen von hinten nach Goldmond, eine schreckliche, schuppige Klaue klatschte auf ihren Mund. Während sie sich wehrte, sah sie für einen Augenblick auf Flußwind. Er starrte mit aufgerissenen Augen voller Entsetzen auf das Wesen im Karren, sein Gesicht war leichenblaß, sein Atem ging stoßweise – ein Mann, der aus einem Alptraum erwacht, um festzustellen, daß der Traum Wirklichkeit geworden ist.

Goldmond, starkes Kind einer Kriegersippe, setzte mit geschickten Tritten ihren Gegner außer Gefecht, der mit zerschmetterter Kniescheibe zurücktaumelte. Kaum hatte der Kleriker seinen Griff gelockert, wirbelte Goldmond herum und schlug mit ihrem Stab auf ihn ein. Zu ihrer Verwunderung sackte der Kleriker zu Boden; der Hieb mußte von einer Wucht gewesen sein, um die selbst der mächtige Caramon sie beneidet hätte. Sie sah erstaunt auf den Stab, der nun in leuchtendem Blau erglühte. Aber zum Staunen blieb keine Zeit – andere Kreaturen umzingelten sie. Sie schwang den leuchtenden Stab in einem weiten Bogen und hielt sie sich so vom Leibe. Aber wie lange würde das gehen?

»Flußwind!«

Goldmonds Schrei holte den Barbaren aus seinem tiefen Entsetzen. Er wandte sich um. Goldmond bewegte sich auf den Wald zu und hielt dabei die Kleriker mit dem Stab in Schach. Flußwind griff einen der Kleriker von hinten an und überwältigte ihn. Ein anderer sprang auf ihn los, während ein weiterer sich auf Goldmond stürzte.

Wieder blitzte ein blendend blaues Licht auf.

Sekunden vor Tanis' Warnschrei hatte Sturm die Hinterlist der Kleriker durchschaut und sein Schwert gezogen. Er sah, wie eine Klauenhand aus dem alten Holzkarren nach dem Stab griff, und sprang nach vorn, um Flußwind zu helfen. Aber der Ritter war auf die Reaktion des Barbaren beim Anblick der Kreatur im Karren völlig unvorbereitet. Sturm sah Flußwind zurücktaumeln, hilflos, sah, wie der Barbar attackiert wurde und wie er keine Anstalten machte, sich zu verteidigen. Er war einfach erstarrt, seine Waffe baumelte in seiner Hand.

Sturm stieß sein Schwert in den Rücken der Kreatur. Das Wesen schrie auf, wirbelte herum, und dem Ritter wurde der Schwertgriff aus der Hand gerissen. Sabbernd und gurgelnd schlug es seine Arme um den verwirrten Ritter und zog ihn auf die schlammige Straße. Sturm sah, daß das Wesen tödlich verletzt war, und kämpfte mit seinem Entsetzen und seinem Widerwillen vor der Berührung mit der schleimigen Haut. Das Gurgeln erstarb, und er spürte, wie die Kreatur starr wurde.

Der Ritter schob den Körper zur Seite und versuchte, sein Schwert aus dem Rücken des Monsters herauszuziehen. Die Waffe bewegte sich nicht. Ungläubig starrte er sie an, um erneut mit ganzer Kraft an der Waffe zu zerren, die sich jedoch noch immer nicht von der Stelle bewegte. Voller Zorn schlug er mit blassen Händen auf die Kreatur ein – und wich voller Angst und Ekel zurück: Das Wesen war zu Stein geworden!

»Caramon!« gellte Sturm, als ein weiterer Kleriker, die Axt schwingend, auf ihn zusprang. Sturm duckte sich, spürte einen schneidenden Schmerz, Blut floß über seine Augen; er stolperte wie blind und wurde dann zu Boden gedrückt.

Caramon, der nahe beim Karren gestanden hatte, wollte gerade Goldmond zur Hilfe eilen, als ihn Sturms Schrei erreichte. Dann wurde auch er von zwei Kreaturen zu Boden geworfen. In der einen Hand immer noch sein Kurzschwert, in der anderen seinen Dolch, versuchte er, die Schreckenswesen auf Distanz zu halten. Einer der Kleriker taumelte, und Caramon stieß ihm seine Klinge tief ins Fleisch. Er roch einen widerlichen, fauligen Gestank und sah, wie sich ein dicklicher, grüner Fleck auf dem Gewand des Klerikers ausbreitete. Aber die Wunde schien die Kreatur nur noch rasender zu machen. Aus ihrem Rachen troff Speichel, als sie wieder auf ihn losstürmte, wie aus dem Rachen eines Reptils. Einen Moment lang wurde Caramon von Panik ergriffen. Er hatte gegen Trolle und Goblins gekämpft, aber diese entsetzlichen Wesen schienen ihm jede Kraft zu rauben. Er sah sich bereits verloren. Dann hörte er ein beruhigendes Flüstern.

»Ich bin hier, mein Bruder.«

»Zur rechten Zeit«, keuchte Caramon und schwang mit neuer Kraft sein Schwert. »Was sind das für grauenhafte Wesen?«

»Töte ihn nicht!« warnte Raistlin schnell. »Sie verwandeln sich in Stein. Wir haben es mit irgendeiner Art von Reptilienmenschen zu tun. Darum diese Gewänder und Kapuzen.«

Obwohl sie sich wie Tag und Nacht unterschieden, kämpften die Zwillinge, wenn es darauf ankam, gut zusammen. Sie tauschten einige rasche Worte. Caramon, wieder auf den Beinen, ließ Schwert und Dolch fallen und spannte seine riesigen Armmuskeln an. Als die Kreaturen Caramons Waffen fallen sahen, stürmten zwei von ihnen vor. Ihre Lumpen hatten sich aus den Gürteln gelöst und flatterten grotesk um ihre Reptilienleiber. Caramon zog eine Grimasse beim Anblick ihrer schuppigen Körper und Klauenhände.

»Bereit«, sagte er zu seinem Bruder.

»Ast tasark simiralan krynawi«, murmelte Raistlin leise und warf eine Handvoll Sand in die Luft. Die Kreaturen hielten inne, schüttelten benommen ihre Köpfe... Aber dann blitzte es in ihren Augen auf. Wieder im Vollbesitz ihrer Kräfte, griffen sie erneut an.

»Sie widerstehen jedem Zauber!« murmelte Raistlin ehrfürchtig. Aber dieses kurze Zwischenspiel hatte für Caramon ausgereicht. Er umschlang ihre knochigen Reptilhälse mit seinen riesigen Händen und stieß mit aller Kraft ihre Köpfe zusammen. Die Körper taumelten zu Boden – leblose Statuen. Caramon sah auf und erblickte zwei weitere Wesen, die mit gebogenen Schwertern in ihren Klauen über ihre versteinerten Brüder hinweg auf ihn zukamen.

»Stell dich hinter mich«, befahl Raistlin heiser. Caramon hob schnell seinen Dolch und sein Schwert auf. Er schlüpfte hinter seinen Bruder. Er fürchtete zwar um Raistlin, wußte aber, daß der Bruder seinen Zauber nicht aussprechen konnte, wenn er im Weg stand.

Raistlin starrte konzentriert auf die Kreaturen, die – den Magier erkennend – langsamer wurden und einander zögernd ansahen. Eines der Wesen ließ sich fallen und kroch unter den Karren. Das andere sprang mit dem Schwert in der Hand vor, in der Hoffnung, den Magier zu durchbohren, bevor dieser seinen Zauberspruch beenden konnte, oder um wenigstens die für Zauberer so notwendige Konzentration zu durchbrechen. Caramon brüllte. Raistlin schien weder zu hören noch zu sehen. Langsam hob er seine Hände, legte die Daumen zusammen, spreizte seine mageren Finger fächerartig auseinander und sprach: *»Kair tangus miopiar.«* Der Zauber schoß aus seinem zerbrechlichen Körper hervor, und die Kreatur wurde von Flammen umlodert.

Tanis, der sich vom ersten Schock erholt hatte, hörte Sturms Schrei und stürzte durch das Gebüsch auf die Straße. Er schwang sein Schwert wie eine Keule und erschlug die Kreatur, die Sturm auf den Boden gedrückt hielt, mit der flachen Klinge. Dann zog er den verwundeten Krieger ins Unterholz.

»Mein Schwert«, murmelte Sturm benommen. Blut floß über sein Gesicht. Er versuchte erfolglos, es wegzuwischen.

»Wir kriegen dein Schwert schon«, versprach Tanis – fragte sich nur, wie. Er sah auf die Straße. Immer mehr Grauenskreaturen schwärmten aus dem Wald und hielten auf sie zu. Tanis' Mund wurde trocken. Wir müssen hier raus, dachte er und versuchte, die aufsteigende Panik zu unterdrücken. Tief Luft holend, wandte er sich Flint und Tolpan zu, die ihm nachgerannt waren.

»Bleibt hier und paßt auf Sturm auf«, wies er sie an. »Ich werde versuchen, alle zusammenzubringen. Wir müssen wieder in den Wald zurück.«

Er wartete die Antwort nicht ab, sondern stürzte auf die Straße. Im gleichen Augenblick loderten die Flammen von Raistlins Zauber auf, und er mußte sich auf den Boden werfen.

Der Karren begann zu qualmen, als das Stroh, auf dem die Kreatur gelegen hatte, Feuer fing.

»Bleibt hier und paßt auf Sturm auf. Pah!« grollte Flint und schwang seine Streitaxt. Einen Moment lang schienen die Kreaturen weder den Zwerg noch den Kender oder den verletzten Ritter zu bemerken. Aber Flint wußte, daß dies nur eine Frage der Zeit war. Er stemmte seine Füße in den Boden. »Mach etwas für Sturm«, sagte er gereizt zu Tolpan. »Du könntest wenigstens einmal etwas Nützliches tun!«

»Das versuche ich doch«, entgegnete Tolpan verletzt. »Aber ich kann die Blutung nicht stillen.« Er wischte mit einem einigermaßen sauberen Taschentuch über die Augen des Ritters. »Nun, kannst du jetzt sehen?« fragte er eifrig.

Sturm stöhnte und versuchte aufzusitzen, aber Schmerzen schossen durch seinen Kopf, und er sank zurück. »Mein Schwert«, hauchte er.

Tolpan sah zu Sturms zweihändigem Schwert hinüber, das aus dem Rücken des zu Stein gewordenen Klerikers ragte. »Das ist phantastisch!« sagte der Kender mit aufgerissenen Augen. »Schau dir das an, Flint! Sturms Schwert...«

»Ich weiß, du gehirnloser Kender!« Flint brüllte auf, als er eine Kreatur mit gezogenem Schwert auf sie zurennen sah.

»Ich hole es mal eben«, sagte Tolpan fröhlich zu Sturm, »dauert keine Minute.«

»Nein...«, gellte Flint, dem klar wurde, daß sich die angreifende Kreatur außerhalb von Tolpans Blickfeld befand. Das Wesen holte aus und zielte auf den Hals des Zwerges. Flint schwang seine Axt, doch im selben Moment sprang Tolpan auf die Füße – die Augen immer noch auf Sturms Schwert gerichtet. Der Hupakstab des Kenders warf den Zwerg nach hinten. Das Schwert der Kreatur sauste über den Zwerg hinweg. Flint kreischte erschrocken und fiel mit dem Rücken auf Sturm.

Tolpan, der den Zwerg schreien hörte, drehte sich um und staunte über einen merkwürdigen Anblick: Ein Kleriker griff Flint an, der aus irgendeinem Grund auf dem Rücken lag und wild mit den Beinen strampelte, obwohl er doch eigentlich kämpfen sollte.

»Was machst du da, Flint?« schrie Tolpan und trommelte zugleich mit dem Hupak lässig auf den Magen der Kreatur ein, dann auf den Kopf, bis sie taumelte und ohnmächtig niedersank.

»Was denn!« fragte er Flint gereizt. »Muß ich jetzt auch noch deine Kämpfe austragen?« Er drehte sich um und steuerte auf Sturms Schwert zu.

»Kämpfen! Für mich!« Der Zwerg stotterte vor Wut und ruderte wild mit den Armen, um wieder hochzukommen. Sein Helm war ihm über die Augen gerutscht, so daß er nichts mehr sehen konnte. Flint schob ihn nach hinten, gerade als ein anderer Kleriker wieder nach ihm trat.

Tanis fand Goldmond und Flußwind Rücken an Rücken stehend. Die Frau wehrte die Kreaturen mit ihrem Stab ab. Drei von ihnen lagen bereits tot zu ihren Füßen; ihre versteinerten Überreste waren von der blauen Flamme geschwärzt. Flußwinds Schwert steckte in den Eingeweiden einer anderen Statue fest. Der Barbar hielt die einzige ihm verbliebene Waffe – seinen Kurzbogen – im Anschlag. Die Kreaturen zögerten einen Moment lang und besprachen sich leise in ihrer unverständlichen Sprache. Tanis war klar, daß sie die Barbaren im Nu erledigen würden. Er sprang zu ihnen und erschlug eine Kreatur von hinten mit der flachen Seite seines Schwertes, dann überwältigte er mit einem Rückhandschlag einen anderen.

»Los!« schrie er den Barbaren zu. »Hier lang!«

Einige Kreaturen griffen von neuem an, andere zögerten noch. Flußwind schoß einen Pfeil ab und traf eins der Schrekkenswesen, dann griff er nach Goldmonds Hand, und zusammen rannten sie zu Tanis, dabei über die Steinkörper ihrer Opfer setzend.

Tanis ließ sie an sich vorbeilaufen und griff die verfolgenden Kreaturen mit seinem Schwert an. »Hier, nimm den Dolch!« rief er Flußwind zu. Flußwind ergriff ihn und schlug ihn in den Rachen einer Kreatur. Wieder blitzte eine blaue Flamme auf, als Goldmond mit dem Stab ein Wesen niederschlug, das sich ihr in den Weg stellte. Dann waren sie im Wald.

Der Holzkarren brannte nun lichterloh. Tanis spähte durch den Rauch, um zu sehen, was auf der Straße vor sich ging. Ein Schauer überlief ihn, als er dunkle, geflügelte Gestalten ungefähr fünfhundert Meter von ihnen entfernt auf beiden Seiten der Straße flattern sah. Die Straße war nun in beiden Richtungen abgeschnitten. Sie waren verloren, wenn es ihnen nicht gelang, so schnell wie möglich weiter in den Wald zu entkommen.

Er erreichte die Stelle, wo er Sturm zurückgelassen hatte. Goldmond und Flußwind waren da, ebenso Flint. Wo waren die anderen? Er starrte in den dichten Rauch und mußte die Tränen wegblinzeln.

»Hilf Sturm«, sagte er zu Goldmond. Dann wandte er sich an

Flint, der erfolglos versuchte, seine Axt aus der Brust einer Steinkreatur zu ziehen. »Wo sind Caramon und Raistlin? Und wo ist Tolpan? Ich habe doch gesagt, er soll hierbleiben...«

»Dieser verdammte Kender hätte mich fast getötet!« explodierte Flint. »Ich hoffe, sie nehmen ihn mit! Ich hoffe, sie werfen ihn den Hunden vor! Ich hoffe...«

»Bei den Göttern!« fluchte Tanis wütend. Er ging wieder den Weg durch den Rauch zurück, dorthin, wo er Caramon und Raistlin zuletzt gesehen hatte, und stolperte über den Kender, der Sturms Schwert auf der Straße hinter sich zog. Die Waffe war fast so groß wie Tolpan, und da er sie nicht hochheben konnte, zerrte er sie durch den Schlamm.

»Wie ist dir das denn gelungen?« fragte Tanis verwundert, während er in dem dicken Qualm hustete.

Tolpan grinste, vom Rauch liefen ihm Tränen über das Gesicht. »Die Kreatur hat sich in Staub verwandelt«, sagte er fröhlich. »O Tanis, es war wundervoll. Ich ging hin und zog am Schwert, aber es ging nicht raus, und ich zog und zog...«

»Nicht jetzt! Geh zu den anderen!« Tanis packte den Kender und schob ihn nach vorn. »Hast du Caramon und Raistlin gesehen?«

Aber da hörte er schon die Stimme des Kriegers aus dem Rauch: »Hier sind wir«, hechelte Caramon. Er hatte einen Arm um seinen hustenden Bruder gelegt. »Haben wir sie alle vernichtet?« fragte er heiter.

»Nein, das haben wir nicht«, erwiderte Tanis grimmig. »Wir müssen durch die Wälder Richtung Süden.« Er legte einen Arm um Raistlin, und zusammen eilten sie zu den anderen zurück, die zwar im Rauch röchelten, aber dennoch für diesen Schutzmantel dankbar waren.

Sturm stand wieder, sein Gesicht war blaß, aber der Schmerz in seinem Kopf war verschwunden, und die Wunde hatte zu bluten aufgehört.

»Hat der Stab ihn geheilt?« fragte Tanis Goldmond.

Sie hustete. »Nicht ganz. Aber doch so weit, daß er gehen kann.«

»Er hat… Grenzen«, keuchte Raistlin.

»Ja…«, unterbrach Tanis. »Wir gehen Richtung Süden, durch den Wald.«

Caramon schüttelte den Kopf. »Dort ist der Düsterwald…«, begann er.

»Ich weiß – du würdest lieber gegen Lebewesen kämpfen«, unterbrach Tanis. »Und wie fandest du das gerade?«

Der Krieger antwortete nicht.

»Von diesen Kreaturen kommen immer mehr aus beiden Richtungen. Wir könnten keinem weiteren Angriff standhalten. Aber wir werden den Düsterwald nicht betreten, wenn es nicht notwendig ist. Nicht weit von hier ist ein Wildpfad, auf dem wir die Betenden Gipfel erreichen können. Von dort aus haben wir einen guten Ausblick auf die Straße zum Norden und auch in die anderen Richtungen.«

»Wir könnten auch wieder zur Höhle zurück. Das Boot ist dort versteckt«, schlug Flußwind vor.

»Nein!« rief Flint mit erstickter Stimme. Ohne ein weiteres Wort drehte sich der Zwerg um, verschwand im Wald und rannte so schnell südwärts, wie ihn seine kurzen Beine tragen konnten.

Flucht
Der weiße Hirsch

Die Gefährten stolperten so schnell sie konnten durch den dichten Wald und erreichten bald den Wildpfad. Caramon übernahm die Führung, das Schwert in der Hand. Sein Bruder folgte und hielt eine Hand auf Caramons Schulter, seine Lippen in grimmiger Entschlossenheit zusammengepreßt. Die anderen kamen mit gezogenen Waffen hinterher.

Aber von den Kreaturen war nichts mehr zu sehen.

»Warum verfolgen sie uns nicht?« fragte Flint nach einer Stunde.

Tanis kratzte sich den Bart – dasselbe hatte er sich auch gefragt. »Das haben sie nicht nötig«, antwortete er schließlich. »Wir sitzen sowieso in der Falle. Ich bin sicher, daß sie alle Ausgänge dieses Waldes blockiert haben, ausgenommen den Düsterwald...«

»Düsterwald!« wiederholte Goldmond leise. »Müssen wir wirklich diesen Weg nehmen?«

»Vielleicht nicht«, antwortete Tanis. »Wir werden vom Betenden Gipfel einen guten Ausblick haben.«

Plötzlich hörten sie Caramon rufen. Tanis lief nach vorn. Raistlin war zusammengebrochen.

»Es ist alles in Ordnung«, wisperte der Magier. »Aber ich muß mich ausruhen.«

»Eine Rast können wir alle gebrauchen«, sagte Tanis.

Keiner sagte etwas. Alle sanken müde nieder und schöpften in schnellen Zügen Atem. Sturm schloß seine Augen und lehnte sich gegen einen mit Moos bewachsenen Stein. Sein Gesicht war leichenblaß. An seinem langen Schnurrbart und in seinen Haaren klebte Blut. Tanis wußte, daß der Ritter eher sterben würde, als ein Wort der Klage von sich zu geben.

»Keine Sorge«, sagte Sturm plötzlich barsch. »Laßt mir nur einen Augenblick Ruhe.« Tanis ergriff kurz die Hand des Ritters, dann setzte er sich zu Flußwind.

Beide sprachen einige Minuten kein Wort, dann fragte Tanis: »Du hast schon einmal gegen diese Kreaturen gekämpft, nicht wahr?«

»In der zerstörten Stadt.« Flußwind erschauerte. »Es kam mir alles wieder zu Bewußtsein, als ich in den Karren sah und dieses... Ding mich höhnisch angrinste! Zumindest...« Er hielt inne und schüttelte den Kopf. Dann lächelte er Tanis zu. »Zumindest weiß ich jetzt, daß ich nicht verrückt bin. Diese entsetzlichen Kreaturen existieren wirklich.«

»Ohne Zweifel«, murmelte Tanis. »Diese Kreaturen verbreiten sich also auf ganz Krynn, oder deine zerstörte Stadt ist hier in der Nähe.«

»Nein. Ich kam aus dem Osten nach Que-Shu. Sie war von Solace weit entfernt, hinter den Ebenen meiner Heimat.«

»Was haben diese Kreaturen wohl gemeint, als sie davon sprachen, sie hätten dich bis zu unserem Dorf verfolgt?« fragte Goldmond langsam, während sie eine Hand auf seinen Arm legte.

»Sorge dich nicht«, sagte Flußwind und nahm ihre Hand in seine. »Die Kämpfer dort sind sicher mit ihnen fertig geworden.«

»Flußwind, du wolltest etwas sagen...«, half sie nach.

»Ja, du hast recht«, erwiderte Flußwind und streichelte ihr silbriggoldenes Haar. Er sah zu Tanis und lächelte. Für einen Moment lüftete sich die ausdruckslose Maske, und Tanis sah eine tiefe Wärme in den braunen Augen des Mannes. »Ich danke dir, Halb-Elf, und auch euch anderen.« Sein Blick fiel auf die Freunde. »Ihr habt unser Leben mehr als einmal gerettet, und ich bin euch sehr dankbar dafür. Aber« – er stockte – »es ist alles so seltsam!«

»Und es wird noch seltsamer werden.« Raistlins Stimme klang unheilvoll.

Die Gefährten kamen dem Betenden Gipfel immer näher. Sie konnten ihn schon vom Weg aus erkennen, wie er sich über die Wälder emporhob. Sein gespaltenes Haupt sah wie zwei im Gebet zusammengelegte Hände aus – daher der Name. Der Regen hatte aufgehört. Der Wald war von einer tödlichen Stille durchzogen. Den Gefährten wurde bewußt, daß die Tiere und Vögel des Waldes aus dem Land verschwunden waren und ein leeres, drohendes Schweigen hinterlassen hatten. Alle fühlten sich äußerst unbehaglich, außer vielleicht Tolpan, spähten ständig über ihre Schultern oder zogen beim kleinsten Schatten ihre Schwerter.

Sturm hatte darauf bestanden, die Nachhut zu bilden, aber er fiel zurück, als der Schmerz in seinem Kopf wieder zunahm. Ihm wurde schwindelig und übel. Er verlor jedes Gefühl dafür, wo er war und was er tat. Er wußte nur, daß er weiterlaufen mußte, einen Fuß vor den anderen setzen und sich vorwärts bewegen wie einer von Tolpans Automaten.

Wie war denn Tolpans Geschichte noch mal? Sturm versuchte, sich zwischen zwei Schmerzwellen zu erinnern. Diese Automaten dienten einem Zauberer, der einen Dämonen herbeigerufen hatte, damit er die Kender forttragen sollte. Bestimmt war es genau wie all die anderen Geschichten des Kenders. Sturm setzte einen Fuß vor den anderen. Unsinn. Wie die Geschichten des alten Mannes – des alten Mannes im Wirtshaus. Geschichten vom weißen Hirsch und uralten Göttern – von Paladin. Geschichten von Huma. Sturm drückte seine Hände gegen die pochenden Schläfen… Huma…

Als Junge hatte Sturm Geschichten über Huma verschlungen. Seine Mutter – Tochter eines Ritters von Solamnia und selbst mit einem Ritter verheiratet – hatte nur diese Geschichten gekannt und sie ihrem Sohn erzählt. Sturms Gedanken gingen zu seiner Mutter, seine Schmerzen ließen ihn an ihre liebevolle Pflege denken, wenn er krank oder verletzt war. Sturms Vater hatte sein Weib und seinen Sohn ins Exil geschickt, weil der Junge – der einzige Nachkomme – eine Zielscheibe für jene darstellte, die die Ritter von Solamnia für immer aus dem Antlitz von Krynn verbannen wollten. Sturm und seine Mutter hatten in Solace Zuflucht gefunden. Der Junge hatte schnell Freundschaften geschlossen, insbesondere mit einem anderen Knaben, Caramon, der seine Interessen an Kampfesdingen teilte. Aber für Sturms stolze Mutter waren alle Leute in Solace unter ihrer Würde. Und als das Fieber sie verzehrte, starb sie einsam, nur ihr Sohn war bei ihr. Vor ihrem Tod hatte Sturm ihr versprechen müssen, seinen Vater aufzusuchen – aber er bezweifelte allmählich, daß dieser noch lebte.

Nach dem Tod seiner Mutter entwickelte sich der junge Mann unter Tanis' und Flints Anleitung zu einem erfahrenen Kämpfer. Die beiden nahmen sich Sturms an, so wie sie sich insgeheim auch Caramons und Raistlins angenommen hatten. Zusammen mit Tolpan, und gelegentlich mit Kitiara, der wilden und wunderschönen Halbschwester der Zwillinge, begleiteten Sturm und seine Freunde Flint, der als Metallschmied arbeitete, auf seinen Reisen durch die Länder von Abanasinia.

Vor fünf Jahren jedoch hatten sich die Gefährten entschlossen, sich zu trennen, um Gerüchten nachzugehen, nach denen sich das Böse im Lande vermehrt haben sollte. Sie legten einen Eid ab, nach Ablauf von fünf Jahren im Wirtshaus Zur letzten Bleibe wieder zusammenzukommen.

Sturm war in den Norden nach Solamnia gereist, entschlossen, seinen Vater und sein Erbe zu suchen. Er fand nichts und entkam nur knapp dem Tod – mit dem Schwert und der Rüstung seines Vaters. Die Reise in seine Heimat war ein qualvolles Erlebnis gewesen. Sturm hatte gewußt, daß die Ritter in Schmach und Schande lebten, aber er war erschrocken gewesen zu sehen, wie tief ihre Verbitterung ging. Huma, Lichtbringer, Ritter von Solamnia, hatte vor Jahren, während des Zeitalters der Träume, die Finsternis verdrängt. Darauf folgte das Zeitalter der Allmacht. Dann kam die Umwälzung, als die Götter die Menschen verließen – wie es landläufig hieß. Die Menschen hatten sich hilfesuchend an die Ritter gewandt – so wie sie sich in der Vergangenheit an Huma gewandt hatten. Aber Huma war lange tot. Und die Ritter konnten nur hilflos zusehen, wie der Schrecken vom Himmel herabregnete und Krynn in zwei Hälften spaltete. Die Menschen hatten um Hilfe geschrien, aber die Ritter konnten nichts tun, und die Menschen hatten ihnen das nie vergessen. Sturm hatte vor der zerstörten Burg seiner Familie gestanden und geschworen, die Ehre der Ritter von Solamnia wiederherzustellen – auch wenn es ihn sein Leben kosten würde.

Aber wie sollte er diesen Haufen von Kreaturen bekämpfen, fragte er sich verzweifelt. Der Weg verschwamm vor seinen Augen. Er stolperte, fing sich aber schnell wieder. Huma hatte Drachen bekämpft. Gebt mir Drachen, träumte Sturm. Er schaute auf. Die Blätter verschwammen zu einem goldenen Nebel, und er wußte, er würde gleich ohnmächtig werden. Dann blinzelte er. Plötzlich sah er alles scharf und überdeutlich.

Vor ihm erhob sich der Betende Gipfel. Sie hatten den Fuß des alten Gletschergebirges erreicht. Er konnte Pfade sehen, die sich an den bewaldeten Hängen hochschlängelten, von den

Bewohnern Solace' benutzte Wege, um Ausflugsplätze an der Ostseite des Gebirges aufzusuchen. Neben einem der Pfade stand ein weißer Hirsch. Sturm erstarrte. Noch nie hatte der Ritter ein so wundervolles Tier gesehen. Stolz hielt es seinen Kopf hoch, sein prachtvolles Geweih glänzte wie eine Krone. Seine tiefbraunen Augen standen im Kontrast zum schneeweißen Fell des Hirsches, und er blickte aufmerksam zum Ritter herüber, als würde er ihn kennen. Dann machte er eine leichte Kopfbewegung und sprang in südwestlicher Richtung fort.

»Halt!« rief der Ritter heiser.

Die anderen wirbelten beunruhigt herum und zogen ihre Waffen. Tanis kam auf ihn zugerannt. »Was ist los, Sturm?«

Der Ritter legte unwillkürlich eine Hand auf seinen schmerzenden Kopf.

»Tut mir leid, Sturm«, sagte Tanis. »Mir war nicht klar, daß es dir so schlecht geht. Wir können uns ausruhen. Wir sind nun am Fuß des Betenden Gipfels. Ich werde hochsteigen und sehen...«

»Nein! Sieh doch!« Der Ritter faßte nach Tanis' Schulter, drehte ihn herum und zeigte nach oben. »Siehst du? Der weiße Hirsch!«

»Der weiße Hirsch?« Tanis starrte in die Richtung, in die der Ritter deutete. »Wo? Ich...«

»Dort«, sagte Sturm leise. Er ging ein paar Schritte weiter, auf das Tier zu, das angehalten hatte und auf ihn zu warten schien. Der Hirsch nickte mit seinem riesigen Kopf. Wieder sprang er fort, nur ein paar Schritte, dann wandte er sich wieder dem Ritter zu. »Er will, daß wir ihm folgen«, keuchte Sturm. »Wie einst Huma!«

Die anderen hatten sich inzwischen um den Ritter versammelt und bedachten ihn mit Blicken, die von tief besorgt bis zweifelnd reichten.

»Ich sehe keinen Hirsch«, sagte Flußwind, dessen dunkle Augen den Wald absuchten.

»Kopfwunde.« Caramon nickte wie ein hinterlistiger Kleriker. »Sturm, leg dich hin und ruh dich aus...«

»Du großer verdammter Narr!« fauchte der Ritter Caramon an. »Mit deinem Gehirn im Bauch ist es klar, daß du den Hirsch nicht siehst. Und wenn, würdest du ihn wahrscheinlich töten und braten! Ich sage euch – wir müssen ihm folgen!«

»Der Irrsinn bei Kopfwunden«, flüsterte Flußwind Tanis zu. »Das habe ich schon oft erlebt.«

»Ich bin mir nicht sicher«, sagte Tanis. Er schwieg einige Augenblicke. Dann erklärte er, offensichtlich widerstrebend: »Obwohl ich den weißen Hirsch nicht gesehen habe, war ich mal mit jemandem zusammen, der ihn gesehen hatte, und wir sind ihm gefolgt wie in der Geschichte des alten Mannes.« Seine Hand streifte unwillkürlich den Ring an seiner linken Hand, seine Gedanken waren bei dem goldhaarigen Elfenmädchen, das geweint hatte, als er Qualinesti verlassen hatte.

»Du schlägst also vor, einem Tier zu folgen, das wir nicht einmal sehen können?« fragte Caramon mit offenem Mund.

»Es wäre nicht unsere seltsamste Tat«, kommentierte Raistlin sarkastisch mit flüsternder Stimme. »Obwohl wir nicht vergessen sollten, daß es der alte Mann war, der die Geschichte mit dem weißen Hirsch erzählt hat, und der alte Mann war es, der uns in diese...«

»Es war unsere eigene Entscheidung, die uns in diese Geschichte brachte«, sagte Tanis. »Wir hätten auch dem Obersten Theokraten den Stab überreichen und uns aus der mißlichen Lage reden können. Ich meine, wir sollten Sturm folgen. Offenbar wurde er auserwählt, so wie Flußwind auserwählt wurde, den Stab zu tragen...«

»Aber er führt uns nicht einmal in unsere Richtung!« argumentierte Caramon. »Du weißt genausogut wie ich, daß es durch den westlichen Teil des Waldes keinen Pfad gibt. Niemand ist dort je gewesen!«

»Um so besser«, ließ sich plötzlich Goldmond vernehmen. »Tanis sagte, daß die Kreaturen vermutlich alle Wege blockiert haben. Vielleicht ist dies ein Ausweg. Ich denke auch, wir sollten dem Ritter folgen.« Sie wandte sich um und machte sich mit Sturm auf den Weg. Sie sah nicht einmal zu den anderen zurück

– offenbar gewöhnt, daß man ihr gehorchte. Flußwind zuckte die Schultern und schüttelte finster den Kopf, aber ging Goldmond hinterher, und die anderen folgten.

Der Ritter ließ die Trampelpfade zum Betenden Gipfel links liegen und bewegte sich in südwestlicher Richtung den Abhang hoch. Zuerst schien es, als hätte Caramon recht gehabt – es gab dort keinen Pfad. Sturm kämpfte sich wie ein Wahnsinniger durch das Gebüsch. Dann plötzlich öffnete sich vor ihnen ein ebener, breiter Weg. Tanis starrte ihn erstaunt an.

»Wer oder was könnte diesen Pfad angelegt haben?« fragte er Flußwind, der ebenfalls etwas verwirrt dreinschaute.

»Ich weiß es nicht«, sagte der Barbar. »Er ist alt. Dieser umgestürzte Baum da liegt schon lange hier, denn er ist zur Hälfte im Sand versunken und mit Moos und Schlingpflanzen bewachsen. Aber es gibt keine Spuren – nur die von Sturm. Es gibt keinerlei Zeichen dafür, daß hier Menschen oder Tiere durchgegangen wären. Aber warum ist er dann nicht überwachsen?«

Tanis blieb weder Zeit, eine Antwort zu geben, noch darüber nachzudenken. Sturm kämpfte sich geschwind voran, und die anderen mußten sich ranhalten, um ihn nicht aus den Augen zu verlieren.

»Goblins, Boote, Echsenmenschen, unsichtbare weiße Hirsche – was kommt wohl als nächstes?« beklagte sich Flint beim Kender.

»Ich wünschte, ich könnte den Hirsch sehen«, sagte Tolpan sehnsüchtig.

Die Gefährten folgten Sturm, der mit wilder Begeisterung weiterkletterte. Verletzung und Schmerzen waren vergessen. Tanis hatte seine Schwierigkeiten, den Ritter einzuholen. Als es ihm gelang, war er über den fiebrigen Glanz in Sturms Augen beunruhigt. Aber der Ritter wurde offenbar von etwas geleitet. Der Pfad führte sie nach oben zum Betenden Gipfel. Tanis sah, daß er sie zu der Spalte zwischen den »Händen« aus Stein lenkte. Soweit er wußte, hatte diesen Spalt niemals zuvor jemand betreten.

»Wartet einen Moment«, keuchte er und heftete sich wieder

an Sturms Fersen. Es war fast Mittag, vermutete er, obwohl die Sonne immer noch hinter den ausgefransten grauen Wolken verborgen war. »Laßt uns ausruhen. Ich werde mir von dort oben einen Ausblick verschaffen.« Er zeigte auf einen Felssims, der seitlich des Gipfels vorsprang.

»Ausruhen...«, wiederholte Sturm geistesabwesend, hielt an und holte Atem. Er starrte einen Moment nach vorn, dann wandte er sich Tanis zu. »Ja. Laßt uns ausruhen.« Seine Augen leuchteten.

»Geht es dir gut?«

»Ja«, sagte Sturm geistesabwesend, schritt umher und strich sanft an seinem Schnurrbart. Tanis beobachtete ihn einen Moment unentschlossen, dann ging er zu den anderen zurück, die gerade über den Kamm einer kleinen Anhöhe kamen.

»Wir werden uns hier ausruhen«, sagte der Halb-Elf. Raistlin atmete erleichtert auf und ließ sich ins nasse Laub fallen.

»Ich werde mich weiter oben umsehen«, fügte Tanis hinzu.

»Ich komme mit dir«, bot Flußwind an.

Tanis nickte, und die beiden verließen den Pfad und steuerten auf den Felssims zu. Tanis sah kurz zu dem hochgewachsenen Krieger. Er fing an, sich bei dem finsteren, ernsten Barbaren wohl zu fühlen. Flußwind respektierte die Privatsphäre der anderen und würde niemals daran denken, die Grenzen zu testen, die Tanis in seiner Seele aufgestellt hatte. Dies war für den Halb-Elf genauso wohltuend wie eine durchschlafene Nacht. Er wußte, daß seine Freunde – einfach weil sie seine Freunde waren und ihn nun seit Jahren kannten – sich Gedanken über seine Beziehung zu Kitiara machten. Warum hatte er sich entschieden, diese Beziehung vor fünf Jahren abrupt abzubrechen? Und warum war er so enttäuscht, als sie nicht zum Treffen erschienen war? Flußwind wußte natürlich nichts über Kitiara, aber Tanis hatte das Gefühl, auch wenn er Bescheid wüßte, wäre es einerlei: es war Tanis' Angelegenheit und nicht seine.

Als sie in Sichtweite der Haven-Straße gelangten, krochen sie die letzten Meter und schoben sich Zentimeter für Zentimeter auf dem nassen Gestein vorwärts, bis sie den Rand des Felsüberhangs erreichten. Tanis sah nach unten und nach Osten und konnte die alten Ausflugspfade erkennen. Flußwind machte ihm Zeichen, und Tanis stellte fest, daß sich Kreaturen auf den Ausflugspfaden bewegten. Das erklärte die unheimliche Stille im Wald! Tanis preßte grimmig seine Lippen zusammen. Die Kreaturen warteten wohl, um sie aus dem Hinterhalt zu überfallen. Wie es aussah, hatten Sturm und sein weißer Hirsch ihnen das Leben gerettet. Aber es würde nicht lange dauern, bis die Schreckenswesen den neuen Pfad entdeckten. Tanis sah nach unten und blinzelte – der Pfad war verschwunden! Dort war nur dichter, undurchdringlicher Wald. Der Weg hatte sich hinter ihnen geschlossen! Ich phantasiere, dachte er und richtete seine Augen wieder auf die Haven-Straße und auf die vielen Kreaturen. Sie haben nicht lange gebraucht, um sich zu sammeln, dachte er. Er starrte weiter nach Norden und sah die stillen, friedlichen Gewässer des Krystalmir-Sees. Dann wanderte sein Blick zum Horizont.

Tanis runzelte die Stirn. Irgend etwas stimmte nicht. Er wußte nicht genau, was es war, darum sagte er nichts zu Flußwind, sondern starrte weiter zum Horizont. Im Norden brauten sich Gewitterwolken dichter zusammen, lange, graue Finger, die das Land durchzogen... Und stiegen, um sich zu treffen – das war es! Tanis ergriff Flußwinds Arm und zeigte mit der anderen Hand nach Norden. Flußwind sah hin, zwinkerte, erkannte zuerst nichts. Dann sah er es – schwarzer Rauch, der in den Himmel zog. Seine dichten, schweren Augenbrauen zogen sich zusammen.

»Lagerfeuer«, sagte Tanis.

»Hunderte von Lagerfeuern«, fügte Flußwind leise hinzu. »Die Feuer des Krieges. Das ist ein Soldatenlager.«

»Also stimmen die Gerüchte«, sagte Sturm, als sie zurückgekehrt waren. »Dort im Norden *ist* eine Armee.«

»Aber was für eine Armee? Von wem? Und warum? Was haben sie vor? Niemand würde eine Armee nach diesem Stab ausschicken.« Caramon hielt inne. »Oder doch?«

»Es geht nicht nur um den Stab«, zischte Raistlin. »Erinnert euch an die Sterne!«

»Kindergeschichten!« Flint rümpfte die Nase. Er entkorkte den leeren Weinschlauch, schüttelte ihn und seufzte.

»Meine Geschichten sind nicht für Kinder«, sagte Raistlin bissig und schlängelte sich aus dem Laub hoch wie eine Schlange. »Und du tätest gut daran, meine Worte ernst zu nehmen, Zwerg!«

»Da ist er! Da ist der Hirsch!« sagte Sturm plötzlich, seine Augen starrten auf einen riesigen Felsen – so schien es zumindest seinen Gefährten. »Es ist Zeit aufzubrechen.«

Der Ritter begann zu laufen. Die anderen sammelten hastig ihre Ausrüstung zusammen und eilten ihm hinterher. Als sie immer weiter den Pfad hochkletterten – der sich vor ihnen beim Gehen herauszubilden schien –, drehte sich der Wind und begann aus südlicher Richtung zu wehen. Es war eine warme Brise, die den Duft von spätblühenden Wildblumen mit sich trug. Sie trieb die Gewitterwolken zurück, und gerade als sie den Spalt zwischen den zwei Hälften des Gipfels erreichten, brach die Sonne hervor.

Es war schon Nachmittag, als sie eine weitere kurze Rast einlegten, bevor sie den Aufstieg durch den engen Spalt zwischen den Wänden des Betenden Gipfels wagten. Sturm bestand darauf, daß das der Weg des Hirschs war.

»Wir müssen bald etwas essen«, sagte Caramon. Er stieß einen genußvollen Seufzer aus und starrte auf seine Füße. »Ich könnte meine Stiefel verspeisen!«

»Ich finde sie auch sehr appetitlich«, sagte Flint verdrießlich. »Ich wünschte, dieser Hirsch wäre aus Fleisch und Blut.«

»Halt den Mund!« Sturm fuhr den Zwerg in einem plötzlichen Wutanfall an und ballte die Fäuste. Tanis erhob sich schnell, legte seine Hand auf die Schulter des Ritters, um ihn zurückzuhalten.

Sturm funkelte den Zwerg weiter wütend an, sein Schnurrbart bebte, dann riß er sich von Tanis los. »Laßt uns weitergehen«, brummte er.

Als die Gefährten den engen Paß erreichten, konnten sie den klaren blauen Himmel auf der anderen Seite sehen. Der Südwind pfiff durch die steilen weißen Wände des Gebirges. Vorsichtig gingen sie weiter, kleine Steine ließen sie mehr als einmal ausrutschen. Glücklicherweise war der Paß so schmal, daß sie sich an den steilen Wänden abstützen konnten.

Nach mehr als einer halben Stunde traten sie an der anderen Seite des Betenden Gipfels heraus. Sie blieben stehen und starrten ins Tal. Saftiges Weideland ergoß sich in grünen Wellen unter ihnen, um in die Gestade eines hellgrünen Espenwaldes weit im Süden überzugehen. Die Gewitterwolken lagen weit weg, und die Sonne strahlte im klaren blauen Himmel.

Zum ersten Mal wurden ihnen die Umhänge zu schwer, außer Raistlin, der seinen roten Kapuzenmantel anbehielt. Flint hatte den ganzen Morgen damit verbracht, sich über den Regen zu beklagen, und nun beschwerte er sich über die Sonne – sie war zu stark und blendete ihn, brannte auf seinen Helm.

»Ich schlage vor, wir werfen den Zwerg den Berg hinunter«, knurrte Caramon Tanis zu.

Tanis grinste. »Er würde den ganzen Weg hinunterklappern und unsere Position verraten.«

»Wer würde ihn hier schon hören?« fragte Caramon und zeigte auf das Tal. »Ich wette, wir sind die ersten Lebewesen, die dieses Tal erblicken.«

»Die ersten *Lebewesen*«, hauchte Raistlin. »In diesem Punkt hast du recht, mein Bruder. Denn du schaust auf den Düsterwald.«

Niemand sprach. Flußwind bewegte sich unruhig, Goldmond ging zu ihm hinüber. Sie starrte mit aufgerissenen Augen auf die grünen Bäume. Flint räusperte sich, schwieg dann und strich über seinen langen Bart. Sturm betrachtete den Wald ruhig, ebenso Tolpan.

»Er sieht gar nicht so schlimm aus«, sagte der Kender fröhlich. Er saß im Schneidersitz auf dem Boden, ein Pergamentbogen war auf seinen Knien ausgebreitet, mit einem Stück Kohle zeichnete er eine Karte über ihren Weg zum Betenden Gipfel.

»Anblicke sind genauso irreführend wie diebische Kender«, wisperte Raistlin grob.

Tolpan runzelte die Stirn, wollte gerade eine scharfe Antwort zurückgeben, als er Tanis' Blick gewahrte und sich wieder seiner Zeichnung zuwandte. Tanis ging zu Sturm hinüber. Der Ritter stand an einem Felsvorsprung.

»Sturm, wo ist der Hirsch? Siehst du ihn?«

»Ja«, antwortete Sturm. Er zeigte nach unten. »Er läuft über die Wiesen; ich kann seine Spur im hohen Gras erkennen. Er ist dort in den Espenwald gelaufen.«

»In den Düsterwald«, murmelte Tanis.

»Wer sagt, daß es der Düsterwald ist?« Sturm wandte sein Gesicht zu Tanis.

»Raistlin.«

»Pah!«

»Er ist Magier«, sagte Tanis.

»Er ist verrückt«, erwiderte Sturm. Dann zuckte er die Schultern. »Aber schlag hier ruhig Wurzeln, wenn du willst, Tanis. Ich werde dem Hirsch folgen – wie Huma –, auch wenn er mich in den Düsterwald führt.« Er zog seinen Umhang fester um sich, kletterte den Fels hinunter und begann, dem Pfad, der sich am Berg hinunterschlängelte, zu folgen.

Tanis ging zu den anderen. »Der Hirsch führt ihn auf direktem Weg in den Wald«, sagte er. »Wie sicher bist du dir, daß dieser Wald der Düsterwald ist, Raistlin?«

»Wie sicher ist man sich der Dinge überhaupt, Halb-Elf?« entgegnete der Magier. »Ich bin mir nicht einmal meines nächsten Atemzugs sicher. Aber gehe nur. Geh in den Wald, aus dem kein Lebewesen je herausgekommen ist. Der Tod ist die einzige große Sicherheit im Leben, Tanis.«

Der Halb-Elf spürte einen plötzlichen Drang, Raistlin den Berg hinunterzustoßen. Er starrte Sturm nach, der schon fast die Hälfte des Weges zum Tal geschafft hatte.

»Ich gehe mit Sturm«, sagte er plötzlich. »Aber ich trage diese Entscheidung nur für mich. Ihr anderen könnt folgen, wenn ihr wollt.«

»Ich komme mit!« Tolpan rollte seine Karte zusammen und verstaute sie. Er rappelte sich auf und rutschte auf einem lockeren Stein aus.

»Geister!« knurrte Flint Raistlin an, schnippte spöttisch mit den Fingern, dann stampfte er zum Halb-Elf. Goldmond folgte, ohne zu zögern, obwohl ihr Gesicht blaß war. Flußwind gesellte sich langsamer zu der Gruppe, sein Gesicht war nachdenklich. Tanis war erleichtert – er wußte, daß sich die Barbaren viele beängstigende Legenden über den Düsterwald erzählten. Und schließlich bewegte sich auch Raistlin so schnell vorwärts, daß sein Bruder völlig überrumpelt war.

Tanis bedachte den Magier mit einem leichten Lächeln. »Warum kommst du mit?« entfuhr es ihm.

»Weil du mich brauchen wirst, Halb-Elf«, zischte der Magier. »Außerdem, wohin sollten wir gehen? Du hast es zugelassen, uns bis hierher zu führen – es gibt kein Zurück. Du bietest uns die Wahl der Oger an, Tanis. ›Stirb schnell oder stirb langsam.‹« Er sah zu Caramon. »Kommst du, Bruder?«

Die anderen warfen Tanis unbehagliche Blicke zu, als die Brüder losgingen. Der Halb-Elf kam sich wie ein Narr vor. Raistlin hatte natürlich recht. Er hatte sie bis hierher geführt, dann ließ er es so aussehen, als ob alles weitere ihre eigene Entscheidung und nicht die seine wäre, damit er selbst mit ruhigem Gewissen weitergehen konnte. Wütend hob er einen Stein auf und warf ihn den Berg hinunter. Warum trug er überhaupt die Verantwortung? Warum war er überhaupt in diese Sache verstrickt, da er doch eigentlich nur Kitiara suchen wollte, um ihr seine Liebe zu gestehen. Er konnte jetzt ihre menschlichen Schwächen akzeptieren, so wie er gelernt hatte, seine eigenen zu akzeptieren.

Aber Kit war nicht zu ihm zurückgekehrt. Sie hatte einen »neuen Herrn«, vielleicht war das der Grund, warum er…

»Ho, Tanis!« rief ihm der Kender zu.

»Ich komme«, murmelte er.

Die Sonne begann schon im Westen unterzugehen, als die Gefährten den Waldrand erreichten. Tanis rechnete sich aus, daß sie noch mindestens drei bis vier Stunden Tageslicht haben würden. Falls der Hirsch sie weiterhin auf gut angelegten Pfaden führen würde, könnten sie vor Einbruch der Dunkelheit den Wald durchquert haben.

Sturm wartete auf sie unter den Espen, behaglich im grünen Schatten ruhend. Die Gefährten verließen langsam die Wiese, keiner von ihnen hatte es eilig, den Wald zu betreten.

»Der Hirsch ist hier durchgegangen«, sagte Sturm, erhob sich und zeigte ins hohe Gras.

Tanis sah keinerlei Spuren. Er nahm einen Schluck aus seinem fast leeren Wasserschlauch und starrte in den Wald. Wie schon Tolpan gesagt hatte, der Wald wirkte keineswegs bösartig. In der Tat sah er nach dem grellen Sonnenlicht kühl und einladend aus.

»Vielleicht gibt es dort Wild«, sagte Caramon und schaukelte auf seinen Fersen. »Natürlich keine Hirsche«, fügte er hastig hinzu. »Hasen vielleicht.«

»Erlegt nichts. Eßt nichts. Trinkt nichts im Düsterwald«, flüsterte Raistlin.

Tanis sah zu dem Magier, dessen Stundenglasaugen weit aufgerissen waren. Die metallische Haut leuchtete gespenstisch im grellen Sonnenlicht. Raistlin stand auf seinen Stab gelehnt und zitterte, als ob er frieren würde.

»Kindergeschichten«, murrte Flint, obwohl seine Stimme nicht gerade überzeugend klang. Obwohl Tanis Raistlins Vorliebe fürs Dramatische kannte, hatte er den Magier noch nie so beunruhigt gesehen.

»Was spürst du, Raistlin?« fragte er ruhig.

»Über diesem Wald liegt ein großer und mächtiger Zauber«, flüsterte Raistlin.

»Böse?« fragte Tanis.

»Nur für die, die das Böse in den Wald hineinbringen.«

»Dann bist du der einzige, der diesen Wald fürchten muß«, schleuderte Sturm dem Magier kalt ins Gesicht.

Caramons Gesicht rötete sich, seine Hand tastete nach seinem Schwert. Sturms Hand fuhr zu seiner Klinge. Tanis griff Sturms Arm, während Raistlin seinen Bruder zurückhielt. Der Magier starrte den Ritter an, seine goldenen Augen leuchteten.

»Wir werden sehen«, sagte Raistlin, seine Worte waren nicht mehr als zischende Geräusche zwischen seinen Zähnen. »Wir werden sehen.« Dann stützte er sich schwer auf seinen Stab und wandte sich seinem Bruder zu. »Kommst du?«

Caramon blickte wütend zu Sturm und betrat dann an der Seite seines Bruders den Wald. Die anderen folgten ihnen und ließen Tanis und Flint im hohen Gras zurück.

»Ich werde für solche Sachen zu alt, Tanis«, sagte der Zwerg unvermittelt.

»Unsinn«, erwiderte der Halb-Elf lächelnd. »Du hast gekämpft wie ein...«

»Nein, ich meine nicht die Knochen und die Muskeln« – der Zwerg sah auf seine schwieligen Hände –, »obwohl die natürlich alt sind. Ich meine den Geist. Vor Jahren, als die anderen noch gar nicht auf der Welt waren, wären wir beide durch einen verzauberten Wald gelaufen, ohne daran irgendeinen Gedanken zu verschwenden. Jetzt...«

»Laß den Kopf nicht hängen«, sagte Tanis. Er versuchte, fröhlich zu klingen, obwohl er über die ungewöhnliche Düsterheit des Zwerges tief beunruhigt war. Er musterte Flint zum ersten Mal seit ihrem Treffen in Solace eingehend. Der Zwerg sah alt aus, aber Flint hatte immer alt ausgesehen. Sein Gesicht, zumindest was man durch den dichten grauen Bart und die überhängenden weißen Augenbrauen erkennen konnte, war braun und runzelig und rissig wie altes Leder. Der Zwerg murrte und beschwerte sich, aber Flint hatte immer gemurrt und sich beschwert. Die Veränderung lag in seinen Augen. Der feurige Glanz war verschwunden.

»Laß dich nicht von Raistlin beunruhigen«, sagte Tanis. »Heute abend werden wir am Feuer sitzen und über seine Geistergeschichten lachen.«

»Das glaube ich auch.« Flint seufzte. Einen Moment schwieg

er, dann sagte er: »Eines Tages werde ich dir zur Last fallen, Tanis. Ich möchte nicht, daß du denkst, warum plage ich mich mit diesem murrenden alten Zwerg überhaupt ab?«

»Weil ich dich brauche, du murrender alter Zwerg«, sagte Tanis und legte seine Hand auf die Schulter des Zwergs. Er winkte in den Wald, den anderen nach. »Ich brauche dich, Flint. Sie sind alle so... so jung. Du bist wie ein fester Stein, gegen den ich meinen Rücken lehnen kann.«

Flint errötete vor Freude. Er zog an seinem Bart, dann räusperte er sich. »Ja, du warst schon immer sentimental. Nun komm! Wir verschwenden nur unsere Zeit. Ich will so schnell wie möglich diesen verflixten Wald durchqueren.« Dann murrte er: »Ich bin nur froh, daß es noch hell ist.«

Düsterwald
Der Gang der Toten. Raistlins Magie

Als Tanis den Wald betrat, empfand er nur eine tiefe Erleichterung, der brennenden Herbstsonne entkommen zu sein. Der Halb-Elf rief sich alle Legenden ins Gedächtnis, die er über den Düsterwald gehört hatte – Geistergeschichten, die nachts am Feuer erzählt wurden –, und Raistlins böse Vorahnung. Aber Tanis fand nur, daß er noch nie zuvor einen solch lebendigen Wald betreten hatte.

Kein tödliches Schweigen, wie sie es zuvor erlebt hatten. Kleine Tiere raschelten im Gebüsch, Vögel flatterten in den hohen Zweigen über ihnen. Insekten mit fröhlich schwirrenden bunten Flügeln huschten vorbei. Blätter rauschten und regten sich, Blumen wiegten sich, obwohl keine Brise sie berührte – als ob die Pflanzen ihr Leben in vollen Zügen genossen.

Alle Gefährten hatten den Wald mit gezogenen Waffen betreten, vorsichtig und wachsam und argwöhnisch. Nachdem sie eine Zeitlang versucht hatten, sich lautlos durch das Laub zu bewegen, meinte Tolpan, es wäre »irgendwie dämlich«, und sie entspannten sich – alle außer Raistlin.

Sie gingen mehr als zwei Stunden weiter. Der Pfad war gut geebnet und zeichnete sich deutlich ab. Die Schatten verlängerten sich, als die Sonne allmählich tiefer glitt. Tanis fühlte sich in diesem Wald wohl. Er hatte keine Angst, daß diese schrecklichen geflügelten Kreaturen ihnen hierher folgen würden. Das Böse schien hier nicht zu wohnen, außer, wie Raistlin sagte, wenn man seine eigene Bösartigkeit in den Wald brachte. Tanis sah zum Magier. Raistlin ging allein, mit gesenktem Kopf. Die Schatten der Bäume schienen sich dicht um den jungen Magier zu sammeln. Tanis schauderte plötzlich und stellte fest, daß die Luft kühl wurde. Es war Zeit, sich über ein Nachtlager Gedanken zu machen.

Tanis zog Tolpans Karte hervor und studierte sie, bevor das Tageslicht verschwand. Die Karte war nach Elfenart angefertigt, und über dem Wald stand in schwungvollen Schriftzügen: *Düsterwald.* Aber der Wald selbst war nur vage umrissen, und Tanis konnte nicht sicher erkennen, ob die Worte sich auf diesen Wald bezogen oder auf einen anderen weiter südlich. Raistlin muß sich irren, entschied Tanis – dies kann nicht der Düsterwald sein. Oder falls doch, dann ist seine Bösartigkeit einfach ein Produkt der Phantasie des Magiers. Sie wanderten weiter, in die Dämmerung, jene Zeit am Abend, in der das sterbende Licht alles höchst lebendig und ausgeprägt erscheinen läßt. Die Gefährten waren erschöpft. Raistlin humpelte, und sein Atem ging in pfeifenden Zügen. Sturms Gesicht wurde aschgrau. Der Halb-Elf wollte gerade zur Rast für die Nacht aufrufen, als der Pfad sie direkt zu einer weiten, grünen Lichtung führte. Klares Wasser sprudelte aus dem Boden und tröpfelte einen glatten

Felsen hinab, so einen seichten Bach formend. Die Lichtung war mit dichtem, einladendem Gras ausgelegt; hohe Bäume hielten am Rand Wache. In diesem Moment rötete sich das Sonnenlicht, verblaßte dann, und die dunstigen Schatten der Nacht krochen um die Bäume.

»Weicht nicht vom Pfad ab«, riet Raistlin, als die Gefährten auf die Lichtung zusteuern wollten.

Tanis seufzte. »Raistlin«, sagte er geduldig, »es ist alles in Ordnung. Der Pfad ist gut sichtbar – und nicht einmal zehn Meter entfernt. Komm schon. Du mußt dich ausruhen. Das müssen wir alle. Schau…« – Tanis hielt die Karte hoch – »ich glaube nicht, daß dies der Düsterwald ist. Nach der…«

Raistlin ignorierte die Karte verächtlich. Die anderen ignorierten den Magier, verließen den Pfad und begannen ein Lager aufzubauen. Sturm sank gegen einen Baum, seine Augen vor Schmerzen geschlossen, während Caramon mit hungrigen Augen auf die kleineren flüchtenden Schatten starrte. Auf ein Zeichen von Caramon schlüpfte Tolpan in den Wald, auf der Suche nach Holz für ein Feuer.

Raistlins Gesicht verzog sich zu einem bösen Lächeln. »Ihr seid alle Dummköpfe. Dies ist der Düsterwald, ihr werdet es erleben, noch bevor die Nacht endet.« Er zuckte die Schultern. »Aber, wie du schon sagst, ich muß mich ausruhen. Jedoch werde *ich* nicht den Pfad verlassen.« Raistlin ließ sich auf dem Weg nieder, sein Stab lag neben ihm.

Caramon errötete verlegen, als er die anderen amüsierte Blicke austauschen sah. »He, Raist«, rief er, »komm zu uns. Tolpan sucht Holz, und ich kann vielleicht einen Hasen erlegen.«

»*Erlege* nichts!« Raistlin brachte nur noch ein Wispern hervor, das alle aufschreckte. »*Richte keinen Schaden an* im Düsterwald! Weder Pflanze noch Baum, Vogel oder Tier!«

»Ich meine, Raistlin hat recht«, sagte Tanis. »Wir müssen hier die Nacht verbringen, und ich will kein Tier in diesem Wald töten, wenn es nicht unbedingt sein muß.«

»Elfen wollen niemals töten«, murrte Flint. »Der Magier ängstigt uns zu Tode, und du läßt uns verhungern. Nun, falls uns heute nacht etwas angreift, hoffe ich, daß es etwas Eßbares ist!«

»Das hoffe ich auch, Zwerg.« Caramon seufzte schwer und ging zum Bach, um seinen Hunger zu ertränken.

Tolpan kehrte mit Brennholz zurück. »Ich habe es nicht geschnitten«, versicherte er Raistlin. »Ich habe es nur aufgehoben.«

Aber selbst Flußwind brachte das Holz nicht zum Brennen. »Das Holz ist feucht«, erklärte er schließlich.

»Wir brauchen Licht«, sagte Flint unsicher, als die nächtlichen Schatten immer dichter wurden. Die Geräusche im Gehölz, die am Tage unschuldig waren, schienen nun böse und bedrohlich.

»Du fürchtest dich doch nicht etwa vor Kindergeschichten«, zischte Raistlin.

»Nein!« schnappte der Zwerg. »Ich will nur sicherstellen, daß der Kender in der Dunkelheit meinen Rucksack nicht ausplündert.«

»Nun gut«, sagte Raistlin mit ungewohnter Milde. Er sprach einen Befehl: *»Shirak.«* Ein blasses weißes Licht strahlte vom Kristall an der Spitze seines Stabes. Es war ein gespenstisches Licht, und es konnte wenig in der Dunkelheit ausrichten, in der Tat schien es das Bedrohliche der Nacht nur zu verstärken.

»Da hast du Licht«, hauchte der Magier sanft. Er steckte den Stab in den feuchten Boden.

Im selben Moment stellte Tanis fest, daß seine Elfensicht verschwunden war. Er hätte die warmen roten Umrisse seiner Gefährten sehen müssen, aber sie waren nicht mehr als dunkle Schatten, die sich von der Dunkelheit der Lichtung abhoben. Der Halb-Elf sagte den anderen nichts, aber das friedliche Gefühl, das er zuvor genossen hatte, war von einem Splitter der Angst durchbohrt.

»Ich werde die erste Wache übernehmen«, bot Sturm an. »Mit dieser Kopfwunde sollte ich sowieso nicht schlafen. Ich kannte mal einen Mann, der damit geschlafen hat – er ist nicht mehr aufgewacht.«

»Wir werden zu zweit Wache halten«, sagte Tanis. »Die erste übernehmen wir beide.«

Die anderen öffneten ihre Rucksäcke und bereiteten ihr Lager auf dem Gras, alle außer Raistlin. Er blieb auf dem Weg sitzen, das Licht seines Stabs schien auf seinen gebeugten Kopf. Sturm machte es sich neben einem Baum bequem. Tanis ging zur Quelle und trank gierig. Plötzlich vernahm er hinter sich einen unterdrückten Schrei. Er zog sein Schwert und stand wie erstarrt. Die anderen hatten auch ihre Waffen gezogen. Nur Raistlin saß bewegungslos da.

»Legt eure Schwerter weg«, sagte er. »Sie werden euch nichts nützen. Nur eine Waffe mit einer mächtigen Magie kann da etwas ausrichten.«

Sie wurden von einer Armee von Kriegern umzingelt. Dies allein hätte schon ausgereicht, das Blut gefrieren zu lassen. Aber damit wären die Gefährten noch fertig geworden. Womit sie nicht umgehen konnten, war das Grauen, das sie überwältigte und ihre Sinne betäubte. Alle erinnerten sich an Caramons Ausspruch: »Ich kämpfe jeden Tag mit Lebenden, wenn es sein muß – aber nicht mit den Toten!«

Diese Krieger waren tot.

Nicht mehr als ein flüchtiges, zerbrechliches weißes Licht umriß ihre Gestalten. Es war, als ob ihre menschliche Wärme nach dem Tod immer noch an ihnen haftete. Das Fleisch war verfault und ließ nur noch eine Vorstellung des Körpers zurück. Jeder Kämpfer war in eine uralte, unvergessene Rüstung gekleidet. Jeder Kämpfer trug Waffen. Aber die Toten brauchten keine Waffen. Die Angst, die sie auslösten, oder die Berührung ihrer grabeskalten Hände reichte schon, Tod zu bringen.

Wie können wir gegen diese Wesen kämpfen? dachte Tanis verzweifelt. Niemals hatte er vor Feinden aus Fleisch und Blut Angst empfunden. Panik überfiel ihn, und er überlegte, den anderen zuzuschreien, sich umzudrehen und wegzulaufen.

Wütend zwang sich der Halb-Elf, die Ruhe zu bewahren, sich der Wirklichkeit zu stellen. Wirklichkeit! Fast mußte er über diese Ironie lachen. Weglaufen war sinnlos: sie würden sich verirren, verlorengehen. Sie mußten bleiben und damit fertig werden – irgendwie. Er begann, auf die gespenstischen Kämpfer zuzugehen. Die Toten sagten nichts, machten keine bedrohlichen Bewegungen. Sie standen einfach da und versperrten den Weg. Es war unmöglich, sie zu zählen. Außerdem war es egal, dachte sich Tanis. Einer dieser untoten Kämpfer konnte sie alle mit einer Handbewegung töten.

Als der Halb-Elf sich den Kämpfern näherte, sah er ein Licht glühen – Raistlins Stab. Der Magier stand vor den Gefährten. Tanis stellte sich neben ihn. Das blasse Kristallicht spiegelte sich im Gesicht des Magiers wider und ließ es fast genauso gespenstisch erscheinen wie die Gesichter der Toten.

»Willkommen im Düsterwald, Tanis«, sagte der Magier.

»Raistlin…« Tanis würgte. Er mußte mehr als einmal ansetzen, aus seiner ausgetrockneten Kehle einen Ton hervorzubringen. »Was sind das…«

»Geisterhäscher«, flüsterte der Magier, ohne seine Augen von ihnen zu nehmen. »Wir haben Glück.«

»Glück?« wiederholte Tanis ungläubig. »Warum?«

»Es sind die Geister von Menschen, die sich verpflichtet hatten, eine Aufgabe zu erfüllen. Sie versagten dabei, und nun ist es ihr Schicksal, diese Aufgabe immer wieder auszuführen, bis sie freikommen und endlich Ruhe im Tod finden.«

»Und warum, im Namen der Hölle, haben wir Glück?« wisperte Tanis barsch; seine Angst ging in Wut über. »Vielleicht haben sie sich verpflichtet, den Wald von allen Eindringlingen freizuhalten!«

»Das ist möglich« – Raistlin warf dem Halb-Elf einen kurzen Blick zu –, »obwohl ich es nicht für wahrscheinlich halte. Wir werden es herausfinden.«

Bevor Tanis reagieren konnte, ging der Magier von der Gruppe weg und stellte sich vor die Geister.

»Raist!« sagte Caramon mit erstickter Stimme und wollte sich nach vorn schieben.

»Halt ihn zurück, Tanis«, befahl Raistlin rauh. »Unser Leben hängt davon ab.«

Tanis hielt den Krieger am Arm fest und fragte Raistlin: »Was hast du vor?«

»Ich werde sie verzaubern, damit wir mit ihnen reden können. Ich werde ihre Gedanken aufnehmen, so daß sie durch mich sprechen.«

Der Magier warf seinen Kopf zurück, seine Kapuze fiel nach hinten. Er streckte seine Arme aus und begann zu sprechen: *»Ast bilak parbilakar. Suh tangus moipar?«* Dies wiederholte er dreimal. Während Raistlin sprach, hatten sich die Kämpfer aufgeteilt, und eine Gestalt, noch ehrfurchtgebietender und erschreckender als die anderen, trat vor. Der Geist war größer als die übrigen und trug eine schimmernde Krone. Seine glänzende Rüstung war mit dunklen Juwelen reich verziert. Sein Gesicht zeigte furchtbare Trauer und Qual. Er kam Raistlin näher.

Caramon würgte und wandte seine Augen ab. Tanis wagte nicht zu sprechen oder einen Schrei auszustoßen aus Angst, den Magier zu stören und den Zauber zu brechen. Der Geist erhob eine fleischlose Hand und streckte sie langsam aus, um den jungen Magier zu berühren. Tanis zitterte – die Berührung des Geistes bedeutete den sicheren Tod. Aber Raistlin, in Trance versetzt, bewegte sich nicht. Tanis fragte sich, ob er überhaupt die eisige Hand auf sein Herz zukommen sah. Dann sprach Raistlin.

»Du, der schon seit langem tot ist, benutze meine lebende Stimme, um uns dein bitteres Leid zu erzählen. Dann gib uns die Einwilligung, diesen Wald zu passieren, denn unsere Absicht ist nicht böse, und das wirst du erkennen, wenn du in unseren Herzen liest.«

Die Geisterhand hielt abrupt inne. Die augenlosen Höhlen ergründeten Raistlins Gesicht. Dann verbeugte sich der Geist vor dem Magier. Tanis hielt den Atem an: er hatte Raistlins Macht geahnt, aber dies...!

Raistlin erwiderte die Verbeugung, dann stellte er sich neben den Geist. Sein Gesicht war fast genauso blaß wie das der gespenstischen Gestalt. Der lebende Tote und der tote Lebende, dachte Tanis schaudernd.

Als Raistlin sprach, klang seine Stimme nicht mehr pfeifend

und flüsternd. Sie war tief und dunkel und befehlend und tönte durch den Wald. Sie war kalt und hohl und hätte aus dem Boden kommen können. »Wer seid ihr, die ihr den Düsterwald widerrechtlich betretet?«

Tanis versuchte zu antworten, aber seine Kehle war völlig trocken. Caramon, der neben ihm stand, war unfähig, seinen Kopf zu heben. Dann spürte Tanis an seiner Seite eine Bewegung. Der Kender! Er fluchte stumm und versuchte, Tolpan festzuhalten, aber es war zu spät. Die kleine Figur rannte auf das Licht von Raistlins Stab zu und stellte sich vor den Geist.

Tolpan verbeugte sich ehrerbietig. »Ich bin Tolpan Barfuß«, stellte er sich vor. »Meine Freunde« – er winkte mit seiner kleinen Hand zu der Gruppe – »nennen mich Tolpan. Wer bist du?«

»Das tut nichts zur Sache«, erwiderte die Grabesstimme. »Du brauchst nur zu wissen, daß wir Kämpfer einer längst vergessenen Zeit sind.«

»Stimmt es, daß ihr ein Gelübde gebrochen habt und darum hier seid?« fragte Tolpan interessiert.

»Das ist wahr. Wir gelobten, dieses Land zu bewachen. Dann stürzte der Feuerberg vom Himmel. Das Land wurde auseinandergerissen. Böse Dinge krochen aus den Gedärmen der Erde hervor, und wir ließen unsere Schwerter fallen und flüchteten vor dem Grauen, bis wir ein bitteres Ende fanden. Wir müssen nun unseren Schwur erfüllen, sobald das Böse wieder in dieses Land fällt. Und hier werden wir bleiben, bis das Böse wieder zurückgetrieben und das Gleichgewicht wiederhergestellt ist.«

Plötzlich stieß Raistlin einen Schrei aus und warf seinen Kopf zurück, seine Augen verdrehten sich, bis die Gefährten nur noch das Weiße erkennen konnten. Aus seiner Stimme wurden tausend Stimmen, die gleichzeitig schrien. Dies verunsicherte sogar den Kender, der einen Schritt zurücktrat und unbehaglich nach Tanis Ausschau hielt.

Der Geist erhob befehlend seine Hand, und der Aufruhr verebbte, als wäre er durch die Dunkelheit verschluckt worden. »Meine Männer verlangen den Grund zu erfahren, warum ihr den Düsterwald betreten habt. Wenn es aus bösen Absichten geschah, werdet ihr feststellen, daß ihr das Böse selbst über euch gebracht habt, denn ihr werdet nicht mehr leben, um den Mond aufgehen zu sehen.«

»Nein, nichts Böses. Bestimmt nicht«, sagte Tolpan hastig. »Es ist eine lange Geschichte. Aber da wir es nicht eilig haben und du offenbar auch nicht, werde ich sie dir erzählen.

Es fing alles im Wirtshaus Zur letzten Bleibe in Solace an. Du kennst es wahrscheinlich nicht. Ich bin mir nicht sicher, wie lange es schon besteht, aber bestimmt noch nicht während der Umwälzung, und es hört sich an, als ob du in jener Zeit gelebt hast. Nun, da waren wir also und hörten dem alten Mann zu, der Geschichten von Huma erzählte, und er – der alte Mann, nicht Huma – bat Goldmond, ein Lied zu singen. Sie sang also, und ein Sucher entschloß sich, als Musikkritiker aufzutreten, und Flußwind – das ist der große Mann da drüben – schubste den Sucher ins Feuer. Es war ein Unfall – er wollte es nicht. Aber der Sucher lief wie eine Fackel umher! Das hättest du sehen sollen! Egal, der alte Mann gab mir den Stab und sagte, ich solle ihn damit schlagen. Das tat ich, und am Stab leuchtete auf einmal ein blauer Kristall, und die Flammen erloschen und...«

»Blauer Kristall!« Die Geisterstimme echote hohl aus Raistlins Kehle, als er auf Tolpan zuging. Tanis und Sturm sprangen vor, ergriffen Tolpan und zogen ihn aus dem Weg. Aber der Geist schien nur die Gruppe aufmerksam prüfen zu wollen. Seine flackernden Augen blieben an Goldmond hängen. Er hob eine blasse Hand und winkte sie zu sich.

»Nein!« Flußwind versuchte, sie zurückzuhalten, aber sie schob ihn sanft weg und ging zu dem Geist mit dem Stab in ihrer Hand. Die Geisterarmee umzingelte sie.

Plötzlich zog der Geist sein Schwert aus der glänzenden Scheide. Er hielt es hoch über seinen Kopf, und weißes Licht vermischte sich mit der blauen Flamme, die von der Klinge aufflackerte.

»Sieh auf den Stab!« keuchte Goldmond.

Der Stab glühte blaßblau, als würde er dem Schwert antworten.

Der Geisterkönig wandte sich an Raistlin und streckte seine blasse Hand nach dem entrückten Magier aus. Caramon bellte heiser auf und befreite sich aus Tanis' Griff. Er zog sein Schwert und machte einen Satz auf den untoten Kämpfer. Die Klinge durchbohrte den schimmernden Körper, aber es war Caramon, der vor Schmerzen schrie und sich krümmend zu Boden stürzte. Tanis und Sturm knieten neben ihm. Raistlin starrte vor sich hin, sein Gesichtsausdruck war unverändert, bewegungslos.

»Caramon, wo...«, Tanis versuchte hektisch, die Verletzung des Mannes zu finden.

»Meine Hand!« Caramon wand sich schluchzend hin und her, seine linke Hand – seine Schwerthand – steckte fest unter seinem rechten Arm.

»Was ist los?« fragte Tanis. Dann sah er das Schwert des Kämpfers und wußte: Caramons Schwert war mit Eis bedeckt.

Tanis sah entsetzt auf: Die Geisterhand hatte sich um Raistlins Handgelenk geklammert. Ein Schaudern peinigte den zerbrechlichen Körper des Magiers; sein Gesicht verzerrte sich vor Schmerz, aber er fiel nicht. Er hielt die Augen geschlossen, die zynischen und bitteren Züge waren geglättet, und der Frieden des Todes überfiel ihn. Tanis sah in Ehrfurcht zu, nahm nur wie von fern Caramons heisere Schreie wahr. Wieder verwandelte sich Raistlins Gesicht, dieses Mal von Ekstase durchdrungen. Die mächtige Ausstrahlung des Magiers verstärkte sich, bis sie mit einer aurahaften Helligkeit um ihn glühte.

»Wir sind vorgeladen«, sagte Raistlin. Er sprach nun mit seiner eigenen Stimme, und dennoch kam sie Tanis sehr fremd vor. »Wir müssen gehen.«

Der Magier wandte ihnen den Rücken zu und ging in den Wald, die fleischlose Hand des Geisterkönigs hielt ihn immer noch am Handgelenk. Der Kreis der Untoten teilte sich, um ihn durchzulassen.

»Haltet sie auf«, stöhnte Caramon. Schwankend erhob er sich.

»Das können wir nicht!« Tanis schlug auf ihn ein, um ihn zurückzuhalten, und schließlich brach der Kämpfer in den Armen des Halb-Elfs zusammen und weinte wie ein Kind. »Wir werden ihm folgen. Mit ihm ist alles in Ordnung. Er ist Magier, Caramon – wir können es nicht verstehen. Wir folgen nur...«

Die Augenhöhlen der Untoten schimmerten in einem scheußlichen Licht, als sie die Kameraden beobachteten, die an ihnen vorüberschritten. Hinter ihnen schlossen sich die Reihen der Geisterarmee.

Die Gefährten betraten ein Schlachtfeld. Stahl klirrte; verwundete Männer schrien um Hilfe. Der Kampf der Soldaten in der Dunkelheit war so real, daß Sturm instinktiv sein Schwert zog. Der Tumult betäubte ihn; er duckte sich und wich Schlägen aus, von denen er meinte, daß sie auf ihn gerichtet waren. Er schwang verzweifelt sein Schwert im Dunkel, er wußte, daß das sein Ende war und es keinen Ausweg gab. Er begann zu rennen und stolperte plötzlich aus dem Wald auf eine unfruchtbare, verödete Lichtung. Raistlin stand vor ihm, allein.

Die Augen des Magiers waren geschlossen. Er seufzte leise, dann brach er zusammen. Sturm rannte zu ihm, dann tauchte Caramon auf, der Sturm fast überrannte, um seinen Bruder zu erreichen, und hob Raistlin sanft auf. Einer nach dem anderen rannte wie angetrieben auf die Lichtung. Raistlin murmelte immer noch seltsame fremde Worte. Die Geister waren verschwunden.

»Raist!« Caramon schluchzte gebrochen.

Die Lider des Magiers flackerten und öffneten sich. »Der Zauber... hat mich erschöpft...«, flüsterte er. »Ich muß mich ausruhen...«

»Und ausruhen sollst du dich!« dröhnte eine Stimme – eine lebende Stimme!

Tanis atmete erleichtert auf, obwohl seine Hand ans Schwert fuhr. Schnell sprangen er und die anderen beschützend vor Raistlin, die Gesichter der Dunkelheit zugewandt. Dann erschien plötzlich der silberne Mond, als ob eine Hand ihn aus einem schwarzen Seidenschal gewickelt hätte. Jetzt konnten sie den Kopf und die Schultern eines Mannes erkennen, der unter den Bäumen stand. Seine bloßen Schultern waren genauso breit und schwer wie die von Caramon. Langes Haar kräuselte sich um seinen Hals, seine Augen waren hell und glänzten kalt. Die Gefährten hörten ein Rascheln im Gebüsch und sahen einen Speer aufleuchten, der auf Tanis gerichtet war.

»Legt eure kümmerlichen Waffen weg«, höhnte der Mann. »Ihr seid umzingelt und habt keine Chance.«

»Ein Trick«, knurrte Sturm, aber noch während er sprach, hörte man ein gewaltiges Rascheln und Knacken von Baumästen. Mehr Männer erschienen, umringten sie, alle mit Speeren bewaffnet, die im Mondlicht glänzten.

Der Mann schritt auf sie zu, und die Gefährten erstarrten vor Erstaunen, ihre Hände an den Waffen wurden schlaff.

Der Mann war kein Mensch, sondern ein Zentaur! Bis zur Hüfte war er menschlich, aber der untere Teil war der Körper eines Pferdes. Mit müheloser Anmut bewegte er sich vorwärts, mächtige Muskeln spannten sich um seine gewölbte Brust. Andere Zentauren erschienen aus den Baumschatten. Tanis steckte sein Schwert in die Scheide. Flint nieste.

»Ihr kommt mit uns«, befahl der Zentaur.

»Mein Bruder ist krank«, knurrte Caramon. »Er kann nirgendwo hingehen.«

»Lege ihn auf meinen Rücken«, sagte der Zentaur kühl. »Überhaupt könnt ihr alle auf uns reiten.«

»Wohin bringt ihr uns?« fragte Tanis.

»Ihr habt nicht das Recht, Fragen zu stellen.« Der Zentaur holte aus und berührte mit seinem Speer Caramons Rücken. »Wir werden weit und schnell reisen. Aber fürchtet euch nicht.« Er verbeugte sich vor Goldmond, indem er ein Vorderbein vorstreckte. »In dieser Nacht wird euch kein Schaden zugefügt werden.«

»Darf ich reiten, Tanis, bitte?« bettelte Tolpan.

»Trau ihnen nicht!« schnaufte Flint heftig.

»Ich traue ihnen *nicht*«, murmelte Tanis. »Aber wir scheinen nicht viele Möglichkeiten zu haben – Raistlin kann nicht laufen. Reite nur, Tolpan. Ihr anderen auch.«

Caramon, der die Zentauren argwöhnisch beäugte, hob seinen Bruder und setzte ihn auf den Rücken. Raistlin sackte geschwächt in sich zusammen.

»Steig auf«, sagte der Zentaur zu Caramon. »Ich kann euch beide tragen. Dein Bruder wird deine Hilfe brauchen, denn wir reiten heute nacht sehr schnell.«

Der Krieger errötete verlegen, dann kletterte er auf den breiten Rücken des Zentaurs. Er legte einen Arm um Raistlin, als der Zentaur den Pfad hinuntergaloppierte. Tolpan, der vor Aufregung kicherte, sprang auf einen anderen Zentaur und fiel prompt auf der anderen Seite hinunter in den Schlamm. Sturm hob den Kender seufzend auf und setzte ihn auf den Rücken des Zentaurs. Dann hob der Ritter den Zwerg hoch, bevor dieser protestieren konnte, und setzte ihn hinter Tolpan. Flint versuchte etwas zu sagen, konnte aber nur niesen, als der Zentaur antrabte. Tanis ritt mit dem ersten Zentaur, der der Anführer zu sein schien.

»Wohin bringst du uns?« fragte Tanis wieder.

»Zum Herrn der Wälder«, antwortete der Zentaur.

»Zum Herrn der Wälder?« wiederholte Tanis. »Wer ist er – auch ein Zentaur?«

»Nein«, entgegnete der Zentaur einsilbig und begann, den Pfad hinabzulaufen.

Tanis wollte weiterfragen, aber der Zentaur beschleunigte sein Tempo. Er wurde durchgerüttelt und hätte beinahe seine Zunge durchgebissen. Er spürte, daß er nach hinten glitt, als der Zentaur immer schneller wurde, und schlang seine Arme um den breiten Rumpf des Zentaurs.

»Nein, du brauchst mich nicht zu zerquetschen!« Der Zentaur warf ihm einen Blick zu, seine Augen glitzerten im Mondlicht. »Es ist meine Aufgabe, darauf zu achten, daß du oben bleibst. Entspann dich. Lege deine Hände auf mein Hinterteil, um ein Gleichgewicht zu finden. Ja, so. Halte dich an den Beinen fest.«

Die Zentauren verließen den Pfad und tauchten in den Wald ein. Das Mondlicht wurde von den dichten Bäumen verschluckt. Tanis spürte die Zweige an seinen Kleidern vorbeipeitschen. Aber die Zentauren verlangsamten ihren Galopp nicht, und Tanis konnte nur vermuten, daß sie den Weg gut kannten, einen Weg, den der Halb-Elf nicht sehen konnte.

Bald wurden sie langsamer, und schließlich hielten sie an. Tanis konnte in der Dunkelheit nichts erkennen. Er wußte nur, daß seine Gefährten in der Nähe waren, weil er Raistlins rasselnden Atem, Caramons klirrende Rüstung und Flints anhaltendes Niesen hören konnte. Das Licht von Raistlins Stab war erloschen.

»Ein mächtiger Zauber liegt über diesem Wald«, flüsterte der Magier geschwächt auf Tanis' Frage. »Dieser Zauber macht jede andere Magie unwirksam.«

Tanis' Unwohlsein verstärkte sich. »Warum halten wir an?«

»Weil wir am Ziel sind. Steig ab«, befahl der Zentaur.

»Und wo sind wir?« Tanis glitt vom Rücken des Zentaurs. Er blickte um sich, konnte aber nichts erkennen.

»Ihr seid mitten im Düsterwald«, erwiderte der Zentaur. »Und jetzt sage ich Lebewohl... oder... nun ja, je nachdem, wie der Herr der Wälder euch beurteilt.«

»Warte eine Minute!« rief Caramon wütend. »Du kannst uns doch nicht einfach hier mitten im Wald stehenlassen, blind wie neugeborene Katzen...«

»Haltet sie auf!« befahl Tanis und griff nach seinem Schwert. Aber seine Waffe war nicht mehr da. Ein heftiger Fluch von Sturm deutete an, daß der Ritter die gleiche Entdeckung gemacht hatte.

Der Zentaur gluckste. Tanis hörte Hufe auf weiche Erde aufschlagen und Äste rascheln. Die Zentauren waren verschwunden.

»Die wären wir los!« nieste Flint.

»Sind alle da?« fragte Tanis.

»Ich bin hier«, piepste Tolpan. »O Tanis, war das nicht wundervoll? Ich...«

»Psst, Tolpan!« sagte Tanis. »Die Barbaren?«

»Wir sind hier«, sagte Flußwind grimmig. »Ohne Waffen.«

»Keiner hat eine Waffe?« fragte Tanis. »Nun, das würde uns sowieso nichts nützen in dieser verfluchten Schwärze«, fügte er bitter hinzu.

»Ich habe meinen Stab«, sagte Goldmond leise.

»Und dies ist eine mächtige Waffe, Tochter von Que-Shu«, ertönte eine tiefe Stimme. »Eine segensreiche Waffe, um Krankheiten und Verletzungen zu bekämpfen.« Die unsichtbare Stimme wurde traurig. »In diesen Zeiten wird sie auch als Waffe gegen böse Kreaturen verwendet, die versuchen, sie aus dieser Welt zu verbannen.«

Der Herr der Wälder
Eine friedliche Unterbrechung

»Wer bist du?« rief Tanis. »Zeige dich!«

»Wir werden dir auch nichts tun«, bluffte Caramon.

»Natürlich werdet ihr das nicht.« Nun klang die tiefe Stimme amüsiert. »Ihr habt ja keine Waffen. Ich werde sie euch zur gegebenen Zeit zurückgeben. Niemand bringt Waffen in den Düsterwald, nicht einmal ein Ritter von Solamnia. Fürchte dich nicht, edler Ritter. Ich habe deine uralte und höchst wertvolle Klinge erkannt! Ich werde sie sicher aufbewahren. Vergebt mir diesen offensichtlichen Mangel an Vertrauen, aber selbst der große Huma hat die Drachenlanze vor meine Füße gelegt.«

»Huma!« keuchte Sturm. »Wer bist du?«

»Ich bin der Herr der Wälder.« Noch während die tiefe Stimme sprach, teilte sich die Dunkelheit. Die Gefährten stießen ein ehrfürchtiges schweres Atmen aus, so leise wie der Frühlingswind. Silbernes Mondlicht schien hell auf einen hohen Felsvorsprung. Auf diesem Vorsprung stand ein Einhorn. Es betrachtete sie kühl, seine klugen Augen strahlten vor unendlicher Weisheit.

Die Schönheit des Einhorns durchdrang das Herz. Goldmond spürte plötzlich Tränen aus ihren Augen fließen, und sie mußte sie vor der erhabenen Ausstrahlung des Tieres schließen. Sein Fell war so silbern wie das Mondlicht, sein Horn schimmerte wie eine Perle, seine Mähne wie Meeresschaum. Der Kopf hätte aus glitzerndem Marmor geformt sein können, aber kein Mensch und nicht einmal ein Zwerg hätte die Eleganz und Grazie der feinen Linien des mächtigen Halses und des muskulösen Brustkorbs erfassen können. Die Beine waren stark und doch zierlich, die Hufe schmal und gespalten wie bei einer Ziege. Später, als Goldmond auf dunklen Pfaden wanderte und ihr Herz vor Verzweiflung und Hoffnungslosigkeit düster war, brauchte sie nur die Augen zu schließen und sich an das Einhorn zu erinnern, um Trost zu finden.

Das Einhorn warf den Kopf zurück und verbeugte sich dann in einem ernsten Willkommensgruß. Die Gefährten, die sich tölpelhaft und ungeschickt vorkamen, verbeugten sich auch. Das Einhorn wirbelte plötzlich herum, verließ den Felsvorsprung und näherte sich ihnen.

Tanis, der das Gefühl hatte, von einem Zauber befreit worden zu sein, blickte sich um. Das helle silberne Mondlicht beleuchtete eine waldige Lichtung. Hohe Bäume umgaben sie wie riesige, wohltätige Wächter. Der Halb-Elf wurde sich eines tiefen, beständigen Friedens bewußt. Aber ebenso herrschte hier eine unendliche Traurigkeit.

»Ruht euch aus«, sagte der Herr der Wälder, als er die Gefährten erreichte. »Ihr seid müde und hungrig. Man wird euch Essen geben und Wasser zum Reinigen bringen. Ihr könnt eure

Wachsamkeit und eure Ängste für diesen Abend ablegen. Hier seid ihr in Sicherheit, falls es sie überhaupt heute abend in diesem Land gibt.«

Caramon, dessen Augen bei der Erwähnung von Essen aufleuchteten, ließ seinen Bruder vorsichtig auf den Boden nieder. Raistlin sank in das Gras gegen einen Baumstamm. Sein Gesicht war im silbernen Mondlicht leichenblaß, aber sein Atem ging ruhig. Er wirkte nicht krank, sondern einfach nur furchtbar erschöpft. Caramon setzte sich neben ihn und sah sich nach Eßbarem um. Dann seufzte er tief.

»Vielleicht wieder nur Beeren«, sagte der Krieger unglücklich zu Tanis. »Ich sehne mich nach Fleisch – geröstetes Wildbret, ein schönes durchgebratenes Stück Hase...«

»Psst«, wandte Sturm leise ein und blickte zum Herrn der Wälder. »Wahrscheinlich wird er dich zuerst rösten!«

Zentauren kamen aus dem Wald hervor und trugen ein sauberes weißes Tischtuch, das sie auf dem Gras ausbreiteten. Andere stellten Kristallkugellichter auf das Tuch.

Tolpan untersuchte sie neugierig: »Das sind Wanzenlichter!«

In den Kristallkugeln hingen Tausende winziger Wanzen, und jede trug zwei hellschimmernde Punkte auf ihrem Rücken. Sie wimmelten zufrieden im Innern der Kugeln umher.

Als nächstes brachten die Zentauren Schüsseln mit erfrischendem Wasser und saubere weiße Tücher. Weitere Zentauren schafften Stühle herbei, auf die Caramon unschlüssig starrte. Sie waren aus einem einzigen Stück Holz gefertigt und schienen gemütlich zu sein, jedoch hatte jeder Stuhl nur ein Bein!

»Setzt euch bitte«, sagte der Herr der Wälder freundlich.

»Auf so etwas kann ich nicht sitzen!« protestierte der Krieger. »Ich werde umkippen.« Er stand vor dem Tischtuch. »Außerdem ist das Tuch auf dem Gras ausgebreitet. Ich werde mich ins Gras setzen.«

»Ganz nahe am Essen«, murrte Flint in seinen Bart. Die anderen schauten unbehaglich auf die Stühle, die seltsamen Kristallwanzenlampen und die Zentauren. Die Tochter des Stammeshäuptlings jedoch wußte, wie man sich als Gast zu benehmen hatte. Obwohl die Außenwelt ihr Volk als Barbaren betrachtete, verfügte Goldmonds Stamm über strenge Regeln der Höflichkeit, die gewissenhaft befolgt wurden. Goldmond wußte, daß es eine Beleidigung für den Gastgeber war, wenn man ihn warten ließ. Sie ließ sich mit königlicher Anmut nieder. Der einbeinige Stuhl schaukelte leicht, paßte sich dann ihrem Gewicht an, als wäre er nur für sie hergestellt worden.

»Setz dich an meine rechte Seite, Kämpfer«, sagte sie förmlich, sich der vielen Augen bewußt, die auf ihr ruhten. Flußwinds Gesicht zeigte keinerlei Gefühlsbewegung, obwohl es ein absurder Anblick war, als er versuchte, mit seinem riesigen Körper auf dem scheinbar zerbrechlichen Stuhl Platz zu nehmen. Aber dann lehnte er sich behaglich zurück und lächelte fast ungläubig.

»Danke, daß ihr so lange gewartet habt, bis ich sitze«, sagte Goldmond hastig, um das Zögern der anderen zu überdecken. »Nun könnt ihr Platz nehmen.«

»Oh, es ist alles in Ordnung«, begann Caramon und legte seine Arme über die Brust. »Ich habe nicht gewartet. Ich werde nicht auf diesem komischen Stuhl sitzen...« Sturms Ellbogen bohrte sich tief in Caramons Rippen.

»Edle Dame«, Sturm verbeugte sich und setzte sich mit ritterlicher Würde.

»Na schön, wenn er es kann, dann kann ich es erst recht«, murmelte Caramon. Dabei wurde seine Entscheidung durch die Tatsache beschleunigt, daß die Zentauren das Essen brachten. Er half seinem Bruder auf einen Stuhl, setzte sich selbst vorsichtig hin und vergewisserte sich, daß der Stuhl sein Gewicht tragen konnte.

Vier Zentauren stellten sich an die vier Ecken des riesigen Tischtuches. Dann hoben sie das Tuch in Tischhöhe hoch und ließen es los. Das Tuch blieb schwebend in der Luft, seine feinbestickte Oberfläche war genauso hart und stabil wie die Tische im Wirtshaus Zur letzten Bleibe.

»Wie wunderbar! Wie haben sie das gemacht?« rief Tolpan

und spähte unter das Tuch. »Da ist nichts!« berichtete er mit großen Augen. Die Zentauren lachten schallend, und selbst der Herr der Wälder lächelte. Dann tischten die Zentauren auf. Dampfendes geröstetes Fleisch erfüllte die Luft mit einem verführerischen rauchigen Duft. Wohlriechende Brote und riesige Holzschalen mit Früchten glitzerten im sanften Lampenlicht.

Caramon, der sich nun auf seinem Stuhl sicher fühlte, rieb sich die Hände. Dann grinste er breit und hob seine Gabel. »Ahh!« Er seufzte erwartungsvoll, als ein Zentaur vor ihn eine Platte mit gebratenem Wildfleisch stellte. Caramon stieß die Gabel hinein und schnupperte den Dampf und Duft des Safts ein, die dem Fleisch entströmten. Plötzlich bemerkte er, daß ihn alle anstarrten. Er hielt inne und sah sich um.

»Waaa...?« fragte er blinzelnd. Dann blieben seine Augen auf dem Herrn der Wälder haften. Er errötete und legte schnell die Gabel weg. »Ich... ich... es tut mir leid. Dieser Hirsch muß jemand sein, den du gekannt hast – ich meine – einer deiner Untertanen.«

Der Herr der Wälder lächelte sanft. »Beruhige dich, Krieger«, sprach das Einhorn. »Der Hirsch erfüllt den Zweck seines Lebens, indem er den Jäger mit Nahrung versorgt. Wir betrauern nicht den Verlust derjenigen, deren Schicksal sich erfüllte.«

Tanis schien es, daß die dunklen Augen des Herrn der Wälder zu Sturm wanderten, während er sprach, und in ihnen lag eine tiefe Traurigkeit, die das Herz des Halb-Elfen mit kalter Angst erfüllte. Doch dann sah er das herrliche Tier wieder lächeln. »Ich träume mal wieder«, dachte er.

»Wie sollen wir wissen, Herr der Wälder«, fragte Tanis zögernd, »ob das Leben eines Lebewesens sein Schicksal erfüllt hat? Ich habe sehr alte Menschen kennengelernt, die in Bitterkeit und Verzweiflung starben. Ich habe Kinder gesehen, die vor ihrer Zeit starben, aber die ein Vermächtnis der Liebe und der Freude zurückließen, so daß die Trauer über ihr Dahinscheiden durch das Wissen gemildert wurde, daß ihr kurzes Leben anderen sehr viel gegeben hat.«

»Du hast deine eigene Frage besser beantwortet, Tanis Halb-

Elf, als ich es hätte tun können«, sagte der Herr der Wälder feierlich. »Indem du sagtest, daß unser Leben nicht am Gewinn gemessen wird, sondern am Geben.«

Der Halb-Elf wollte etwas erwidern, aber der Herr der Wälder kam ihm zuvor. »Lege deine Sorgen jetzt beiseite. Genieße den Frieden meines Waldes, solange er anhält.«

Tanis sah den Herrn der Wälder durchdringend an, aber das wundervolle Tier hatte seine Aufmerksamkeit von ihm abgewandt und starrte nun in den Wald hinein, seine Augen waren sorgenvoll umwölkt. Der Halb-Elf fragte sich, was das wohl bedeuten könnte, und saß in dunklen Gedanken verloren da, bis er eine sanfte Hand spürte.

»Du solltest essen«, sagte Goldmond. »Deine Sorgen werden mit dem Mahl nicht verschwinden – und falls doch, um so besser.«

Tanis lächelte sie an und begann mit großem Appetit zu essen. Er nahm den Rat des Herrn der Wälder an und verbannte seine Sorgen für eine Weile. Goldmond hatte recht: Sie würden ihm sowieso bleiben.

Die übrigen Gefährten taten dasselbe und musterten das Seltsame ihrer Umgebung mit dem selbstbewußten Auftreten erfahrener Reisende. Obwohl es nur Wasser zu trinken gab – zu Flints großer Enttäuschung –, wusch die kühle, klare Flüssigkeit das Entsetzen und den Zweifel aus ihren Herzen fort, so wie sie das Blut und den Schmutz von ihren Händen gereinigt hatte. Sie lachten, unterhielten sich, aßen und genossen ihr Zusammensein. Der Herr der Wälder beteiligte sich nicht an den Gesprächen, sondern beobachtete sie nur.

Sturms blasses Gesicht hatte wieder Farbe gewonnen. Er aß mit Anmut und Würde. Neben ihm saß Tolpan. Er beantwortete die schier unerschöpflichen Fragen des Kenders über seine Heimat. Unauffällig holte er aus Tolpans Beutel ein Messer und eine Gabel hervor, die auf seltsame Weise ihren Weg dorthin gefunden hatten. Der Ritter saß so weit wie möglich von Caramon entfernt und tat sein Bestes, ihn zu ignorieren.

Der riesige Krieger genoß sein Mahl offensichtlich. Er aß

dreimal soviel, dreimal so schnell und dreimal so laut wie die anderen. Wenn er nicht gerade aß, beschrieb er Flint einen Kampf mit einem Troll und benutzte dabei einen Knochen als Schwert, um seine Hiebe zu veranschaulichen. Flint aß herzhaft und sagte ihm, daß er der größte Lügner auf Krynn wäre.

Raistlin, der neben seinem Bruder saß, aß sehr wenig. Er sagte nichts, sondern hörte nur aufmerksam den anderen zu und nahm alles in sich auf, um es zu speichern und irgendwann einmal darauf zurückgreifen zu können.

Goldmond aß mit vornehmer Anmut. Die Que-Shu-Prinzessin war es gewöhnt, in der Öffentlichkeit zu speisen und mühelos Konversation zu führen. Sie plauderte mit Tanis, ermunterte ihn, das Elfenland zu beschreiben und andere Orte, die er besucht hatte. Flußwind zeigte sich sehr verlegen und gehemmt. Zwar war er nicht ein so lärmender Esser wie Caramon, aber offensichtlich war er mehr daran gewöhnt, mit anderen Stammesangehörigen am Lagerfeuer und nicht in königlichen Hallen zu essen.

Schließlich schoben alle ihre Teller beiseite und machten es sich in den seltsamen Stühlen bequem. Tolpan sang eines seiner Wanderlieder zum Vergnügen der Zentauren. Dann erhob Raistlin plötzlich seine Stimme. Sein leises Flüstern fuhr durch das Gelächter und das laute Gespräch.

»Herr der Wälder«, zischte der Magier, »heute haben wir gegen abscheuliche Kreaturen gekämpft, die uns noch nie zuvor auf Krynn begegnet sind. Weißt du mehr über sie?«

Mit der entspannten und festlichen Stimmung war es sofort vorbei. Alle tauschten bittere Blicke aus.

»Diese Kreaturen gehen wie Menschen«, fügte Caramon hinzu, »aber sie sehen aus wie Reptilien. Statt Händen und Füßen haben sie Klauen und Flügel, und« – seine Stimme sank – »sie verwandeln sich in Stein, wenn sie sterben.«

Der Herr der Wälder betrachtete sie mit Traurigkeit und erhob sich. Er schien die Frage erwartet zu haben.

»Ich kenne diese Kreaturen«, antwortete er. »Vor einer Woche haben einige von ihnen den Düsterwald zusammen mit

Goblins aus Haven betreten. Sie trugen Kapuzen und Umhänge, zweifellos um ihr entsetzliches Aussehen zu verbergen. Die Zentauren folgten ihnen heimlich, um sicherzugehen, daß sie keinen Schaden anrichteten, bevor die Geisterhäscher sich mit ihnen beschäftigten. Sie berichteten mir, daß sich diese Kreaturen als Drakonier bezeichnen und zum Orden von Drako gehören.«

Raistlin runzelte die Stirn. »Drako«, flüsterte er verwirrt. »Aber wer sind sie? Welcher Rasse gehören sie an?«

»Ich weiß es nicht. Ich kann euch nur sagen: Sie gehören nicht zur Tierwelt und auch zu keiner Rasse auf Krynn.«

Es dauerte einen Moment, bis alle diese Mitteilung verdaut hatten. Caramon blinzelte. »Ich ver...«, begann er.

»Mein Bruder, er meint, daß sie nicht von dieser Welt sind«, erklärte Raistlin ungeduldig.

»Aber woher kommen sie dann?« fragte Caramon verwirrt.

»Das ist die Frage, nicht wahr?« sagte Raistlin kalt. »Woher kommen sie – und warum?«

»Das kann ich nicht beantworten.« Der Herr der Wälder schüttelte den Kopf. »Aber bevor meine Geisterarmee diesen Drakoniern ein Ende bereitete, sprachen sie von ›Armeen im Norden‹.«

»Ich habe sie gesehen.« Tanis erhob sich. »Lagerfeuer...« Seine Stimme erstarb, als ihm klar wurde, was der Herr der Wälder gerade gesagt hatte. »Armeen! Von diesen Drakoniern? Es müssen Tausende sein!«

Jetzt standen alle auf und redeten gleichzeitig.

»Unmöglich!« sagte der Ritter finster blickend.

»Wer steht hinter ihnen? Die Sucher? Bei den Göttern«, bellte Caramon. »Ich habe Lust, nach Haven zu gehen und...«

»Nicht nach Haven, nach Solamnia«, riet Sturm laut.

»Wir sollten nach Qualinost«, argumentierte Tanis. »Die Elfen...«

»Die Elfen haben ihre eigenen Probleme«, unterbrach sie der Herr der Wälder, seine kühle Stimme hatte eine beruhigende Wirkung. »So wie die Sucherfürsten in Haven. Kein Ort ist sicher. Aber ich werde euch sagen, wohin ihr gehen müßt, um Antworten auf eure Fragen zu erhalten.«

»Was meinst du damit, du wirst uns sagen, wohin wir gehen müssen?« Raistlin trat langsam nach vorn. »Was weißt du über uns?« Der Magier hielt inne, seine Augen verengten sich bei einem plötzlichen Gedanken.

»Ja, ich habe euch erwartet«, erwiderte der Herr der Wälder als Antwort auf Raistlins Gedanken. »Ein großes strahlendes Wesen erschien mir heute in der Wildnis. Es sagte mir, daß der Träger des blauen Kristallstabs heute abend den Düsterwald betreten würde. Die Geisterhäscher würden den Träger des Stabes und seine Begleiter passieren lassen – obwohl es seit der Umwälzung Menschen, Elfen, Zwergen und Kendern nicht erlaubt ist, den Düsterwald zu betreten. Diese Botschaft soll ich dem Träger des Stabes übergeben: Er muß direkt über das Ostwall-Gebirge fliegen. In zwei Tagen muß der Stabträger Xak Tsaroth erreicht haben. Dort wird er, falls er sich als würdig erweist, das großartigste Geschenk erhalten, das man der Welt geben kann.«

»Ostwall-Gebirge! Wir müßten fliegen, um Xak Tsaroth in zwei Tagen zu erreichen. Strahlendes Wesen! Hah!« Der Zwerg schnippte verächtlich mit den Fingern.

Die anderen sahen sich unbehaglich an. Schließlich sagte Tanis zögernd: »Ich fürchte, der Zwerg hat recht, Herr der Wälder. Die Reise nach Xak Tsaroth ist lang und gefährlich. Wir müssen durch Länder, von denen wir wissen, daß sich dort Goblins und diese Drakonier aufhalten.«

»Und dann müssen wir die Ebenen passieren.« Flußwind sprach zum ersten Mal seit dem Treffen mit dem Herrn der Wälder. »Wir werden unser Leben verlieren.« Er zeigte auf Goldmond. »Die Que-Shu sind wilde Kämpfer, und sie kennen das Land. Sie sind wachsam. Wir würden niemals sicher durchkommen.« Er sah zu Tanis. »Und mein Volk liebt keine Elfen.«

»Warum überhaupt nach Xak Tsaroth gehen?« polterte Caramon. »Das großartigste Geschenk – was könnte das sein? Ein mächtiges Schwert? Eine Lade mit Kupfermünzen? Das käme zwar recht, aber anscheinend braut sich im Norden eine Schlacht zusammen. Und ich würde sie ungern verpassen.«

Der Herr der Wälder nickte ernst. »Ich verstehe eure Sorgen«, sagte er. »Ich biete euch jede Hilfe an, die in meiner Macht steht. Ich werde dafür sorgen, daß ihr Xak Tsaroth in zwei Tagen erreicht. Die Frage ist, wollt ihr überhaupt?«

Tanis wandte sich den anderen zu. Sturms Gesicht drückte Unentschiedenheit aus. Er sah Tanis an und seufzte. »Der Hirsch führte uns hierher«, sagte er langsam, »vielleicht damit wir diesen Rat erhalten. Aber mein Herz ist im Norden, in meiner Heimat. Falls Armeen dieser Drakonier einen Angriff vorbereiten, ist mein Platz bei den Rittern, die sich sicherlich verbünden, um dieses Böse zu bekämpfen. Dennoch will ich dich nicht verlassen, Tanis, oder dich, meine Dame.« Er nickte Goldmond zu, dann sackte er zusammen, seine Hände an seinen schmerzenden Kopf pressend.

Caramon zuckte die Achseln. »Ich gehe überallhin und kämpfe gegen alles, Tanis. Das weißt du. Was meinst du, Bruder?«

Aber Raistlin starrte in die Dunkelheit und antwortete nicht.

Goldmond und Flußwind unterhielten sich leise. Sie nickten sich zu, dann sagte Goldmond zu Tanis: »Wir gehen nach Xak Tsaroth. Wir danken euch für alles, was ihr für uns getan habt...«

»Aber wir wollen nicht länger um die Hilfe anderer bitten«, erklärte Flußwind stolz. »Und so wie wir unsere Suche allein begonnen haben, so werden wir sie auch allein beenden.«

»Und ihr werdet allein sterben!« sagte Raistlin leise.

Tanis schauderte. »Raistlin«, sagte er, »ich will mit dir allein reden.«

Der Magier verneigte sich gehorsam und ging mit dem Halb-Elf in ein kleines Dickicht. Dunkelheit umfing sie.

»Wie in alten Tagen«, sagte Caramon, dessen Augen seinem Bruder unsicher folgten.

»Und sieh dir diesen ganzen Ärger an, in den wir geraten sind«, erinnerte Flint ihn und ließ sich aufs Gras fallen.

»Ich frage mich, worüber sie wohl reden«, sagte Tolpan. Vor langer Zeit hatte der Kender versucht, diese privaten Unterredungen zwischen Magier und Halb-Elf zu belauschen, aber jedesmal hatte Tanis ihn erwischt und verscheucht. »Und warum können sie es nicht mit uns besprechen?«

»Weil wir vermutlich Raistlins Herz herausreißen würden«, antwortete Sturm mit leiser, schmerzerfüllter Stimme. »Es ist mir egal, was du sagst, Caramon, aber in deinem Bruder steckt eine dunkle Seite, und Tanis hat sie gesehen. Dafür bin ich sehr dankbar. Er kann damit umgehen, ich nicht.«

Merkwürdigerweise sagte Caramon nichts. Sturm starrte den Kämpfer verwirrt an. In alten Tagen wäre dieser aufgesprungen, um seinen Bruder zu verteidigen. Jetzt saß er stumm da, mit besorgtem und bestürztem Gesicht. Es *gibt* also eine dunkle Seite in Raistlin, und Caramon weiß darüber Bescheid. Sturm fragte sich schaudernd, was in den vergangenen fünf Jahren wohl passiert war, daß über den fröhlichen Kämpfer solch ein dunkler Schatten gefallen war.

Raistlin ging dicht neben Tanis. Wie immer fühlte sich Tanis in der Anwesenheit des jungen Magiers unbehaglich. Jedoch gerade jetzt wußte er nicht, wen er sonst hätte um Rat fragen sollen. »Was weißt du über Xak Tsaroth?« fragte Tanis.

»Dort stand ein Tempel – ein Tempel zu Ehren der alten Götter«, hauchte Raistlin. Seine Augen glitzerten im unheimlichen Licht des roten Mondes. »Er wurde während der Umwälzung zerstört, und seine Bewohner flohen, sie waren überzeugt, daß die Götter sie verlassen hatten. Der Ort geriet in Vergessenheit. Ich wußte nicht, daß er noch existiert.«

»Was hast du gesehen, Raistlin?« fragte Tanis leise nach einer langen Pause. »Du hast weit weg gesehen – was hast du gesehen?«

»Ich bin Magier, Tanis, und kein Seher.«

»Speis mich nicht so ab. Ich weiß, daß du nicht über die Gabe der Voraussicht verfügst. Du hast nachgedacht und nicht mit Hilfe einer Glaskugel gewahrsagt. Und du bist auf Antworten gestoßen. Ich will diese Antworten wissen. Du hast mehr Verstand als wir anderen zusammen, selbst wenn...« Er stockte.

»Selbst wenn ich verkrüppelt und verschroben bin.« Raistlins Stimme erhob sich mit barscher Arroganz. »Ja, ich bin klüger als du – als ihr alle. Und eines Tages werde ich euch das beweisen! Eines Tages wirst du – mit all deiner Stärke und deinem Charme und guten Aussehen – du – ihr alle – werdet mich Meister nennen!« Tanis, an diesen Wortschwall gewöhnt, wartete geduldig ab. Der Magier entspannte sich. »Aber jetzt gebe ich dir meinen Rat. Was habe ich gesehen? Diese Armeen, Tanis, Armeen der Drakonier werden Solace und Haven und alle Länder eurer Väter überrennen. Das ist der Grund, warum wir Xak Tsaroth erreichen müssen. Was wir dort finden werden, wird die Untaten dieser Armee beweisen.«

»Aber warum diese Armeen?« fragte Tanis. »Was könnte jemand mit der Macht über Solace und Haven und den Ebenen bis zum Osten im Sinn haben? Sind es die Sucher?«

»Sucher! Pah!« schnaubte Raistlin verächtlich. »Öffne deine Augen, Halb-Elf. Jemand oder etwas Mächtiges hat diese Kreaturen geschaffen – diese Drakonier. Nicht die idiotischen Sucher. Und niemand unternimmt diese ganze Anstrengung, um zwei Dörfer einzunehmen oder um einen blauen Kristallstab zu suchen. Dies ist ein Eroberungskrieg, Tanis. Jemand will Ansalon erobern! Innerhalb von zwei Tagen wird dem Leben auf Krynn, so wie wir es kennen, ein Ende bereitet werden. *Das* bedeutete das Omen der gefallenen Sterne. Die Königin der Finsternis ist zurückgekehrt. Wir stehen einem Widersacher gegenüber, der versucht, uns zumindest zu versklaven, wenn nicht vielleicht völlig zu vernichten.«

»Dein Rat?« fragte Tanis widerwillig. Er spürte eine nahende Veränderung, und wie alle Elfen fürchtete und verabscheute er Veränderungen.

Raistlin lächelte sein verzerrtes, bitteres Lächeln und schwelgte in dem Moment seiner Überlegenheit. »Daß wir unverzüglich nach Xak Tsaroth aufbrechen. Daß wir uns heute abend, wenn möglich, auf den Weg machen mit den Mitteln, die der Herr der Wälder uns zur Verfügung stellen kann. Wenn wir dieses Geschenk nicht innerhalb von zwei Tagen erhalten – werden es die Armeen der Drakonier bekommen.«

»Was für ein Geschenk könnte das nur sein?« fragte sich Tanis laut. »Ein Schwert oder Münzen, wie Caramon meint?«

»Mein Bruder ist ein Dummkopf«, bemerkte Raistlin kalt. »Du glaubst den Unsinn nicht, und ich auch nicht.«

»Was dann?« fragte Tanis weiter.

Raistlins Augen verengten sich zu schmalen Schlitzen. »Ich habe dir meinen Rat gegeben. Befolge ihn oder laß es bleiben. Ich habe meine eigenen Gründe, dorthin zu gehen. Laß es dabei bewenden, Halb-Elf. Aber es wird gefährlich werden. Xak Tsaroth wurde vor dreihundert Jahren aufgegeben. Ich glaube nicht, daß es lange verlassen geblieben ist.«

»Das ist wahr«, sinnierte Tanis. »Glaubst du, daß wir auserwählt wurden, Raistlin?« fragte Tanis.

Der Magier zögerte nicht. »Ja. So wurde es mir in den Türmen der Erzmagier mitgeteilt. Und auch Par-Salian sagte es mir.«

»Aber warum?« fragte Tanis ungeduldig. »Wir sind alle keine Helden – nun, vielleicht Sturm...«

»Ah«, meinte Raistlin. »Aber *wer* hat uns auserwählt? Und für welchen Zweck? Darüber solltest du dir Gedanken machen!«

Der Magier verbeugte sich spöttisch vor Tanis, dann wandte er sich um und ging zu der Gruppe zurück.

Geflügelter Schlaf
Rauch im Osten. Dunkle Erinnerungen

Xak Tsaroth«, sagte Tanis. »Das ist meine Entscheidung.«

»Ist es das, was der Magier rät?« fragte Sturm störrisch.

»So ist es«, antwortete Tanis. »Und ich glaube, sein Ratschlag ist vernünftig. Falls wir Xak Tsaroth nicht in zwei Tagen erreichen, werden das andere tun, und dieses ›größte Geschenk‹ wäre wohl für immer verloren.«

»Das größte Geschenk!« sagte Tolpan mit glänzenden Augen. »Denk nur, Flint! Juwelen von unschätzbarem Wert! Oder vielleicht...«

»Ein Humpen Bier und Otiks Bratkartoffeln«, murrte der Zwerg. »Und ein schönes warmes Feuer. Aber nein – Xak Tsaroth!«

»Ich denke, wir sind uns einig«, sagte Tanis. »Wenn du meinst, daß du im Norden gebraucht wirst, Sturm, natürlich...«

»Ich gehe mit euch nach Xak Tsaroth.« Sturm seufzte. »Für mich gibt es nichts im Norden. Ich habe mir selber etwas vorgemacht. Die Ritter meines Ordens sind in alle Winde zerstreut, haben sich in bröckelnden Festungen verkrochen und bekämpfen die Gläubiger.«

Das Gesicht des Ritters verzog sich schmerzhaft, und er senkte den Kopf. Tanis fühlte sich plötzlich müde. Sein ganzer Körper tat ihm weh. Er wollte noch etwas sagen, spürte dann aber eine sanfte Hand seine Schulter berühren. Er sah auf Goldmonds Gesicht, kühl und ruhig im Mondlicht.

»Du bist müde, mein Freund«, sagte sie. »Wir alle sind müde. Aber wir freuen uns, daß du mitkommst. Flußwind und ich.« Sie sah auf, ihr klarer Blick glitt über die ganze Gruppe. »Wir freuen uns, daß ihr alle mitkommt.«

Tanis blickte zu Flußwind, unsicher, ob der hochgewachsene Barbar wirklich derselben Meinung war.

»Auf ein weiteres Abenteuer«, sagte Caramon und errötete verlegen. »He, Raist?« Aber Raistlin ignorierte seinen Zwillingsbruder und sah zum Herrn der Wälder.

»Wir müssen sofort aufbrechen«, sagte der Magier kühl. »Du erwähntest deine Hilfe, um das Gebirge zu überqueren.«

»In der Tat«, erwiderte der Herr der Wälder und nickte ernst. »Auch ich freue mich über diese Entscheidung. Ich hoffe, ihr begrüßt meine Hilfe.«

Der Herr der Wälder hob den Kopf und sah in den Himmel hinauf. Die Gefährten folgten seinem Blick. Der Nachthimmel schimmerte hell von den Sternen. Bald wurden die Gefährten gewahr, daß oben etwas flog und die Sterne beim Vorbeifliegen ignorierte.

»Ich glaub', ich bin ein Gossenzwerg«, sagte Flint feierlich. »Fliegende Pferde. Und was kommt als nächstes?«

»Oh!« machte Tolpan. Der Kender war vor Erstaunen wie erstarrt, als er die über ihnen kreisenden wunderschönen Tiere sah, die mit jeder Drehung immer tiefer herabstiegen. Ihr Fell strahlte blauweiß im Mondschein. Tolpan klatschte in die Hände. In seinen kühnsten Kenderträumen hatte er sich nicht das Fliegen vorstellen können. Dies allein war es wert, gegen sämtliche Drakonier auf Krynn zu kämpfen.

Die Pegasi landeten auf dem Boden, ihre Federflügel erzeugten einen Wind, der gegen die Zweige pfiff und das Gras niederdrückte. Ein riesiger Pegasus mit Flügeln, die den Boden berührten, verbeugte sich ehrerbietig vor dem Herrn der Wälder. Sein Gehabe war stolz und edel. Auch die anderen wunderschönen Kreaturen verbeugten sich nacheinander.

»Du hast uns gerufen?« fragte der Pegasi-Führer den Herrn der Wälder.

»Diese meine Gäste haben Dringendes im Osten zu erledigen. Ich bitte dich, sie mit der Schnelligkeit der Winde über das Ostwall-Gebirge zu tragen.«

Der Pegasus betrachtete erstaunt die Gefährten. Mit würdevoller Miene stolzierte er zu ihnen und starrte einen nach dem anderen an. Als Tolpan seine Hand hob, um die Nase des Rosses zu streicheln, stellte er beide Ohren hoch und legte seinen riesigen Kopf nach hinten. Aber als er zu Flint kam, schnaufte er voller Abscheu und wandte sich zum Herrn der Wälder: »Ein Kender? Menschen? Und ein *Zwerg*?«

»*Mir* brauchst du keinen Gefallen zu erweisen, Pferd!« schnaubte Flint.

Der Herr der Wälder nickte nur und lächelte. Der Pegasus verbeugte sich in widerstrebender Zustimmung. »Nun gut, Herr«, erwiderte er. Mit machtvoller Grazie trabte er zu Goldmond und beugte sein Vorderbein, um ihr das Besteigen zu erleichtern.

»Nein, du brauchst nicht zu knien, edles Tier«, sagte sie. »Ich habe Pferde geritten, bevor ich laufen konnte. Ich brauche solche Hilfe nicht.« Sie reichte Flußwind ihren Stab, warf ihren Arm um den Hals des Pegasus und zog sich auf seinen breiten

Rücken hoch. Ihr silbriggoldenes Haar flog wie weiße Federn im Mondschein, ihr Gesicht war rein und kalt wie Marmor. Nun sah sie wahrhaftig wie die Prinzessin eines Barbarenstammes aus.

Sie nahm ihren Stab wieder von Flußwind entgegen, hob ihn in die Luft und begann ein Lied zu singen. Flußwind, dessen Augen vor Bewunderung glänzten, sprang hinter ihr auf den Rükken des geflügelten Pferdes. Er legte seine Arme um sie und begleitete mit seiner tiefen Stimme ihr Lied.

Tanis hatte keine Vorstellung davon, was sie sangen, aber es hörte sich wie ein Lied über Sieg und Triumph an. Es brachte sein Blut in Wallung, und am liebsten hätte er mitgesungen. Ein Pegasus kam auf ihn zu. Er zog sich hoch und machte es sich auf seinem breiten Rücken bequem. Er saß direkt vor den mächtigen Flügeln.

Nun bestiegen alle Gefährten, gefesselt von der Hochstimmung des Moments, die Pegasi. Goldmonds Lied verlieh ihren Seelen Flügel, und die Pegasi breiteten ihrerseits ihre riesigen Flügel aus. Sie stiegen immer höher und kreisten über dem Wald. Der silberne und der rote Mond badeten das Tal unter ihnen und die Wolken über ihnen in einem unheimlichen, wunderschönen purpurnen Glanz, der in tiefviolette Nacht überging. Das letzte, was die Gefährten vom Wald sahen, war der Herr der Wälder, der wie ein vom Himmel gefallener Stern glänzte, allein und verloren auf einem sich verdunkelnden Land.

Die Gefährten fühlten sich nacheinander von einer Schläfrigkeit überwältigt.

Tolpan widerstand diesem magischen Schlaf am längsten. Verzaubert durch den Wind, der sein Gesicht umfächelte, und durch die Sicht auf die hohen Bäume, die ihn normalerweise weit überragten und nun auf Kindergröße geschrumpft waren, kämpfte Tolpan lange darum, wach zu bleiben. Flints Kopf ruhte an seiner Schulter. Der Zwerg schnarchte laut. Goldmond lag in Flußwinds Arme geschmiegt. Sein Kopf war über ihre Schulter gesunken. Selbst im Schlaf hielt er sie beschützend fest. Caramon war über dem Hals des Pferdes zusammengesackt und atmete laut. Sein Bruder hatte sich an den breiten Rücken seines Bruders gelehnt. Sturm schlief friedlich, sein Gesicht hatte sich entspannt. Sogar Tanis' bärtiges Gesicht war frei von Sorgen und Kummer und der Last der Verantwortung.

Tolpan gähnte. »Nein«, murmelte er, blinzelte schnell und kniff sich.

»Ruh dich jetzt aus, kleiner Kender«, sagte sein Pegasus amüsiert. »Sterblichen ist es nicht bestimmt zu fliegen. Dieser Schlaf ist zu deinem Schutz. Wir wollen nicht, daß du dich ängstigst und herunterfällst.«

»Werde ich nicht«, protestierte Tolpan und gähnte wieder. Sein Kopf sank nach vorn. Der Hals des Pegasus fühlte sich warm und gemütlich an, das Fell duftete gut und war weich. »Ich werde mich nicht ängstigen«, flüsterte Tolpan schläfrig. »Ich habe nie Angst...« Er schlief ein.

Der Halb-Elf erwachte und erschrak, denn er fand sich auf einer Wiese liegend wieder. Der Führer der Pegasi stand vor ihm und starrte in den Osten. Tanis setzte sich auf.

»Wo sind wir?« fragte er. »Hier ist keine Stadt.« Er sah sich um. »Warum – wir haben noch nicht einmal das Gebirge überquert!«

»Es tut mir leid.« Der Pegasus drehte sich zu ihm um. »Wir konnten euch nur bis zum Ostwall-Gebirge bringen. Dort im Osten braut sich Böses zusammen. Eine Finsternis erfüllt die Luft, solch eine Dunkelheit habe ich noch nie auf Krynn erlebt seit unzähligen...« Er stockte, beugte seinen Kopf und scharrte unruhig auf dem Boden. »Ich wage nicht weiterzufliegen.«

»Wo sind wir?« wiederholte der verwirrte Halb-Elf. »Und wo sind die anderen Pegasi?«

»Ich habe sie nach Hause geschickt. Ich blieb hier, um euren Schlaf zu bewachen. Da du jetzt wach geworden bist, muß auch ich umkehren.« Der Pegasus blickte Tanis ernst an. »Ich weiß nicht, wie dieses große Böse auf Krynn zum Leben erwacht ist. Ich hoffe, du und deine Gefährten habt damit nichts zu tun.«

Er breitete seine riesigen Flügel aus.

»Warte!« Tanis erhob sich. »Was...«

Der Pegasus erhob sich in die Lüfte, kreiste zweimal über ihnen und war verschwunden.

»Welches Böse?« fragte Tanis dumpf. Er seufzte und sah sich wieder um. Seine Gefährten schliefen noch friedlich. Er betrachtete den Horizont und versuchte, sich zu orientieren. Es war kurz vor der Morgendämmerung. Das Sonnenlicht schickte sich an, den Osten zu erhellen. Er stand auf einer flachen Ebene. Kein Baum wuchs in Sichtweite, nichts als weite Steppe.

Tanis setzte sich wieder, um den Sonnenaufgang zu beobachten und auf das Erwachen seiner Freunde zu warten. Er war nicht besonders besorgt, denn er vermutete, daß Flußwind das Land kennen würde. Er streckte sich aus, das Gesicht nach Osten gewandt. Nach diesem seltsamen Schlaf fühlte er sich erfrischter als manche Nacht vorher.

Plötzlich setzte er sich aufrecht, sein entspanntes Gefühl war verschwunden, eine unsichtbare Hand schien ihm plötzlich die Kehle zuzudrücken. Denn dort, wo die Sonne aufging, schlängelten sich drei dichte, schmierige schwarze Rauchwolken empor. Tanis stolperte auf die Füße. Er lief zu Flußwind und schüttelte ihn sanft, um Goldmond nicht zu stören.

»Psst«, flüsterte Tanis, legte einen Finger warnend auf die Lippen und nickte zu der schlafenden Frau hin, als Flußwind ihn anblinzelte. Als er Tanis' besorgte Miene sah, war der Barbar sofort wach. Er erhob sich leise, ging mit Tanis weg und sah ihn an.

»Was ist los?« wisperte er. »Wir sind in den Ebenen von Abanasinia. Fast eine halbe Tagesreise vom Ostwall-Gebirge entfernt. Mein Dorf liegt im Osten...«

Er verstummte, als Tanis schweigend nach Osten zeigte. Dann stieß er einen flachen rauhen Schrei aus, als er den sich im Himmel windenden Rauch erblickte. Goldmond erwachte von einem Moment auf den anderen. Sie saß auf und sah Flußwind verschlafen, dann mit wachsender Besorgnis an. Sie folgte seinem entsetzten Blick.

»Nein«, stammelte sie. »Nein!« schrie sie. Sie erhob sich schnell und sammelte ihr Gepäck zusammen. Die anderen waren durch ihren Schrei wach geworden.

»Was ist los?« Caramon sprang auf.

»Ihr Dorf«, sagte Tanis leise und zeigte mit seiner Hand. »Es brennt. Anscheinend sind die Soldaten schneller, als wir angenommen haben.«

»Nein«, sagte Raistlin. »Erinnere dich – diese Drakonier haben erwähnt, daß sie den Stab bis zu einem Dorf in den Ebenen verfolgt haben.«

»Mein Volk«, murmelte Goldmond. Sie sackte in Flußwinds Armen zusammen und starrte auf den Rauch. »Mein Vater…«

»Wir sollten hier lieber verschwinden.« Caramon sah sich beunruhigt um. »Wir heben uns hier ab wie ein Juwel am Nabel einer Zigeunerin.«

»Ja«, sagte Tanis. »Wir müssen hier unbedingt weg. Aber wohin sollen wir gehen?« fragte er Flußwind.

»Que-Shu«, Goldmonds Stimme erlaubte keinen Einspruch. »Es liegt auf unserem Weg. Das Ostwall-Gebirge liegt direkt hinter meinem Dorf.« Sie begann durch das hohe Gras zu stapfen.

Tanis blickte zu Flußwind.

»Marulina!« rief der Barbar ihr nach. Er folgte ihr und griff nach ihrem Arm. *»Nikh pat-takh merilar!«* sagte er streng.

Sie starrte zu ihm hoch, ihre Augen waren so blau und so kalt wie der Morgenhimmel. »Nein«, sagte sie resolut, »ich gehe zu unserem Dorf. Es ist unsere Schuld, wenn dort etwas passiert. Es ist mir egal, ob da Tausende von diesen Ungeheuern warten. Ich will mit unserem Volk sterben, so wie es meine Pflicht ist.« Ihre Stimme erstarb. Tanis' Herz schmerzte vor Mitgefühl.

Flußwind legte seinen Arm um sie, und zusammen gingen sie der aufsteigenden Sonne entgegen.

Caramon räusperte sich. »Ich hoffe, daß ich Tausende von diesen Dingern treffe«, brummte er und hob sein Gepäck und das seines Bruders hoch. »He«, sagte er erstaunt. »Sie sind schwer.« Er blickte in seinen Rucksack. »Proviant. Für mehrere Tage. Und mein Schwert ist wieder da!«

»Zumindest brauchen wir uns über eine Sache keine Sorgen zu machen«, sagte Tanis düster. »Wie geht es dir, Sturm?«

»Gut«, antwortete der Ritter. »Nach diesem Schlaf geht es mir sehr viel besser.«

»Dann laßt uns aufbrechen. Flint, wo ist Tolpan?« Als Tanis sich umdrehte, wäre er fast über den Kender gestolpert, der direkt hinter ihm stand.

»Arme Goldmond«, sagte Tolpan leise. Tanis klopfte ihm auf die Schulter. »Vielleicht ist es nicht so schlimm, wie wir befürchten«, sagte der Halb-Elf und folgte den Barbaren durch das hohe Gras. »Vielleicht haben die Barbaren sie besiegt, und es sind Siegesfeuer.«

Tolpan seufzte und sah zu Tanis hoch. »Du bist ein verdammter Lügner, Tanis«, sagte der Kender. Er hatte das Gefühl, daß der Tag sehr lang werden würde.

Dämmerung. Ein fahler Sonnenuntergang. Gelbe und braune Strahlen überzogen den Himmel und versanken dann in einer trüben Nacht. Die Gefährten saßen um ein Feuer gekauert, das keine Wärme bot, denn auf Krynn gab es keine Flamme, die die Kälte aus ihren Seelen hätte nehmen können. Sie sprachen nicht miteinander, sondern starrten nur ins Feuer und versuchten sich einen Reim auf das zu machen, was sie gesehen hatten, versuchten, im Sinnlosen einen Sinn zu finden.

Tanis hatte in seinem Leben schon viel Schreckliches erlebt. Aber das verwüstete Dorf Que-Shu würde in seinen Erinnerungen immer das Symbol des Kriegsgrauens bleiben.

Aber wenn er versuchte, die Bilder von Que-Shu heraufzubeschwören, so waren es immer nur flüchtige Bilderfetzen – sein Geist weigerte sich, das schreckliche Erlebnis von neuem vor seinen Augen erstehen zu lassen. Seltsam genug, daß er sich an die geschmolzenen Steine in Que-Shu erinnerte, und merkwürdigerweise sogar sehr lebhaft. Nur in seinen Träumen sah er die verkrümmten und geschwärzten Körper, die neben den rauchenden Steinen lagen.

Die riesigen Steinmauern, die Steintempel und Steingebäude, die geräumigen Steinhäuser mit ihren Felshöfen und ihren Skulpturen, die große Steinarena – alles war geschmolzen wie Butter an einem heißen Sommertag. Die Steine glühten noch, obwohl das Dorf offensichtlich schon einige Tage zuvor angegriffen worden war. Aber welches Feuer auf Krynn konnte Stein zum Schmelzen bringen?

Er erinnerte sich an ein knarrendes Geräusch, das er gehört und das ihn verwirrt hatte. Er hatte sich gefragt, was es sein konnte. Bis er dann die Ursache dieses einzigen Geräusches in dem totenstillen Dorf ausmachen konnte. Er rannte durch das zerstörte Dorf, bis er es sah. Er erinnerte sich, die anderen gerufen zu haben, bis sie schließlich gekommen waren. Sie starrten auf die geschmolzene Arena.

Riesige Steinblöcke hatten sich aus den Seiten der schüsselförmigen Vertiefung gelöst und bildeten geschmolzene Felswellen auf dem Boden der Arena. In der Mitte – auf dem schwarzverkohlten Gras – stand ein einfacher Galgen. Zwei stabile Pfosten mußten mit unvorstellbarer Kraft in den verbrannten Boden gerammt worden sein. Fünfzehn Meter über dem Gras war ein Querbalken durch die beiden Pfosten gezogen. Das Holz war verkohlt und blasig. Obenauf hockten Aasgeier. Drei Ketten schwangen hin und her. Das war der Grund des knarrenden Geräusches. An jeder Kette schaukelte, an den Füßen aufgehängt, ein Leichnam. Die Körper waren nicht menschlich, es waren Hobgoblin. Über den Querbalken war jeweils ein Brustpanzer mit einer zerbrochenen Schwertklinge befestigt. Auf diesen zerdellten Panzern waren in der Umgangssprache ungeschickt Worte gemeißelt.

»Das geschieht mit denen, die gegen meinen Befehl Gefangene nehmen. Töten oder getötet werden.« Das Ganze war mit *Verminaard* unterzeichnet.

Verminaard. Der Name sagte Tanis nichts.

Andere Bilder. Er erinnerte sich an Goldmond, die mitten im

zerstörten Haus ihres Vaters stand und versuchte, Scherben einer zerbrochenen Vase wieder zusammenzusetzen. Er erinnerte sich an einen Hund – das einzige lebendige Wesen, das sie im ganzen Dorf fanden –, an den Körper eines toten Kindes geschmiegt. Caramon hielt an, um den kleinen Hund zu streicheln. Das Tier schreckte zurück und leckte dann die Hand des Mannes. Dann leckte es über das kalte Gesicht des toten Kindes und sah hoffnungsvoll zum Krieger auf, als erwartete es, daß dieser Mensch alles wieder in Ordnung bringen würde, daß sein kleiner Spielgefährte wieder laufen und lachen würde. Er erinnerte sich, daß Caramon das weiche Fell des Hundes sanft gestreichelt hatte…

Flußwind, der einen Stein aufhob, ihn krampfhaft festhielt und dann auf sein verbranntes und vernichtetes Dorf starrte.

Bilder von Sturm, wie er gelähmt vor dem Galgen stand und auf das Zeichen starrte… seine Lippen, die sich wie im Gebet oder im stummen Gelübde bewegten…

Das vor Leid zerfurchte Gesicht des Zwerges, der in seinem langen Leben soviel Tragisches gesehen und erlebt hatte; der mitten im verwüsteten Dorf stand und sanft Tolpans Rücken streichelte, nachdem er den Kender schluchzend in einer Ecke aufgelesen hatte…

Goldmonds hektische Suche nach Überlebenden. Sie kroch auf den geschwärzten Steinen, rief Namen, lauschte auf Antworten, bis sie heiser wurde und Flußwind sie schließlich überzeugte, daß es hoffnungslos war. Falls es Überlebende gegeben hatte, waren sie längst geflohen…

Er selbst, Tanis, allein mitten im Dorf und auf Staubhaufen mit Pfeilspitzen schauend, die er dann als Drakonierkörper erkannte…

Die kalte Hand, die seinen Arm berührte… die flüsternde Stimme des Magiers.

»Tanis, wir müssen gehen. Hier können wir nichts mehr tun, und wir müssen Xak Tsaroth erreichen. Dort werden wir unsere Vergeltung haben.«

Und so hatten sie Que-Shu verlassen. Sie waren bis spät in die Nacht gewandert, keiner von ihnen hatte anhalten wollen, jeder wollte seinen Körper zur völligen Erschöpfung bringen, um den Schreckensträumen eines leichten Schlafs zu entgehen.

Aber die Träume kamen trotzdem.

Frostige Dämmerung
Hängebrücken. Dunkles Wasser

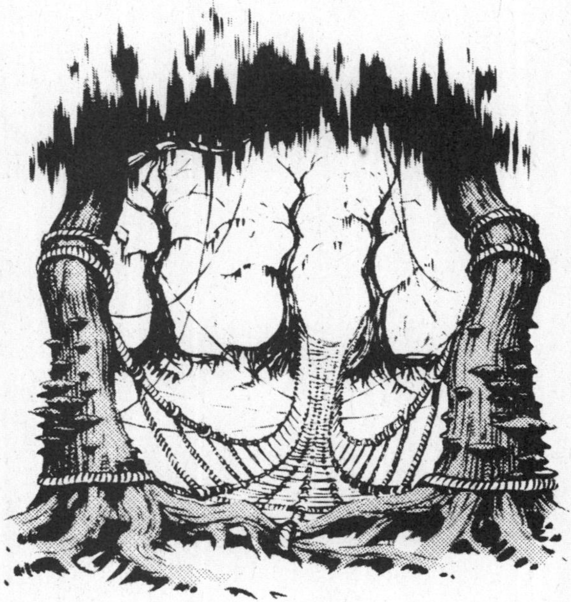

Tanis spürte Klauenhände seine Kehle umklammern. Er kämpfte und kämpfte, und als er wach wurde, sah er, daß Flußwind sich in der Dunkelheit über ihn beugte und ihn grob schüttelte.

»Was...?« Tanis setzte sich.

»Du hast geträumt«, sagte der Barbar grimmig. »Ich mußte dich wecken. Deine Schreie hätten jede Armee auf uns gelenkt.«

»Ja, danke«, murmelte Tanis. »Tut mir leid.« Er versuchte, den Alptraum von sich zu schütteln. »Wie spät ist es?«

»Noch ein paar Stunden bis zur Dämmerung«, antwortete Flußwind müde. Er ging wieder zu seinem Platz zurück und lehnte seinen Rücken gegen den Stamm eines verkrüppelten Baumes. Goldmond lag schlafend neben ihm. Sie begann zu murmeln und den Kopf zu schütteln und gab kleine leise, wimmernde Schreie von sich wie ein verletztes Tier. Flußwind streichelte über ihr silbergoldenes Haar, und sie erzitterte.

»Du hättest mich früher wecken sollen«, sagte Tanis. Er stand auf und rieb seine Schultern und seinen Hals. »Es ist meine Wache.«

»Glaubst du etwa, ich kann schlafen?« fragte Flußwind bitter.

»Du mußt schlafen«, antwortete Tanis. »Sonst kommen wir wegen dir langsamer voran.«

»Die Männer meines Stammes können viele Tage ohne Schlaf gehen«, sagte Flußwind. Seine Augen waren stumpf und glasig, und er schien in das Nichts zu starren.

Tanis wollte anfangen zu argumentieren, seufzte dann und hielt den Mund. Er wußte, er würde den Schmerz niemals richtig nachempfinden können, der den Barbaren zerfraß. Freunde und Familie – einfach alles – vernichtet, es muß so grausam sein, daß selbst sein Geist vor dieser Vorstellung zurückschreckt. Tanis ließ ihn allein und ging zu Flint hinüber, der an einem Stück Holz schnitzte.

»Du könntest auch ein wenig schlafen«, sagte Tanis zum Zwerg. »Ich werde eine Weile Wache halten.«

Flint nickte. »Ich habe dich schreien gehört. Hast du Que-Shu verteidigt?«

Tanis runzelte bei der Erinnerung die Stirn. Er zitterte in der eiskalten Nacht und zog seinen Umhang fester um sich. »Irgendeine Idee, wo wir sind?« fragte er Flint.

»Der Barbar sagt, wir sind auf einer Straße, die als die Östliche Straße der Gelehrten bekannt ist«, antwortete der Zwerg. Er streckte sich auf dem kalten Boden aus und zog ein Tuch um seine Schultern. »Irgendeine alte Straße. Es gab sie schon vor der Umwälzung.«

»Ich vermute, wir haben nicht das Glück, daß diese Straße uns nach Xak Tsaroth führt.«

»Flußwind scheint nicht so zu denken«, murmelte der Zwerg schläfrig. »Er sagt, er wäre ihr nur eine kurze Strecke gefolgt. Aber zumindest würde sie uns durch die Berge führen.« Er gähnte laut und drehte sich auf die Seite, sein Umhang diente ihm als Kopfkissen.

Tanis atmete tief. Die Nacht schien friedlich zu sein. Sie waren auf ihrer wilden Flucht aus Que-Shu weder auf Drakonier noch auf Goblins gestoßen. Wie Raistlin sagte, hatten die Drakonier Que-Shu anscheinend wegen des Stabs angegriffen und nicht aufgrund irgendwelcher Schlachtvorbereitungen. Sie hatten zugeschlagen und sich dann zurückgezogen.

Fröstelnd ging der Halb-Elf wieder zu Flußwind. »Hast du eine Vorstellung, wie weit es noch ist und welche Richtung wir einschlagen müssen?« Tanis hockte sich neben den Barbaren.

»Ja«, Flußwind nickte und rieb seine brennenden Augen. »Wir müssen Richtung Nordosten, zum Neumeer. Dort soll die Stadt sein. Ich bin noch nie dort gewesen...« Er runzelte die Stirn und schüttelte dann den Kopf. »Ich bin noch nie dort gewesen«, wiederholte er.

»Können wir es bis morgen schaffen?« fragte Tanis.

»Neumeer soll eine Zweitagesreise von Que-Shu entfernt sein.« Der Barbar seufzte. »Falls Xak Tsaroth existiert, sollten wir es in einem Tag schaffen, obwohl ich gehört habe, daß das Land von hier bis zum Neumeer sumpfig und schwer zu bereisen sei.«

Er schloß seine Augen, seine Hand strich abwesend über Goldmonds Haar. Tanis schwieg. Er hoffte, daß der Barbar einschlafen würde. Am nächsten Morgen würde er Tolpan nach einer Landkarte fragen.

Der Kender hatte eine Karte, aber sie stellte keine große Hilfe dar, weil sie vor der Umwälzung gezeichnet worden war. Das Neumeer war überhaupt nicht verzeichnet, weil es sich erst gebildet hatte, nachdem das Land auseinandergerissen und von den Gewässern des Turbidus-Meeres überschwemmt worden war. Jedoch zeigte die Karte Xak Tsaroth, das nur ein kurzes Stück von der Östlichen Straße der Gelehrten entfernt lag. Sie müßten den Ort am Nachmittag erreichen, falls das Gebiet passierbar war.

Die Gefährten aßen lustlos, zwangen sich fast dazu, irgend etwas zu sich zu nehmen. Raistlin brühte seinen übelriechenden Kräutertee über dem kleinen Feuer auf, seine seltsamen Augen hingen an Goldmonds Stab.

»Wie wertvoll er doch geworden ist«, bemerkte er leise, »durch das Blut Unschuldiger...«

»Ist er das wert? Ist er das Leben meines Volkes wert?« fragte Goldmond, die den schlichten Stab apathisch anstarrte. Sie schien über Nacht gealtert zu sein.

Keiner der Gefährten antwortete. Flußwind erhob sich plötzlich und ging weg. Goldmond sah hoch und starrte ihm nach, dann sank ihr Kopf wieder nach unten, und sie begann leise zu weinen. »Er gibt sich die Schuld.« Sie schüttelte den Kopf. »Und ich kann ihm nicht helfen. Aber es war nicht seine Schuld.«

»Niemand hat schuld«, sagte Tanis langsam und ging zu ihr. Er legte seinen Arm um ihre Schulter und spürte die Spannung in ihrem Körper. »Niemand von uns kann es verstehen. Wir müssen einfach weitergehen und hoffen, die Antwort in Xak Tsaroth zu finden.«

Sie nickte und trocknete ihre Augen, atmete tief durch und putzte sich die Nase mit einem Taschentuch, das Tolpan ihr gereicht hatte.

»Du hast recht«, sagte sie. »Mein Vater würde sich meiner schämen. Ich darf es nicht vergessen – ich bin die Tochter des Stammeshäuptlings.«

»Nein«, ertönte Flußwinds tiefe Stimme aus dem Schatten der Bäume. »*Du* bist jetzt der Stammeshäuptling.«

Goldmond atmete keuchend. Sie drehte sich um und starrte mit weit aufgerissenen Augen auf Flußwind. »Vielleicht bin ich es«, stammelte sie. »Aber es hat keine Bedeutung. Unser Volk ist tot...«

»Ich habe Spuren gesehen«, antwortete Flußwind. »Einige konnten fliehen, wahrscheinlich in die Berge. Sie werden wiederkommen, und du wirst ihre Herrscherin sein.«

»Unser Volk... lebt noch!« Goldmonds Gesicht strahlte.

»Nicht viele. Vielleicht jetzt schon niemand mehr. Es hängt davon ab, ob die Drakonier ihnen in die Berge gefolgt sind.« Flußwind zuckte die Schultern. »Trotzdem bist du jetzt ihre Herrscherin« – in seine Stimme schlich sich Bitterkeit –, »und ich werde der Gatte der Herrscherin.«

Goldmond zuckte zusammen, als ob er sie geschlagen hätte. Sie blinzelte, dann schüttelte sie den Kopf. »Nein, Flußwind«, sagte sie leise. »Ich... wir haben darüber gesprochen...«

»Haben wir das?« unterbrach er sie. »Ich habe letzte Nacht darüber nachgedacht. Ich war so viele Jahre fort. Meine Gedanken waren bei dir – bei der Frau. Ich habe nicht sehen wollen...« Er schluckte und holte tief Luft. »Ich habe Goldmond verlassen. Und ich kehrte zurück, um die Tochter des Stammeshäuptlings zu finden.«

»Hatte ich denn eine andere Wahl?« schrie Goldmond zurück. »Mein Vater war krank. Ich mußte herrschen, oder Lorman hätte sich zum Führer des Stammes gemacht. Weißt du denn, wie es ist – die Tochter des Stammeshäuptlings zu sein? Sich bei jeder Mahlzeit zu fragen, ob sie vergiftet ist? Sich jeden Tag abzumühen, um aus der Schatztruhe die Soldaten bezahlen zu können, damit Lorman nicht aufmuckt? Und die ganze Zeit mußte ich mich wie die Tochter des Stammeshäuptlings verhalten, während mein Vater rumsaß und Versprechungen machte und vor sich hin murmelte...« Ihre Stimme erstickte in Tränen.

Flußwind lauschte mit ernstem, unbeweglichem Gesicht. »Wir müssen aufbrechen«, sagte er kalt. »Die Dämmerung ist fast angebrochen.«

Die Gefährten brauchten nur einige wenige Meilen auf der alten, holprigen Straße zu wandern, bis sie buchstäblich in einen Sumpf fielen. Der Boden war ständig modriger geworden, und der Wald mit den hohen, robusten Bäumen hatte sich mehr und mehr gelichtet. Seltsame verkrümmte Bäume waren vor ihnen aufgetaucht. Die Sonnenstrahlen drangen nicht mehr durch, und die Luft wurde schlecht. Raistlin begann zu husten und hielt sich ein Taschentuch vor den Mund. Sie blieben auf der alten Straße und versuchten, sich vom feuchten, sumpfigen Boden fernzuhalten.

Flint ging mit Tolpan an der Spitze, als der Zwerg plötzlich einen lauten Schrei ausstieß und im Morast versank. Nur noch sein Kopf war zu sehen.

»Hilfe! Der Zwerg!« rief Tolpan, und die anderen rannten zu ihm.

»Beweg dich nicht«, belehrte Flußwind. »Du bist in ein Todesmoor gefallen. Folge ihm nicht!« warnte er Sturm, der nach vorn gesprungen war. »Ihr werdet beide sterben. Sucht einen Zweig.«

Caramon umklammerte einen jungen Baum, holte tief Luft, ächzte und riß ihn aus der Erde. Flußwind legte sich flach auf den Boden und schob den Baum zum Zwerg. Flint, der nun fast bis zur Nase im Sumpf steckte, schlug um sich, bekam jedoch schließlich den Baum zu fassen und wurde langsam herausgezogen.

»Tanis!« Der Kender griff nach dem Halb-Elf und zeigte auf etwas. Eine Schlange, so dick wie Caramons Arm, glitt über den Morast, in dem sich der Zwerg abgequält hatte.

»Wir können hier nicht durch!« Tanis deutete auf den Sumpf. »Vielleicht sollten wir umkehren.«

»Keine Zeit«, flüsterte Raistlin, seine Stundenglasaugen glitzerten.

»Und es gibt keinen anderen Weg«, sagte Flußwind. Seine Stimme klang seltsam. »Und wir kommen hier durch – ich kenne einen Weg.«

»Was?« fragte Tanis. »Ich dachte, du...«

»Ich war schon einmal hier«, sagte der Barbar mit erstickter Stimme. »Ich weiß nicht mehr, wann, aber ich war schon einmal hier. Ich kenne den Weg durch den Sumpf. Und er führt nach...« Er befeuchtete seine Lippen.

»Führt zur zerstörten Stadt des Bösen?« fragte Tanis grimmig, als der Barbar den Satz nicht beendete.

»Xak Tsaroth!« zischte Raistlin.

»Natürlich«, sagte Tanis leise. »Das ergibt einen Sinn. Wo sollten wir sonst Antworten über den Stab finden – nur an dem Ort, wo dir der Stab gegeben wurde.«

»Und wir müssen jetzt gehen!« sagte Raistlin hartnäckig. »Wir müssen bis morgen nacht dasein!«

Der Barbar übernahm die Führung. Er fand festen Boden im schwarzen Wasser und ließ sie alle einzeln hintereinander gehen, führte sie von der Straße fort und tiefer in den Sumpf hinein. Bäume, die er Eisenklaue nannte, wuchsen aus dem Wasser empor, ihre Wurzeln verzweigten sich im Schlamm. Schlingpflanzen hingen von ihren Zweigen und liefen über den kaum erkennbaren Weg. Der Nebel schloß sie ein, und bald konnten sie nur im Umkreis weniger Meter etwas erkennen. Sie waren gezwungen, sich langsam zu bewegen und jeden Schritt auszuprobieren. Eine falsche Bewegung, und sie wären in den stinkenden Morast getaucht, der sie übelriechend und stehend umgab.

Plötzlich endete der Pfad im dunklen, sumpfigen Wasser.

»Und was jetzt?« fragte Caramon düster.

»Dort«, zeigte Flußwind. Eine primitive Brücke aus Schlingpflanzen, zu Strängen geflochten, war mit einem Baum verbunden. Sie legte sich wie ein Spinngewebe über das Gewässer.

»Wer hat sie gebaut?« fragte Tanis.

»Ich weiß es nicht«, sagte Flußwind. »Aber man findet sie hier überall, wann immer der Weg unpassierbar wird.«

»Ich sagte euch, Xak Tsaroth ist nicht unbewohnt geblieben«, wisperte Raistlin.

»Nun gut – ich nehme an, wir sollten auf ein Geschenk der Götter keine Steine werfen«, erwiderte Tanis. »Zumindest brauchen wir nicht zu schwimmen!«

Der Weg über die Schlingpflanzenbrücke war nicht angenehm. Die Pflanzen waren mit schleimigem Moos überzogen und machten das Fortbewegen riskant. Die Brücke schaukelte bei jeglicher Berührung beunruhigend. Sie gelangten zwar sicher auf die andere Seite, aber nach einer kurzen Strecke waren sie wieder gezwungen, eine weitere Brücke zu benutzen. Und immer war unter ihnen und um sie das dunkle Wasser, aus dem fremde Augen sie hungrig beobachteten. Dann erreichten sie einen Punkt, an dem der feste Grund endete und es keine Brükken mehr gab. Vor ihnen war nur noch schleimiges Wasser.

»Es ist nicht sehr tief«, murmelte Flußwind. »Folgt mir. Achtet auf meine Schritte.«

Flußwind tat einen Schritt, dann noch einen und tastete sich weiter vor, die anderen gingen ihm nach und starrten beunruhigt und voller Ekel ins Wasser. Unbekannte und nie gesehene Dinge glitten an ihren Beinen vorbei. Als sie wieder festen Grund unter den Füßen hatten, waren ihre Beine mit Schlamm überzogen, vom Gestank mußten sie würgen. Aber dieser letzte Abschnitt schien der wohl schlimmste gewesen zu sein. Der Urwald war nicht mehr so dicht bewachsen, und sie konnten sogar schwach die Sonne durch den grünen Dunst erkennen.

Je weiter sie nach Norden wanderten, desto fester wurde der Boden. Als sie mittags auf ein trockenes Stück Boden unter einer uralten Eiche stießen, rief Tanis zur Rast. Die Gefährten ließen sich niedersinken, aßen und unterhielten sich, voller Hoffnung, den Sumpf hinter sich gelassen zu haben. Alle außer Goldmond und Flußwind. Sie schwiegen.

Flints Kleidung war tropfnaß. Er schüttelte sich vor Kälte und klagte über Gelenkschmerzen. Tanis war besorgt. Er wußte, daß der Zwerg an Rheuma litt, und erinnerte sich an Flints Worte, daß er befürchtete, die anderen aufzuhalten. Tanis stieß den Kender an und bedeutete ihm, ein Stückchen mitzukommen.

»Ich weiß, daß du etwas in einem deiner Beutel hast, das dem Zwerg die Kälte aus seinen Knochen nehmen könnte, wenn du verstehst, was ich meine«, sagte Tanis leise.

»Oh, sicherlich, Tanis«, sagte Tolpan und strahlte. Er wühlte in einer Tasche, dann in einer anderen, und schließlich zog er eine silberleuchtende Flasche hervor. »Brandy. Otiks Bester.«

»Ich vermute, du hast ihn nicht bezahlt?« fragte Tanis grinsend.

»Das werde ich noch«, erwiderte der Kender verletzt, »beim nächsten Mal.«

»Natürlich.« Tanis klopfte ihm auf die Schulter. »Gib Flint etwas davon. Aber nicht zuviel«, warnte er. »Nur zum Aufwärmen.«

»In Ordnung. Und dann gehen wir voran – wir mächtigen Kämpfer.« Tolpan lachte und hüpfte zum Zwerg, während Tanis zu den anderen ging. Sie packten schweigend die Essensreste zusammen und bereiteten sich auf den Weitermarsch vor. Wir alle könnten einen Schluck von Otiks Bestem gebrauchen, dachte er. Goldmond und Flußwind hatten den ganzen Morgen noch kein einziges Wort gesprochen. Ihre Stimmung legte sich wie ein Leichentuch über die Gefährten. Tanis wußte keinen Rat, wie er die Qual der beiden beenden konnte. Er konnte nur hoffen, daß die Zeit die Wunden heilen würde.

Die Gefährten kamen nun schneller voran, da der dichteste Teil des Dschungels hinter ihnen lag. Sie hatten sich jedoch zu früh gefreut, denn plötzlich hörte der feste Boden wieder auf. Müde, krank vom Gestank und entmutigt wateten die Gefährten von neuem durch Schlamm.

Nur Flint und Tolpan machte dieser Umstand nichts aus. Die beiden waren den anderen weit voraus. Tolpan hatte Tanis' Warnung, nicht so viel zu trinken, schnell ›vergessen‹. Der Alkohol wärmte das Blut und erhellte die innere Düsternis, so daß der Kender und der Zwerg die Flasche viele Male austauschten, bis sie leer war und sie dahinzottelten und Witze machten, was sie alles tun würden, wenn sie nur endlich einem Drakonier begegnen würden.

»Ich werde ihn in Stein verwandeln, ganz einfach«, sagte der Zwerg und schwang seine imaginäre Streitaxt. »Whum – direkt in den Kuhmagen der Echse.«

»Ich wette, Raistlin kann sie mit einem Blick in Stein verwandeln!« Tolpan imitierte das grimmige und mürrische Gesicht des Magiers. Sie lachten beide laut, dann beruhigten sie sich, kicherten gedämpft und sahen unsicher zurück, ob Tanis sie gehört hatte.

»Ich wette, Caramon pickt mit der Gabel ein Ungeheuer an und ißt es!« sagte Flint.

Tolpan schüttelte sich vor Lachen und wischte sich die Tränen aus den Augen. Der Zwerg brüllte. Plötzlich hörte der matschige Boden auf. Tolpan konnte den Zwerg gerade noch pakken, bevor Flint beinahe kopfüber in einen Sumpfwasserteich geplumpst wäre, der so groß war, daß ihn keine Pflanzenbrücke überspannen konnte. Über dem Wasser lag ein riesiger Eisenklauenbaum; sein kräftiger Stamm war breit genug, daß auf ihm zwei Leute nebeneinander laufen konnten.

»*Das* ist mal eine Brücke!« sagte Flint und trat einen Schritt zurück, um den Stamm eingehend zu betrachten. »Hier gibt es keine Spinnen wie auf diesen dämlichen grünen Netzen. Laß uns gehen.«

»Sollten wir nicht lieber auf die anderen warten?« fragte Tolpan sanft. »Tanis will bestimmt nicht, daß wir uns trennen.«

»Tanis? Pah!« Der Zwerg rümpfte die Nase. »Wir werden es ihm schon zeigen.«

»In Ordnung«, gab Tolpan fröhlich sein Einverständnis. Er sprang auf den Baum. »Man muß vorsichtig sein«, sagte er. Er rutschte etwas aus, fing sich aber schnell wieder. »Es ist glatt.« Er machte ein paar schnelle Schritte mit ausgebreiteten Armen wie jene Seiltänzer, die er einmal auf einem Sommerfest gesehen hatte.

Der Zwerg kletterte unbeholfen hinterher. Eine innere Stimme sagte ihm, daß er das nüchtern nie geschafft hätte. Sie sagte ihm auch, daß er ein Dummkopf sei, die Brücke zu überqueren, ohne auf die anderen zu warten, aber er ignorierte sie. Er fühlte sich wie neugeboren.

Tolpan, verzaubert durch seine Einbildung, Mirgo der Großartige zu sein, sah auf und entdeckte, daß er in der Tat Zuschauer hatte – einer von diesen Drakoniern stand plötzlich vor ihm auf dem Baumstamm. Dieser Anblick ernüchterte Tolpan auf der Stelle. Der Kender kannte zwar keine Angst, aber er war baß erstaunt. Er hatte jedoch genügend Geistesgegenwart, zwei Dinge zu tun. Zuerst schrie er laut: »Tanis, Hinterhalt!« Dann hob er seinen Hupakstab und schwang ihn in hohem Bogen.

Diese Bewegung überraschte den Drakonier. Die Kreatur erstarrte und sprang dann vom Stamm zurück ans Ufer. Tolpan, der einen Moment das Gleichgewicht verloren hatte, fing sich wieder und fragte sich, was er als nächstes tun sollte. Er blickte umher und sah einen weiteren Drakonier am Ufer. Er war, wie er verwirrt feststellte, nicht bewaffnet. Bevor er diese Merkwürdigkeit in Betracht ziehen konnte, hörte er ein Brüllen hinter sich. Er hatte den Zwerg vergessen.

»Was ist los?« schrie Flint.

»Drakonier«, antwortete Tolpan, packte seinen Hupak und spähte durch den Nebel. »Zwei sind vor uns! Da sind sie!«

»Nun, zum Henker mit ihnen, geh mir aus dem Weg!« fauchte Flint und griff nach seiner Axt.

»Wohin soll ich denn gehen?« schrie Tolpan wild.

»Duck dich!« gellte der Zwerg.

Der Kender duckte sich und warf sich dann auf den Stamm, als ein Drakonier mit ausgestreckten Klauenhänden auf sie zukam. Flint schwang seine Axt mit einer solchen Kraft, daß der Drakonier enthauptet worden wäre, wenn er sich noch weiter genähert hätte. Unglücklicherweise hatte sich der Zwerg verschätzt, und die Klinge pfiff, ohne Schaden zu nehmen, an dem Drakonier vorbei, der mit seinen Händen in der Luft wirbelte und seltsame Worte sang.

Die Wucht von Flints Aufschlag riß den Zwerg von den Beinen. Er rutschte auf dem glitschigen Stamm aus und fiel mit einem lauten Schrei rückwärts ins Wasser.

Tolpan, der mit Raistlin seit Jahren zu tun hatte, erkannte, daß der Drakonier einen Zauberspruch murmelte. Er lag mit dem Gesicht nach unten auf dem Stamm, seinen Hupakstab fest in seiner Hand, und rechnete sich aus, daß er noch etwa anderthalb Sekunden Zeit zum Überlegen hätte. Der Zwerg keuchte und platschte im Wasser unter ihm. Nur Zentimeter von ihm entfernt hatte der Drakonier offenbar seine Zauberformel beendet. Tolpan entschied, daß alles andere besser war, als verzaubert zu werden, holte tief Luft und sprang vom Baumstamm.

»Tanis! Hinterhalt!«

»Verdammt!« fluchte Caramon, als die Stimme des Kenders aus dem Nebel zu ihnen drang.

Alle begannen zu rennen, verfluchten die Schlingpflanzen und die Zweige, die ihnen ein Vorwärtskommen erschwerten. Als sie aus dem Wald stürzten, sahen sie den umgefallenen Eisenklauenbaum. Vier Drakonier stürzten aus dem Schatten hervor und stellten sich ihnen in den Weg.

Plötzlich versanken die Gefährten in eine Dunkelheit, in der sie ihre eigenen Hände nicht mehr sehen konnten.

»Magie!« hörte Tanis Raistlin zischen. »Das sind Magier. Geh zur Seite. Du kannst gegen sie nichts ausrichten!«

Dann hörte Tanis den Magier vor Schmerzen aufschreien.

»Raist!« rief Caramon. »Wo... uh...« Man hörte ein Aufstöhnen und dann das Geräusch eines schweren aufprallenden Körpers.

Tanis hörte die Drakonier singen. Noch während er nach seinem Schwert suchte, war er plötzlich von Kopf bis Fuß mit einer dicken, klebrigen Masse bedeckt, die ihm Nase und Mund verstopfte. Als er versuchte, sich freizukämpfen, verstrickte er sich nur noch mehr. Er hörte Sturm neben sich fluchen, Goldmond aufschreien, Flußwinds Stimme klang wie erstickt, dann überfiel ihn Schläfrigkeit. Tanis sank auf die Knie, versuchte immer noch, sich von der netzartigen Masse freizukämpfen, die seine Hände an die Hüften klebte. Dann stürzte er nach vorn auf sein Gesicht und fiel in einen tiefen, seltsamen Schlaf.

Gefangene der Drakonier

Tolpan, der auf dem Boden lag und nach Luft schnappte, beobachtete die Vorbereitungen der Drakonier, seine bewußtlosen Freunde wegzutragen. Der Kender hielt sich hinter einem Busch am Sumpf gut versteckt. Der Zwerg lag ausgestreckt neben ihm, ausgeschaltet. Tolpan sah ihn bedauernd an. Er hatte keine andere Wahl gehabt. In seiner Panik hatte Flint den Kender in das kalte Wasser gezogen. Wenn er den Zwerg nicht mit seinem Hupakstab niedergeschlagen hätte, wären beide ertrunken. Er hatte den reglosen Zwerg dann aus dem Wasser gezerrt und neben sich hinter dem Busch versteckt.

Dann mußte Tolpan hilflos mit ansehen, wie die Drakonier seine Freunde mit Hilfe eines Zaubers mit etwas fesselten, das wie mächtige Spinngewebe aussah. Offenbar waren alle ohnmächtig – oder tot –, da sie sich weder widersetzten noch kämpften.

Trotzdem amüsierte sich der Kender grimmig, als die Drakonier versuchten, Goldmonds Stab zu entwenden. Offenbar erkannten sie ihn, denn sie besprachen sich in ihrer gutturalen Sprache und gestikulierten ausgelassen. Einer – vermutlich der Anführer – griff nach dem Stab. Ein blaues Licht blitzte auf. Der Drakonier schrie kreischend auf, ließ den Stab fallen und hüpfte auf und ab, während er – so vermutete Tolpan – unhöfliche Worte ausstieß. Schließlich kam dem Anführer wohl eine glänzende Idee. Er zog aus Goldmonds Gepäck eine Felldecke und breitete sie auf dem Boden aus. Dann nahm er einen Stock, mit dem er den Stab auf die Decke rollte, wickelte den Stab anschließend in das Fell ein und hielt ihn triumphierend hoch. Die Drakonier nahmen die gefesselten Freunde auf und trugen sie fort. Andere Drakonier folgten mit den Rucksäcken und den Waffen der Gefährten.

Als die Drakonier auf dem Pfad nahe am Versteck des Kenders vorbeimarschierten, stöhnte Flint plötzlich auf. Tolpan legte seine Hand auf den Mund des Zwergs. Die Drakonier schienen sie nicht gehört zu haben und gingen weiter. Tolpan konnte seine Freunde deutlich im schwindenden Nachmittagslicht erkennen. Sie schienen zu schlafen. Caramon schnarchte sogar. Der Kender erinnerte sich an Raistlins Schlafzauber und vermutete, daß sich die Drakonier einer ähnlichen Magie bedient hatten.

Flint stöhnte wieder. Einer der Drakonier am Ende der Reihe hielt an und spähte ins Gebüsch. Tolpan nahm seinen Hupak und hielt ihn über den Kopf des Zwergs – nur für den Notfall. Aber es war nicht nötig. Der Drakonier zuckte mit den Schultern, dann beeilte er sich, zu den anderen aufzuschließen. Erleichtert seufzte Tolpan auf und zog seine Hand vom Mund des Zwergs. Flint blinzelte und öffnete die Augen.

»Was ist denn los?« Der Zwerg ächzte und griff nach seinem Kopf.

»Du bist von der Brücke gefallen und hast dir den Kopf am Stamm gestoßen«, sagte Tolpan schlagfertig.

»Wirklich?« argwöhnte Flint. »Ich kann mich überhaupt nicht daran erinnern. Ich weiß, daß einer dieser Drakonier auf mich zukam und daß ich ins Wasser gefallen bin...«

»Also wirklich, es stimmt schon, also streite nicht«, sagte Tolpan hastig und erhob sich. »Kannst du laufen?«

»Natürlich kann ich laufen«, murrte der Zwerg. Er stand auf, schwankte, hielt sich aber aufrecht. »Wo sind die anderen?«

»Die Drakonier haben sie gefangengenommen und verschleppt.«

»Alle?« Flints Mund blieb offen. »Einfach so?«

»Diese Drakonier waren Magier«, sagte Tolpan ungeduldig, da er endlich aufbrechen wollte. »Aber sie haben sie nicht verletzt, außer Raistlin. Ich glaube, sie haben etwas Schreckliches mit ihm angestellt. Ich habe ihn gesehen, als sie hier vorbeigingen. Er sah furchtbar aus. Aber er ist der einzige.« Der Kender zog am nassen Ärmel des Zwergs. »Laß uns gehen – wir müssen ihnen folgen.«

»Ja, natürlich«, murmelte Flint und sah sich um. Dann faßte er mit einer Hand nach seinem Kopf. »Wo ist mein Helm?«

»Am Grund des Sumpfes«, sagte Tolpan wütend. »Willst du ihn suchen?«

Der Zwerg warf dem schlammigen Wasser einen angstvollen Blick zu, schauderte und wendete sich eilig ab. Wieder legte er seine Hand an den Kopf und fühlte eine riesige Beule. »Ich erinnere mich wirklich nicht, meinen Kopf aufgeschlagen zu haben«, brummte er. Dann fiel ihm plötzlich noch etwas ein. Er griff wild nach hinten. »Meine Axt!« schrie er.

»Psst!« schimpfte Tolpan. »Wenigstens bist du am Leben. Wir müssen jetzt die anderen befreien.«

»Wie stellst du dir das denn ohne Waffen vor, nur mit dieser übergroßen Steinschleuder?« grummelte Flint, während er hinter dem voraneilenden Kender stapfte.

»Uns wird schon etwas einfallen«, sagte Tolpan vertrauensselig, obwohl ihm das Herz bis zu den Füßen hing.

Der Kender nahm die Spur der Drakonier ohne Schwierigkeiten auf. Es war ein alter und oft benutzter Pfad; er sah aus, als ob Hunderte von Drakonierfüßen über ihn getrampelt wären. Tolpan wurde bei der Spurensuche plötzlich klar, daß sie vielleicht ins Lager dieser Ungeheuer laufen könnten. Er zuckte die Achseln. Es hatte keinen Sinn, sich um solche Kleinigkeiten Sorgen zu machen.

Unglücklicherweise teilte Flint nicht seine Philosophie. »Dort drüben ist eine ganze verdammte Armee!« keuchte der Zwerg und packte den Kender an der Schulter.

»Ja, nun...« Tolpan machte eine Pause, um die Lage zu überdenken. Er strahlte auf. »Um so besser. Je mehr von *ihnen* da sind, um so geringer die Chance, daß sie *uns* bemerken.« Und marschierte weiter. Flint runzelte die Stirn. Irgend etwas stimmte an dieser Logik nicht, aber im Moment kam er nicht darauf, und er war zu durchgefroren, um zu streiten. Außerdem dachte er das gleiche wie der Kender: Für sie gab es keine Wahl, die Freunde durften nicht in den Händen der Drakonier bleiben!

Sie gingen eine weitere halbe Stunde. Die Sonne versank im Nebel, und die Nacht brach schnell herein.

Bald sahen sie ein loderndes Licht auftauchen. Sie verließen den Pfad und verkrochen sich im Gebüsch. Der Kender bewegte sich leise wie eine Maus; der Zwerg trat auf Stöcke, die unter seinen Füßen krachten, rannte gegen Bäume und rauschte durch die Büsche. Glücklicherweise wurde im Drakonierlager gefeiert, und man hätte vermutlich nicht einmal eine ganze Zwergenarmee sich nähern gehört. Flint und Tolpan versteckten sich in der Nähe des Feuers und beobachteten. Der Zwerg griff plötzlich mit solcher Gewalt nach dem Kender, daß dieser fast hintüberfiel.

»Großer Reorx!« fluchte Flint. »Ein Drache!«

Tolpan hockte wie gelähmt, unfähig, etwas zu sagen. Er und der Zwerg sahen mit Entsetzen, wie die Drakonier vor einem riesigen schwarzen Drachen tanzten und sich in den Staub warfen. Die Kreatur lag halb in den Überresten einer zerfallenen, kuppelförmigen Ruine verborgen. Ihr Kopf war größer als die Baumkronen, ihre Flügelspanne beachtlich. Ein Drakonier in einer Robe verbeugte sich vor dem Drachen und zeigte auf den Stab, den er zusammen mit den erbeuteten Waffen vor ihm abgelegt hatte.

»Irgend etwas stimmt mit dem Drachen nicht«, flüsterte Tolpan nach einigen Augenblicken.

»Daß das gar kein richtiger ist?«

»Genau das ist der Punkt«, sagte Tolpan. »Sieh ihn dir an. Die Kreatur bewegt sich nicht, noch reagiert sie auf etwas. Sie liegt einfach nur da. Ich dachte immer, daß Drachen lebhafter wären, verstehst du?«

»Geh doch hin und kitzel ihn am Fuß!« schnaubte Flint verächtlich. »Dann wirst du schon sehen, wie das mit seiner Lebhaftigkeit ist!«

»Ich denke, das mache ich auch«, sagte der Kender. Bevor der Zwerg etwas erwidern konnte, war Tolpan aus dem Gebüsch vorgekrochen und näherte sich, von einem Schatten zum nächsten huschend, dem Lager. Flint hätte sich vor Wut am liebsten den Bart ausgerissen, aber es war jetzt schon zu gefährlich, den Kender aufhalten zu wollen. Dem Zwerg blieb nichts anderes übrig, als zu folgen.

»Tanis!«

Der Halb-Elf hörte, daß ihn jemand rief. Er versuchte zu antworten, aber sein Mund war mit einer klebrigen Masse verstopft. Er schüttelte den Kopf. Dann fühlte er Arme um seine Schultern, die ihm halfen aufzusitzen. Er öffnete die Augen. Es war Nacht. Dem flackernden Licht nach zu urteilen, brannte irgendwo ein großes Feuer. Sturms besorgtes Gesicht war dicht an seinem. Tanis versuchte zu sprechen, mußte aber erst Teile dieser klebrigen Substanz, die an seinem Gesicht und in seinem Mund wie Spinngewebe hingen, wegziehen.

»Mit mir ist alles in Ordnung«, sagte Tanis, als er sprechen konnte. »Wo sind wir?« Er blickte sich um. »Sind alle hier? Jemand verletzt?«

»Wir sind in einem Drakonierlager«, antwortete Sturm und half dem Halb-Elf beim Aufstehen. »Tolpan und Flint fehlen, und Raistlin ist verletzt.«

»Schlimm?« fragte Tanis, durch den ernsten Gesichtsausdruck von Sturm beunruhigt.

»Sieht nicht gut aus«, erwiderte der Ritter.

»Vergifteter Pfeil«, sagte Flußwind. Tanis wandte sich dem Barbaren zu und erhielt zum ersten Mal einen deutlichen Eindruck ihres Gefängnisses. Sie befanden sich in einem Käfig aus Bambus. Drakonierwachen standen mit gezogenen langen Krummschwertern davor. Hinter dem Käfig waren Hunderte von Drakoniern um ein Lagerfeuer versammelt. Und über dem Lagerfeuer…

»Ja«, sagte Sturm, als er Tanis' erstaunten Gesichtsausdruck sah. »Ein Drache. Weitere Kindergeschichten. Raistlin würde sich diebisch freuen.«

»Raistlin…« Tanis ging zum Magier, der in einer Ecke des Käfigs lag, eingehüllt in seinem Umhang. Der junge Zauberer hatte Fieber und Schüttelfrost. Goldmond kniete neben ihm, ihre Hand auf seiner Stirn. Er war bewußtlos, warf seinen Kopf wild hin und her und murmelte seltsame Worte, manchmal schrie er irgendwelche Befehle. Caramon, dessen Gesicht fast ebenso blaß war, saß neben ihm. Goldmond bemerkte Tanis' fragenden Blick und schüttelte traurig den Kopf. Flußwind kam zu Tanis herüber.

»Sie zog das aus seinem Hals«, sagte er und hielt vorsichtig einen gefiederten Pfeil zwischen Daumen und Zeigefinger. Er blickte mitleidig zum Magier. »Wer weiß, welches Gift in seinem Blut kreist?«

»Wenn wir den Stab hätten…«, sagte Goldmond.

»Genau«, sagte Tanis. »Wo ist er?«

»Dort«, sagte Sturm, sein Mund verzog sich gequält. Tanis spähte durch die Drakoniermenge und sah den Stab auf Goldmonds Felldecke vor dem schwarzen Drachen liegen.

Tanis faßte eine Käfigstange. »Wir könnten ausbrechen«, sagte er zu Sturm. »Caramon könnte diese Stangen wie einen Zweig zerbrechen.«

»Tolpan könnte diese Stangen wie einen Zweig zerbrechen, wenn er hier wäre«, sagte Sturm. »Ja, und dann bräuchten wir uns nur noch vor den paar Ungeheuern dort in acht zu nehmen, und dann noch vor dem Drachen.«

»Na schön. Mal das nicht weiter aus.« Tanis seufzte. »Eine Idee, was mit Flint und Tolpan passiert ist?«

»Flußwind sagt, er habe ein Aufplatschen gehört, gerade nachdem Tolpan geschrien hat, daß wir aus dem Hinterhalt überfallen werden. Falls sie Glück hatten, sind sie vom Baumstamm gesprungen und durch den Sumpf entwischt. Wenn nicht...« Sturm beendete den Satz nicht.

Tanis schloß die Augen, um den Feuerschein nicht mehr sehen zu müssen. Er fühlte sich müde – müde vom Kämpfen, müde vom Töten, müde vom mühsamen Gang durch den Morast. Er dachte sehnsüchtig daran, sich hinzulegen und wieder in Schlaf zu versinken. Statt dessen öffnete er die Augen wieder, ging zum Gitter und rüttelte an den Stäben. Eine Drakonierwache drehte sich mit erhobenem Schwert um.

»Sprichst du die Umgangssprache?« fragte Tanis mit den allereinfachsten Worten, die auf Krynn verwendet wurden.

»Ich beherrsche sie. Und besser als du, wie's aussieht, du Elfenabschaum«, schnarrte der Drakonier. »Was willst du?«

»Einer von uns ist verletzt. Wir bitten dich, daß du ihn behandelst. Gib ihm etwas gegen das Gift.«

»Gift?« Der Drakonier spähte in den Käfig. »Ach ja, dieser Magier.« Die Kreatur gab ein gurgelndes Geräusch von sich, offensichtlich ein Lachen. »Krank ist er? Ja, das Gift wirkt schnell. Wir können keinen Magier gebrauchen. Selbst hinter Gittern ist er gefährlich. Aber mach dir keine Sorgen. Er wird nicht einsam bleiben – ihr anderen werdet ihm bald folgen. In der Tat solltest du ihn beneiden. Ihr werdet nicht so schnell und einfach sterben.«

Der Drakonier drehte sich um, sagte etwas zu seinem Kamemeraden und deutete dabei mit seinem Klauendaumen zum Käfig. Beide gaben ein gurgelndes Lachgeräusch von sich. Tanis, der Ekel und Zorn in sich aufsteigen spürte, sah zu Raistlin.

Der Zustand des Magiers hatte sich rapide verschlechtert. Goldmond legte eine Hand auf Raistlins Hals, um den Pulsschlag zu fühlen, dann schüttelte sie den Kopf. Caramon stöhnte auf. Dann richtete sich sein Blick auf die beiden lachenden und schwätzenden Drakonier.

»Halt – Caramon!« gellte Tanis, aber es war zu spät.

Mit dem Brüllen eines verwundeten Tieres sprang der riesige Krieger auf die Drakonier zu. Der Bambus gab nach, die Splitter zerschnitten seine Haut. Caramon spürte es nicht einmal. Tanis sprang auf seinen Rücken, als der Kämpfer an ihm vorbeistürmte, aber Caramon schüttelte ihn ab wie ein Bär eine lästige Fliege.

»Caramon, du Dummkopf…«, ächzte Sturm, als er und Flußwind sich auf den Kämpfer warfen. Aber Caramon war nicht mehr aufzuhalten.

Ein Drakonier wirbelte mit gezogenem Schwert herum, doch Caramon schlug ihm die Waffe aus der Hand. Die Kreatur stürzte, vom Faustschlag des Mannes ohnmächtig geschlagen, zu Boden. Innerhalb von Sekunden hatten sechs Drakonier mit Pfeil und Bogen den Krieger umzingelt. Sturm und Flußwind schafften es mit Mühe, Caramon auf den Boden zu zwingen. Sturm setzte sich auf ihn und drückte sein Gesicht in den Schlamm, bis er glaubte, daß Caramon sich beruhigt hatte, und er ihn aufschluchzen hörte.

In diesem Moment kreischte eine hohe, schrille Stimme durch das Lager. »Bringt mir den Kämpfer«, schrie der Drache.

Tanis' Haare standen zu Berge. Die Drakonier ließen ihre Waffen fallen und wandten sich, vor Erstaunen erstarrt, dem Drachen zu. Flußwind und Sturm erhoben sich. Caramon blieb, von lauten Schluchzern geschüttelt, auf dem Boden liegen. Die Drakonier blickten sich voller Unbehagen an, während die anderen, die in der Nähe des Drachens standen, eilig zurückwichen und einen Halbkreis um ihn bildeten.

Eine der Kreaturen, von der Tanis aufgrund ihrer Insignien auf der Rüstung annahm, daß sie eine Art Anführer war, stolzierte auf einen in eine Robe gewandeten Drakonier zu, der mit offenem Mund und weit aufgerissenen Augen den schwarzen Drachen anstarrte.

»Was ist hier los?« verlangte der Anführer zu wissen. Der Drakonier benutzte die Umgangssprache. Tanis versuchte, dem Gespräch zu folgen. Die in Roben gekleideten Drakonier waren offenbar die Magier und Priester. Wahrscheinlich konnten die beiden nicht in der eigenen Sprache kommunizieren. Der Krieger-Drakonier war deutlich aufgebracht.

»Wo ist euer Bozak-Priester? Er muß uns sagen, was wir tun sollen!«

»Der Oberste meines Ordens ist nicht hier.« Der Priester-Drakonier gewann schnell seine Fassung wieder. »Einer von *ihnen* kam angeflogen und hat ihn mitgenommen, um sich mit Lord Verminaard über den Stab zu beraten.«

»Aber der Drache spricht nie, wenn der Priester nicht da ist.« Der Anführer senkte die Stimme. »Meinen Jungs gefällt diese Sache nicht. Du solltest ganz schnell etwas unternehmen!«

»Was ist das für eine Verzögerung?« Die Stimme des Drachen kreischte wie heulender Wind. »Bringt mir den Kämpfer!«

»Tu, was er sagt.« Der Priester-Drakonier machte eine schnelle Handbewegung mit seiner Klauenhand. Mehrere Drakonier eilten zum Käfig, schoben Tanis und Flußwind und Sturm in den zertrümmerten Bau zurück und hoben den blutenden Caramon auf. Sie zogen ihn vor den Drachen und stellten ihn mit dem Rücken zum lodernden Feuer auf. Neben ihm lagen der blaue Kristallstab, Raistlins Stab, ihre Waffen und ihr Gepäck.

Caramon hob seinen Kopf, um sich dem Ungeheuer zu stellen, seine Augen waren von Tränen und Blut verschmiert. Der Drache erhob sich schemenhaft vor ihm, nur undeutlich durch den Rauch des Feuers sichtbar.

»Wir dienen der Gerechtigkeit, und zwar schnell und sicher,

menschlicher Abschaum«, zischte der Drache. Während er sprach, schlug er wild mit seinen riesigen Flügeln. Die Drakonier keuchten, wichen einige Schritte zurück und stolperten dabei übereinander. Offenbar wußten sie, was folgen würde.

Caramon starrte die Kreatur furchtlos an. »Mein Bruder liegt im Sterben«, schrie er. »Mach mit mir, was du willst. Ich bitte nur um eins. Gib mir mein Schwert, damit ich kämpfend sterbe!«

Der Drache lachte schrill auf; die Drakonier fielen gurgelnd und krächzend ein. Mit seinen Flügeln schlagend, begann er auf und ab zu schaukeln, als ob er zum todbringenden Sprung auf den Kämpfer ansetzte.

»Das wird lustig werden. Gebt ihm seine Waffe«, befahl der Drache. Seine schlagenden Flügel verursachten einen Wind, der durch das ganze Lager peitschte und Feuerfunken versprühte.

Caramon schob die Drakonierwachen beiseite. Er wischte über seine Augen, ging zum Waffenhaufen und zog sein Schwert heraus. Dann wandte er sich dem Drachen zu, in seinem Gesicht lagen Trauer und Resignation. Er hob sein Schwert.

»Wir können doch nicht zusehen, wie er sich umbringt!« sagte Sturm barsch, trat einen Schritt nach vorn, um aus dem Käfig zu brechen.

Plötzlich flüsterte eine Stimme aus der Dunkelheit.

»Psst... Tanis!«

Der Halb-Elf wirbelte herum. »Flint!« rief er, blickte dann besorgt zu den Wachen, aber diese waren völlig mit dem Spektakel von Caramon und dem Drachen beschäftigt. Tanis eilte zum hinteren Teil des Bambuskäfigs, wo der Zwerg stand.

»Verschwinde hier«, befahl der Halb-Elf. »Hier kannst du nichts machen. Raistlin liegt im Sterben, und der Drache...«

»Ist Tolpan«, sagte Flint kurz und bündig.

»Was?« Tanis starrte den Zwerg an. »Sag das noch mal.«

»Der Drache ist Tolpan«, wiederholte Flint geduldig.

Tanis verschlug es die Sprache. Er starrte den Zwerg nur an.

»Der Drache besteht aus Flechtwerk«, flüsterte der Zwerg

eilig. »Tolpan hat sich hineingeschlichen und im Innern nachgeguckt. Er ist falsch! Jeder, der im Drachen sitzt, kann mit den Flügeln schlagen und durch eine Röhre sprechen. Ich vermute, so halten die Priester hier die Ordnung aufrecht. Auf jeden Fall ist es Tolpan, der mit den Flügeln schlägt und droht, Caramon zu fressen.«

Tanis schnappte nach Luft. »Aber was sollen wir machen? Es sind immer noch mehr als hundert Drakonier. Früher oder später wird ihnen klarwerden, was vor sich geht.«

»Geht rüber zu Caramon, du und Flußwind und Sturm. Ergreift eure Waffen und die Rucksäcke und den Stab. Ich werde Goldmond helfen, Raistlin in den Wald zu tragen. Tolpan hat irgend etwas vor. Seid auf alle Fälle bereit.«

Tanis stöhnte.

»Mir gefällt die Sache genausowenig wie dir«, grollte der Zwerg. »Unser Leben diesem verrückten Kender anzuvertrauen. Aber – nun, er *ist* der Drache, immerhin.«

»Das ist er sicherlich«, sagte Tanis und beäugte den Drachen, der kreischte und heulte und mit seinen Flügeln schlug und sich hin und zurück schaukelte. Die Drakonier starrten ihn mit offenen Mündern an. Tanis griff sich Sturm und Flußwind und zog sie zu Goldmond, die nicht von Raistlins Seite wich. Der Halb-Elf erklärte rasch, was geschehen war. Flußwind schüttelte den Kopf.

»Nun, habt ihr einen besseren Plan?« fragte Tanis.

Beide sahen auf den Drachen, dann wieder auf Tanis und zuckten mit den Schultern.

»Goldmond, geh mit dem Zwerg!« sagte Flußwind.

Sie wollte protestieren. Er sah sie nur an, seine Augen waren ausdruckslos, sie schluckte und schwieg.

»Ja«, sagte Tanis. »Bleib bei Raistlin, bitte. Wir bringen dir den Stab zurück.«

»Beeilt euch«, sagte sie mit weißen Lippen. »Er stirbt.«

»Wir werden uns beeilen«, sagte Tanis grimmig. Er stand auf und holte tief Luft.

Flußwinds Augen waren immer noch auf Goldmond gerichtet. Er wollte etwas sagen, dann schüttelte er den Kopf und wandte sich ohne ein weiteres Wort ab. Sturm gesellte sich zu ihnen. Die drei schlichen sich an den Drakonierwachen vorbei.

Caramon hob sein Schwert. Es blitzte im Feuerschein auf. Der Drache bewegte sich immer hektischer, und die Drakonier wichen weiter zurück. Der durch die Drachenflügel erzeugte Wind blies Asche und Funken aus dem Feuer umher und setzte einige nahe gelegene Bambushütten in Brand. Die Drakonier bemerkten es nicht. Der Drache schrie und heulte, und Caramons Kehle wurde trocken, und seine Bauchmuskeln zogen sich zusammen. Zum ersten Mal in seinem Leben ging er ohne Raistlin in eine Schlacht. Dieser Gedanke ließ ihn voller Schmerz aufschluchzen. Er wollte gerade zum Angriff ansetzen, als Tanis, Sturm und Flußwind wie aus dem Nichts plötzlich neben ihm auftauchten.

»Wir werden unseren Gefährten nicht allein sterben lassen!« schrie der Halb-Elf dem Drachen herausfordernd zu. Die Drakonier applaudierten und jubelten wild.

»Verschwinde hier, Tanis!« knurrte Caramon. »Das ist mein Kampf.«

»Halt den Mund und hör mir zu!« befahl Tanis. »Sturm, nimm dein und mein Schwert. Flußwind, kümmere du dich um deine Waffen und das Gepäck und nimm, wenn möglich, Waffen von den Drakoniern mit, für den Fall, daß wir unsere verlieren. Caramon, du hebst die beiden Stäbe auf.«

Caramon starrte ihn an. »Was...«

»Tolpan ist der Drache«, sagte Tanis. »Ich hab' keine Zeit für Erklärungen. Tu nur das, was ich sage. Nimm die Stäbe und bring sie in den Wald. Goldmond wartet dort auf uns.« Er legte seine Hand auf die Schulter des Kämpfers. »Mach schon! Mit Raistlin ist es bald vorbei! Du bist seine letzte Chance.«

Das war das Stichwort für Caramon. Er rannte zum Waffenhaufen, griff sich den blauen Kristallstab und Raistlins Stab des Magus, während die Drakonier aufbrüllten. Sturm und Flußwind bewaffneten sich, Sturm brachte Tanis' Schwert mit.

»Und nun bereitet euch auf den Tod vor, Menschen!« schrie der Drache. Seine Flügel machten einen Ruck, und plötzlich hob die Kreatur ab und schwebte hoch. Die Drakonier krächzten und kreischten beunruhigt, einige stürzten in den Wald, andere legten sich flach auf den Boden.

»Jetzt!« gellte Tanis. »Lauf, Caramon!«

Der Krieger stürzte auf den Wald zu und rannte dorthin, wo er Goldmond und Flint warten sah. Ein Drakonier tauchte vor ihm auf, aber Caramon stieß ihn beiseite. Hinter sich konnte er einen heftigen Tumult vernehmen. Sturm stieß seinen solamnischen Schlachtruf aus, Drakonier kreischten. Andere griffen Caramon an. Er schwang den blauen Kristallstab im weiten Bogen um sich, so wie er es bei Goldmond gesehen hatte. Er flammte blau auf, und die Drakonier wichen zurück.

Caramon erreichte den Wald und fand Raistlin zu Goldmonds Füßen liegen. Er atmete kaum noch. Goldmond riß den Stab aus Caramons Hand und legte ihn auf den Körper des Magiers. Flint sah zu und schüttelte den Kopf. »Es wird nicht gehen«, murmelte der Zwerg. »Er ist verbraucht.«

»Es muß gehen«, sagte Goldmond bestimmt. »Bitte«, flehte sie, »wer auch immer der Meister dieses Stabes ist, heile diesen Mann. Bitte!« Ohne sich dessen bewußt zu sein, wiederholte sie diesen Satz immer wieder. Caramon sah einen Moment zu und blinzelte dann: Der Wald hatte sich von einem gigantischen Flammenausbruch erhellt.

»Im Namen der Hölle!« keuchte Flint. »Sieh dir das an.«

Caramon drehte sich gerade noch rechtzeitig um, um den großen schwarzen Flechtdrachen kopfüber in das lodernde Feuer stürzen zu sehen. Brennende Holzstücke flogen durch die Luft und regneten auf das Lager herab. Die Bambushütten der Drakonier, die noch nicht in Flammen standen, begannen jetzt lichterloh zu brennen. Der Flechtwerkdrache stieß einen letzten entsetzlichen Schrei aus und fing dann selbst Feuer.

»Tolpan!« fluchte Flint. »Dieser aufgeblasene Kender – er ist da drin!« Bevor Caramon ihn aufhalten konnte, rannte der Zwerg in das lodernde Drakonierlager.

»Caramon...«, murmelte Raistlin. Der Krieger kniete sich neben seinen Bruder. Raistlin war immer noch blaß, aber seine Augen waren jetzt geöffnet und klar. Er setzte sich auf, noch geschwächt, lehnte sich an seinen Bruder und starrte auf das um sich greifende Feuer. »Was ist los?«

»Ich weiß es nicht genau«, sagte Caramon. »Tolpan hat sich in einen Drachen verwandelt, und seitdem ist alles völlig durcheinander. Du mußt dich ausruhen.« Der Kämpfer starrte mit gezogenem Schwert in den Rauch, bereit, angreifende Drakonier abzuwehren.

Aber die Drakonier zeigten wenig Interesse an den Gefangenen. Viele flohen voller Panik in den Wald, als ihr Gottdrache in Flammen aufging. Einige Priester-Drakonier versuchten vergeblich, Ordnung in das Chaos zu bringen.

Sturm kämpfte sich seinen Weg durch Drakonier, ohne auf ernst zu nehmenden Widerstand zu stoßen. Er hatte fast den Rand der Böschung nahe des Bambuskäfigs erreicht, als Flint an ihm vorbeirannte und auf das Lager zulief!

»He! Wo...«, schrie Sturm dem Zwerg hinterher.

»Tolpan... im Drachen!« Der Zwerg hielt nicht an.

Sturm drehte sich um und erblickte den schwarzen Flechtdrachen, der in Flammen stand. Dichter Rauch stieg hoch und legte sich über das Lager. Funken prasselten nieder, als ein Teil des lodernden Drachen im Lager zerbarst. Sturm duckte sich und schüttelte sich, um Funken von seinem Umhang zu entfernen. Dann rannte er dem Zwerg hinterher und holte den kurzbeinigen Flint mühelos ein.

»Flint«, keuchte er und packte den Zwerg am Arm. »Es hat keinen Sinn. In diesem Ofen kann nichts leben! Wir müssen zu den anderen zurück!«

»Laß mich los!« Flint brüllte so wild, daß Sturm ihn verwundert losließ. Der Zwerg rannte weiter auf den brennenden Drachen zu. Sturm seufzte tief und rannte ihm nach, seine Augen begannen zu tränen.

»Tolpan Barfuß!« rief Flint. »Du idiotischer Kender! Wo bist du?«

Es kam keine Antwort.

»Tolpan!« kreischte Flint. »Wenn du diese Flucht verhinderst, werde ich dich umbringen. Hilf mir doch...« Tränen der Enttäuschung und vom Rauch liefen über seine Wangen.

Die Hitze war unerträglich. Sturm konnte kaum noch atmen, und der Ritter wußte, daß sie hier nicht länger bleiben konnten, ohne selbst umzukommen. Er hielt den Zwerg fest, um ihn bewußtlos zu schlagen, als er plötzlich eine Bewegung wahrnahm. Er rieb seine Augen und sah genauer hin.

Der Drache lag auf dem Boden, der Kopf war noch mit dem lodernden Körper durch einen langen Hals verbunden. Er hatte noch nicht Feuer gefangen, aber die Flammen näherten sich schon dem Hals. Bald würde auch der Kopf lodern. Sturm sah wieder eine Bewegung.

»Flint! Sieh!« Sturm rannte auf den Kopf zu, der Zwerg stampfte hinterher. Zwei kleine Beine in hellblauen Hosen sahen aus dem Drachenmaul heraus und zappelten schwach.

»Tolpan!« schrie Sturm. »Komm da raus! Der Kopf wird gleich brennen!«

»Ich kann nicht! Ich hänge fest!« ertönte eine dumpfe Stimme.

Sturm starrte auf den Kopf, versuchte hektisch, zu überlegen, wie man den Kender befreien könnte, während Flint Tolpans Beine ergriff und an ihnen zog.

»Aua! Hör auf!« schrie Tolpan.

»Hat keinen Sinn«, schnaufte Flint. »Er hängt fest.«

Die Flammen krochen zum Drachenhals hoch.

Sturm zog sein Schwert. »Ich könnte seinen Kopf abschlagen«, murmelte er zu Flint, »es ist seine letzte Chance.« Er schätzte die Größe des Kenders ab, überlegte, wo sein Kopf sein könnte, und hob sein Schwert...

Flint schloß die Augen.

Der Ritter atmete tief durch, ließ die Klinge auf den Drachen niedersausen und trennte den Kopf vom Hals. Aus dem Innern kam ein Schrei von Tolpan, aber Sturm konnte nicht sagen, ob vor Schmerz oder Erstaunen.

»Zieh«, schrie er dem Zwerg zu.

Flint ergriff den Drachenkopf und zog ihn vom Hals weg. Plötzlich tauchte aus dem Rauch ein hoher dunkler Schatten auf. Sturm warf sich herum und sah auf Flußwind.

»Was macht ihr...« Der Barbar starrte auf den Drachenkopf. Womöglich waren Flint und Sturm verrückt geworden.

»Der Kender hängt fest!« schrie Sturm. »Wir können hier nicht den Kopf auseinandernehmen, umzingelt von Drakoniern! Wir müssen...«

Seine Worte verloren sich im Tosen der Flammen, aber schließlich sah auch Flußwind die blauen Beine aus dem Drachenmaul herausragen. Er griff eine Seite des Drachenkopfes, schob seine Hände in eine der Augenhöhlen, Sturm steckte seine Hände in die andere Augenhöhle, und dann hoben sie gemeinsam den Kopf samt Kender hoch und rannten durch das Lager. Die wenigen Drakonier, auf die sie stießen, warfen nur einen Blick auf diese entsetzliche Erscheinung und flohen.

»Raistlin«, sagte Caramon besorgt und legte seinen Arm um die Schultern seines Bruders. »Du mußt versuchen aufzustehen. Wir müssen bereit sein, um hier zu verschwinden. Wie fühlst du dich?«

»Wie soll ich mich schon fühlen?« flüsterte Raistlin bitter. »Hilf mir. Gut. Jetzt laß mich einen Moment in Ruhe.« Er lehnte sich zitternd an einen Baum.

»Natürlich, Raist«, sagte Caramon verletzt und wich zurück. Goldmond sah angewidert zu Raistlin hinüber. Sie erinnerte sich an Caramons Trauer, als sein Bruder im Sterben lag. Sie drehte sich um und beobachtete die anderen durch den Rauch.

Tanis erschien als erster und wäre fast mit Caramon zusammengestoßen, weil er so schnell gelaufen war. Der Krieger fing ihn in seinen riesigen Armen auf.

»Danke!« keuchte Tanis. Er beugte sich vornüber, die Hände an den Knien, um Luft zu holen. »Wo sind die anderen?«

»Waren sie nicht mit dir zusammen?« Caramon runzelte die Stirn.

»Wir haben uns verloren.« Tanis atmete tief ein und fing dann an zu husten, als der Rauch in seine Lungen gelangte.

»Su Torakh!« unterbrach Goldmond sie mit ehrfürchtiger Stimme. Tanis und Caramon drehten sich besorgt um und starrten auf das in Rauch gehüllte Lager. Ein grotesker Anblick bot sich plötzlich ihren staunenden Augen. Tanis blinzelte ungläubig, dann hörte er hinter sich einen Laut, der ihn vor Panik fast auf einen Baum springen ließ. Er wirbelte herum, sein Herz in der Kehle, sein Schwert in der Hand.

Raistlin lachte.

Tanis hatte den Magier niemals zuvor lachen gehört – selbst als Raistlin noch ein Kind war –, und er hoffte, er würde es nie wieder hören. Es war ein schauriges, schrilles, spöttisches Lachen. Caramon starrte seinen Bruder erstaunt an, Goldmond entsetzt. Endlich erstarb Raistlins Lachen, bis der Magier nur noch still vor sich hin kicherte, seine goldenen Augen spiegelten sich im Glanz des Feuers wider.

Tanis schauderte und wandte sich wieder dem Lager zu. Es stimmte wahrhaftig – Sturm und Flußwind trugen den Kopf des Drachen zwischen sich. Flint lief mit einem Drakonierhelm vor ihnen. Tanis rannte zu ihnen.

»Was, im Namen von...«

»Der Kender hängt hier fest!« erklärte Sturm. Er und Flußwind ließen den Kopf schweratmend auf den Boden fallen. »Wir müssen ihn rausholen.« Sturm beäugte den lachenden Raistlin argwöhnisch. »Was ist denn in ihn gefahren? Immer noch vergiftet?«

»Nein, es geht ihm besser«, antwortete Tanis und untersuchte den Drachenkopf.

»Eine Schande«, murmelte Sturm, als er sich neben den Halb-Elf kniete.

»Tolpan, alles in Ordnung?« rief Tanis und schob das riesige Maul auseinander.

»Ich glaube, Sturm hat meine Haare abgesäbelt«, plärrte der Kender.

»Sei froh, daß es nicht dein Kopf war!« schimpfte Flint.

»Woran hängt er denn fest?« Flußwind lehnte sich vor, um in das Drachenmaul zu spähen.

»Ich weiß nicht«, sagte Tanis leise fluchend. »Ich kann überhaupt nichts erkennen.« Er erhob sich und seufzte enttäuscht. »Und wir müssen hier verschwinden! Die Drakonier werden sich bald organisiert haben. Caramon, komm her. Sieh mal, ob du den oberen Teil aufreißen kannst.«

Der Krieger stellte sich vor den Drachenkopf. Er griff in beide Augenhöhlen, schloß seine Augen, holte tief Luft, grunzte und begann zu ziehen. Eine Zeitlang passierte nichts. Tanis beobachtete, wie die Armmuskeln des riesigen Mannes anschwollen. Blut schoß ihm ins Gesicht. Dann hörte man das reißende und knackende Geräusch von splitterndem Holz. Der obere Teil des Drachenkopfes fiel mit einem Krachen auseinander. Caramon stolperte nach hinten, den oberen Teil des Kopfes in den Händen haltend.

Tanis griff hinein, faßte Tolpans Hand und zog ihn heraus. »Alles in Ordnung?« fragte er. Der Kender schien etwas wacklig auf den Füßen zu stehen, aber sein Grinsen war so breit wie eh und je.

»Mir geht es gut«, strahlte er. »Nur ein bißchen angesengt.« Dann verdüsterte sich sein Gesicht. »Tanis«, sagte er, sein Gesicht verzog sich zu ungewohnter Besorgtheit. Er fühlte an seinem langen Haarknoten. »Mein Haar?«

»Ist alles da«, sagte Tanis lächelnd.

Tolpan atmete erleichtert auf. Dann begann er zu erzählen. »Tanis, es war das Wundervollste – so zu fliegen. Und Caramons Miene...«

»Mit der Geschichte mußt du warten«, sagte Tanis streng. »Wir müssen hier schnellstens verschwinden. Caramon? Schaffst du es mit deinem Bruder?«

»Ja«, sagte Caramon.

Raistlin stolperte vorwärts und nahm die Hilfe seines Bruders an. Der Magier blickte auf den gespaltenen Drachenkopf zurück und lachte noch einmal auf, seine Schultern schüttelten sich vor stummer grausiger Belustigung.

Flucht. Der Brunnen
Tod auf schwarzen Flügeln

Der Rauch des brennenden Drakonierlagers hing über dem schwarzen Sumpfland und schützte die Gefährten vor den seltsamen, bösartigen Kreaturen. Die Gefährten wagten nicht einmal, Raistlins Stab als Licht zu verwenden – denn sie konnten von allen Seiten Hörner blasen hören, als die drakonischen Anführer die Ordnung wiederherzustellen versuchten.

Flußwind führte sie. Obwohl Tanis sich immer auf seine eigenen Fähigkeiten hatte verlassen können, war ihm in diesem schwarzen Nebel sein Orientierungssinn völlig verlorengegangen. Ein gelegentliches flüchtiges Auftauchen der Sterne zeigte ihm, daß sie sich gen Norden bewegten.

Sie waren noch nicht weit gegangen, als Flußwind einen unvorsichtigen Schritt machte und knietief im Sumpf versank. Nachdem Tanis und Caramon den Barbaren herausgezogen hatten, kroch Tolpan voran und prüfte den Boden mit seinem Hupakstab, der jedes Mal versank.

»Uns bleibt nichts anderes übrig, als durchzuwaten«, sagte Flußwind bitter.

Sie suchten eine Stelle, wo das Wasser flacher zu sein schien, verließen den festen Grund und plumpsten in den Schlamm. Zuerst war es nur knöcheltief, dann versanken sie bis zu den Knien. Schon bald wurde es tiefer und tiefer. Tanis mußte Tolpan tragen. Der kichernde Kender hielt sich an seinem Hals fest. Flint schlug standhaft jedes Hilfsangebot ab, selbst als seine Bartspitze naß wurde. Dann verschwand er. Caramon fischte den Zwerg aus dem Wasser und warf ihn sich wie einen nassen Sack über die Schulter. Der Zwerg war zu müde und zu erschrocken, um zu murren. Raistlin stolperte hustend durch das Wasser, sein Gewand zog ihn nach unten. Müde und immer noch vom Gift krank, brach der Magier schließlich zusammen. Sturm konnte ihn gerade noch packen und weiter durch den Sumpf schleifen.

Nachdem sie sich eine Stunde im eisigen Wasser abgequält hatten, erreichten sie schließlich festen Boden und ließen sich zitternd vor Kälte fallen, um sich ein wenig auszuruhen.

Die Bäume begannen zu knarren und zu ächzen, ihre Zweige verbogen sich, als ein scharfer Wind vom Norden aufkam. Raistling sah hoch. Der Magier hielt den Atem an. Beunruhigt setzte er sich auf.

»Sturmwolken.« Er würgte vor Husten und versuchte zu sprechen. »Sie kommen vom Norden. Wir haben keine Zeit. Wir müssen Xak Tsaroth erreichen. Bevor der Mond untergeht! Beeilt euch!«

Alle sahen auf. Eine immer dichter werdende Dunkelheit zog aus dem Norden heran und verschluckte die Sterne. Tanis spürte die gleiche Dringlichkeit, die auch den Magier antrieb. Müde kämpfte er sich auf die Füße. Wortlos erhoben sich auch die anderen und stolperten weiter. Flußwind übernahm wieder die Führung. Wieder versperrte dunkles Sumpfwasser ihnen den Weg.

»Nicht schon wieder!« murrte Flint.

»Nein, wir brauchen nicht wieder zu waten. Seht mal«, sagte Flußwind. Er führte sie zum Wasserrand. Dort, inmitten vieler anderer Ruinen ragte ein Obelisk hervor, der entweder eingefallen oder umgestürzt worden war und so eine Brücke bildete, die zum anderen Ufer führte.

»Ich gehe als erster«, bot sich Tolpan an und hüpfte energiegeladen auf den großen Stein. »He, hier steht etwas geschrieben. Runen.«

»Das muß ich sehen!« flüsterte Raistlin und eilte hinüber. Er befahl: *»Shirak«*, und der Kristall erstrahlte.

»Beeil dich!« grollte Sturm. »Du hast gerade unseren Standort in einem Umkreis von zwanzig Meilen preisgegeben.«

Aber Raistlin ließ sich nicht hetzen. Er hielt das Licht über die spinnenartigen Runen und studierte sie aufmerksam. Tanis und die anderen kletterten auf den Obelisk und gesellten sich zu ihm.

Der Kender bückte sich und fuhr mit seiner kleinen Hand die Runen entlang. »Was sagen sie aus, Raistlin? Kannst du sie lesen? Die Sprache scheint sehr alt zu sein.«

»Sie ist sehr alt«, wisperte der Magier. »Sie rührt aus der Zeit vor der Umwälzung her. Die Runen bedeuten: ›Die herrliche Stadt Xak Tsaroth, dessen Schönheit dich umgibt, bezeugt das Gute ihrer Bewohner und ihrer ehrenhaften Taten. Die Götter belohnen uns mit der Gnade unserer Heimat.‹«

»Wie entsetzlich!« Goldmond erschauderte, als sie auf die Ruinen und die Verwüstungen blickte.

»Die Götter haben sie in der Tat belohnt«, sagte Raistlin mit einem bösen Lächeln. Niemand sprach. Dann wisperte Raistlin: *»Dulak«*, und das Licht ging aus. Plötzlich schien die Nacht noch dunkler. »Wir müssen weitergehen«, sagte der Magier.

»Sicherlich gibt es hier noch mehr als ein gestürztes Monument, das kennzeichnet, wofür dieser Ort einst stand.«

Sie gingen über den Obelisken und fanden sich in dichtem Urwald wieder. Zuerst war kein Pfad zu sehen, aber dann fand Flußwind nach langem Suchen einen, der durch Schlingpflanzen und Bäume führte. Er beugte sich, um ihn näher zu untersuchen. Sein Gesicht war verzerrt, als er sich wieder erhob.

»Drakonier?« fragte Tanis.

»Ja«, sagte er dumpf. »Spuren von vielen Klauenfüßen. Und sie führen nach Norden, direkt in die Stadt.«

Tanis fragte gedämpft: »Ist das die zerstörte Stadt – in der man dir den Stab gegeben hat?«

»Und wo der Tod schwarze Flügel hat«, fügte Flußwind hinzu. Er schloß die Augen und fuhr mit einer Hand über sein Gesicht. »Ich weiß es nicht. Ich kann mich nicht erinnern – aber ich fürchte mich, ohne den Grund zu kennen.«

Tanis legte seine Hand auf Flußwinds Arm. »Die Elfen haben ein Sprichwort: ›Nur die Toten sind ohne Furcht.‹ «

Flußwind verblüffte ihn, als er plötzlich seine Hand drückte. »Ich habe niemals zuvor einen Elfen kennengelernt«, sagte der Barbar. »Mein Volk traut ihnen nicht und sagt, daß die Elfen sich weder um Krynn noch um Menschen kümmern. Ich glaube, mein Volk irrt sich. Ich freue mich, dich getroffen zu haben, Tanis aus Qualinost. Ich betrachte dich als meinen Freund.«

Tanis kannte sich ausreichend mit den Gebräuchen der Ebenen aus, um zu erkennen, daß sich Flußwind mit dieser Äußerung bereit erklärt hatte, alles für den Halb-Elf zu opfern – sogar sein Leben. Ein Freundschaftseid war ein heiliger Eid bei den Barbaren. »Du bist auch mein Freund, Flußwind«, sagte Tanis schlicht. »Du und Goldmond seid beide meine Freunde.«

Flußwind richtete seine Augen auf Goldmond, die in ihrer Nähe stand, auf ihren Stab gestützt, mit geschlossenen Augen, das Gesicht vor Schmerz und Erschöpfung verzogen. Flußwinds Gesicht wurde vor Mitgefühl weich, als er sie ansah. Dann verhärtete es sich wieder und wurde stolz und ernst.

»Xak Tsaroth ist nicht mehr weit entfernt«, sagte er kühl.

»Und diese Spuren sind alt.« Er führte die Gefährten durch den Urwald. Kurz darauf veränderte sich plötzlich der Pfad vor ihnen.

»Eine Straße!« rief Tolpan aus.

»Der Stadtrand von Xak Tsaroth!« keuchte Raistlin.

Flint sah sich voller Abscheu um. »Was für ein Schlamassel! Wenn das größte Geschenk an die Menschheit hier sein soll, dann ist es aber gut versteckt!«

Tanis stimmte ihm zu. Niemals zuvor hatte er einen trostloseren Ort gesehen. Als sie weitergingen, führte die nun breite Straße sie zu einem offenen gepflasterten Hof. Zum Osten hin erstreckten sich vier hohe freistehende Säulen, die nichts trugen, denn die Ruinen des Gebäudes lagen vor ihnen. Eine riesige, unversehrte, kreisförmig angelegte Steinmauer erhob sich vor ihnen. Caramon ging zu ihr und verkündete, daß es ein Brunnen sei.

»Scheint tief zu sein«, sagte er. Er beugte sich vor und spähte hinunter. »Und stinkt.«

Nördlich vom Brunnen stand das anscheinend einzige Gebäude, das der Zerstörung durch die Umwälzung standgehalten hatte. Es war aus weißem Stein erbaut und wurde von hohen schlanken Säulen getragen. Große goldene Doppeltüren glänzten im Mondschein.

»Das war ein Tempel für die alten Götter«, sagte Raistlin mehr zu sich als zu den anderen. Aber Goldmond, die neben ihm stand, hörte sein Wispern.

»Ein Tempel?« wiederholte sie und starrte auf das Gebäude. »Wie schön.« Sie ging auf den Tempel zu, seltsam fasziniert.

Tanis und die anderen durchsuchten den Platz und fanden kein anderes unversehrtes Gebäude. Geriffelte Säulen lagen herum, ihre zerbrochenen Teile zeigten noch ihre frühere Schönheit. Statuen waren teilweise auf groteske Weise enthauptet. Alles war alt, so alt, daß sich sogar der Zwerg jung fühlte.

Flint setzte sich auf eine Säule. »Nun, hier sind wir also.« Er blinzelte zu Raistlin und gähnte. »Was nun, Magier?«

Raistlin wollte gerade etwas sagen, als Tolpan schrie: »Drakonier!«

Alle wirbelten mit gezogenen Waffen herum. Ein Drakonier starrte vom Brunnenrand auf sie herab.

»Haltet ihn auf!« rief Tanis. »Er wird die anderen warnen!«

Aber bevor ihn jemand erreichen konnte, hatte der Drakonier seine Flügel ausgebreitet und flog *in* den Brunnen. Raistlin rannte zum Brunnen und spähte über den Rand. Er hob seine Hand, um einen Zauber zu werfen, zögerte dann und ließ die Hand sinken. »Ich kann nicht«, erklärte er. »Ich kann nicht denken. Ich kann mich nicht konzentrieren. Ich muß schlafen!«

»Wir sind alle erschöpft«, sagte Tanis müde. »Wenn dort unten etwas ist, wird er es gewarnt haben. Wir können jetzt nichts unternehmen. Wir müssen uns ausruhen!«

»Er *muß* etwas warnen«, flüsterte Raistlin. Er zog seinen Umhang enger um sich und starrte mit aufgerissenen Augen umher. »Könnt ihr es nicht fühlen? Einer von euch? Halb-Elf? Etwas Bösartiges ist dabei, wach zu werden.«

Alle schwiegen.

Dann kletterte Tolpan auf die Mauer und sah hinunter. »Schaut! Der Drakonier schwebt da unten wie ein Blatt. Seine Flügel schlagen nicht...«

»Sei still!« schnappte Tanis.

Tolpan blickte den Halb-Elf erstaunt an – Tanis' Stimme klang angespannt und unnatürlich. Der Halb-Elf starrte auf den Brunnen und spielte nervös mit seinen Fingern. Alles war ruhig. Zu ruhig. Die Gewitterwolken ballten sich im Norden zusammen, aber es wehte kein Wind. Nicht ein Zweig knisterte, nicht ein Blatt rührte sich.

Dann wich Raistlin langsam vom Brunnen zurück und erhob seine Hände, als ob er eine furchtbare Gefahr abwehren wollte.

»Ich spüre es auch.« Tanis schluckte. »Was ist es?«

»Ja, was ist es?« Tolpan blickte weiterhin eifrig in den Brunnen. Er sah genauso tief und dunkel aus wie die Stundenglasaugen des Magiers.

»Holt ihn dort weg!« schrie Raistlin.

Tanis, von der Furcht des Magiers und seinem wachsenden Empfinden, daß etwas Furchtbares geschehen würde, angesteckt, rannte zu Tolpan. Schon als er zu laufen begann, spürte er den Boden unter seinen Füßen erbeben. Der Kender stieß einen erschreckten Schrei aus, als die uralte Steinmauer des Brunnens einstürzte. Tolpan fühlte sich in die grauenhafte Schwärze gleiten. Er scharrte hektisch mit Händen und Füßen, um sich an den bröckelnden Steinen festzuhalten. Tanis sprang verzweifelt vor, aber er war zu weit entfernt.

Flußwind hatte sich auch in Bewegung gesetzt, als er Raistlins Schrei gehört hatte, und den Brunnen schneller erreicht. Er konnte Tolpan noch am Kragen packen und ihn von der Mauer wegziehen, bevor die Steine in die Schwärze stürzten.

Wieder erzitterte der Boden. Dann fuhr ein eiskalter Windstoß aus dem Brunnen und wirbelte Staub und Laub vom Hof in die Luft.

»Lauft!« versuchte Tanis zu schreien, aber er würgte von dem widerlichen Gestank, der aus dem Brunnen fuhr.

Die noch stehenden Säulen begannen zu wanken. Die Gefährten starrten ängstlich auf den Brunnen. Dann riß Flußwind seinen Blick fort. »Goldmond...«, rief er. Er ließ Tolpan fallen. »Goldmond!« Er hielt inne, als ein hohes Kreischen aus den Tiefen des Brunnens ertönte. Der Ton war so laut und schrill, daß er das Gehirn zu durchbohren schien. Flußwind suchte hektisch nach Goldmond und rief immer wieder ihren Namen.

Tanis stand wie gelähmt. Unfähig sich zu bewegen, sah er Sturm, der sich mit dem Schwert in der Hand langsam vom Brunnen zurückzog. Er sah Raistlin – das gespenstische Gesicht des Magiers glänzte metallgelb, seine goldenen Augen rot im Schein des roten Mondes –, der etwas schrie, das Tanis nicht verstand. Er sah Tolpan mit weit aufgerissenen Augen zum Brunnen starren. Sturm rannte über den Hof, klemmte sich den Kender unter einen Arm und eilte auf die Bäume zu. Caramon lief zu seinem erschöpften Bruder, fing ihn auf und suchte irgendwo Schutz. Tanis wußte, daß etwas monströses Böses aus dem Brunnen erscheinen würde, aber er konnte sich nicht bewegen. Die Worte »Renne, Dummkopf, renne!« schrien in seinem Gehirn.

Auch Flußwind blieb neben dem Brunnen stehen. Er bekämpfte seine wachsende Furcht. Er konnte Goldmond nicht finden! Durch den Kender abgelenkt, hatte er nicht bemerkt, daß Goldmond auf den unzerstörten Tempel zugegangen war. Er sah sich wild um und kämpfte auf dem bebenden Boden um sein Gleichgewicht. Das hohe kreischende Geräusch, das Beben und Zittern des Bodens brachten verborgene alptraumhafte Erinnerungen zurück. »Tod auf schwarzen Flügeln.« Er schwitzte und zitterte, zwang sich dann, seine Gedanken auf Goldmond zu konzentrieren. Sie brauchte ihn, er wußte es – und nur er wußte auch, daß ihre Maske der Stärke nur ihre Furcht, ihre Zweifel und ihre Unsicherheit überdeckte. Sie würde sich schrecklich ängstigen, und er mußte sie finden.

Als die Steine des Brunnens zu rutschen begannen, wich Flußwind zurück und erblickte Tanis. Der Halb-Elf schrie und zeigte nach hinten zum Tempel. Flußwind konnte ihn aber wegen des kreischenden Lärms nicht verstehen. Dann begriff er! Goldmond! Flußwind wollte ihr nachlaufen, aber er verlor das Gleichgewicht und fiel auf die Knie.

Dann wurde plötzlich der Schrecken aus dem Brunnen sichtbar – der Schrecken seiner fiebrigen Alpträume. Flußwind schloß die Augen, um nichts mehr sehen zu müssen.

Es war ein Drache.

Tanis, dem alles Blut aus dem Körper zu weichen schien, sah auf den Drachen, der aus dem Brunnen brach, und dachte: »Wie schön… wie schön…«

Schwarz und geschmeidig stieg der Drachen empor, seine glitzernden Flügel eng an die Seiten geschmiegt, mit glänzenden Schuppen. Seine Augen schimmerten rotschwarz in der Farbe geschmolzenen Steins. Seine Zähne blitzten weiß und böse auf. Die lange rote Zunge rollte sich zusammen, als er die Nachtluft einatmete. Der Enge des Brunnens entronnen, breitete der Drachen seine Flügel aus, wischte Sterne aus und verdunkelte den Mondschein. Beide Flügel waren mit weißen Klauen versehen, die im Licht von Lunitari blutrot schienen.

Eine Furcht, die sich Tanis niemals hatte vorstellen können, schnürte seine Eingeweide zusammen. Sein Herz klopfte schmerzhaft, sein Atem stockte. Er konnte nur voller Entsetzen und Ehrfurcht und Staunen die tödliche Schönheit des Tieres betrachten. Der Drache kreiste höher und höher in den Nachthimmel. Gerade als die lähmende Furcht von Tanis im Schwinden war und er nach Pfeil und Bogen suchte, sprach der Drache.

Er sprach nur ein Wort – ein Wort in der Sprache der Magie –, und eine dichte, schreckliche Dunkelheit fiel vom Himmel und ließ alle erblinden. Tanis verlor sofort jegliches Gespür, wo er sich befand. Er wußte nur, daß über ihm ein Drache flog und angreifen wollte. Er war wehrlos, konnte sich nicht verteidigen, nur sich ducken und auf dem Boden kriechen und verzweifelt versuchen, sich zu verstecken.

Seines Sehsinns beraubt, konzentrierte sich der Halb-Elf auf sein Gehör. Das kreischende Geräusch hatte mit der Dunkelheit nachgelassen. Tanis konnte das langsame sanfte Schlagen der ledernen Flügel des Drachens hören und wußte, daß er kreiste und immer höher stieg. Dann war nichts mehr zu hören. Der Halb-Elf stellte sich einen gewaltigen schwarzen Raubvogel vor, der wartend umherschwebte.

Dann vernahm er ein leises, raschelndes Geräusch, das Geräusch von zitterndem Laub, wenn sich der Wind vor einem Sturm erhebt. Das Geräusch wurde lauter und lauter, bis es das Fegen des Windes war, wenn der Sturm losschlägt, und dann war es das Toben eines Orkans. Tanis drückte seinen Körper dicht an die zerbröckelte Mauer und verdeckte seinen Kopf mit den Armen.

Der Drache griff an.

Khisanth konnte durch die Dunkelheit, die er selbst heraufbeschworen hatte, nichts erkennen, aber er wußte, daß sich die Eindringlinge noch im Hof befanden. Seine Lakaien, die Drakonier, hatten ihn gewarnt, daß eine Gruppe mit dem blauen Kristallstab durch das Land zog. Lord Verminaard wollte diesen Stab, wollte ihm den Stab zur Aufbewahrung geben, damit er niemals von Menschen gesehen würde. Aber er hatte ihn verloren, und Lord Verminaard war alles andere als erfreut gewesen. Er mußte ihn sich zurückholen. Darum hatte Khisanth einen Moment gewartet, bevor er die Dunkelheit heraufbeschworen hatte, die Eindringlinge aufmerksam betrachtet und den Stab gesucht. Wahrnehmend, daß der Stab sich schon außerhalb seiner Sichtweite befand, war er hocherfreut. Er brauchte nur noch zu zerstören.

Der angreifende Drache ließ sich vom Himmel fallen, seine ledernen Flügel krümmten sich zurück wie die Klinge eines schwarzen Dolches. Er flog direkt auf den Brunnen zu, wo er die Eindringlinge, um ihr Leben rennend, gesichtet hatte. Da Khisanth wußte, daß sie von Drachenangst gelähmt waren, war er sich sicher, sie alle auf einen Schlag vernichten zu können. Er öffnete sein mit Reißzähnen bestücktes Maul.

Tanis hörte den Drachen immer näher kommen. Das mächtige flatternde Geräusch wurde lauter und lauter, dann war einen Moment nichts zu hören. Ein keuchendes Geräusch folgte, als ob Luft in einen aufgerissenen Schlund gesogen würde, dann ein fremdes Geräusch, das ihn an Dampf erinnerte, der einem kochenden Kessel entweicht. Etwas Flüssiges platschte neben ihm auf. Er hörte Steine splittern und einkrachen und brodeln. Tropfen der Flüssigkeit fielen auf seine Hand, und er stöhnte auf, als ihn ein sengender Schmerz durchdrang.

Dann hörte Tanis einen Schrei. Es war eine tiefe männliche Stimme – Flußwind. So schrecklich, so schmerzerfüllt, daß Tanis seine Fingernägel in die Handflächen grub. Das Schreien hielt an und ging dann in ein Stöhnen über. Tanis spürte das Brausen eines riesigen Körpers, der an ihm in der Dunkelheit vorbeifegte. Die Steine, an die er seinen Körper drückte, bebten. Dann wurde das Vibrieren immer schwächer, je tiefer der Drache in die Tiefen des Brunnens tauchte. Schließlich war der Boden wieder ruhig.

Tanis öffnete die Augen. Die Dunkelheit war verschwunden. Die Sterne und die Monde funkelten im Himmel. Einen Moment lang konnte Tanis nur noch atmen. Dann erhob er sich und lief auf einen dunklen Umriß zu, der auf dem steinigen Hof lag.

Tanis war der erste, der den Körper des Barbaren erreichte. Er sah einmal hin, würgte und wandte sich ab.

Was von Flußwind übriggeblieben war, hatte mit Menschlichem keine Ähnlichkeit mehr. Das Fleisch des Mannes war versengt. Die weißen Knochen waren deutlich sichtbar, wo Haut und Muskeln an den Armen geschmolzen waren. Seine Augen liefen wie Gallert an den entfleischten kadaverartigen Wangen herunter. Sein Mund war in einem stummen Schrei geöffnet. Sein Brustkorb war freigelegt, Fleischstücke und verkohlte Stoffreste klebten an den Knochen. Aber – das war das Schreckliche – das Fleisch am Oberkörper war weggebrannt, die Organe waren enthüllt und pulsierten im roten Mondschein.

Tanis sank zu Boden und übergab sich. Der Halb-Elf hatte Männer an seinem Schwert sterben sehen. Er hatte sie von Trollen in Stücke gehackt gesehen. Aber dies... dies war so entsetzlich anders, und Tanis wußte, daß dieses Bild ihn ewig verfolgen würde. Ein kräftiger Arm griff an seine Schulter und bot stummes Mitgefühl und Verständnis. Die Übelkeit ging vorüber. Tanis setzte sich auf, wischte sich den Mund ab, versuchte sich zum Schlucken zu zwingen und würgte schmerzhaft.

»Bist du in Ordnung?« fragte Caramon besorgt.

Tanis nickte, er brachte keinen Ton heraus. Dann drehte er sich um.

»Mögen die wahren Götter Erbarmen zeigen! Tanis, er lebt noch! Seine Hand hat sich bewegt!« Sturm würgte.

Tanis erhob sich und taumelte auf den Körper zu. Eine der verkohlten Hände hatte sich erhoben und griff in die Luft.

»Bereite dem ein Ende!« sagte Tanis heiser. »Bereite dem ein Ende! Sturm...«

Der Ritter hatte bereits sein Schwert gezogen. Er küßte den Knauf, hob die Klinge gen Himmel und stand vor Flußwinds

Körper. Er schloß die Augen und zog sich geistig in eine vergessene Welt zurück, wo der Tod in der Schlacht glorreich und gut war. Langsam und feierlich begann er ein uraltes solamnisches Todeslied. Während er die Worte sprach, die sich der Seele des Kämpfers annehmen und ihn ins Reich des Friedens tragen sollten, drehte er die Klinge des Schwertes um und legte sie auf Flußwinds Brust.

Die Stimme des Ritters erstarb.

Tanis spürte, wie ihn der Frieden der Götter wie kühles reinigendes Wasser beseelte, seine Trauer linderte und das Entsetzen fortschwemmte. Caramon, der neben ihm stand, weinte leise. Der Mondschein beleuchtete die Schwertklinge.

Dann sprach eine klare Stimme. »Hört auf. Bringt ihn zu mir.«

Tanis und Caramon sprangen auf und stellten sich vor Flußwinds Körper, um Goldmond den Anblick zu ersparen. Sturm kam aus seiner inneren Reise wieder in die Wirklichkeit zurück. Goldmond stand an den goldenen, von den Monden beleuchteten Doppeltüren des Tempels. Tanis wollte etwas sagen, aber plötzlich spürte er die kalte Hand des Magiers an seinem Arm. Schaudernd riß er sich los.

»Tut, was sie sagt«, zischte der Magier. »Tragt ihn zu ihr.«

Tanis' Gesicht verzerrte sich vor Wut beim Anblick von Raistlins ausdruckslosem Gesicht, seinen gleichgültigen Augen.

»Tragt ihn zu ihr«, wiederholte Raistlin kalt. »Es ist nicht unsere Aufgabe, den Tod dieses Mannes herbeizuführen. Das ist Aufgabe der Götter.«

Eine schmerzliche Entscheidung
Das größte Geschenk

Tanis starrte auf Raistlin. Nicht ein Zucken der Augenlider offenbarte seine Gefühle – falls der Magier überhaupt Gefühle hatte. Ihre Augen trafen sich, und wie immer spürte Tanis, daß der Magier mehr sah, als für ihn sichtbar war. Plötzlich haßte Tanis Raistlin, haßte ihn mit einer Leidenschaft, die den Halb-Elf bestürzte, haßte ihn dafür, daß er nicht diesen Schmerz spürte, haßte und beneidete ihn zur gleichen Zeit.

»Wir müssen etwas tun!« sagte Sturm schroff. »Er ist nicht tot, und der Drache könnte zurückkehren!«

»Na schön«, sagte Tanis, seine Stimme kratzte in seiner

Kehle. »Hüllt ihn in ein Tuch... Aber laßt mich einen Moment mit Goldmond allein reden.«

Der Halb-Elf überquerte langsam den Hof. Seine Schritte hallten in der Stille der Nacht wider, als er die Marmorstufen zu dem weiten Portal hochstieg, wo Goldmond vor den glänzenden goldenen Türen stand. Er blickte zurück und sah seine Freunde Tücher aus ihren Rucksäcken um Baumäste für eine Trage wickeln. Im Mondschein war der Körper Flußwinds nicht mehr als eine dunkle formlose Masse.

»Bring ihn zu mir, Tanis«, wiederholte Goldmond, als der Halb-Elf sie erreichte. Er nahm ihre Hand.

»Goldmond«, sagte Tanis, »Flußwind hat schreckliche Verletzungen. Er liegt im Sterben. Du kannst nichts für ihn tun – nicht einmal der Stab...«

»Still, Tanis«, sagte Goldmond sanft.

Der Halb-Elf verstummte und sah sie zum ersten Mal deutlich. Erstaunt stellte er fest, daß die Barbarin ruhig und friedlich und gelassen war. Ihr Gesicht wirkte im Mondschein wie das Gesicht eines Seemanns, der die stürmischen Meere in seinem zerbrechlichen Boot bekämpft und endlich ruhige Gewässer erreicht hatte.

»Komm in den Tempel, mein Freund«, sagte Goldmond, ihre wunderschönen Augen sahen aufmerksam in seine. »Komm herein und bring Flußwind zu mir.«

Goldmond hatte das Nahen des Drachen nicht bemerkt, hatte seinen Angriff auf Flußwind nicht mit angesehen. Als sie den zerstörten Hof von Xak Tsaroth betreten hatten, hatte Goldmond eine seltsame und machtvolle Kraft gespürt, die sie in den Tempel zog. Sie war die Stufen hinaufgestiegen und hatte nur noch die im silberroten Mondschein schimmernden goldenen Türen gesehen. Einen Moment stand sie vor ihnen. Dann nahm sie die Aufregung hinter sich wahr und hörte Flußwind ihren Namen rufen. »Goldmond...« Sie hielt inne, da sie Flußwind und ihre Freunde nicht verlassen wollte und sich bewußt war, daß etwas Böses aus dem Brunnen emporstieg.

»Komm herein, Kind«, rief eine sanfte Stimme.

Goldmond hob den Kopf und starrte auf die Türen. Tränen liefen über ihr Gesicht. Es war die Stimme ihrer Mutter. Tearsong, Priesterin von Que-Shu, war vor langer Zeit gestorben, als Goldmond noch sehr klein war.

»Tearsong?« würgte Goldmond. »Mutter...«

»Du hast viele traurige Jahre erlebt, meine Tochter« – es war nicht so, daß sie die Stimme ihrer Mutter hörte, sondern sie spürte sie eher in ihrem Herzen –, »und ich fürchte, dein Schmerz wird nicht so schnell vergehen. Im Gegenteil, du wirst diese Dunkelheit hinter dir lassen, um eine noch tiefere Dunkelheit zu betreten. Die Wahrheit wird deinen Weg beleuchten, meine Tochter, obwohl ihr Licht vielleicht nur schwach in der vor dir liegenden weiten und schrecklichen Nacht scheinen wird. Jedoch ohne die Wahrheit werden alle umkommen und verlorengehen. Komm in den Tempel mit mir, Tochter. Du wirst finden, was du suchst.«

»Aber meine Freunde... Flußwind.« Goldmond sah zum Brunnen zurück, wo Flußwind auf den bebenden Steinen ausrutschte. »Sie können dieses Böse nicht bekämpfen. Sie werden ohne mich sterben. Der Stab könnte helfen! Ich kann sie nicht allein lassen!« Sie wollte zurückkehren, als die Dunkelheit einsetzte.

»Ich kann sie nicht sehen!... Flußwind!... Mutter, hilf mir«, schrie sie gequält.

Aber es kam keine Antwort. Das ist nicht fair! Goldmond schrie auf und ballte ihre Fäuste. Das wollten wir niemals! Wir wollten uns nur lieben, und nun – wir verlieren uns! Wir haben soviel geopfert, und es hat nichts ausgemacht. Ich bin dreißig Jahre alt, Mutter. Dreißig und ohne Kinder. Sie haben mir meine Jugend genommen, sie haben mir mein Volk genommen. Und ich habe nichts... nichts – nur dies! Sie schüttelte den Stab.

Ihre Wut beruhigte sich. Flußwind – war er wütend gewesen in all den langen Jahren, als er nach Antworten gesucht hatte? Er hatte nur diesen Stab gefunden, und er hatte nur noch mehr Fragen aufgeworfen. Nein, er war nicht wütend gewesen, dachte sie. Sein Glaube war stark. Ich bin die Schwache. Flußwind war bereit, für seinen Glauben zu sterben. Offenbar muß ich bereit sein zu leben – selbst wenn es bedeutet, ohne ihn zu leben.

Goldmond lehnte den Kopf an die goldenen Türen, das Metall kühlte ihre Haut. Widerstrebend fällte sie ihre schmerzliche Entscheidung. Ich werde kommen, Mutter – obwohl mein Herz sterben wird, wenn Flußwind stirbt. Ich bitte nur um eins: Wenn er stirbt, laß ihn irgendwie wissen, daß ich seine Suche fortsetzen werde.

Sich auf den Stab stützend, drückte der Häuptling von Que-Shu die goldenen Türen auf und betrat den Tempel. Die Türen schlossen sich in dem Moment, als der schwarze Drache aus dem Brunnen schoß.

Goldmond konnte zuerst nichts erkennen, aber ein Gefühl, sich in der warmen Umarmung ihrer Mutter zu befinden, breitete sich in ihr aus. Ein blasses Licht begann den Raum zu erhellen. Goldmond erkannte nun, daß sie unter einer riesigen Kuppel stand, die sich hoch über einen kunstvoll gearbeiteten Mosaikboden wölbte. Mitten im Raum stand eine Marmorstatue von einzigartiger Schönheit und Anmut. Das Licht im Raum rührte von dieser Statue her. Goldmond bewegte sich wie in Trance auf sie zu. Die Statue stellte eine Frau in fließenden Gewändern dar. Ihr Marmorgesicht trug einen Ausdruck strahlender Hoffnung, der sich mit Traurigkeit vermischte. Ein seltsames Amulett hing um ihren Hals.

»Das ist Mishakal, die Göttin der Heilkunst, der ich diene«, sagte ihre Mutter. »Höre ihr zu, meine Tochter.«

Goldmond stand direkt vor der Statue und bewunderte ihre Schönheit. Doch sie schien unfertig, unvollständig. Irgend etwas fehlt an der Statue, stellte Goldmond fest. Die marmornen Hände der Frau waren gekrümmt, als ob sie einen langen schlanken Stab halten würden, aber sie waren leer. Unbewußt, nur aus dem Bedürfnis heraus, diese Schönheit zu vollenden, legte Goldmond ihren Stab in die Marmorhände.

Er begann in einem sanften blauen Licht zu glühen. Goldmond wich erschrocken zurück. Das Licht des Stabes wurde immer heller. Goldmond bedeckte ihre Augen und fiel auf die Knie. Eine herrliche und liebende Kraft erfüllte ihr Herz. Sie bedauerte bitterlich ihren Zorn.

»Schäme dich nicht wegen deiner Zweifel, geliebte Jüngerin. Es war dein Zweifel, der dich zu uns führte, und es ist dein Zorn, der dich durch die vielen vor dir liegenden Prüfungen tragen wird. Du suchst die Wahrheit, und hier wirst du sie erhalten.

Die Götter haben sich nicht von den Menschen abgewandt – es ist der Mensch, der sich von den wahren Göttern abwendet. Krynn steht vor seiner größten Prüfung. Die Menschen brauchen die Wahrheit mehr denn je. Du, meine Jüngerin, mußt den Menschen die Wahrheit und die Macht der wahren Götter zurückbringen. Es ist Zeit, das Gleichgewicht des Universums wiederherzustellen. So wie sich die Götter des Guten wieder den Menchen zuwenden, machen es auch die Götter des Bösen – sie kämpfen ständig um die Seele der Menschen. Die Königin der Finsternis ist zurückgekehrt und trachtet danach, sich wieder frei in diesem Land zu bewegen. Drachen, einst in die unteren Regionen verbannt, sind wieder aufgetaucht.«

Drachen, dachte Goldmond verträumt. Sie konnte sich nur schwer konzentrieren und die Worte fassen, die durch ihren Geist fluteten.

»Um die Mächte der Finsternis bekämpfen zu können, brauchst du die Wahrheit der Götter – dies ist das größte Geschenk, *von dem man dir bereits erzählt hat. Unter diesem Tempel in den Ruinen ruhen die Scheiben von Mishakal; kreisförmige Scheiben aus glänzendem Metall. Finde die Scheiben, und du kannst meine Macht aufrufen, denn ich bin Mishakal, Göttin der Heilkunst.*

Dein Weg wird nicht einfach sein. Die Götter des Bösen kennen und fürchten die Macht der Wahrheit. Der uralte und mächtige schwarze Drachen Khisanth, unter den Menschen als Onyx bekannt, bewacht die Scheiben. Seine Höhle liegt in der zerstörten Stadt Xak Tsaroth unter uns. Gefahr liegt vor dir, wenn du dich entscheidest, die Scheiben zurückzuerobern. Darum segne ich diesen Stab. Gehe mit ihm kühn um, wanke niemals, und du wirst dich behaupten.«

Die Stimme erstarb. In diesem Moment vernahm Goldmond Flußwinds Todesschrei.

Tanis betrat den Tempel, und ihm war, als ob er zurück in die Erinnerung schritt. Die Sonne schien durch die Bäume von Qualinost. Er und Laurana und ihr Bruder Gilthanas lagen am Flußufer, lachten und erzählten sich nach einem kindlichen Spiel ihre Träume. Tanis hatte wenige glückliche Tage in seiner Kindheit erlebt – der Halb-Elf hatte früh gelernt, daß er sich von den anderen unterschied. Aber jener Tag war ein Tag mit goldenem Sonnenschein und warmer Freundschaft gewesen. Die Erinnerung an diesen Frieden durchströmte ihn und linderte seinen Kummer und sein Entsetzen.

Er wandte sich zu Goldmond, die schweigend neben ihm stand. »Was stellt dieser Ort dar?«

»Das ist eine Geschichte, die später erzählt werden muß«, antwortete Goldmond. Sie führte ihn über den schimmernden Mosaikboden zur glänzenden Marmorstatue der Mishakal. Der blaue Kristallstab warf sein helles Licht durch den ganzen Raum.

Aber gerade als Tanis vor Staunen seinen Mund öffnen wollte, verdunkelte ein Schatten den Raum. Er und Goldmond wandten sich zur Tür. Caramon und Sturm trugen Flußwinds Körper auf der Bahre in den Tempel. Flint und Tolpan – der Zwerg sah alt und müde aus, der Kender ungewöhnlich bedrückt – gingen zu beiden Seiten der Trage, eine seltsame Ehrenwache. Die düstere Prozession bewegte sich langsam vorwärts. Hinter ihnen schritt Raistlin, seine Kapuze weit über den Kopf gezogen, die Hände in seinem Gewand versteckt – die Erscheinung des Todes.

Vor Tanis und Goldmond blieben sie stehen. Tanis, der auf den Körper zu Goldmonds Füßen schaute, schloß die Augen.

Blut war durch das dicke Tuch gesickert, und große dunkle Flecken breiteten sich auf dem Gewebe aus.

»Zieht das Tuch weg«, befahl Goldmond. Caramon sah flehend zu Tanis.

»Goldmond...«, begann Tanis leise.

Plötzlich beugte sich Raistlin hinunter, und bevor ihn jemand aufhalten konnte, schlug er das blutverschmierte Tuch vom Körper zurück.

Goldmond keuchte unterdrückt beim Anblick von Flußwinds gepeinigtem Körper und erbleichte so, daß Tanis ihr seine Hand reichte, da er fürchtete, sie würde ohnmächtig werden. Aber Goldmond war die Tochter eines starken, stolzen Volkes. Sie schluckte und holte tief Luft. Dann wandte sie sich um und ging auf die Marmorstatue zu. Sie zog vorsichtig den blauen Kristallstab aus den Händen der Göttin, kam zurück und kniete sich neben Flußwinds Körper.

»Kan-tokah«, sagte sie sanft. »Mein Geliebter.« Sie streckte ihre zitternde Hand aus und berührte die Stirn des sterbenden Barbaren. Das augenlose Gesicht bewegte sich ihr zu, als ob er sie gehört hätte. Eine der verkohlten Hände zuckte schwach, als ob er sie berühren wollte. Dann zuckte er zusammen und lag völlig still da. Tränen flossen über Goldmonds Wangen, als sie den Stab auf Flußwinds Körper legte. Sanftes blaues Licht erfüllte den Raum. Alle, die vom Licht berührt wurden, fühlten sich im selben Moment ausgeruht und erfrischt. Der Schmerz und die Erschöpfung des Tages wichen aus ihren Körpern. Das Entsetzen über den Angriff des Drachens hob sich aus ihren Gedanken. Dann verblaßte das Licht des Stabes und erstarb. Die Nacht legte sich über den Tempel, nur noch vom Schein der Marmorstatue erhellt.

Tanis blinzelte und versuchte, seine Augen an die Dunkelheit zu gewöhnen. Dann hörte er eine tiefe Stimme.

»Kan-tokah neh sirakan.«

Er hörte Goldmond vor Freude aufschreien. Tanis sah dorthin, wo Flußwinds zerschundener, fast lebloser Körper gelegen hatte, und traute seinen Augen nicht... Der Barbar saß aufrecht und streckte seine Arme nach Goldmond aus. Sie umarmte ihn und lachte und weinte gleichzeitig.

»Und darum«, Goldmond war am Ende ihrer Geschichte angelangt, »müssen wir einen Weg zum unterirdischen Teil der zerstörten Stadt finden, der irgendwo unter dem Tempel liegt, und wir müssen die Scheiben aus der Höhle des Drachen zurückholen.«

Sie saßen auf dem Tempelboden und hielten ein bescheidenes Mahl ab. Eine schnelle Durchsuchung des Gebäudes hatte ergeben, daß es leer war, obwohl Caramon Drakonierspuren auf der Treppe sowie Spuren einer anderen Kreatur gefunden hatte, die der Krieger nicht einordnen konnte.

Es war kein großes Gebäude. Zwei Kulträume befanden sich auf der gegenüberliegenden Seite des Flures, der zum Hauptraum mit der Statue führte. Zwei kreisrunde Räume gingen vom Hauptraum selbst nach Norden und Süden ab. Ihre Wände waren mit Fresken geschmückt, die jetzt von Pilzen überwuchert und kaum noch zu erkennen waren. Zwei weitere goldene Türen führten nach Osten. Caramon berichtete von einer Treppe, über die man in den unteren Teil der zerstörten Stadt gelangen konnte. Das schwache Geräusch der Brandung war zu hören und erinnerte sie daran, daß sie sich auf der Spitze einer großen Klippe über dem Neumeer befanden.

Die Gefährten hockten auf dem Boden, hingen ihren Gedanken nach und versuchten, all die Neuigkeiten zu verdauen. Nur Tolpan stöberte weiter in den Tempelräumen herum, lugte mal in diese, mal in jene Ecke. Als er nichts Interessantes fand, wurde es ihm langweilig, und er gesellte sich mit einem alten Helm in seiner Hand wieder zur Gruppe. Da der Helm für ihn zu groß war und Kender sowieso keine Helme tragen, weil sie sie als störend und beengend empfinden, warf er ihn dem Zwerg zu.

»Was ist das?« fragte Flint argwöhnisch und hielt den Helm ins Licht von Raistlins Stab. Es war ein Helm in uralter Ausführung, offensichtlich von einem erfahrenen Metallschmied gefertigt. Ein langer Schweif aus Tierhaar zierte die Spitze. Flint warf seinen Drakonierhelm auf den Boden und setzte sich den neuen Helm auf. Er paßte vorzüglich. Lächelnd nahm er ihn ab und bewunderte noch einmal seine Ausführung. Tanis beobachtete ihn vergnügt.

»Es ist Pferdehaar«, sagte er und deutete auf den Schweif.

»Nein, das stimmt nicht!« erwiderte der Zwerg und runzelte die Stirn. Er schnüffelte daran und verzog die Nase. Triumphierend blickte er zu Tanis. »Es ist Haar von der Mähne eines Greifs.«

Caramon brach in ein schallendes Gelächter aus. »Greif!« schnaubte er verächtlich. »Es gibt genauso viele Greife auf Krynn wie...«

»Drachen«, ergänzte Raistlin sanft.

Die Unterhaltung erstarb abrupt.

Sturm räusperte sich. »Wir sollten lieber schlafen«, sagte er. »Ich übernehme die erste Wache.«

»Heute nacht braucht niemand Wache zu halten«, sagte Goldmond leise. Sie saß dicht neben Flußwind. Der große Barbar hatte seit seinem Zusammenstoß mit dem Tod wenig gesprochen. Er hatte lange Zeit die Statue von Mishakal angestarrt und auch die Frau in dem blauen Licht erkannt, die ihm den Stab überreicht hatte, aber er hatte auf keine Frage geantwortet.

»Wir sind hier sicher«, bekräftigte Goldmond und sah zur Statue.

Caramon zog seine Augenbrauen hoch. Sturm runzelte die Stirn und strich über seinen Bart. Beide Männer waren zu höflich, um Goldmonds Glauben in Frage zu stellen, aber Tanis wußte, daß sich beide Kämpfer nicht sicher fühlen würden, solange keine Wachen ernannt waren. Es blieben nicht mehr viele Stunden bis zum Tagesanbruch, und sie alle brauchten Ruhe. Raistlin war bereits eingeschlafen.

»Ich denke, Goldmond hat recht«, meinte Tolpan. »Laßt uns diesen alten Göttern vertrauen, da wir sie anscheinend gefunden haben.«

»Die Elfen haben sie niemals verloren, und die Zwerge auch nicht«, protestierte Flint. »Ich verstehe das alles überhaupt nicht. Reorx ist auch einer der alten Götter. Wir haben ihn vor der Umwälzung verehrt.«

»Verehrt?« fragte Tanis. »Oder verzweifelt zu ihnen geschrien, als dein Volk im Königreich unter dem Gebirge eingeschlossen wurde. Nein, werde jetzt nicht wütend...« Tanis sah das Gesicht des Zwergen rot anlaufen und streckte ihm seine Hand hin. »Die Elfen sind nicht besser. Wir schrien zu den Göttern, als unsere Heimat verwüstet wurde. Wir kennen die Götter und verehren sie, wie man Tote ehrt. Die Elfenkleriker sind vor langer Zeit verschwunden, so wie auch die Zwergenkleriker. Ich erinnere mich an Mishakal, die Göttin der Heilkunst. Ich erinnere mich, Geschichten über sie gehört zu haben, als ich jung war. Ich erinnere mich auch an Drachenlegenden – Kindergeschichten, würde Raistlin sagen. Anscheinend ist unsere Kindheit zurückgekehrt, um uns zu verfolgen – oder uns zu retten, ich weiß nicht... Ich habe heute abend zwei Wunder erlebt, ein böses und ein gutes. Ich muß an beide glauben, wenn ich meinen Sinnen trauen soll. Dennoch...« Der Halb-Elf seufzte. »Ich meine, wir sollten abwechselnd Wache halten. Tut mir leid, Goldmond. Ich wünschte, mein Glaube wäre so stark wie deiner.«

Sturm übernahm die erste Wache. Der Ritter ging durch den vom Mondschein beleuchteten Tempel, überprüfte die Räume mehr aus Gewohnheit, als daß er sich bedroht fühlte. Er konnte den Wind draußen kalt und stürmisch wehen hören. Aber innen war es seltsam warm und behaglich – zu behaglich.

Er nahm zu Füßen der Statue Platz. Sturm fühlte sich von einer süßen Friedlichkeit übermannt. Erstaunt setzte er sich auf und stellte ärgerlich fest, daß er beinahe während der Wache eingeschlafen wäre. Das war nicht zu entschuldigen! Er schalt sich selbst und beschloß, die folgenden zwei Stunden seiner Wache zu laufen – zur Strafe. Gerade wollte er sich erheben, als er innehielt. Er hörte ein Singen, eine Frauenstimme. Sturm sah sich mit der Hand am Schwert unruhig um. Dann glitt seine

Hand vom Griff. Er erkannte die Stimme und das Lied. Es war die Stimme seiner Mutter. Noch einmal war Sturm mit ihr zusammen... Sie flohen aus Solamnia, wanderten allein, nur mit einem treuen Gefolgsmann – und dieser sollte sterben, noch bevor sie Solace erreichten. Das Lied war eines jener Schlaflieder, die noch älter als Drachen waren. Sturms Mutter hielt ihr Kind eng an sich gedrückt und versuchte, ihre Furcht von ihm fernzuhalten, indem sie dieses sanfte, beruhigende Lied sang. Sturm schloß seine Augen. Schlaf segnete ihn, segnete auch alle seine Gefährten.

Der Schein von Raistlins Stab glühte hell und hielt die Dunkelheit fern.

Der Pfad der Toten
Raistlins neue Freunde

Der Lärm von Metall, das auf den Tempelboden aufschlug, riß Tanis aus einem tiefen Schlaf. Er richtete sich alarmiert auf, seine Hand suchte das Schwert.

»Tut mir leid«, sagte Caramon und grinste beschämt. »Mein Brustharnisch ist heruntergefallen.«

Tanis holte tief Luft, was zu einem Gähnen wurde, streckte sich und legte sich auf seine Decke zurück. Der Anblick von Caramon, der seine Rüstung anlegte – mit Tolpans Hilfe –, erinnerte den Halb-Elfen daran, was ihnen heute bevorstand. Sturm war ebenfalls mit seiner Rüstung beschäftigt, während

Flußwind sein Schwert polierte. Tanis versuchte bewußt, nicht daran zu denken, was ihnen heute zustoßen könnte.

Es war keine leichte Aufgabe, besonders für den Elfenteil in Tanis – Elfen verehren das Leben, und obwohl sie glauben, daß der Tod nur eine Bewegung auf eine höhere Seinsstufe hin bedeutet, wird der Tod jedes Lebewesens als Verringerung des Lebens dieses Planeten angesehen. Tanis zwang sich also, seiner menschlichen Seite das Übergewicht zu geben. Er würde töten müssen, und vielleicht müßte er den Tod eines oder mehrerer seiner Freunde hinnehmen. Er erinnerte sich, wie er sich am Vortag gefühlt hatte, als er glaubte, Flußwind zu verlieren. Der Halb-Elf runzelte die Stirn und richtete sich plötzlich auf. Ihm war, als wäre er aus einem schlimmen Traum erwacht.

»Sind alle auf?« fragte er und kratzte sich den Bart.

Flint stampfte zu ihm hinüber und reichte ihm ein Stück Brot und einige Streifen Wildbret. »Auf und schon gefrühstückt«, grummelte der Zwerg. »Du hättest glatt die Umwälzung verschlafen können, Halb-Elf.«

Tanis biß ohne Appetit ins Fleisch. Dann krauste er die Nase und schnüffelte. »Was ist das für ein komischer Geruch?«

»Eine Erfindung des Magiers.« Der Zwerg zog eine Grimasse und ließ sich neben Tanis fallen. Flint holte ein Stück Holz hervor und begann eifrig zu schnitzen. »Er hat irgend etwas in einer Tasse zu Pulver zerstoßen und Wasser beigemischt, es verrührt und getrunken, aber erst, als es zu stinken anfing. Ich bin glücklicher, nicht zu wissen, was es ist.«

Tanis nickte zustimmend und kaute weiter. Raistlin las nun in seinem Zauberbuch, murmelte immer wieder Worte, bis er sie auswendig wußte. Tanis fragte sich, über was für einen Zauber gegen Drachen Raistlin verfügte. Er erinnerte sich nur noch vage an Drachenlegenden – von denen er vor langer Zeit vom Elfenbarden Quivalen Soth erfahren hatte –, daß nur der Zauber sehr großer Magier eine Chance besaß, Drachen zu beeinflussen. Denn sie arbeiteten mit ihrer eigenen Magie, was alle bezeugen konnten.

Tanis blickte auf den zerbrechlichen jungen Mann, der in sein

Zauberbuch vertieft war, und schüttelte den Kopf. Raistlin ist für sein Alter wohl mächtig und sicherlich verschlagen und klug. Aber Drachen waren uralt. Sie waren auf Krynn noch vor den ersten Elfen, der ältesten aller Rassen, dagewesen. Falls ihr Plan funktionierte, den sie in der vorigen Nacht ausgearbeitet hatten, würden sie vielleicht gar nicht auf den Drachen treffen. Sie hofften, die Höhle zu finden und einfach mit den Scheiben zu entkommen. Es war ein guter Plan, dachte Tanis, und höchstwahrscheinlich genausoviel wert wie Rauch im Wind. Verzweiflung begann sich wie naßkalter Nebel einzuschleichen.

»Nun, ich bin gerüstet«, verkündete Caramon fröhlich. Der Krieger fühlte sich in seiner Rüstung bedeutend wohler. Und der Drache schien zum kleinen Ärgernis geworden zu sein. Er summte ein altes Schlachtlied, als er seine schlammverdreckten Kleidungsstücke in den Rucksack stopfte. Sturm, der seine Rüstung sorgfältig angelegt hatte, saß abseits von den Gefährten, hatte die Augen geschlossen und führte ein geheimes Ritual durch, mit dem sich Ritter geistig auf eine Schlacht vorbereiten. Tanis erhob sich, steif und kalt, und bewegte sich, um seinen Kreislauf anzuregen und die schmerzenden Muskeln zu lokkern. Elfen taten nichts vor einer Schlacht, außer daß sie innerlich um Vergebung für das Töten baten.

»Wir sind auch bereit«, sagte Goldmond. Sie war in eine schwere graue Tunika aus weichem Leder gekleidet. Ihr langes silbergoldenes Haar hatte sie um ihren Kopf geflochten – eine Vorsichtsmaßnahme, damit der Feind sie nicht bei den Haaren packen konnte.

»Dann laßt es uns hinter uns bringen.« Tanis seufzte, als er den Langbogen und den Köcher aufhob. Außerdem war er mit einem Dolch und seinem Langschwert bewaffnet. Sturm trug sein zweihändiges Schwert. Caramon hatte seinen Schild, ein Langschwert und zwei Dolche. Flint hatte seine verlorengegangene Schlachtaxt mit einer aus dem Drakonierlager eingetauscht. Tolpan hatte seinen Hupak und einen kleinen Dolch, den er gefunden hatte. Er war sehr stolz auf ihn und tief verletzt, als Caramon ihm erklärte, er wäre sicher nützlich, sollten sie unterwegs auf Hasen stoßen. Flußwind trug sein Langschwert und immer noch Tanis' Dolch. Goldmond hatte als Waffe nur den Stab. Wir sind gut bewaffnet, dachte Tanis düster.

Die Gefährten verließen Mishakals Kammer, Goldmond ging als letzte. Sie berührte im Vorbeigehen sacht die Statue der Göttin mit ihrer Hand und flüsterte ein leises Gebet.

Tolpan führte fröhlich springend die Gruppe an, sein Zopf hüpfte auf und ab. Er würde einen echten, lebendigen Drachen sehen! Der Kender konnte sich nichts Aufregenderes vorstellen.

Auf Caramons Anweisung gingen sie Richtung Osten, passierten zwei weitere goldene Doppeltüren und betraten einen riesigen, kreisförmigen Raum. Eine hohe, mit Schlamm überwucherte Säule stand in der Mitte – sie war so hoch, daß nicht einmal Flußwind erkennen konnte, ob und was oben auf ihrer Spitze war. Tolpan starrte sehnsüchtig nach oben.

»Gestern abend habe ich versucht hochzuklettern«, sagte er. »Aber es war zu glitschig. Ich frage mich, was da oben wohl ist.«

»Nun, was auch immer es ist, es wird für immer außer Reichweite von Kendern sein«, schnappte Tanis ärgerlich. Er ging zur Treppe, die sich nach unten in die Dunkelheit schlängelte. Die Stufen waren zerfallen und mit fauligen Pflanzen und Pilzen bewachsen.

»Der Pfad der Toten«, sagte Raistlin plötzlich.

»Was?« Tanis fuhr zusammen.

»Der Pfad der Toten«, wiederholte der Magier. »So wird diese Treppe genannt.«

»Woher bei Reorx weißt du das?« knurrte Flint.

»Ich habe einiges über diese Stadt gelesen«, erwiderte Raistlin flüsternd.

»Gut, daß wir endlich davon erfahren«, sagte Sturm eisig. »Was weißt du denn noch, was du uns noch nicht erzählt hast?«

»Viele Dinge, Ritter«, entgegnete Raistlin mit finsterem

Blick. »Während du und mein Bruder mit Holzschwertern gespielt habt, verbrachte ich meine Zeit mit Lernen.«

»Ja, das Lernen über Dinge, die dunkel und geheimnisvoll sind«, spottete der Ritter. »Was ist wirklich mit dir in den Türmen der Erzmagier geschehen, Raistlin? Du hast doch diese wunderbaren Kräfte nicht gewonnen, ohne nicht auch etwas dafür herzugeben. Was hast du in diesem Turm geopfert? Deine Gesundheit – oder deine Seele?«

»Ich war mit meinem Bruder im Turm«, sagte Caramon. Das normalerweise fröhliche Gesicht des Kämpfers wirkte nun verhärmt. »Ich sah ihn gegen mächtige Magier und Zauberer mit nur wenigen Zaubersprüchen kämpfen. Er hat sie besiegt, obwohl sie seinen Körper zerstörten. Ich trug ihn sterbend von diesem schrecklichen Ort. Und ich...« Der große Mann zögerte.

Raistlin trat schnell vor und legte seine kalte dünne Hand auf den Arm seines Zwillingsbruders.

»Sei vorsichtig mit dem, was du sagst«, zischte er.

Caramon holte Luft und schluckte. »Ich weiß, was er geopfert hat«, sagte der Kämpfer mit heiserer Stimme. Dann hob er stolz den Kopf. »Uns wurde verboten, darüber zu sprechen. Aber du kennst mich seit vielen Jahren, Sturm Feuerklinge, und ich gebe dir mein Ehrenwort – du kannst meinem Bruder vertrauen, so wie du mir vertraust. Falls je eine Zeit kommen sollte, wo das nicht mehr gilt, wird mein Tod – und seiner – nicht weit entfernt sein.«

Raistlins Augen wurden bei diesem Schwur zu schmalen Schlitzen. Er bedachte seinen Bruder mit einem nachdenklichen, düsteren Blick. Dann sah Tanis die Lippen des Magiers sich kräuseln, die ernsthafte Miene wurde durch seinen üblichen Zynismus weggewischt. Es war eine erschreckende Veränderung. Einen Augenblick lang war die Ähnlichkeit der Zwillinge so deutlich gewesen. Jetzt waren sie wieder so verschieden wie Tag und Nacht.

Sturm trat nach vorn, nahm Caramons Hand und hielt sie wortlos fest. Dann wandte er sich zu Raistlin, unfähig, ihn ohne offensichtlichen Abscheu anzusehen. »Ich entschuldige mich, Raistlin«, sagte der Ritter steif. »Du solltest dankbar sein, solch einen loyalen Bruder zu haben.«

»Oh, das bin ich«, wisperte Raistlin.

Tanis blickte den Magier scharf an und fragte sich, ob er sich den Sarkasmus in der zischenden Stimme des Magiers nur eingebildet hatte. Der Halb-Elf befeuchtete seine trockenen Lippen, er hatte plötzlich einen bitteren Geschmack im Mund. »Kannst du uns führen?« fragte er abrupt.

»Das hätte ich tun können«, antwortete Raistlin, »wenn wir vor der Umwälzung hergekommen wären. Die Bücher, die ich studiert habe, sind einige hundert Jahre alt. Während der Umwälzung, als das glühende Gebirge Krynn spaltete, stürzte die Stadt Xak Tsaroth über den Rand einer Klippe. Ich erkenne diese Treppe nur wieder, weil sie noch unversehrt ist. Darüber hinaus...« Er zuckte die Schultern.

»Wohin führen die Stufen?«

»Zu einem Platz, der als die Ahnenhalle bekannt ist. Priester und Könige von Xak Tsaroth wurden dort in Grabkammern bestattet.«

»Laßt uns weitergehen«, sagte Caramon barsch. »Wir machen uns doch hier nur selber angst.«

»Ja«, nickte Raistlin. »Wir müssen gehen, und zwar schnell. Wir haben nur bis Anbruch der Nacht Zeit. Morgen wird diese Stadt von der aus dem Norden kommenden Armee überrannt werden.«

»Pah!« Sturm runzelte die Stirn. »Du magst viele Dinge wissen, wie du behauptest, Magier, aber *das* kannst du nicht wissen! Doch – Caramon hat recht – wir haben uns hier schon zu lange aufgehalten. Ich werde die Führung übernehmen.«

Er begann die Stufen hinabzusteigen, bewegte sich vorsichtig, um nicht auf der glitschigen Oberfläche auszurutschen. Tanis sah Raistlins Augen – schmale Schlitze der Feindschaft – Sturm folgen.

»Raistlin, geh mit ihm und beleuchte den Weg«, befahl Tanis und ignorierte den wütenden Blick, den Sturm ihm zuwarf.

»Caramon, du gehst mit Goldmond. Flußwind und ich bilden die Nachhut.«

»Und wo bleiben wir?« murrte Flint zum Kender, als sie hinter Goldmond und Caramon folgten. »In der Mitte, wie immer. Einfach nur unnützes Gepäck...«

»Dort oben könnte irgend etwas sein«, sagte Tolpan und blickte zur Säule zurück. Offensichtlich hatte er kein Wort der Unterhaltung mitbekommen. »Eine Kristallkugel oder ein magischer Ring, wie ich ihn einst besaß«, brummte Flint. »Habe ich dir jemals von meinem magischen Ring erzählt?« Tanis hörte die beiden plappern, als sie nach unten verschwanden.

Der Halb-Elf wandte sich zu Flußwind. »Du warst hier – du mußt hier gewesen sein. Wir haben die Göttin gesehen, die dir den Stab gab. Bist du auch hier unten gewesen?«

»Ich weiß es nicht«, sagte Flußwind müde. »Ich erinnere mich an nichts mehr. Nichts – außer an den Drachen.«

Tanis schwieg. Der Drache. Alles führte zum Drachen. Die Kreatur lauerte in den Gedanken aller. Und wie schwach diese kleine Gruppe schien gegen ein Ungeheuer, das aus Krynns dunkelsten Legenden entsprungen war. Warum wir? dachte Tanis bitter. Hatte es jemals eine unmöglichere Gruppe von Helden – zankend, murrend, streitend – gegeben, von der die eine Hälfte der anderen Hälfte nicht über den Weg traute. Tanis erinnerte sich an Raistlins Worte: »Wer wählte uns aus – und warum!« Der Halb-Elf begann inzwischen, sich dieselbe Frage zu stellen.

Schweigend stiegen sie die steile Treppe hinunter, die sich immer tiefer in den Berg wand. Anfangs war es sehr dunkel. Dann wurde der Weg heller, bis Raistlin das Licht an seinem Stab löschen konnte. Irgendwann hob Sturm seine Hand und brachte die anderen zum Halten. Vor ihnen erstreckte sich ein kurzer Flur. Er führte zu einer großen, geschwungenen Türöffnung, die einen weiten offenen Bereich freigab. Ein blasses graues Licht und der Geruch von Moder und Verfall erfüllten den Korridor.

Die Gefährten blieben stehen und lauschten aufmerksam.

Ein Geräusch strömenden Wassers schien von der Tür her zu kommen und übertönte fast alles. Trotzdem meinte Tanis, noch etwas anderes gehört zu haben – ein deutliches Knacken – und eher gespürt als gehört hatte er ein Pochen und Klopfen vom Boden her. Dann, noch verwirrender, drang ein metallisches, kratzendes Geräusch zu ihnen durch, gelegentlich unterbrochen von einem schrillen Kreischen. Tanis blickte Tolpan fragend an.

Der Kender hob die Schultern. »Keine Ahnung«, sagte er und lauschte angestrengt weiter. »So etwas habe ich noch nie gehört, Tanis, außer einmal...« Er hielt inne und schüttelte dann den Kopf. »Möchtest du, daß ich nachsehe?« fragte er eifrig.

»Geh.«

Tolpan schlich, von Schatten zu Schatten huschend, den schmalen Gang entlang. Eine Maus, die über einen dicken Teppich flitzt, macht mehr Geräusche als ein Kender, der nicht auffallen will. Er erreichte die Tür und spähte hindurch. Vor ihm erstreckte sich ein Raum, der einst eine riesige Zeremonienhalle gewesen sein mußte. Die Ahnenhalle, wie Raistlin sie genannt hatte. Jetzt war es eine Halle des Verfalls. Nach Osten hin war ein Teil des Bodens aufgebrochen, und aus dem Loch stieg fauliger weißer Dunst empor. Tolpan bemerkte weitere riesige Löcher im Boden und gewaltige Steinblöcke, die sich wie Grabsteine aufrichteten. Vorsichtig den Boden unter sich absuchend, trat der Kender in die Halle. Durch den Dunst konnte er einen dunklen Eingang an der südlichen Wand erkennen – und einen weiteren an der Nordwand. Das seltsame Kreischen kam von der Südseite. Tolpan wandte sich dorthin.

Plötzlich hörte er wieder das pochende und klopfende Geräusch im Norden hinter sich, und er spürte, wie der Boden bebte. Der Kender flitzte eilig zur Treppe zurück. Seine Freunde hatten auch das Geräusch gehört und sich mit gezogenen Waffen an der Wand aufgereiht. Das Pochen wurde zu einem lauten Zischen. Dann eilten zehn oder fünfzehn vierschrötige schattenhafte Gestalten durch den gewölbten Türeingang.

Der Boden erzitterte. Sie hörten schweres Atmen und gelegentlich ein gemurmeltes Wort. Dann verschwanden die Figuren im Nebel in südlicher Richtung. Ein weiteres deutliches Knacken war zu hören, dann kehrte Stille ein.

»Was im Namen des Abgrundes war das?« rief Caramon aus. »Das waren keine Drakonier, falls sie nicht eine kurze, dickleibige Züchtung entwickelt haben. Und woher sind sie gekommen?«

»Sie sind vom nördlichen Ende der Halle gekommen«, sagte Tolpan. »Dort ist ein Türeingang, und ein anderer ist am südlichen Ende. Das schaurige kreischende Geräusch kommt von Süden, wo diese Dinger hingegangen sind.«

»Was ist im Osten?« fragte Tanis.

»Dem Geräusch des Wassers nach zu urteilen, ein Wasserfall aus ungefähr dreihundert Metern Höhe«, erwiderte der Kender. »Der Boden ist eingestürzt. Ich würde diesen Weg nicht empfehlen.«

Flint schnüffelte. »Ich rieche etwas... etwas Vertrautes. Kann aber nicht sagen, was es ist.«

»Ich rieche Tod«, sagte Goldmond schaudernd.

»Nein, noch etwas Schlimmeres«, murrte Flint. Dann riß er seine Augen auf, und sein Gesicht lief vor Wut rot an. »Ich hab's!« brüllte er. »Gossenzwerge!« Er holte seine Axt hervor. »Das waren diese kleinen, elenden Dinger. Nun, sie werden nicht mehr lange Gossenzwerge sein. Stinkende Leichname werden sie sein!«

Er stürzte vor. Tanis, Sturm und Caramon sprangen ihm nach, gerade als er das Ende des Korridors erreichte, und zogen ihn zurück.

»Beruhig dich!« wies Tanis den spuckenden Zwerg zurecht. »Nun, wie sicher bist du dir, daß es Gossenzwerge sind?«

Der Zwerg schüttelte sich zornig aus Caramons Griff frei. »Todsicher!« begann er zu brüllen, dann verfiel er in ein lautes Wispern. »Haben sie mich denn nicht drei Jahre lang gefangengehalten?«

»Haben sie?« fragte Tanis bestürzt.

»Darum habe ich dir nie erzählt, wo ich in den fünf Jahren gewesen bin«, sagte der Zwerg und errötete verlegen. Sein Gesicht verdunkelte sich. »Aber ich habe Rache geschworen. Ich werde jeden lebenden Gossenzwerg töten, der mir über den Weg läuft.«

»Warte einen Moment«, unterbrach Sturm. »Gossenzwerge sind nicht bösartig – auf keinen Fall so wie die Goblins. Was könnten sie hier bei den Drakoniern machen?«

»Sklaven«, antwortete Raistlin kühl. »Zweifellos leben die Gossenzwerge seit vielen Jahren hier, wahrscheinlich seitdem die Stadt aufgegeben wurde. Als die Drakonier hierhin geschickt wurden, vielleicht um die Scheiben zu bewachen, fanden sie die Gossenzwerge und benutzten sie für Sklavendienste.«

»Sie könnten uns helfen«, murmelte Tanis.

»Gossenzwerge!« explodierte Flint. »Du würdest diesen dreckigen kleinen Biestern trauen...«

»Nein«, sagte Tanis. »Natürlich können wir ihnen nicht trauen. Aber fast jeder Sklave ist bereit, seinen Herrn zu betrügen, und Gossenzwerge – wie die meisten Zwerge – empfinden wenig Loyalität gegenüber Fremden. Solange wir sie nicht um etwas bitten, was ihre eigene dreckige Haut gefährden würde, könnten wir ihre Hilfe kaufen.«

Flint schleuderte seine Axt zu Boden, riß seinen Rucksack auf und rutschte mit verschränkten Armen an der Wand hinunter. »Geht schon. Bittet eure neuen Freunde um Hilfe. Ich werde nicht mit euch gehen! Sie werden euch helfen, nun gut. In die Schnauze des Drachen werden sie euch helfen!«

Tanis und Sturm tauschten besorgte Blicke aus, beide dachten an den Vorfall mit dem Boot. Flint konnte unglaublich dickköpfig sein, und Tanis zweifelte, ob der Zwerg dieses Mal umzustimmen war.

»Ich weiß nicht.« Caramon seufzte und schüttelte den Kopf. »Es wäre zu schade, wenn Flint zurückbleibt. Falls wir die Gossenzwerge bewegen, uns zu helfen, wer wird dann den Abschaum bei der Stange halten?«

Überrascht über Caramons Raffinesse lächelte Tanis und spann den Faden weiter. »Sturm, nehme ich an.«

»Sturm!« Der Zwerg sprang auf die Füße. »Ein Ritter, der niemals einem Feind einen Dolchstoß in den Rücken verpassen würde? Ihr braucht jemanden, der diese stinkigen Kreaturen kennt…«

»Du hast recht, Flint«, sagte Tanis todernst. »Ich vermute, du mußt mit uns kommen.«

»Und ob«, brummte Flint. Er packte seine Sachen zusammen und stapfte den Korridor entlang. Dann drehte er sich um: »Kommt ihr endlich?«

Mit verstohlenem Lächeln folgten die Gefährten dem Zwerg in die Ahnenhalle. Sie hielten sich dicht an der Wand und vermieden den tückischen Boden. Sie gingen in die Richtung, die die Gossenzwerge genommen hatten, und betraten einen schwachbeleuchteten Durchgang, der sich nur einige hundert Meter nach Süden erstreckte und dann scharf nach Osten abbog. Wieder hörten sie knackende Geräusche. Das metallische Kreischen hatte aufgehört. Plötzlich waren Schritte hinter ihnen.

»Gossenzwerge!« knurrte Flint.

»Zurück!« befahl Tanis. »Seid bereit, sie anzugreifen. Sie dürfen nicht dazu kommen, Alarm zu schlagen!«

Alle drückten sich mit gezückter Waffe an die Wand. Flint hielt mit erwartungsvollem Blick seine Streitaxt. Sie starrten zurück in die riesige Halle. Eine weitere Gruppe kleiner, dickleibiger Gestalten lief auf sie zu.

Plötzlich sah der Führer der Gossenzwerge auf und erblickte sie. Caramon sprang auf die kleinen rennenden Gestalten zu und hob befehlend seinen riesigen Arm. »Halt!« sagte er. Die Gossenzwerge sahen zu ihm hoch, schwärmten um ihn herum und verschwanden um die Ecke in östlicher Richtung. Caramon drehte sich um und sah ihnen erstaunt nach.

»Halt..«, sagte er halbherzig.

Ein Gossenzwerg kam zurückgehuscht und legte einen schmutzigen Finger auf seine Lippen. »Shhhh!« Dann verschwand die dicke Gestalt. Die knackenden und kreischenden Geräusche hoben wieder an.

»Was glaubt ihr, was da vor sich geht?« fragte Tanis leise.

»Sehen sie alle so aus?« fragte Goldmond mit aufgerissenen Augen. »Sie sind so dreckig und zerlumpt, und überall auf ihren Körpern sind Wunden.«

»Und sie haben den Verstand eines Türgriffs«, brummte Flint.

Die Gefährten schlichen vorsichtig um die Ecke. Ein langer schmaler Korridor erstreckte sich nach Osten, beleuchtet von Fackeln, die in der stickigen Luft flackerten und rauchten. Hinter den gewölbten Türeingängen stand nur Schwärze.

»Die Grabkammern«, flüsterte Raistlin.

Tanis erschauderte. Von der Decke tröpfelte Wasser herab. Das metallische Kreischen wurde immer lauter und kam immer näher. Goldmond berührte den Halb-Elf am Arm und zeigte in eine Richtung. Tanis sah am fernen Ende des Korridors einen Türeingang. Hinter dem Eingang war ein weiterer Durchgang, und der war voller Gossenzwerge.

»Ich frage mich, warum diese kleinen Burschen in einer Reihe stehen«, sagte Caramon.

»Das werden wir gleich herausfinden«, sagte Tanis. Er wollte gerade aufbrechen, als er die Hand des Magiers an seinem Arm spürte.

»Überlaß das mir«, flüsterte Raistlin.

»Wir sollten lieber mitkommen«, bemerkte Sturm, »um dich zu decken, natürlich.«

»Natürlich«, erwiderte Raistlin verächtlich. »Na schön, aber stört mich nicht.«

Tanis nickte. »Flint, du und Flußwind, ihr bewacht dieses Ende des Korridors.« Flint öffnete den Mund, um zu protestieren, fluchte dann nur und stellte sich dem Barbaren gegenüber auf.

»Bleibt aber hinter mir«, befahl Raistlin und schritt den Korridor entlang; sein rotes Gewand raschelte um seine Knöchel, der Stab des Magus klopfte bei jedem Schritt sacht auf den Boden. Tanis und Sturm folgten und hielten sich an den tröpfelnden Wänden. Kalte und stickige Luft strömte aus den Grabkammern. Tanis spähte in eine hinein und sah den dunklen Umriß eines Steinsargs im Fackelschein. Der Sarg war kunstvoll beschnitzt und goldverziert. Aber das Gold glänzte nicht mehr. Einige der Grabstätten schienen aufgebrochen und geplündert worden zu sein. Tanis sah kurz einen Schädel, der aus dem Dunkeln heraus grinste. Er fragte sich, ob die seit langer Zeit Toten Rache planten, da ihre Ruhe gestört worden war. Tanis zwang sich, sich wieder auf die Wirklichkeit zu konzentrieren, die trostlos genug war.

Raistlin blieb stehen, als er sich dem Ende des Korridors genähert hatte. Die Gossenzwerge beobachteten ihn neugierig und ignorierten die anderen hinter ihm. Der Magier sagte nichts. Er griff nach einem Beutel unter seinem Gürtel und zog einige Goldmünzen hervor. Die Augen der Gossenzwerge leuchteten auf. Ein paar von ihnen traten näher auf Raistlin zu, um besser sehen zu können. Der Magier hielt eine Münze hoch, so daß alle sie sehen konnten. Dann warf er sie hoch in die Luft und... sie verschwand!

Die Gossenzwerge keuchten. Raistlin öffnete seine Hand mit einigen schwungvollen Gebärden, um die Münze zu enthüllen. Vereinzelt gab es Applaus. Mit offenen Mündern schlichen die Gossenzwerge heran.

Gossenzwerge – oder Aghar, wie ihre Rasse auch hieß – waren wahrhaftig ein erbärmlicher Haufen. Als niedrigste Kaste in der Zwergengesellschaft waren sie überall auf Krynn zu finden, lebten an schmutzigen und verkommenen Plätzen, die von den meisten anderen Lebewesen, einschließlich Tieren, verlassen worden waren. Wie alle Zwerge lebten sie in Sippen, und häufig lebten mehrere Sippen zusammen und folgten ihrem großen Anführer oder einem besonders mächtigen Sippenführer. In Xak Tsaroth gab es drei Sippen – die Slude, die Bulpe und die Glupe. Mitglieder aller drei Sippen umringten nun Raistlin. Man sah, daß es Männer und Frauen waren, obgleich es nicht leicht war, die Geschlechter zu unterscheiden. Die Frauen hatten keine Bärte am Kinn, sondern an den Wangen. Sie trugen zerfetzte Hemden, die in der Taille geschnürt wurden und bis zu den knochigen Knien gingen. Ansonsten waren sie genauso häßlich wie die männlichen Vertreter ihrer Rasse. Doch trotz ihres erbärmlichen Aussehens führten die Gossenzwerge im allgemeinen ein fröhliches Leben.

Raistlin ließ die Münze mit einer erstaunlichen Geschicklichkeit über seine Fingerknöchel tanzen. Dann ließ er sie verschwinden und im Ohr eines verblüfften Gossenzwerges wieder auftauchen, der den Magier bewundernd anstarrte. Dieser letzte Trick führte zu einer kurzen Unterbrechung seiner Darbietung, als Freunde des Aghars intensiv in dessen Ohr peilten, einer von ihnen steckte sogar seinen Finger hinein, um zu sehen, ob noch mehr Münzen herauskommen würden. Das tiefe Interesse schwand jedoch sofort, als Raistlin in einen anderen Beutel griff und eine kleine Pergamentrolle hervorholte. Er breitete sie mit seinen langen dünnen Fingern aus und begann einen Text leise singend vorzutragen. *»Suh gangus moipar, ast akular kalipar.«* Die Gossenzwerge beobachteten ihn voller Faszination.

Als der Magier mit seinem Singsang fertig war, begannen die spinnenartig aussehenden Worte auf der Rolle zu brennen. Sie flackerten auf, verschwanden dann und ließen einen grünen Rauch zurück.

»Was war das denn gerade?« fragte Sturm argwöhnisch.

»Sie sind jetzt verzaubert«, erwiderte Raistlin. »Ich habe einen Freundschaftszauber über sie geworfen.«

Die Gossenzwerge standen nun unter seinem Bann, und wie Tanis bemerkte, hatte sich ihr Interesse in offene Zuneigung für den Magier verwandelt. Sie streckten ihre schmutzigen Hände aus und streichelten ihn und plapperten in ihrer formlosen Sprache auf ihn ein. Sturm sah beunruhigt zu Tanis. Tanis wußte, was der Ritter dachte: Raistlin konnte jederzeit diesen Zauber auch auf sie werfen.

Tanis hörte Schritte und sah sich schnell zu der Stelle um, wo Flußwind und Flint Wache hielten. Der Barbar zeigte auf die

Gossenzwerge, hielt seine Hände hoch und spreizte die Finger: Zehn weitere Zwerge waren im Anmarsch. Bald waren die neuen Aghar in Sichtweite und gingen an Flußwind mit einem flüchtigen Blick vorbei. Sie hielten erst an, als sie die Unruhe um den Magier sahen.

»Was los?« fragte einer und starrte zu Raistlin hoch. Die verzauberten Gossenzwerge waren um den Magier versammelt, zogen an seinem Gewand und schoben ihn in die Halle.

»Freund. Das unser Freund«, plapperten sie aufgeregt in einer primitiven Form der Umgangssprache.

»Ja«, sagte Raistlin mit sanfter, weicher Stimme, die so einnehmend war, daß Tanis einen Moment verblüfft war. »Ihr seid alle meine Freunde«, fuhr der Magier fort. »Und jetzt erzählt mir, meine Freunde – wohin führt dieser Korridor?« Raistlin zeigte nach Osten. Sofort hob ein Geplapper an.

»Korridor führt diesen Weg«, sagte einer und zeigte in östlicher Richtung.

»Nein, er führt diesen Weg!« sagte ein anderer und deutete zum Westen.

Eine Rauferei brach aus, die Gossenzwerge schubsten und schoben sich hin und her. Bald flogen die Fäuste, und ein Gossenzwerg warf einen anderen zu Boden und trat ihn und gellte aus vollem Hals: »Der Weg! Der Weg!«

Sturm wandte sich zu Tanis. »Das ist lächerlich! Sie alarmieren nur die Drakonier! Ich weiß nicht, was dieser verrückte Magier angestellt hat, aber du mußt ihn aufhalten.«

Bevor sich Tanis jedoch einmischen konnte, hatte ein weiblicher Gossenzwerg die Angelegenheit in ihre Hände genommen. Sie warf sich in das Durcheinander, ergriff die beiden Kämpfer, schlug ihre Köpfe zusammen und ließ sie auf den Boden fallen. Die anderen, die die beiden angefeuert hatten, verstummten unverzüglich, und die Frau wendete sich zu Raistlin um. Sie hatte eine dicke Knollennase, und ihre Haare standen wild ab. Sie trug ein zerlumptes Flickenkleid, dicke Schuhe und Strümpfe, die an den Knöcheln zerrissen waren. Aber sie schien ein Anführer der Gossenzwerge zu sein, denn alle betrachteten sie mit Respekt. Der Grund dafür konnte auch in dem riesigen schweren Sack liegen, der über ihre Schulter hing. Der Sack schien für sie von ungeheurer Wichtigkeit zu sein. Wenn einer der Gossenzwerge versuchte, ihn zu berühren, wirbelte sie herum und schlug ihn ins Gesicht.

»Korridor führt zu große Herren«, sagte sie und nickte in die östliche Richtung.

»Danke, meine Gute«, sagte Raistlin und berührte ihre Wange. Er sprach einige Worte: »*Tan-tago, musalah.*«

Die Gossenzwergin sah fasziniert zu ihm auf. Dann seufzte sie bewundernd auf.

»Erzähl mir, Kleine«, sagte Raistlin. »Wie viele Herren?«

Die Gossenzwergin runzelte die Stirn und hob dann eine schmuddelige Hand. »Einer«, sagte sie und hielt einen Finger hoch. »Und einer, und einer, und einer.« Triumphierend sah sie Raistlin mit vier erhobenen Fingern an und sagte: »Zwei.«

»Ich fange an, mit Flint einer Meinung zu sein«, knurrte Sturm.

»Pssst«, machte Tanis. Gerade in dem Moment hörte das kreischende Geräusch auf. Die Gossenzwerge blickten unruhig in den Korridor, als in der Stille wieder das rauhe knackende Geräusch zu hören war.

»Was ist das für ein Lärm?« fragte Raistlin seine verzauberte Bewunderin.

»Peitsche«, antwortete sie gleichgültig. Sie griff mit ihrer schmutzigen Hand nach Raistlins Gewand und zog ihn zum östlichen Ende des Korridors. »Herren sind sauer. Wir gehen.«

»Was macht ihr für die Herren?« fragte Raistlin und hielt sie zurück.

»Wir gehen. Du siehst.« Die Gossenzwergin zog wieder an ihm. »Wir unten. Sie oben. Unten. Oben. Unten. Oben. Komm. Du gehst. Wir gehen unten.«

Raistlin wurde von den Aghar fast fortgetragen, sah zu Tanis zurück und gab ihm Zeichen. Tanis signalisierte Flußwind und Flint, und alle folgten den Gossenzwergen. Jene, die Raistlin verzaubert hatte, blieben dicht bei ihm, während die anderen vorliefen, als die Peitsche wieder knallte. Das kreischende Geräusch fing wieder an und wurde immer lauter.

Die Gossenzwergin strahlte bei dem Geräusch. Sie und die anderen hielten an. Einige von ihnen lümmelten sich an die schleimigen Wände, andere ließen sich wie Säcke auf den Boden fallen. Die Frau blieb neben Raistlin stehen und hielt den Saum seines Ärmels in ihrer kleinen Hand. »Was ist das?« fragte er. »Warum haben wir angehalten?«

»Wir warten. Noch nicht an der Reihe«, informierte sie ihn.

»Was werden wir machen, wenn wir an der Reihe sind?« fragte er geduldig.

»Unten gehen«, antwortete sie und himmelte ihn bewundernd an.

Raistlin sah zu Tanis und schüttelte den Kopf. Der Magier entschied, einen neuen Versuch zu starten.

»Wie heißt du, Kleine?« fragte er.

»Bupu.«

Caramon schnaufte verächtlich und hielt sich schnell eine Hand vor den Mund.

»Nun, Bupu«, sagte Raistlin schmeichelnd, »weißt du, wo die Höhle des Drachen ist?«

»Drache?« wiederholte Bupu erstaunt. »Du willst Drache?«

»Nein«, sagte Raistlin hastig, »wir wollen nicht den Drachen – nur die Höhle, wo der Drache lebt.«

»Oh, weiß nicht.« Bupu schüttelte den Kopf. Dann klatschte sie in die Hände, als sie die Enttäuschung in Raistlins Gesicht sah. »Aber ich dich nehmen zum Großbulp, dem Großen. Er alles wissen.«

Raistlin zog die Augenbrauen hoch. »Und wie kommen wir zum Großbulp?«

»Unten!« sagte sie und grinste glücklich. Der kreischende Lärm hatte aufgehört. Man hörte das Aufschlagen der Peitsche. »Unsere Reihe jetzt nach unten gehen. Du kommst. Du kommst jetzt. Großbulp sehen.«

»Nur einen Moment.« Raistlin befreite sich aus ihrem Griff. »Ich muß mit meinen Freunden sprechen.« Er ging zu Tanis und

Sturm. »Dieser Großbulp ist wahrscheinlich der Anführer der Sippe, vielleicht Anführer mehrerer Sippen.«

»Wenn er so intelligent ist wie dieses Pack, wird er nicht einmal wissen, wo seine Waschschüssel ist, geschweige denn der Drache«, knurrte Sturm.

»Er wird es wahrscheinlich wissen«, ließ sich Flint widerwillig hören. »Sie sind zwar nicht klug, aber sie erinnern sich an alles, was sie gesehen oder gehört haben, wenn man sie nur dahinbringt, daß sie es in Worten ausdrücken, die länger sind als eine Silbe.«

»Dann sollten wir lieber diesen großen Großbulp aufsuchen«, meinte Tanis kläglich. »Wenn wir uns nur wenigstens vorstellen könnten, was diese Auf-und-ab-Geschichte bedeutete und dieses quietschende Geräusch...«

»Ich weiß es!« ertönte eine Stimme.

Tanis sah sich um. Er hatte Tolpan völlig vergessen. Der Kender kam aus einer Ecke gerannt, sein Zopf tanzte, und seine Augen leuchteten glücklich. »Es ist ein Aufzug, Tanis«, sagte er. »Wie in den Minen der Zwerge. Ich war einmal in einer Mine. Es war das Größte. Sie hatten einen Aufzug, der die Steine von unten nach oben zog. Und dies hier ist genauso. Nun, fast genauso. Siehst du...« Er fing plötzlich zu kichern an und konnte nicht mehr sprechen. Die anderen starrten ihn an, und der Kender unternahm einen angestrengten Versuch, sich wieder in Kontrolle zu kriegen.

»Sie verwenden einen gigantischen Schweinefettopf! Die Gossenzwerge, die sich in einer Reihe aufgestellt haben, rennen hervor, wenn einer dieser Drakodinger seine große Peitsche schwingt. Dann springen alle in den Topf, der mit einer Kette und einem Zahnrad verbunden ist, das in die Kettenglieder paßt – das ist das Quietschen! Das Rad dreht sich, und sie fahren nach unten, und ganz schnell kommt ein anderer Topf hoch...«

»Große Herren. Topf voll mit großen Herren«, sagte Bupu.

»Voll mit Drakoniern!« wiederholte Tanis erschreckt.

»Kommen nicht her«, sagte Bupu. »Gehen den Weg...« Sie winkte unbestimmt mit einer Hand.

Tanis blieb unruhig. »Das sind also die Herren. Wieviele Drakonier sind denn am Topf?«

»Zwei«, antwortete Bupu und hielt Raistlins Ärmel fest. »Nicht mehr als zwei.«

»In der Tat sind es vier«, sagte Tolpan mit einem entschuldigenden Blick zur Gossenzwergin. »Es sind die kleinen, nicht die großen, die zaubern können.«

»Vier.« Caramon spannte seine riesigen Arme an. »Mit vieren werden wir fertig.«

»Ja, aber wir müssen es so hinkriegen, daß nicht fünfzehn weitere nachkommen«, meinte Tanis.

Wieder knallte die Peitsche.

»Komm!« Bupu zog drängend an Raistlins Ärmel. »Wir gehen. Herren werden böse.«

»Ich denke, dies ist eine gute Zeit, wie jede andere«, sagte Sturm und zuckte die Achseln. »Die Gossenzwerge sollen rennen wie sonst auch. Wir folgen ihnen und überwältigen die Herren in der Verwirrung. Wenn ein Topf oben ist, um mit Gossenzwergen beladen zu werden, dann muß der andere Topf unten sein.«

»Das ist anzunehmen«, sagte Tanis. Er wandte sich den Gossenzwergen zu. »Wenn ihr am Aufzug angelangt seid – ich meine, Topf –, springt nicht hinein. Stellt euch an die Seite und bleibt aus dem Weg. In Ordnung?«

Die Gossenzwerge starrten Tanis mit tiefem Argwohn an. Der Halb-Elf seufzte und sah zu Raistlin. Mit einem leichten Lächeln wiederholte der Magier Tanis' Anweisungen. Sofort begannen die Gossenzwerge zu lächeln und begeistert zu nicken.

Die Peitsche knallte wieder, und die Gefährten hörten eine barsche Stimme. »Macht schon, ihr Abschaum, oder wir hacken eure widerlichen Füße ab, dann habt ihr einen Grund, langsam zu sein!«

»Mal sehen, wessen Füße abgehackt werden«, sagte Caramon.

»Das lustig werden«, sagte einer der Gossenzwerge feierlich. Die Aghar flitzten den Korridor entlang.

Kampf am Aufzug
Bupus Hustenheilkur

Heißer Dampf stieg aus den zwei Löchern im Fußboden empor und wirbelte umher. Zwischen den beiden Löchern lag ein gigantisches Rad, um das eine gigantische Kette lief. Ein übergroßer schwarzer Eisentopf hing an der Kette über einem der Löcher. Das andere Ende der Kette verschwand im anderen Loch. Vier Drakonier in Rüstungen, von denen zwei Lederpeitschen schwangen und mit Krummsäbeln bewaffnet waren, standen um den Topf. Sie waren nur kurze Zeit sichtbar, dann verschwanden sie wieder im Nebel. Tanis konnte die Peitsche knallen und eine kehlige Stimme bellen hören.

»Ihr lausiges Zwergenungeziefer! Was macht ihr da? Steigt sofort in den Topf, bevor ich euch das dreckige Fleisch von euren stinkenden Körpern schlage! Ich...!«

Der Drakonier verstummte mitten im Satz, seine Augen quollen aus seinem Reptilienkopf, als Caramon aus dem Nebel trat und seinen Schlachtruf brüllte. Der Drakonier stieß einen gellenden Schrei aus, der in ein würgendes Gurgeln überging, als Caramon die Kreatur am schuppigen Hals packte, sie von den Klauenfüßen hob und gegen die Wand schleuderte.

Während Caramon angriff, gellte Sturm, sein zweihändiges Schwert schwingend, den Rittergruß gegenüber einem Feind heraus und schlug einem Drakonier den Kopf ab, ohne daß dieser überhaupt bemerkte, was auf ihn zukam. Der abgetrennte Kopf rollte knirschend auf dem Boden, bevor er sich in Stein verwandelte.

Im Gegensatz zu den Goblins, die alles, was sich bewegt, ohne Strategie, ja ohne nachzudenken angreifen, sind Drakonier intelligent und handeln schnell. Die zwei übriggebliebenen Drakonier hatten nicht die Absicht, es mit fünf geübten und gutbewaffneten Kämpfern aufzunehmen. Einer von ihnen sprang sofort in den Topf und schrie seinem Gefährten in ihrer Sprache Anweisungen zu. Der andere Drakonier sprang zum Rad und löste den Mechanismus aus. Der Topf begann durch das Loch zu fallen.

»Haltet sie auf!« schrie Tanis. »Sie holen Verstärkung!«

»Falsch!« rief Tolpan, der über den Rand spähte. »Die Verstärkung ist bereits im anderen Topf unterwegs. Es müssen ungefähr zwanzig sein!«

Caramon rannte los, um den Drakonier am Aufzug aufzuhalten, aber es war zu spät. Die Kreatur flitzte bereits auf den Topf zu. Mit einem Satz sprang er seinem Gefährten nach. Caramon, getreu seinem Prinzip, den Feind nicht entkommen zu lassen, sprang in den Topf hinterher! Die Gossenzwerge jubelten und johlten, einige hüpften zum Rand, um besser sehen zu können.

»Dieser verdammte Narr!« fluchte Sturm. Er schob einige Gossenzwerge beiseite, um hinunterzuschauen, und sah schwingende Fäuste und Rüstungen aufblitzen, als Caramon und die Drakonier wild aufeinander einschlugen. Caramons zusätzliches Gewicht ließ den Topf noch schneller fallen.

»Ich folge ihm«, rief Sturm Tanis zu. Er sprang hoch, bekam die Kette zu fassen und ließ sich direkt in den Topf gleiten.

»Jetzt haben wir schon zwei verloren!« jammerte Tanis. »Flint, komm mit mir. Flußwind, bleib du mit Raistlin und Goldmond hier. Versuch mal, ob du dieses verdammte Rad in die andere Richtung drehen kannst! Nein, Tolpan, du nicht!«

Zu spät! Der Kender sprang begeistert kreischend an die Kette und begann hinunterzuklettern. Tanis und Flint sprangen ebenfalls. Tanis hielt mit Armen und Beinen die Kette fest umklammert und hing direkt über dem Kender. Flint war es nicht gelungen, sich festzuhalten, und er landete kopfüber in dem Topf, wo Caramon prompt auf ihn trat.

Die Schlacht im Topf war in vollem Gange. Caramon kämpfte wie ein Berserker mit beiden Drakoniern und verlor dabei seinen Dolch. Einer der Drakonier ging auf sein Gesicht los und versuchte, mit den Klauenhänden seine Augen herauszureißen. Caramon konnte die Handgelenke des Drakoniers fassen und schaffte es, die Klauen von seinem Gesicht fernzuhalten.

Inzwischen hatte sich der andere Drakonier von den Hieben erholt, mit denen Caramon auch ihn eingedeckt hatte, und griff nach seinem Schwert. Im selben Moment rutschte Sturm die Kette herunter und trat ihn mit seinem schweren Stiefel hart ins Gesicht. Der Drakonier taumelte nach hinten, und sein Schwert flog ihm aus der Hand. Sturm sprang und versuchte, die Kreatur mit der flachen Schwertklinge niederzuschlagen, aber der Drakonier schob das Schwert mit seinen Klauen einfach beiseite.

»Laß mich los!« brüllte Flint vom Boden des Topfes. Sein Helm war ihm aufs Gesicht gerutscht, so daß er so gut wie nichts sah und nur spürte, daß er langsam von Caramons großem Fuß zerdrückt wurde. In einem Anfall wilder Wut schob der Zwerg seinen Helm zurück und wuchtete sich hoch. Caramon verlor das Gleichgewicht und taumelte auf den Drakonier zu. Die

Kreatur trat zur Seite, und Caramon fiel gegen die riesige Kette. Der Drakonier schwang heftig sein Schwert. Caramon bückte sich, und das Schwert klirrte, sein Ziel verfehlend, gegen die Kette. Dann warf sich Flint auf den Drakonier und rammte ihm seinen Kopf in die Magengrube. Beide fielen gegen die Topfwandung.

Während Tanis sich an der Kette hinabließ, beobachtete er den wilden Kampf unter sich. »Warte hier!« schnauzte er Tolpan an. Dann löste er sich von der Kette, ließ sich fallen und landete mitten im Gewühl. Tolpan, enttäuscht, aber gehorsam, hielt sich mit einer Hand an der Kette fest, während er in seinen Beutel faßte und einen Stein hervorzog, bereit, ihn fallen zu lassen – auf den Kopf eines Feindes, wie er hoffte.

Im Kampfesgetümmel begann der Topf immer stärker zu schaukeln. Und während sie tiefer und tiefer sanken, stieg der andere Topf mit schreienden und fluchenden Drakoniern immer höher.

Flußwind, der mit den Gossenzwergen am Loch stand, konnte durch den Dunst fast nichts erkennen. Er hörte jedoch Schläge und Flüche und Stöhnen aus dem Topf mit seinen Freunden. Dann stieg aus dem Nebel der andere Topf hoch, in dem mit gezogenen Schwertern Drakonier standen und mit offenen Mäulern zu ihm hochstarrten. Ihre langen roten Zungen hechelten erwartungsvoll. In wenigen Augenblicken würden er, Goldmond, Raistlin und fünfzehn Gossenzwerge zwanzig kampfeslustigen Drakoniern gegenüberstehen!

Flußwind wirbelte herum, stolperte über einen Gossenzwerg, gewann sein Gleichgewicht wieder und rannte zum Aufzugmechanismus. Irgendwie mußte er den Topf aufhalten. Das Rad drehte sich langsam mit quietschender Kette. Flußwind überlegte, die Kette mit seinen bloßen Händen zu packen. Etwas Rotes schob ihn beiseite. Raistlin beobachtete das Rad einen Moment, bestimmte den Drehpunkt, dann stopfte er den Stab des Magus zwischen Rad und Boden. Der Stab erzitterte einen Moment, und Flußwind hielt den Atem an, vor Furcht, er würde brechen. Aber er hielt! Der Mechanismus kam zum Halten.

»Flußwind!« schrie Goldmond vom Loch. Der Barbar rannte zurück, Raistlin folgte ihm auf dem Fuße. Die Gossenzwerge am Loch hatten eine wunderbare Zeit und genossen in vollen Zügen eines der interessantesten Ereignisse ihres Lebens. Nur Bupu hielt sich ständig dicht hinter Raistlin und grabschte nach seiner Robe, wann immer es möglich war.

»Khark-umat!« Flußwind schnappte nach Luft, als er nach unten in den Dunst starrte.

Caramon hatte einen Drakonier aus dem Topf geworfen. Die Kreatur fiel mit einem Kreischen in den Nebel. Der Krieger hatte Klauenabdrücke im Gesicht und eine Schwertwunde am rechten Arm. Sturm, Tanis und Flint kämpften immer noch gegen den zweiten Drakonier, der sich wie ein Wahnsinniger verteidigte. Als schließlich klar wurde, daß Schläge nichts ausrichteten, stach Tanis mit dem Dolch zu. Die Kreatur sank auf den Topfboden und verwandelte sich sofort zu Stein, Tanis' Waffe in ihrem Körper.

Plötzlich kam der Topf mit einem Ruck zum Halten, und seine Insassen stürzten übereinander.

»Guckt mal! Nachbarn!« gellte Tolpan und ließ sich von der Kette fallen. Tanis sah zum anderen Topf mit den Drakoniern, der nur etwa sechs Meter von ihnen entfernt war. Die bis zu den Zähnen bewaffneten Drakonier bereiteten sich gerade auf ein Umsteigemanöver vor. Zwei kletterten zum Rand des Topfes, bereit, die dunstverhangene Tiefe zu überspringen. Caramon lehnte sich über den Rand und schwang sein Schwert wild und fürchterlich, um den ersten Versuch zu vereiteln. Er verfehlte den Angreifer, und sein kraftvoller Schwerthieb brachte den Topf an seiner Kette zum Rotieren.

Caramon verlor das Gleichgewicht und stürzte nach vorn, sein Gewicht brachte den Topf in gefährliche Schräglage. Sturm bekam Caramon am Kragen zu fassen und zog ihn zurück, wodurch der Topf erneut wie wild zu schaukeln begann. Tanis rutschte aus und landete mit Händen und Knien auf dem Boden, wo er entdeckte, daß der versteinerte Drakonier zu Staub zerfallen war und er so seinen Dolch wiederbekam.

»Da kommen sie!« gellte Flint, während er Tanis auf die Beine zog.

Ein Drakonier war losgesprungen und hielt sich mit seinen Klauen am Rand des Topfes fest. Wieder kippte der Topf gefährlich.

»Geh rüber!« Tanis schob Caramon zur anderen Seite und hoffte, daß durch den schweren Krieger das Gleichgewicht wiederhergestellt würde. Sturm schlug auf die Hände des Drakoniers ein, damit dieser den Topf losließ. Inzwischen flog ein anderer Drakonier herüber, der die Entfernung besser eingeschätzt hatte und direkt neben Sturm im Topf landete.

»Beweg dich nicht!« schrie Tanis Caramon zu, als der Krieger instinktiv in den Kampf eingreifen wollte und den Topf damit erneut zum Schaukeln brachte. Der große Mann nahm schnell wieder seine Position ein. Der am Rand des Topfes hängende Drakonier mußte endlich loslassen und schwebte mit ausgebreiteten Flügeln in den Dunst hinab.

Tanis wirbelte herum, um den Drakonier zu bekämpfen, der im Topf gelandet war, fiel über Flint und warf ihn um. Der Halb-Elf stolperte gegen die Topfwand und sah einen Moment lang nach unten. Die Nebel teilten sich, und er erkannte die zerstörte Stadt Xak Tsaroth unter sich. Als er sich umdrehte, fühlte er sich schwach und desorientiert. Er sah, daß Tolpan mit dem Drakonier kämpfte. Der kleine Kender kroch am Rücken der Kreatur hoch und schlug mit einem Stein auf ihren Kopf ein. Flint, der auf dem Boden lag, hob Caramons fallen gelassenen Dolch auf und stach der Kreatur ins Bein. Der Drakonier schrie vor Schmerzen auf. Als Tanis klar wurde, daß immer mehr Drakonier herüberfliegen würden, sah er verzweifelt hoch. Aber die Verzweiflung wandelte sich in Hoffnung, als er durch den Dunst Flußwind und Goldmond herunterstarren sah.

»Holt uns wieder hoch!« schrie Tanis hektisch, dann fiel etwas auf seinen Kopf. Ein unerträglicher Schmerz... Er spürte nur noch, daß er fiel und fiel und fiel...

Raistlin hatte Tanis' Schrei nicht gehört – der Magier trat bereits in Aktion.

»Kommt her, meine Freunde«, sagte Raistlin sanft. Die verzauberten Gossenzwerge versammelten sich eifrig um ihn. »Diese Herren dort unten wollen mir weh tun«, sagte er leise.

Die Gossenzwerge knurrten. Einige runzelten finster die Stirn. Andere schüttelten die Fäuste.

»Aber ihr könnt mir helfen«, sagte Raistlin. »Ihr könnt sie aufhalten.«

Die Gossenzwerge starrten den Magier ungläubig an.

»Das einzige, was ihr machen müßt«, sagte Raistlin geduldig, »ist, hinüberzulaufen und auf diese Kette zu springen.« Er zeigte auf die Kette, die mit dem Topf der Drakonier verbunden war.

Die Gesichter der Gossenzwerge hellten sich auf. Das hörte sich nicht schlecht an. In der Tat war das etwas, was sie häufig machten, wenn sie den Topf verfehlten.

Raistlin hob den Arm. »Geht!« befahl er.

Alle Gossenzwerge, außer Bupu, sahen sich an, dann flitzten sie zum Rand des Loches, und wild gellend schwangen sie sich auf die Kette über den Drakoniern und hielten sich an ihr mit äußerster Geschicklichkeit fest.

Der Magier rannte zum Rad. Bupu trottete hinterher. Er griff nach dem Stab des Magus und zog ihn heraus. Das Rad zitterte und begann sich wieder zu bewegen, drehte sich immer schneller, und durch das Gewicht der Gossenzwerge stürzte der Drakoniertopf nach unten in den Nebel.

Mehrere Drakonier hatten am Rand gestanden, um zum anderen Topf zu springen. Nun verloren sie durch den plötzlichen Ruck das Gleichgewicht. Obwohl ihre Flügel den Fall aufhielten, kreischten sie vor Wut, als sie nach unten schwebten. Ihre Schreie standen in merkwürdigem Gegensatz zu den freudigen Rufen der Gossenzwerge.

Flußwind lehnte sich über den Rand des Loches und bekam den Topf mit den Gefährten zu fassen, als dieser das Rad erreichte.

»Seid ihr in Ordnung?« fragte Goldmond besorgt und beugte sich hinüber, um Caramon herauszuhelfen.

»Tanis ist verletzt«, sagte Caramon.

»Es ist nur eine Beule«, protestierte Tanis schwach. Er spürte eine dicke Schwellung am Hinterkopf. »Ich dachte, ich würde aus diesem Ding fallen.« Ihn schauderte bei der Erinnerung.

»So kommen wir nicht nach unten!« erklärte Sturm, als er aus dem Topf kletterte. »Und wir können auch nicht hier herumstehen. Es wird nicht lange dauern, bis sie den Aufzug gerichtet haben, und dann werden sie uns verfolgen. Wir müssen zurück.«

»Nein! Geh nicht!« Bupu hielt sich an Raistlin fest. »Ich weiß Weg zu Großbulp!« Sie zog an seinem Ärmel und zeigte nach Norden. »Guter Weg! Geheimer Weg! Keine Herren«, sagte sie leise. »Ich lasse Herren dich nicht kriegen. Du hübsch.«

»Wir scheinen keine andere Wahl zu haben. Wir müssen nach unten«, sagte Tanis. Er zuckte zusammen, als Goldmond ihn mit dem Stab berührte. Dann überflutete die Heilkraft seinen Körper. Er entspannte sich und seufzte. »Wie du schon gesagt hast, sie leben hier schon seit Jahren.«

Flint knurrte und schüttelte den Kopf, als Bupu in nördlicher Richtung den Korridor entlanglaufen wollte.

»Halt! Hört mal!« rief Tolpan leise. Sie hörten Tritte von Klauenfüßen auf sich zukommen.

»Drakonier!« sagte Sturm. »Wir müssen hier raus! Laßt uns zurück in westlicher Richtung gehen.«

»Ich wußte es doch«, grummelte Flint mit düsterem Blick. »Dieser Gossenzwerg führt uns direkt zu diesen Echsen!«

»Warte!« Goldmond ergriff Tanis' Arm. »Schau mal zu ihr!«

Der Halb-Elf drehte sich um und sah, wie Bupu etwas Schlaffes und Formloses aus ihrer Tasche zog. Sie trat zur Wand, rieb das Etwas vor dem Stein und murmelte einige Worte. Die Wand erbebte, und in Sekundenschnelle wurde ein Zugang sichtbar, der ins Dunkle führte.

Die Gefährten sahen einander beunruhigt an.

»Es muß sein«, murmelte Tanis. Das Geklingel der Drakonierrüstungen konnte man nun deutlich hören. »Raistlin, Licht«, sagte Tanis.

Der Magier murmelte den Befehl, und der Kristall an seinem Stab leuchtete auf. Er und Bupu und Tanis passierten schnell die Geheimtür. Die anderen folgten, und die Tür schloß sich hinter ihnen. Das Licht erhellte einen kleinen quadratischen Raum mit Wandschnitzereien, die mit grünem Schleim überzogen waren, so daß sie unmöglich genau zu erkennen waren. Sie standen schweigend da und hörten, wie die Drakonier im Korridor vorbeiliefen.

»Sie müssen den Kampf gehört haben«, flüsterte Sturm. »Es wird nicht lange dauern, bis sie den Aufzug in Bewegung setzen, und dann haben wir die ganze Drakonierstreitmacht auf den Fersen!«

»Ich weiß Weg unten.« Bupu winkte entschuldigend mit einer Hand. »Keine Angst.«

»Wie hast du denn die Tür geöffnet, Kleine?« fragte Raistlin neugierig und kniete sich neben Bupu nieder.

»Magie«, sagte sie schüchtern und streckte die Hand aus. In der schmutzigen Hand der Gossenzwergin lag eine tote Ratte, die spitzen Zähne waren zu einer ewigen Grimasse gefletscht. Raistlin zog die Augenbrauen hoch, als Tolpan seinen Arm berührte.

»Es hat mit Magie nichts zu tun, Raistlin«, flüsterte der Kender. »Es ist ein einfaches verborgenes Schloß am Boden. Ich sah es, als sie zur Wand zeigte, und da wollte ich schon was sagen. Sie trat auf dieses Schloß, als sie sich an die Wand stellte und mit dem Ding wedelte.« Der Kender kicherte. »Sie ist vermutlich zufällig darauf getreten und hatte die Ratte gerade bei sich.«

Bupu warf dem Kender einen vernichtenden Blick zu. »Magie!« wiederholte sie und streichelte liebevoll die tote Ratte. Sie steckte sie wieder in den Beutel zurück und sagte: »Komm, du gehst.« Sie führte sie durch zerstörte, schleimverhangene Räume. Schließlich hielt sie in einem Raum an, der mit Gesteinsstaub und Schutt gefüllt war. Ein Teil der Decke war herausgerissen, und auf dem Boden lagen zerbrochene Kacheln herum. Sie plapperte und zeigte auf etwas in der nordöstlichen Ecke des Raumes.

»Geht unten!« sagte sie.

Tanis und Raistlin gingen hinüber. Sie fanden eine etwa drei Meter breite Röhre, ein Ende stak aus dem zerfallenen Boden. Offenbar war die Röhre durch die Decke gefallen und hatte sich hier eingegraben. Raistlin ließ seinen Stab ins Innere gleiten und spähte hinein.

»Komm, du gehst!« sagte Bupu und zog wieder an Raistlins Ärmel. »Herren können nicht folgen.«

»Das ist wohl wahr«, sagte Tanis. »Nicht mit ihren Flügeln.«

»Aber es gibt nicht genügend Platz, um ein Schwert zu schwingen«, sagte Sturm stirnrunzelnd. »Mir gefällt das nicht...«

Plötzlich verstummten alle. Sie hörten das Rad quietschen und die Kette rasseln. Die Gefährten sahen sich an.

»Ich zuerst!« grinste Tolpan. Er steckte den Kopf in die Röhre und kroch auf allen vieren hinein.

»Bist du sicher, daß ich da durchkomme?« fragte Caramon, ängstlich auf die Öffnung starrend.

»Mach dir keine Sorgen«, ertönte Tolpans Stimme. »Der Schleim ist hier so dick, daß du wie ein eingefettetes Schwein durchrutschen wirst.«

Seine fröhliche Erklärung schien Caramon nicht zu beruhigen. Er sah die Röhre weiterhin düster an, während Raistlin, von Bupu geführt, sein Gewand eng um sich wickelte und hineinglitt, sein Stab beleuchtete den Weg. Flint kletterte als nächster. Goldmond folgte, ihr Gesicht verzog sich vor Ekel, als ihre Hände in den dicken grünen Schleim faßten. Flußwind kam hinterher.

»Das ist krankhaft, ich hoffe, das ist dir klar!« murrte Sturm voller Abscheu.

Tanis antwortete nicht. Er klopfte Caramon auf den Rücken. »Du bist dran«, sagte er und lauschte dem Geräusch der Kette, die sich immer schneller bewegte.

Caramon stöhnte auf und kroch auf allen vieren in die Öffnung. Sein Schwertknauf blieb am Rand hängen. Er kam zurück, legte das Schwert noch einmal richtig an und startete einen neuen Versuch. Dieses Mal blieb er mit dem Oberkörper stecken. Tanis schob nach.

»Leg dich flach hin!« befahl der Halb-Elf.

Caramon brach mit einem Stöhnen wie ein nasser Sack zusammen. Er wand sich durch die Röhre, sein Schild vor sich. Sein Brustpanzer schurrte an der Metallröhre mit einem so widerwärtig knirschendem Geräusch, daß Tanis die Zähne zusammenbeißen mußte.

Er selbst glitt mit den Füßen voran in die Öffnung und begann durch den fauligen Schleim zu rutschen. Er schaute noch einmal zu Sturm, der als letzter folgte.

»Das Normale hat aufgehört, als wir Tika in die Küche vom Wirtshaus ›Zur letzten Bleibe‹ folgten«, sagte er.

»Das ist nur allzu wahr«, stimmte ihm der Ritter seufzend bei.

Tolpan, verzaubert durch die wunderbare neue Erfahrung des Tunnelrutschens, sah plötzlich dunkle Gestalten am anderen Ende. Er suchte nach einem Halt und verhielt.

»Raistlin!« flüsterte der Kender. »Irgend etwas kommt da am anderen Ende der Röhre!«

»Was denn?« begann der Magier zu fragen, aber die faule, feuchte Luft erzeugte einen Hustenanfall. Er schnappte nach Luft und leuchtete mit dem Stab, um etwas erkennen zu können.

Bupu sah auf und schnaubte verächtlich. »Gulp-Pulpher!« murrte sie. Sie hob die Hand und rief: »Geht zurück! Geht zurück!«

»Wir gehen hoch – Aufzug fahren! Große Herren böse!« gellte einer.

»Wir gehen unten. Sehen Großbulp!« gab Bupu wichtigtuerisch zurück.

Daraufhin traten die Gossenzwerge murrend und fluchend zurück.

Aber Raistlin konnte sich einen Moment nicht bewegen. Er griff hustend an seine Brust, der Klang echote beunruhigend in der Stille der engen Röhre. Bupu sah ihn besorgt an, dann schob sie ihre kleine Hand in ihren Beutel, suchte eine Zeitlang und hielt dann einen Gegenstand ans Licht. Sie blinzelte ihn an, seufzte und schüttelte den Kopf. »Das nicht, was ich will!«

Tolpan, der den aufblitzenden farbenprächtigen Brillanten erblickte, kroch näher. »Was ist das?« fragte er, obwohl er es bereits wußte. Auch Raistlin starrte mit aufgerissenen, glänzenden Augen auf den Gegenstand.

Bupu zuckte die Schultern. »Schöner Stein«, sagte sie uninteressiert und suchte weiter in ihrer Tasche.

»Ein Edelstein!« zischte Raistlin.

Bupu strahlte ihn an. »Du magst?« fragte sie Raistlin.

»Sehr gern!« Der Magier keuchte.

»Du behalten.« Bupu legte den Juwel in seine Hand. Dann holte sie mit einem triumphierenden Aufschrei hervor, was sie eigentlich gesucht hatte. Tolpan, der noch näher kam, um das neue Wunder zu sehen, zog sich voller Ekel zurück. Es war eine tote – sehr tote – Echse. Um den steifen Hals der Echse war ein abgekautes Lederband geschlungen. Bupu hielt sie Raistlin entgegen.

»Du um Hals«, sagte sie. »Gegen Husten.«

Der Magier, der an weit unangenehmere Dinge gewöhnt war, lächelte Bupu an und bedankte sich, aber lehnte die Kur ab und versicherte ihr, daß sein Husten sich schon sehr gebessert hätte. Sie sah ihn zweifelnd an, aber es schien ihm tatsächlich besserzugehen – der Hustenanfall war vorüber. Nach einem Moment zuckte sie die Achseln und verstaute die Echse wieder im Sack. Raistlin untersuchte fachkundig den Edelstein. Dann blickte er Tolpan kalt an. Der Kender seufzte und setzte seinen Weg durch die Röhre fort. Raistlin ließ den Stein in eine seiner geheimen Taschen gleiten, die in seinem Gewand eingenäht waren.

Als sie auf eine Nebenröhre stießen, sah Tolpan fragend zur Zwergin. Bupu wies zögernd nach Süden, in die neue Röhre. »Es ist stei...«, keuchte er, als er nach unten rutschte. Er versuchte, den Fall zu verlangsamen, aber der Schleim war zu glitschig. Caramons Fluch von hinten ließ den Kender erkennen, daß seine Gefährten das gleiche Problem hatten. Plötzlich erblickte Tolpan ein Licht vor sich. Offenbar endete der Tunnel – aber wo? Tolpan hatte die lebhafte Vision, aus einer Höhe von dreihundert Metern ins Nichts hinauszuplatzen. Das Licht wurde heller, und Tolpan schoß mit einem leisen Schrei aus der Röhre.

Raistlin fiel aus der Röhre und fast auf Bupu. Der Magier sah sich um und dachte einen Moment, er wäre in ein Feuer gestolpert. Riesige Schwaden weißer Wolken wirbelten im Raum auf. Raistlin begann zu husten und nach Luft zu schnappen.

»Wa...?« Flint kam als nächster und fiel auf Hände und Knie. Er spähte durch die Wolke. »Gift?« Er kroch keuchend zum Magier hinüber. Raistlin schüttelte den Kopf, weil er nicht antworten konnte. Bupu drückte den Magier an sich und zog ihn zur Tür.

Goldmond glitt auf dem Bauch aus der Röhre. Flußwind krümmte sich zusammen, um nicht mit Goldmond zusammenzustoßen. Mit lautem Klirren stieß Caramons Schild aus der Röhre. Caramons Rüstung hatte die Fahrt des Kriegers verlangsamt, so daß er aus der Öffnung kriechen konnte. Aber er war völlig zerschlagen und zerkratzt und über und über mit grünem Schleim bedeckt. Als Tanis kam, würgten alle in der pudrigen Luft.

»Was, im Namen des Abgrundes?« fragte Tanis erstaunt und würgte dann auch, als er den weißen Staub einatmete. »Wir müssen hier raus«, krächzte er. »Wo ist dieser Gossenzwerg?«

Bupu erschien in der Türöffnung. Sie hatte Raistlin aus dem Raum geführt und winkte nun den anderen zu. Sie traten dankbar in die frische Luft, ließen sich erschöpft auf den Boden fallen – und sahen sich plötzlich in den Ruinen einer Straße. Tanis hoffte inständig, daß sie nicht auf eine Drakonierarmee stoßen würden. Plötzlich sah er auf. »Wo ist Tolpan?« fragte er beunruhigt und stolperte auf die Füße.

»Hier bin ich«, antwortete eine elende Stimme.

Tanis wirbelte herum.

Tolpan – zumindest vermutete Tanis das – stand vor ihm. Der Kender war von Kopf bis Fuß in eine dicke weiße, klebrige Substanz gehüllt. Tanis konnte nur noch seine zwei braunen Augen erkennen, die aus der weißen Maske funkelten.

»Was ist denn geschehen?« fragte der Halb-Elf.

Tolpan antwortete nicht. Er zeigte nur nach hinten.

Tanis, der etwas Furchtbares vermutete, rannte an ihm vorbei und spähte vorsichtig durch den verfallenen Türeingang. Die weiße Wolke hatte sich aufgelöst, so daß er nur etwas im Raum erkennen konnte. In einer Ecke – direkt gegenüber der Röhrenöffnung – standen viele große, zum Bersten volle Säcke. Zwei von ihnen waren aufgeschnitten, und eine weiße Masse hatte sich auf dem Boden ausgebreitet.

Jetzt verstand Tanis. Er legte eine Hand auf sein Gesicht, um sein Lächeln zu verbergen. »Mehl«, murmelte er.

Die zerstörte Stadt
Großbulp Phudge I, der Große

Die Nacht der Umwälzung war für die Stadt Xak Tsaroth eine Nacht des Entsetzens gewesen. Als das glühende Gebirge auf Krynn niederging, wurde das Land in zwei Hälften gespalten. Die uralte und wunderschöne Stadt Xak Tsaroth stürzte an einer Felswand hinunter in eine weite Höhle, die sich durch die riesigen Risse gebildet hatte. Daher war sie nicht mehr sichtbar, und die meisten Leute glaubten, daß die Stadt völlig verschwunden war, vom Neumeer verschlungen. Aber sie existierte weiter; hing an den Höhlenwänden und bedeckte den Boden der Höhle. Auf mehreren Ebenen gab es zerstörte

Gebäude. Das Gebäude, in dem die Gefährten gelandet waren und das offenbar einst eine Bäckerei gewesen war, befand sich auf der mittleren Ebene und hing eingeklemmt im Gestein. Wasser aus unterirdischen Flüssen strömte aus dem Fels in die Straße.

Tanis' Blick folgte dem Lauf des Wassers. Es floß mitten durch die zerfallene, gepflasterte Straße, entlang an anderen kleinen Geschäften und Häusern, in denen einst Menschen gelebt hatten und ihrem Tagwerk nachgegangen waren. Als die Stadt einstürzte, waren hohe Gebäude übereinander gekippt und bildeten nun einen groben Bogengang aus zerbrochenen Marmorplatten. Zerstörte Türen und Geschäftsfenster standen weit offen. In der Luft hing der Geruch des Verfalls. Er legte sich schwer auf das Gemüt. Und obwohl die Luft nach unten hin wärmer war als oben, gefror den Gefährten in der düsteren Stimmung das Blut. Keiner sprach. Sie wuschen sich, so gut sie konnten, den Schleim von ihren Leibern (und das Mehl von Tolpan) und füllten dann ihre Wasserschläuche auf. Sturm und Caramon durchsuchten die Umgebung, sahen aber keine Drakonier. Nach einer kurzen Ruhepause erhoben sich die Gefährten und setzten ihren Weg fort.

Bupu führte sie die Straße hinunter in südlicher Richtung, durch den Bogengang aus zerstörten Häusern. Die Straße öffnete sich zu einem Platz – hier flossen die kleinen Straßenbäche zu einem sich in westlicher Richtung bewegenden Strom zusammen.

»Fluß folgen«, erklärte Bupu.

Tanis runzelte die Stirn, als er außer dem Rauschen des Wassers noch ein anderes Geräusch vernahm, das Krachen und Brüllen eines gewaltigen Wasserfalls. Aber Bupu war hartnäkkig. Die Helden wateten also durch den Fluß, wobei sie gelegentlich schenkeltief einsackten. Am Ende der Straße sahen sie endlich den Wasserfall. Der Fluß führte zwischen zerbrochenen Säulen hindurch, um sich dann fast dreihundert Meter tief zum Grund der Höhle zu erbrechen. Dort ruhte der Rest der zerstörten Stadt Xak Tsaroth.

Bei dem schwachen Licht, das durch Spalten in der Höhlendecke filterte, konnte man das Herz der uralten Stadt auf dem Boden der Höhle in verschiedenen Verfallzuständen noch teilweise erkennen. Einige Gebäude schienen fast vollständig intakt zu sein. Andere jedoch waren nichts weiter als Schutt und Asche. Ein eisiger Nebel, der sich durch den Wasserfall bildete, hing über der Stadt. Die meisten Straßen waren zu Flüssen geworden, die sich vereinigten, um weiter im Norden einem tiefen Abgrund zuzufließen. Die Gefährten konnten auch die riesige Kette des Aufzuges erkennen, die weniger als hundert Meter von ihnen entfernt hing.

»Wo lebt der Großbulp?« fragte Tanis und blickte zur zerstörten Stadt hinunter.

»Bupu sagte, er lebt dort drüben«, Raistlin machte Zeichen, »in jenen Gebäuden auf der Westseite der Höhle.«

»Und wer lebt in den intakten Häusern direkt unter uns?« fragte Tanis.

»Herren«, erwiderte Bupu mit finsterem Blick.

»Wie viele?«

»Einer, und einer, und einer.« Bupu zählte so lange, bis sie alle Finger verbraucht hatte. »Zwei«, sagte sie. »Nur zwei.«

»Das könnte also zwischen zweihundert und zweitausend bedeuten«, murrte Sturm. »Und wie kommen wir zum Großwuup?«

»Großbulp!« Bupu sah ihn wütend an. »Großbulp Phudge I, der Große.«

»Und wie kommen wir zu ihm, ohne daß uns die Herren erwischen?«

Als Antwort zeigte Bupu nach oben zu dem aufsteigenden, mit Drakoniern gefüllten Topf. Tanis schaute verblüfft drein und starrte Sturm an, der sich vor Abscheu schüttelte. Bupu seufzte ärgerlich und wandte sich zu Raistlin, da die anderen offensichtlich nicht verstanden. »Herren gehen hoch. Wir gehen unten.«

Raistlin starrte durch den Nebel auf den Aufzug. Dann nickte er verstehend. »Die Drakonier glauben wahrscheinlich, daß wir in der Falle sitzen, und wissen nicht, wie wir zum unteren Teil der Stadt kommen. Falls sich der Großteil der Drakonier oben befindet, könnten wir sicher nach unten gelangen.«

»Na schön«, sagte Sturm. »Aber wie bei Istar kommen wir nach unten? Die meisten von uns können nicht fliegen!«

Bupu streckte die Hände aus. »Schlingenpflanze!« sagte sie. Als sie die verwirrten Blicke sah, stapfte die Gossenzwergin zum Rand des Wasserfalls und zeigte nach unten. Dicke grüne Schlingpflanzen hingen wie riesige Schlangen über dem steinigen Abhang. Die Blätter der Pflanzen waren zerrissen, zerfetzt und an einigen Stellen völlig herausgerissen, aber die Ranken selbst erschienen dick und stabil, wenn auch glitschig.

Goldmond, ungewöhnlich blaß, kroch zum Rand, spähte hinunter und schob sich eilig zurück. Es war ein steiler Abhang, der über mehr als hundert Meter direkt zu einer mit Schutt übersäten Pflastersteinstraße führte. Flußwind legte beruhigend seinen Arm um sie.

»Ich habe schon unangenehmere Klettereien erlebt«, sagte Caramon aufmunternd.

»Nun, mir gefällt das nicht«, sagte Flint. »Aber trotzdem besser, als in einer Kloake rumzurutschen.« Er hielt sich an einer Kletterpflanze fest, schwang sich über den Rand und begann, sich langsam nach unten zu arbeiten. »Es ist nicht so schlimm«, rief er nach oben.

Tolpan folgte Flint. Er war so flink und geschickt, daß er von Bupu ein anerkennendes Grunzen erntete.

Die Gossenzwergin sah zu Raistlin, zeigte auf sein langes, fließendes Gewand und runzelte die Stirn. Der Magier lächelte sie beruhigend an. Er stellte sich an den Rand der Klippe und sagte leise: *»Pveathrfall.«* Die Kristallkugel an seinem Stab flammte auf, und Raistlin sprang über den Klippenrand und verschwand im Nebel. Bupu schrie auf. Tanis hielt sie fest, da er fürchtete, die Bewunderin könnte sich hinterherwerfen.

»Mit ihm ist alles in Ordnung«, versicherte ihr der Halb-Elf und empfand Mitleid mit ihr, als er echte Furcht in ihrem Gesicht sah. »Er ist Magier«, sagte er. »Magie. Weißt du.«

Bupu wußte es offensichtlich *nicht*, denn sie starrte Tanis argwöhnisch an, schwang ihren Beutel um den Hals und begann mit dem Abstieg. Die restlichen Gefährten wollten folgen, als Goldmond verzweifelt flüsterte: »Ich kann nicht.«

Flußwind nahm ihre Hände. »*Kan-toka*«, sagte er leise. »Es wird schon in Ordnung gehen. Du hast gehört, was der Zwerg gesagt hat. Sieh nur nicht nach unten.«

Goldmond schüttelte den Kopf. »Es muß einen anderen Weg geben«, sagte sie starrköpfig. »Wir werden ihn suchen!«

»Wo liegt das Problem?« fragte Tanis. »Wir müssen uns beeilen...«

»Sie hat Höhenangst«, sagte Flußwind.

Goldmond schob ihn beiseite. »Wie kannst du ihm das sagen!« schrie sie, ihr Gesicht wurde vor Zorn rot.

Flußwind sah sie kühl an. »Warum nicht?« fragte er mit belegter Stimme. »Er gehört nicht zu deinen Untertanen. Du kannst ihn ruhig wissen lassen, daß du ein Mensch bist, daß du Schwächen hast. Du hast nur noch einen Untertan, den du beeindrucken mußt, Häuptling, und das bin ich!«

Aus Goldmonds Lippen wich die Farbe. Ihre Augen waren weit aufgerissen und hatten den starren Blick einer Leiche. »Befestige bitte den Stab an meinem Rücken«, sagte sie zu Tanis.

»Goldmond, er meinte nicht...«, begann er.

»Gehorche mir!« befahl sie schroff, ihre blauen Augen funkelten vor Zorn.

Tanis seufzte und befestigte den Stab an ihrem Rücken. Goldmond würdigte Flußwind keines Blickes. Dann ging sie zum Rand. Sturm sprang zu ihr.

»Laß mich vor dir gehen«, sagte er. »Wenn du ausrutschst...«

»Wenn ich ausrutsche und stürze, wirst du mit mir stürzen. Das einzige, was wir erreichen würden, wäre, daß wir beide sterben«, sagte sie eisig. Sie beugte sich vor, ergriff die Schlingpflanzen und schwang sich über den Rand. Fast sofort verloren ihre feuchten Hände den Halt. Tanis hielt den Atem an. Sturm sprang vorwärts, obwohl ihm klar wurde, daß er nichts machen konnte. Flußwind stand beobachtend mit ausdruckslosem Gesicht da. Goldmond klammerte sich krampfhaft an die Pflanze. Sie fand festen Halt und ließ nicht mehr los, unfähig zu atmen oder sich zu bewegen. Sie drückte ihr Gesicht in die feuchten, dicken Blätter, zitterte und hielt ihre Augen fest geschlossen, um nicht nach unten blicken zu müssen. Sturm kletterte ihr nach.

»Laß mich in Ruhe«, sagte Goldmond mit zusammengepreßten Zähnen. Sie holte zitternd Luft, warf Flußwind einen stolzen, herausfordernden Blick zu und begann sich weiter hinabzulassen.

Sturm blieb in ihrer Nähe, während er geschickt hinunterkletterte. Tanis, der neben Flußwind stand, wollte etwas sagen, aber er fürchtete, noch mehr Schaden anzurichten. Ohne ein weiteres Wort ging er zum Rand. Flußwind folgte schweigend.

Tanis fand den Abstieg leicht, obwohl er die letzten Meter ausrutschte und in einer Pfütze landete. Er bemerkte, daß Raistlin vor Kälte zitterte, sein Husten hatte sich in der feuchten Luft verschlimmert. Mehrere Gossenzwerge standen um den Magier herum und starrten ihn bewundernd an. Tanis fragte sich, wie lange der Zauber wohl noch anhalten würde.

Goldmond lehnte bebend an einer Wand. Sie sah Flußwind nicht an, als er den Boden erreichte und sich von ihr mit ausdruckslosem Gesicht abwandte.

»Wo sind wir?« schrie Tanis, um den Wasserfall zu übertönen. Der Nebel war so dick, daß er außer zerbrochenen, mit Kletterpflanzen und Pilzen überwucherten Säulen nichts sehen konnte.

»Großer Platz dort.« Bupu zeigte mit ihrem schmutzigen Finger in westlicher Richtung. »Kommt. Ihr folgt. Großbulp sehen!«

Sie marschierte los. Tanis streckte seine Hand aus und hielt sie fest. Bupu starrte ihn tief beleidigt an. Der Halb-Elf zog seine Hand zurück. »Bitte. Hör mal einen Moment zu! Was ist mit dem Drachen? Wo ist der Drache?«

Bupus Augen wurden groß. »Du willst Drachen?« fragte sie.

»Nein!« schrie Tanis. »Wir wollen den Drachen nicht. Aber wir müssen wissen, ob der Drache hierherkommt...« Er spürte Sturms Hand an seiner Schulter und gab auf. »Vergiß es. Mach dir nichts daraus«, sagte er erschöpft. »Geh weiter.«

Bupu schenkte Raistlin einen Blick voll tiefem Mitgefühl, daß er es mit solch verrückten Leuten zu tun hatte, nahm ihn bei der Hand und trottete die Straße zum Westen hinunter. Die anderen Gossenzwerge zottelten hinterher. Halbbetäubt vom donnernden Lärm des Wasserfalls folgten die Gefährten und sahen sich unbehaglich um. Dunkle Fenster und finstere Türeingänge schienen sie drohend zu beäugen. Jeden Moment erwarteten sie schuppige bewaffnete Drakonier. Aber die Gossenzwerge schienen unbekümmert zu sein. Sie patschten die Straße entlang, hielten sich so nahe wie möglich bei Raistlin und plapperten in ihrer ungehobelten Sprache.

Schließlich wurde das Geräusch des Wasserfalls leiser. Der Nebel hielt sich jedoch weiterhin, und die Stille der toten Stadt war bedrückend. Plötzlich endeten die Gebäude, und die Straße mündete in einen großen, kreisrunden Platz. In seiner Mitte traf sich der Fluß mit einem aus dem Norden kommenden Strom; an ihrem Zusammenfluß bildeten sich kleine Wirbel, und vereint flossen sie dann zwischen einer anderen Gruppe verfallener Häuser weiter.

Das Licht aus einer Spalte an der Höhlendecke tänzelte auf der Wasseroberfläche.

»Andere Seite Großer Platz«, erklärte Bupu.

Die Gefährten hielten vor dem Schatten eines zerfallenen Gebäudes. Alle hatten den gleichen Gedanken: Der Platz bot in weitem Umkreis nicht den allerkleinsten Schutz, nichts, wo sie sich verstecken konnten.

Bupu, die sorglos weitergetrottet war, stellte plötzlich fest, daß ihr nur noch die Gossenzwerge folgten. Sie sah sich irritiert um. »Ihr kommt – Großbulp dieser Weg.«

»Sieh mal!« Goldmond ergriff Tanis' Arm.

Auf der anderen Seite des riesigen Platzes standen hohe Marmorsäulen, die ein Steindach trugen. Die Nebel lösten sich, und

Tanis konnte hinter den Säulen einen Hof erkennen. Hinter dem Hof wiederum hoben sich die dunklen Konturen hoher, kuppelförmiger Gebäude ab. Die Nebel schlossen sich wieder. Obwohl dem Zerfall und der Zerstörung anheimgefallen, mußte dieses Gebilde einst der schönste Platz in Xak Tsaroth gewesen sein.

»Der Königspalast«, bestätigte Raistlin hustend.

»Pssst!« mahnte Goldmond. »Siehst du nicht? Nein, warte...«

Einen Moment lang konnten die Gefährten überhaupt nichts erkennen. Dann verzog sich der Nebel. Die Gefährten schraken in einen dunklen Türeingang zurück. Die Gossenzwerge hielten mitten auf dem Platz inne, wirbelten herum und rannten zurück, um sich hinter Raistlin zu verkriechen.

Bupu spähte unter dem Ärmel des Magiers vor zu Tanis. »Der Drache«, sagte sie. »Willst du?«

Es war der Drache.

Geschmeidig und schwarz glänzend, die ledernen Flügel an die Seiten gelegt, glitt Khisanth unter dem Dach hervor. Seine Vorderklauen klapperten auf den Marmorstufen, als er stehenblieb und mit seinen strahlendroten Augen in den Nebel blickte. Seine schwarzen Beine und sein Schwanz waren nicht zu sehen. Ein unterwürfiger Drakonier ging neben ihm. Die beiden waren offensichtlich in eine Unterhaltung vertieft.

Khisanth war wütend. Der Drakonier brachte ihm beunruhigende Neuigkeien – es war unmöglich, daß einer der Fremden seinen Angriff am Brunnen überlebt hatte! Aber nun berichtete der Hauptmann seiner Wache von Fremden in der Stadt! Fremde, die seine Streitkräfte mit Geschick und Mut angegriffen hatten, Fremde, die einen braunen Stab bei sich trugen, dessen Beschreibung jedem Drakonier, der in diesem Teil des Kontinents diente, bekannt war.

»Ich kann deinem Bericht keinen Glauben schenken! Niemand würde mir entkommen.« Khisanths Stimme war sanft, fast schnurrend, trotzdem zitterte der Drakonier. »Sie hatten den Stab nicht bei sich. Ich hätte seine Gegenwart gespürt. Und diese Eindringlinge befinden sich immer noch in den oberen Kammern? Bist du sicher?«

Der Drakonier schluckte und nickte. »Es gibt keinen Weg nach unten, Hoheit, nur mit dem Aufzug.«

»Es gibt andere Wege, Echse«, schnarrte Khisanth. »Diese erbärmlichen Gossenzwerge kriechen hier überall wie Würmer herum. Die Eindringlinge haben also den Stab, und sie versuchen, in den unteren Teil der Stadt zu kommen. Das kann nur eins bedeuten – sie sind hinter den Scheiben her! Wie haben sie davon erfahren?« Der Drache warf seinen Kopf in alle Richtungen, als ob er jene durch den Nebel sehen könnte, die seine Pläne gefährdeten. Aber der Nebel wurde immer dichter.

Khisanth fauchte irritiert. »Der Stab! Dieser elende Stab! Verminaard hätte mit seinen klerikalen Kräften, mit denen er sich doch immer so brüstet, dies voraussehen müssen, dann hätte der Stab vernichtet werden können. Aber nein, er ist mit seinem Krieg beschäftigt, während ich hier in dem feuchten Grab dieser verdammten Stadt verkümmere.« Khisanth kaute nachdenklich an einer Kralle.

»Du könntest die Scheiben zerstören«, schlug der Drakonier mutig vor.

»Dummkopf, das haben wir doch versucht!« höhnte Khisanth. Er hob seinen Kopf. »Nein, es ist zu gefährlich, hier länger zu bleiben. Wenn diese Eindringlinge das Geheimnis kennen, dann wissen auch andere davon. Die Scheiben müssen an einen sicheren Ort gebracht werden. Informiere Lord Verminaard, daß ich Xak Tsaroth verlasse. Ich werde in Pax Tharkas auf ihn stoßen und die Eindringlinge zum Verhör mitbringen.«

»Lord Verminaard *informieren?*« fragte der Drakonier entsetzt.

»Dann nicht«, antwortete Khisanth sarkastisch. »Wenn du auf dieser Farce bestehst, dann bitte meinen Lord um Erlaubnis. Vermutlich hast du die meisten Soldaten in den oberen Teil geschickt.«

»Ja, Hoheit.« Der Drakonier verbeugte sich.

Khisanth überdachte noch einmal die Angelegenheit. »Vielleicht bist du doch nicht so ein Idiot«, sinnierte er. »Hier unten habe ich alles unter Kontrolle. Konzentriere dich auf die Suche im oberen Teil der Stadt. Wenn du die Eindringlinge findest, bringe sie unverzüglich zu mir. Verletzt sie nicht mehr als notwendig, wenn ihr sie überwältigt. Und geh mit dem Stab vorsichtig um!«

Der Drakonier fiel vor dem Drachen auf die Knie, der höhnisch aufschnaubte und sich dann in die dunklen Schatten zurückzog, aus denen er gekommen war.

Der Drakonier rannte die Treppe hinunter, wo er auf weitere Kreaturen traf, die aus dem Nebel auftauchten. Nach einem kurzen gedämpften Austausch in ihrer Sprache marschierten die Drakonier in die nördliche Straße. Sie gingen lässig, lachten über irgendeinen Witz und waren bald im Nebel verschwunden.

»Sie wirken nicht gerade besorgt«, sagte Sturm.

»Nein«, stimmte Tanis bitter zu. »Sie glauben, sie haben uns.«

»Machen wir uns doch nichts vor, Tanis. Sie haben recht«, sagte Sturm. »Unser Plan hat einen gewaltigen Haken. Wenn wir uns einschleichen, ohne daß der Drache das mitbekommt, und *wenn* wir die Scheiben finden – müssen wir immer noch aus dieser verfluchten Stadt hinaus, in der Drakonier auf allen oberen Ebenen herumkriechen.«

»Ich habe dich zuvor gefragt, und ich frage dich jetzt noch einmal«, antwortete Tanis. »Hast du einen besseren Plan?«

»*Ich* habe einen besseren Plan«, meldete sich Caramon schroff zu Wort. »Faß das nicht als Respektlosigkeit auf, Tanis, denn wir alle wissen, wie Elfen über das Kämpfen denken.« Der große Mann zeigte auf den Palast. »Offensichtlich lebt dort der Drache. Laßt uns ihn hervorlocken, so wie wir es geplant haben, nur daß wir ihn bekämpfen, anstatt uns wie Diebe einzuschleichen. Wenn der Drache erledigt ist, kommen wir an die Scheiben.«

»Mein lieber Bruder«, flüsterte Raistlin, »deine Stärke liegt in deinem Schwertarm, aber nicht in deinem Kopf. Tanis ist weise, so wie der Ritter sagte, als wir dieses kleine Abenteuer begannen. Du würdest gut daran tun, auf ihn zu hören. Was weißt du über den Drachen, mein Bruder? Du hast doch die Wirkung seines tödlichen Atems gesehen.« Raistlin wurde von einem Hustenanfall überwältigt. Er zog ein Tuch aus seinem Ärmel. Tanis sah, daß das Tuch blutbefleckt war.

Nach einem Moment fuhr Raistlin fort. »Du könntest dich vielleicht verteidigen und vielleicht auch gegen die scharfen Krallen und Fänge und den aufpeitschenden Schwanz angehen, der diese Säulen umreißen kann. Aber wie willst du dich, lieber Bruder, gegen seine Magie verteidigen? Er könnte dich verzaubern, so wie ich meine kleine Freundin verzaubert habe. Er könnte dich mit einem einzigen Wort in Schlaf versetzen und dich dann töten, während du süß träumst.«

»Ist ja schon gut«, murrte Caramon verdrossen. »Ich wußte nichts darüber. Verdammt, wer weiß denn schon etwas über diese Ungeheuer!«

»In Solamnia kennt man viele Legenden über Drachen«, sagte Sturm leise.

Er will auch den Drachen bekämpfen, stellte Tanis fest. Er denkt an Huma, den vollkommenen Ritter, genannt Drachentöter.

Bupu zog an Raistlins Robe. »Komm. Du gehst. Keine Herren mehr. Keine Drache mehr.« Sie und die anderen Gossenzwerge patschten wieder über den Platz.

»Und?« fragte Tanis und sah auf die beiden Krieger.

»Anscheinend haben wir keine Wahl«, sagte Sturm steif. »Wir stellen uns nicht dem Feind, sondern verstecken uns hinter Gossenzwergen! Früher oder später aber wird die Zeit kommen, und dann werden wir diesen Ungeheuern gegenübertreten!« Er drehte sich auf den Absatz um und ging erhobenen Hauptes los. Die Gefährten folgten.

»Vielleicht machen wir uns unnötige Sorgen.« Tanis kratzte sich den Bart und sah zum Palast zurück, der nun wieder im Nebel verborgen lag. »Vielleicht ist er der einzige Drache auf Krynn – einer, der das Zeitalter der Träume überlebt hat.«

»Erinnere dich an die Sterne, Tanis«, murmelte Raistlin. »Die Königin der Finsternis ist zurückgekehrt. Und vergiß ihre Kriegsheere nicht. Und ihre Kriegsheere waren nach dem Hohelied unserer Vorfahren Drachen. Sie ist zurückgekehrt und mit ihr die Drachen.«

»Hier!« Bupu hängte sich an Raistlin und zeigte auf eine Straße, die nach Norden abzweigte. »Dieses Haus!«

»Zumindest ist es trocken«, grummelte Flint. Sie wandten sich nach rechts und ließen den Fluß hinter sich. Der Nebel schloß die Gefährten völlig ein, als sie auf einen weiteren Block zerfallener Häuser stießen. Dieser Teil der Stadt mußte der ärmere Teil von Xak Tsaroth selbst in seinen Glanztagen gewesen sein. Die Gossenzwerge begannen zu jauchzen und zu brüllen, als sie die Straße hinunterliefen. Sturm sah Tanis beunruhigt an.

»Kannst du sie nicht zum Schweigen bringen?« fragte Tanis Bupu. »Damit uns die Drakonier, ich meine die Herren, nicht finden.«

»Pah!« Sie zuckte die Achseln. »Keine Herren. Sie kommen nicht hierher. Angst vor Großbulp.«

Tanis hatte zwar seine Zweifel, aber als er sich umschaute, konnte er keine Drakonier entdecken. Nach seinen Beobachtungen schienen die Echsen ein gut geordnetes militärisches Leben zu führen. Im Gegensatz dazu waren die Straßen dieses Viertels mit Abfall und Schmutz überhäuft. Die verfallenen Häuser barsten vor Gossenzwergen. Männer, Frauen und drekkige zerlumpte Kinder starrten sie neugierig an. Bupu und die anderen verzauberten Gossenzwerge drängten sich um Raistlin und trugen ihn fast.

Die Drakonier waren unbestreitbar klug, dachte Tanis. Sie erlaubten ihren Sklaven, ihr Leben in Frieden zu führen – solange sie nicht aufmuckten. Eine gute Idee in Anbetracht dessen, daß die Gossenzwerge den Drakoniern zahlenmäßig überlegen waren. Obwohl sie im Grunde Feiglinge waren, hatten die Gossenzwerge den Ruf, äußerst unangenehme Kämpfer zu sein, wenn sie sich in die Enge getrieben sahen.

Bupu führte die Gruppe zu einer der dunkelsten, schäbigsten

und dreckigsten Gassen, die Tanis je gesehen hatte. Ein fauliger Dunst entströmte ihr. Die Häuser fielen nach vorn und hielten sich gerade noch aufrecht, wie Betrunkene, die aus einer Taverne stolpern. Während er sich noch umsah, flitzten kleine dunkle Kreaturen aus der Gasse, und die Kinder begannen ihnen hinterherzujagen.

»Abendessen«, kreischte eines und schmatzte mit den Lippen.

»Das sind Ratten!« schrie Goldmond entsetzt.

»Müssen wir dahin gehen?« knurrte Sturm und starrte auf die wackeligen Häuser.

»Der Gestank reicht schon, um einen Troll zu Fall zu bringen«, fügte Caramon hinzu. »Und ich würde lieber unter einer Klaue des Drachen sterben als unter einer dieser Bruchbuden.«

Bupu zeigte auf das verkommenste Haus in der Gasse. »Großbulp!«

»Bleib hier und halte Wache, wenn du möchtest«, sagte Tanis zu Sturm. »Ich werde mit dem Großbulp reden.«

»Nein«, knurrte der Ritter und folgte dem Halb-Elf gestikulierend in die Gasse. »Wir bleiben zusammen.«

Die Gasse verlief etwa zweihundert Meter nach Osten, bog dann nach Norden ab und endete plötzlich. Vor ihnen erhob sich eine verfallene Ziegelsteinmauer. Der Rückweg war von Gossenzwergen blockiert, die ihnen nachgerannt waren.

»Hinterhalt!« zischte Sturm und zog sein Schwert. Aus Caramons Kehle stieg ein tiefes Grollen. Die Gossenzwerge wurden beim Anblick des aufblitzenden kalten Stahls von Panik erfaßt. Sie stolperten und fielen übereinander, wirbelten herum und ergriffen die Flucht.

Bupu starrte Sturm und Caramon voller Abscheu an. Dann wandte sie sich an Raistlin. »Du sie aufhören!« verlangte sie und zeigte auf die Krieger. »Oder nicht Großbulp.«

»Halte dein Schwert zurück, Ritter«, zischte Raistlin, »bis du sicher bist, einen Widersacher gefunden zu haben, der dir ebenbürtig ist.«

Sturm blickte Raistlin finster an, und einen Moment lang dachte Tanis, er würde den Magier angreifen, aber dann schob er seine Waffe in die Scheide. »Ich wünschte, ich könnte dein Spiel durchschauen, Magier«, sagte Sturm eisig. »Du warst so versessen darauf, in diese Stadt zu kommen, schon bevor wir von den Scheiben erfuhren. Warum? Worauf bist du aus?«

Raistlin antwortete nicht. Er starrte den Ritter mit seinen seltsam goldenen Augen feindselig an, dann flüsterte er Bupu zu: »Sie werden euch nicht mehr belästigen, Kleine.«

Bupu vergewisserte sich, ob die Krieger wirklich eingeschüchtert waren, dann ging sie weiter und klopfte zweimal an die Wand. »Geheimtür«, sagte sie wichtigtuerisch.

Ein zweimaliges Klopfen war die Antwort.

»Signal«, sagte sie. »Dreimal klopfen. Sie uns herein.«

»Aber sie hat nur zweimal geklopft…«, kicherte Tolpan.

Bupu sah ihn an.

»Psst!« wies Tanis den Kender zurecht.

Nichts passierte. Bupu klopfte stirnrunzelnd noch zweimal. Wieder wurde zweimal zurückgeklopft. Sie wartete. Caramon, dessen Augen auf die Gasse gerichtet waren, begann unruhig von einem Fuß auf den anderen zu hüpfen. Bupu klopfte wieder zweimal. Die gleiche Antwort.

Schließlich brüllte Bupu: »Ich klopfe Codeklopf. Laßt uns rein!«

»Geheimklopf fünfmal«, antwortete eine gedämpfte Stimme.

»Ich klopfe fünfmal!« behauptete Bupu wütend. »Laßt uns rein!«

»Du hast sechsmal geklopft.«

»Ich habe achtmal gezählt«, warf eine andere Stimme ein.

Bupu donnerte plötzlich mit beiden Händen gegen die Wand. Sie öffnete sich. Bupu spähte hinein. »Ich klopfe viermal. Laßt uns rein!« sagte sie und hob eine geballte Faust.

»Schon gut«, murrte eine Stimme.

Bupu schloß die Tür und klopfte zweimal. Tanis hoffte zutiefst, daß weitere Verspätungen vermieden würden. Er sah den Kender, der sich vor unterdrücktem Lachen kaum halten konnte.

Die Tür öffnete sich wieder. »Kommt herein«, sagte die Wache säuerlich. »Aber das waren keine vier Mal«, flüsterte er Bupu zu. Sie ignorierte ihn und rauschte verächtlich an ihm vorbei, ihren Sack hinter sich herziehend.

»Wir sehen Großbulp«, verkündete sie.

»Du nimmst dieses Pack zum Großbulp?« Eine der Wachen keuchte und starrte mit aufgerissenen Augen auf den stämmigen Caramon und den hochgewachsenen Flußwind. Sein Gefährte war zurückgewichen.

»Großbulp sehen«, sagte Bupu stolz.

Einer der Wächter, der seine Augen unablässig auf die bedrohlich wirkende Gruppe gerichtet hielt, wich in einen stinkenden schmutzigen Korridor zurück, dann fing er zu rennen an und schrie aus vollem Halse. »Eine Armee! Eine Armee ist eingedrungen!« Sie konnten das Echo seiner Schreie im Korridor hören.

»Pah!« machte Bupu. »Glup-Phunger-Brut! Kommt! Großbulp sehen.«

Sie bog in den Flur ein. Die Gefährten hörten immer noch die Schreie des Gossenzwergs.

»Eine Armee! Eine Armee von Riesen! Rettet den Großbulp!«

Großbulp, Phudge I war ein Gossenzwerg unter Gossenzwergen. Er war beinahe intelligent, ein notorischer Feigling und sollte märchenhaft reich sein. Die Bulpe waren seit langer Zeit die Elitesippe in Xak Tsaroth – oder »Th«, wie sie die Stadt nannten –, seitdem Nulp Bulp eines Nachts sturzbetrunken eine Säule hinuntergefallen war und die Stadt entdeckt hatte. Als er am nächsten Morgen nüchtern erwachte, beanspruchte er sie für seine Sippe. Die Bulpe zogen prompt ein und erlaubten den Sippen Slud und Glup Jahre später gnädigerweise, auch in der Stadt zu leben.

Das Leben war gut in der zerstörten Stadt – gemessen an den

Bedürfnissen der Gossenzwerge. Die Außenwelt ließ sie in Ruhe (da die Außenwelt nicht die leiseste Ahnung hatte, daß sie sich dort aufhielten, und wenn doch, dann hätte sich niemand darum gekümmert). Die Bulpe hatten keine Schwierigkeiten, ihre Herrschaft über die anderen Sippen zu behaupten, in erster Linie darum, weil es ein Bulp (Glung) mit einer wissenschaftlichen Ader gewesen war (gewisse eifersüchtige Mitglieder der Slud-Sippe munkelten, daß seine Mutter ein Gnom gewesen wäre), der den Aufzug mit den zwei riesigen Eisentöpfen entwickelt hatte, die von den vorherigen Stadtbewohnern für Schweineschmalz verwendet worden waren. Der Aufzug versetzte die Gossenzwerge in die Lage, ihre Nahrungssuche zum Urwald oberhalb der versunkenen Stadt auszudehnen, und verbesserte somit weitgehend ihre Lebensbedingungen. Glung Bulp wurde ein Held und einstimmig zum Großbulp erklärt. Seitdem war die Herrschaft über die Sippen bei der Bulp-Familie geblieben.

Die Jahre vergingen, und plötzlich zeigte die Außenwelt Interesse an Xak Tsaroth. Die Ankunft des Drachen und der Drakonier stellte einen traurigen Einbruch im Leben der Gossenzwerge dar. Die Drakonier hatten anfänglich geplant, die drekkigen kleinen Störenfriede auszurotten, aber die Gossenzwerge – geführt vom großen Phudge – hatten gekatzbuckelt und sich geduckt und gewinselt und geheult und sich so demütig in den Staub geworfen, daß die Drakonier Gnade walten ließen und sie kurzerhand versklavten.

So kam es, daß die Gossenzwerge – zum ersten Mal seit einigen hundert Jahren ihres Daseins in Xak Tsaroth – zum Arbeiten gezwungen wurden. Die Drakonier setzten Häuser instand, stellten alles unter militärischen Befehl und machten den Gossenzwergen im allgemeinen das Leben schwer, indem sie sie zu den niedersten Diensten zwangen.

Unnötig zu erwähnen, daß der große Phudge über diesen Zustand nicht glücklich war. Er verbrachte lange Stunden mit Überlegungen, wie man dem Drachen beikommen könnte. Natürlich kannte er die Höhle des Untiers und hatte auch einen geheimen Weg entdeckt. Er hatte sich sogar einmal eingeschlichen, als der Drache ausgeflogen war. Phudge war über die Menge schöner Steine und glänzender Münzen vor Ehrfurcht ergriffen gewesen. Der Großbulp hatte in seiner wilden Jugend einige Reisen unternommen, und er wußte, daß die Leute in der Außenwelt gierig auf diese schönen Steine waren und im Tausch viele bunte und prächtige Kleider geben würden (Phudge hatte eine Schwäche für schöne Kleider). Auf der Stelle hatte der Großbulp eine Karte gezeichnet, um den Weg zum Schatz nie zu vergessen. Er hatte sogar die Geistesgegenwart besessen, einige kleinere Steine einzustecken.

Phudge träumte noch monatelang von diesem Reichtum, aber er fand nie wieder eine Gelegenheit, die Höhle noch einmal aufzusuchen. Das hatte zwei Gründe: Zum einen hatte der Drache niemals wieder für länger die Höhle verlassen, und zum anderen wurde Phudge nicht mehr aus seiner Karte schlau.

Wenn nur der Drache für immer verschwinden würde, dachte er; oder wenn ein Held auftauchte und ihn angenehmerweise erschlüge. Das waren seine liebsten Träume, und so standen die Dinge, als der große Phudge seine Wache hörte, die den Angriff einer Armee ankündigte.

Und so geschah es, daß – als Bupu schließlich den großen Phudge unter seinem Bett hervorzerrte und ihn überzeugte, daß er nicht von einer Armee von Riesen überfallen werden sollte – Großbulp Phudge I zu glauben begann, daß Träume doch wahr werden können.

»Und jetzt seid ihr also hier, um den Drachen zu töten«, sagte Großbulp Phudge I zu Tanis Halb-Elf.

»Nein«, erwiderte Tanis geduldig. »So ist es nicht.«

Die Gefährten standen im Saal der Aghar vor dem Thron eines Gossenzwergs, den Bupu als den Großbulp vorgestellt hatte. Bupu behielt die Gefährten im Auge und erwartete eifrig ihre ehrfürchtigen, überwältigten Blicke. Und sie wurde nicht enttäuscht. Der Gesichtsausdruck der Gefährten konnte wahrhaftig als überwältigt bezeichnet werden.

Die Bulps hatten sämtliche Kostbarkeiten der Stadt Xak Tsaroth zusammengerafft, um den Thronsaal ihres Herrschers zu schmücken. Gemäß der Philosophie: Wenn ein Meter goldener Stoff gut ist, dann sind zwanzig Meter um so besser, und mit einem merkwürdigen ästhetischen Geschmack hatten die Gossenzwerge Großbulps Thronsaal in ein Meisterstück der Verwirrung verwandelt. Schwere verschlissene Goldtücher drapierten jeden Zentimeter der Wände. Riesige Wandteppiche hingen von der Decke (einige falsch herum). Die Wandteppiche mußten einst wunderschön gewesen sein; sie zeigten Szenen aus dem Stadtleben oder stellten Geschichten und Legenden aus der Vergangenheit in zarten Farben dar. Aber die Gossenzwerge, die sie aufmöbeln wollten, waren mit schreienden und sich beißenden Farben an das Gewebe gegangen. Sturm war völlig schockiert, als er mit einem leuchtendroten Huma, der gegen einen violettgepunkteten Drachen unter strahlendgrünem Himmel kämpfte, konfrontiert wurde.

Graziöse nackte Statuen, alle ganz unanatomisch aufgestellt, schmückten außerdem den Raum. Auch sie waren von den Gossenzwergen zu neuer Geltung gebracht worden. Da man reinen weißen Marmor als langweilig und bedrückend empfand, waren die Statuen mit ausreichendem Realismus und einem Blick fürs Detail so bemalt worden, daß Caramon – mit einem verlegenen Blick auf Goldmond – errötete und von da weitestgehend die Augen auf den Boden geheftet hielt.

Die Gefährten hatten in der Tat Schwierigkeiten, ernst zu bleiben, als sie in dieses künstlerische Gruselkabinett geführt wurden. Nur einer versagte völlig: Tolpan wurde unverzüglich von solchen Kicheranfällen überwältigt, daß sich Tanis gezwungen sah, den Kender in den Warteraum vor dem Thronsaal zurückzuschicken, damit er sich wieder beruhigen konnte. Die anderen verneigten sich feierlich vor dem großen Phudge – mit Ausnahme von Flint, der ohne eine Spur eines Lächelns aufrecht stehen blieb, die Hände an seiner Streitaxt.

Der Zwerg hatte seine Hand auf Tanis' Arm gelegt, bevor sie den Thronsaal betreten hatten. »Laß dich nicht auf den Arm nehmen, Tanis«, warnte Flint. »Man kann diesen Kreaturen nicht alles glauben.«

Der Großbulp war ein wenig nervös, als er sich den Gefährten gegenübersah; insbesondere der Anblick der riesigen Kämpfer irritierte ihn. Aber Raistlin gab einige ausgewählte Erklärungen, die den Großbulp beruhigten.

Der Magier, von Hustenanfällen geschüttelt, erklärte, daß sie keinen Ärger machen wollten, sondern nur einen Gegenstand von religiöser Bedeutung aus der Höhle des Drachen zurückholen und wieder verschwinden wollten, vorzugsweise ohne den Drachen zu stören.

Dies paßte natürlich überhaupt nicht in Phudges Pläne. Er ging deshalb davon aus, er hätte nicht richtig gehört. Eingemummt in grelle Roben, lehnte er sich zurück und wiederholte ruhig: »Ihr hier. Habt Schwerter. Tötet Drachen.«

»Nein«, sagte Tanis wieder. »Wie unser Freund Raistlin erklärte, bewacht der Drache einen Gegenstand, der unseren Göttern gehört. Wir wollen diesen Gegenstand zurückholen und die Stadt verlassen, bevor der Drache etwas merkt.«

Der Großbulp runzelte die Stirn. »Wie weiß ich, daß ihr nicht den ganzen Schatz nehmt, Großbulp nur mit verrücktem Drachen zurücklaßt? Da ist großer Schatz – schöne Steine.«

Raistlin sah mit durchdringend glänzenden Augen auf. Sturm spielte nervös an seinem Schwert und betrachtete seinerseits den Magier voller Abscheu.

»Wir werden dir die schönen Steine mitbringen«, versicherte Tanis dem Großbulp. »Hilf uns, und du wirst den ganzen Schatz bekommen. Wir sind nur an dieser Reliquie unserer Götter interessiert.«

Für den Großbulp war es offenkundig geworden, daß er es mit Dieben und Lügnern zu tun hatte und nicht mit Helden, wie er erwartet hatte. Diese Gruppe hatte anscheinend genausoviel Angst vor dem Drachen wie er, und dieser Umstand brachte ihn auf eine Idee. »Was wollt ihr von Großbulp?« fragte er und versuchte dabei, seine Schadenfreude zu unterdrücken und geschickt zu erscheinen.

Tanis seufzte erleichtert auf. Zumindest schienen sie irgendwie weiterzukommen. »Bupu« – er zeigte auf die Gossenzwergin, die an Raistlins Ärmel hing – »erzählte uns, daß du der einzige in der Stadt bist, der uns zur Höhle des Drachen führen könnte.«

»Führen!« Der große Phudge verlor einen Moment lang die Fassung und kroch noch tiefer in seine Roben. »Nicht führen! Großbulp ist nicht entbehrlich. Leute brauchen mich!«

»Nein, nein. Ich meinte nicht führen«, verbesserte sich Tanis hastig. »Wenn du eine Karte hättest oder jemanden holen könntest, der uns den Weg zeigt.«

»Karte!« Phudge wischte den Schweiß mit dem Ärmel seiner Robe weg. »Hättest du zuerst sagen sollen. Karte. Ja. Ich lasse Karte holen. In der Zwischenzeit eßt ihr. Gäste von Großbulp. Wachen, führt sie in den Speisesaal!«

»Nein, vielen Dank«, sagte Tanis höflich, unfähig, die anderen anzusehen. Sie waren auf ihrem Weg zum Großbulp bereits am Speisesaal vorbeigekommen. Der Geruch allein hatte schon ausgereicht, selbst Caramon den Appetit zu verderben.

»Wir haben selbst genug Proviant«, redete Tanis weiter. »Wir würden uns jedoch gern ausruhen, um unsere weiteren Pläne zu besprechen.«

»Sicher.« Der Großbulp rutschte nach vorn. Zwei seiner Wachen eilten herbei, um ihm vom viel zu hohen Thron zu helfen. »Geht zurück in Wartesaal. Setzt euch. Eßt. Redet. Ich hole Karte. Vielleicht erzählt ihr Phudge Pläne?«

Tanis blickte schnell zum Gossenzwerg und sah die schielenden Augen vor List und Tücke blitzen. Den Halb-Elf überlief es plötzlich eiskalt. Ihm wurde klar, daß dieser Gossenzwerg alles andere als ein Tölpel war. Tanis wünschte sich jetzt, sich genauer mit Flint beraten zu haben. »Unsere Pläne sind noch nicht ausgereift, Majestät«, entgegnete der Halb-Elf.

Der Großbulp wußte es besser. Vor langer Zeit hatte er ein Loch durch die Wand des Wartesaals bohren lassen, um seine Untertanen belauschen zu können, während sie auf eine Audienz warteten. Von daher wußte er bereits eine Menge über die Pläne der Gefährten und ließ das Thema fallen. Die Anrede mit »Majestät« hatte vielleicht etwas damit zu tun: Noch nie hatte der Großbulp etwas so Passendes gehört.

»Majestät«, wiederholte Phudge und seufzte vor Vergnügen. Der Großbulp winkte gnädig mit seiner schmutzigen Hand, und die Gefährten verließen sich verbeugend den Raum. Großbulp Phudge I stand einen Augenblick neben seinem Thron und lächelte freundlich, bis seine Gäste fort waren. Dann veränderte sich seine Miene, und sein Lächeln wurde so gerissen und hinterhältig, daß seine Wachen voll eifriger Vorfreude näher rückten.

»Du«, sagte er zu einer Wache. »Geh zum Schlafraum. Hole die Karte und gib sie den Dummköpfen.«

Die Wache salutierte und rannte davon. Die andere Wache blieb dicht bei ihm und wartete mit offenem Mund auf weitere Befehle. Phudge blickte sich um, dann zog er den Wächter dichter heran und überlegte genau, wie der nächste Befehl zu formulieren war. Er brauchte einige Helden, und wenn er seine eigenen schaffen mußte, egal um was für einen Abschaum es sich handelte, dann würde er es tun. Falls sie sterben würden, war es kein großer Verlust. Sollte es ihnen gelingen, den Drachen zu töten, um so besser. Die Gossenzwerge würden das bekommen, was – für sie – wertvoller war als alle schönen Steine auf Krynn: die Rückkehr zu ihren süßen friedlichen Tagen der Freiheit!

Phudge beugte sich hinüber und flüsterte der Wache ins Ohr: »Du gehst zum Drachen. Bestelle ihm die besten Grüße von Seiner Majestät Großbulp Phudge I und erzähle ihm…«

Großbulps Karte
Ein Zauberbuch von Fistandantilus

»Ich traue diesem kleinen Bastard nicht über den Weg«, knurrte Caramon.

»Ich auch nicht«, sagte Tanis leise. »Aber welche Wahl haben wir? Wir haben zugestimmt, ihm den Schatz zu bringen. Er hat nichts zu verlieren und nichts zu gewinnen, wenn er uns betrügt.«

Sie saßen auf dem Boden des Wartesaals, einem schmutzigen Vorraum zum Thronsaal. Die Dekorationen in diesem Zimmer waren genauso vulgär wie im anderen. Die Gefährten waren nervös und zwangen sich, etwas zu essen.

Raistlin weigerte sich zu essen. Er hatte sich etwas abseits von den anderen niedergelassen und trank seine seltsame Kräutermischung, die seinen Husten linderte. Dann wickelte er sich in sein Gewand und streckte sich mit geschlossenen Augen aus. Bupu saß neben ihm und schmatzte irgend etwas aus ihrem Sack. Als Caramon zu seinem Bruder ging, stellte er entsetzt fest, daß ein Schwanz mit einem Schlürfer in ihrem Mund verschwand.

Flußwind saß für sich allein da. Er nahm nicht an der Unterhaltung teil, als die Freunde wieder einmal ihre Pläne besprachen. Der Barbar starrte mißmutig auf den Boden. Als er eine leichte Berührung an seinem Arm spürte, hob er nicht einmal den Kopf. Goldmond kniete sich mit blassem Gesicht zu ihm. Sie versuchte zu sprechen, ihre Stimme versagte, und sie räusperte sich.

»Wir müssen reden«, sagte sie in ihrer Sprache.

»Ist das ein Befehl?« fragte er bitter.

Sie schluckte. »Ja«, hauchte sie.

Flußwind erhob sich und ging zu einem Wandteppich hinüber. Er sah Goldmond nicht an, noch sagte er irgend etwas. Sein Gesicht war eine ernste Maske, aber dahinter konnte Goldmond den verzehrenden Schmerz in seiner Seele erkennen. Sie legte sanft ihre Hand auf seinen Arm.

»Vergib mir«, sagte sie leise.

Flußwind sah sie erstaunt an. Sie stand vor ihm, den Kopf gesenkt, eine fast kindliche Scham in ihrem Gesicht. Er streichelte das silbergoldene Haar der Frau, die er mehr liebte als sein Leben. Er spürte ihr Zittern bei seiner Berührung, und sein Herz schmerzte vor Liebe. Er fuhr mit seiner Hand von ihrem Kopf zu ihrem Hals, zog sie sanft und zart an seine Brust und hielt sie plötzlich fest in seine Arme gedrückt.

»Ich habe dich noch niemals solche Worte sagen hören«, sagte er und lächelte, da er wußte, sie konnte ihn nicht sehen.

»Ich habe noch nie so etwas gesagt«, würgte sie, ihre Wange an sein Lederhemd gepreßt. »O mein Geliebter, ich bin trauriger, als ich es auszudrücken vermag, daß du nach Hause gekommen bist zu der Tochter des Stammeshäuptlings und nicht zu Goldmond. Aber ich hatte soviel Angst.«

»Nein«, flüsterte er. »Ich bin es, der um Vergebung bitten muß.« Er wischte mit seiner Hand ihre Tränen weg. »Mir war nicht klar, was du durchgemacht hast. Ich habe nur an mich gedacht und an die Gefahren, denen *ich* gegenüberstand. Ich wünschte mir, du hättest mir davon erzählt, meine Liebste.«

»Ich wünschte, du hättest mich gefragt«, erwiderte sie und sah ihn ernst an. »Ich bin schon so lange die Tochter des Stammeshäuptlings, daß ich nicht mehr anders sein kann. Es ist meine Stärke. Es gibt mir Mut, wenn ich Angst habe. Ich glaube nicht, daß ich davon lassen kann.«

»Ich will nicht, daß du davon läßt.« Er lächelte sie an und strich über ihr Gesicht. »Ich habe mich in die Tochter des Stammeshäuptlings verliebt, als ich dich das erste Mal sah. Erinnerst du dich? Bei den zu deinen Ehren abgehaltenen Spielen.«

»Du hast dich geweigert, dich vor mir zu verbeugen, um meinen Segen entgegenzunehmen«, sagte sie. »Du hast die Führerschaft meines Vaters anerkannt, aber mich als Göttin abgelehnt. Du sagtest, Menschen könnten nicht aus anderen Menschen Götter machen.« Ihre Augen sahen viele Jahre zurück. »Wie groß und stolz und schön du warst, als du von uralten Göttern sprachst, die für mich damals nicht existierten.«

»Und wie wütend du warst«, erinnerte er sich, »und wie wunderschön! Deine Schönheit allein war ein Segen für mich. Ich brauchte keinen anderen. Du wolltest mich von den Spielen ausschließen.«

Goldmond lächelte traurig. »Du dachtest, ich wäre zornig gewesen, weil du mich vor dem Volk beschämt hättest, aber das war es nicht.«

»Nein? Was war es dann, Tochter des Stammeshäuptlings?«

Sie errötete, aber dann richtete sie ihre Augen auf ihn. »Ich war zornig, weil ich wußte, daß ich einen Teil von mir verloren hatte, als du vor mir gestanden und dich geweigert hast, vor mir auf die Knie zu fallen, und daß ich nie wieder ganz werden würde, solange du nicht diesen Teil beanspruchen würdest.«

Als Antwort drückte der Barbar sie eng an sich.

»Flußwind«, sagte sie schluckend, »die Tochter des Stammeshäuptlings ist immer noch da. Ich glaube nicht, daß sie jemals gehen wird. Aber du mußt wissen, daß sich Goldmond dahinter verbirgt, und falls diese Reise jemals zu Ende geführt wird und wir endlich Frieden gefunden haben, wird Goldmond dir für immer gehören, und wir werden die Tochter des Stammeshäuptlings verscheuchen.«

Ein Klopfen an der Tür ließ alle nervös aufblicken. Ein Gossenzwerg stolperte in den Raum. »Karte«, sagte er und warf Tanis ein zusammengeknülltes Stück Papier zu.

»Vielen Dank«, sagte der Halb-Elf ernst. »Und richte dem Großbulp unseren Dank aus.«

»Seiner *Majestät* dem Großbulp«, verbesserte die Wache mit ängstlichem Blick auf die mit Wandteppichen verkleidete Wand. Ungeschickt knicksend verschwand er in den Gemächern des Großbulps.

Tanis breitete die Karte aus. Alle, selbst Flint, versammelten sich davor. Nach einem Blick darauf schnaufte der Zwerg jedoch verächtlich und verzog sich wieder.

Tanis lachte enttäuscht. »Das hätten wir wissen müssen. Ich frage mich, ob sich der große Phudge erinnert, wo der ›große geheime Raum‹ ist.«

»Natürlich nicht.« Raistlin richtete sich auf und öffnete seine seltsam goldenen Augen. »*Darum* ist er nie wieder zurückgekehrt. Aber einer von uns weiß, wo die Höhle des Drachen liegt.« Alle folgten seinem Blick.

Bupu sah sie trotzig an. »Stimmt. Ich weiß«, sagte sie schmollend. »Ich kenne geheimen Ort. Ich war da, fand schöne Steine. Aber nicht Großbulp gesagt!«

»Wirst du es uns erzählen?« fragte Tanis. Bupu sah Raistlin an. Er nickte.

»Ich erzähle«, murmelte sie. »Gib Karte.«

Als Raistlin sicher war, daß die Aufmerksamkeit der anderen von der Karte in Anspruch genommen war, rief er seinen Bruder zu sich.

»Bleibt es bei dem Plan?« flüsterte der Magier.

»Ja.« Caramon runzelte die Stirn. »Und doch gefällt er mir nicht. Ich sollte mit dir gehen.«

»Unsinn«, zischte Raistlin. »Du würdest mir nur im Weg stehen!« Dann fügte er sanfter hinzu. »Ich werde mich vorsehen, das verspreche ich dir.« Er legte seine Hand auf den Arm seines Bruders und zog ihn dichter zu sich. »Außerdem« – der Magier blickte sich um – »gibt es etwas, was du für mich tun mußt, mein Bruder. Du mußt mir etwas aus der Höhle des Drachen mitbringen.«

Raistlins Berührung war ungewöhnlich warm, seine Augen brannten. Caramon wollte sich verlegen zurückziehen, denn er bemerkte etwas, das er seit den Türmen der Erzmagier nicht mehr bei seinem Bruder gesehen hatte, aber Raistlins Hand hielt ihn umklammert.

»Was ist es?« fragte Caramon widerstrebend.

»Ein Zauberbuch!« flüsterte Raistlin.

»Also darum wolltest du unbedingt nach Xak Tsaroth!« sagte Caramon. »Du wußtest, das Zauberbuch würde hier sein.«

»Ich las vor Jahren darüber. Ich wußte, daß es vor der Umwälzung in Xak Tsaroth war, alle aus meinem Orden wußten es, aber wir nahmen an, daß es mit der Stadt zerstört wurde. Als ich herausfand, daß Xak Tsaroth nicht völlig zerstört war, wurde mir klar, daß auch das Buch überlebt haben könnte.«

»Woher weißt du, daß es sich in der Höhle befindet?«

»Ich weiß es nicht, ich vermute es einfach. Für Magier ist dieses Buch Xak Tsaroths größter Schatz. Du kannst dich darauf verlassen, wenn der Drache es gefunden hat, dann wird er es auch anwenden!«

»Und du willst, daß ich es dir hole«, sagte Caramon langsam. »Wie sieht es aus?«

»Wie mein Zauberbuch, außer daß das weiße Pergament in nachtblaues Leder gebunden ist, mit silbernen Runen auf dem Einband. Wenn man es berührt, fühlt es sich eiskalt an.«

»Was bedeuten die Runen?«

»Das wirst du nicht wissen wollen...«, flüsterte Raistlin.

»Wem gehörte das Buch?« fragte Caramon argwöhnisch.

Raistlin schwieg, seine goldenen Augen waren geistesabwesend, als ob er etwas suchen würde, sich an etwas lang Vergessenes erinnern wollte. »Du hast nie von ihm gehört, mein Bruder«, flüsterte er schließlich so leise, daß Caramon näher rükken mußte. »Jedoch war er einer der größten meines Ordens. Sein Name war Fistandantilus.«

»So wie du das Zauberbuch beschreibst...«, Caramon zögerte, weil er sich vor Raistlins Antwort fürchtete. Er schluckte und begann noch einmal. »Dieser Fistandantilus – trug er die Schwarze Robe?« Er konnte den durchdringenden Blick seines Bruders nicht ertragen.

»Frag nicht weiter!« zischte Raistlin. »Du bist genauso schlecht wie die anderen! Wie kann mich einer von euch überhaupt verstehen!« Als er den schmerzlichen Blick seines Bruders sah, seufzte der Magier. »Vertraue mir, Caramon. Es ist kein besonders mächtiges Zauberbuch – im Grunde ist es eines der frühen Werke des Magiers. Er hat es in jungen Jahren geschrieben, in der Tat sehr jung«, murmelte Raistlin und starrte weg. Dann blinzelte er und sagte lebhafter: »Aber es wird nichtsdestotrotz wertvoll für mich sein. Du mußt es holen! Du mußt...« Er hustete wieder.

»Sicher, Raist«, versprach Caramon und beruhigte seinen Bruder. »Reg dich nicht auf. Ich werde es finden.«

»Gut, Caramon. Hervorragend, Caramon«, wisperte Raistlin, als er wieder sprechen konnte. Er sank in seine Ecke zurück und schloß die Augen. »Jetzt laß mich ein wenig ausruhen. Ich muß mich vorbereiten.«

Caramon erhob sich und beobachtete einen Moment lang seinen Bruder, dann wandte er sich ab und stolperte beinahe über Bupu, die hinter ihm stand und ihn argwöhnisch mit aufgerissenen Augen anstarrte.

»Was war denn los?« fragte Sturm barsch, als Caramon sich wieder zur Gruppe gesellte.

»Oh, nichts«, stammelte der Krieger und errötete schuldbewußt. Sturm warf Tanis einen beunruhigten Blick zu.

»Was ist denn, Caramon?« fragte Tanis und sah den Kämpfer an, während er die eingerollte Karte in seinem Gürtel verstaute. »Etwas nicht in Ordnung?«

»Nnnein...«, stotterte Caramon. »Es ist nichts. Ich... ich habe versucht, Raistlin zu überreden, daß ich mit ihm gehe. Er sagte jedoch, ich würde ihm nur im Weg stehen.«

Tanis studierte Caramon aufmerksam. Er wußte, daß er die Wahrheit sagte, aber Tanis wußte auch, daß es nicht die *ganze* Wahrheit war. Caramon würde freudig seinen letzten Blutstropfen für jeden Gefährten vergießen, aber Tanis vermutete, daß er auf Raistlins Befehl auch alle verraten würde.

Caramon sah Tanis an und bat ihn stumm, keine weiteren Fragen zu stellen.

»Er hat recht, weißt du, Caramon«, sagte Tanis schließlich und klopfte ihm auf die Schulter. »Raistlin wird nicht in Gefahr geraten. Bupu ist bei ihm. Sie wird ihn zurückbringen. Er muß nur eines seiner hervorragenden Feuerwerke heraufbeschwören, damit der Drache seine Höhle verläßt. Er wird längst verschwunden sein, wenn der Drache zurückkommt.«

»Sicher«, sagte Caramon und zwang sich zu einem Lächeln. »Außerdem brauchst du mich.«

»Ja, das stimmt«, bestätigte Tanis ernst. »Sind alle bereit?«

Die Gefährten erhoben sich stumm und grimmig. Raistlin trat zu ihnen, seine Kapuze über das Gesicht gezogen, die Hände in seiner Robe verborgen. Um den Magier war eine Aura, undefinierbar, beängstigend – eine von ihm geschaffene Aura der Macht. Tanis räusperte sich.

»Wir werden bis fünfhundert zählen«, sagte Tanis zu Raistlin. »Dann gehen wir los. Der auf der Karte markierte ›geheime Ort‹ ist eine Falltür in einem nicht weit entfernten Gebäude, wie unsere kleine Freundin sagt. Von ihr führt ein Tunnel unterhalb der Stadt bis zur Höhle des Drachen, ungefähr dort, wo wir ihn heute gesehen haben. Mach dein Ablenkungsmanöver auf dem Platz, dann komm zurück. Wir treffen uns hier, geben dem Großbulp seinen Schatz und bleiben hier bis zur Nacht. Sobald es dunkel ist, verschwinden wir.«

»Ich verstehe«, sagte Raistlin ruhig.

Ich wünschte, ich würde auch verstehen, dachte Tanis bitter. Ich wünschte, ich würde verstehen, was in dir vorgeht, Magier. Aber der Halb-Elf sagte nichts.

»Gehen jetzt?« fragte Bupu und sah Tanis ängstlich an.

»Wir gehen jetzt«, antwortete Tanis.

Raistlin schlich sich aus der düsteren Gasse und bewegte sich schnell auf die zum Süden führende zu. Er bemerkte kein Lebenszeichen. Es war, als ob alle Gossenzwerge vom Nebel verschluckt worden wären. Er fand diesen Gedanken beunruhigend und hielt sich im Schatten. Der zerbrechliche Magier konnte sich im Notfall fast geräuschlos bewegen. Er hoffte nur, seinen Husten unter Kontrolle zu halten. Der Schmerz in seiner Brust ließ nach, wenn er die Kräutermischung trank, deren Rezept er von Par-Salian erhalten hatte – eine Art Entschuldigung vom großen Hexenmeister für das Trauma, das der junge Magier erlitten hatte. Aber die Wirkung der Mischung hielt nicht lange an.

Bupu spähte hinter seinem Gewand hervor, ihre runden schwarzen Augen blinzelten die Straße hinunter, die nach Osten zum Großen Platz führte. »Niemand«, sagte sie und zog an seinem Gewand. »Wir gehen.«

Niemand – dachte Raistlin besorgt. Das ergab keinen Sinn. Wo waren die Gossenzwerge? Er hatte das Gefühl, daß irgend etwas schieflief, aber es war keine Zeit mehr umzukehren – Tanis und die anderen waren schon auf dem Weg zum geheimen Tunneleingang. Der Magier lächelte bitter. Dieses ganze Unternehmen schien sich als Torheit herauszustellen. Wahrscheinlich würden sie alle in dieser entsetzlichen Stadt umkommen.

Bupu zerrte wieder an seinem Gewand. Er zuckte zusammen, zog seine Kapuze über das Gesicht, und dann rannten er und Bupu in die in Nebel getauchte Straße.

Zwei Gestalten in Rüstungen lösten sich aus einem dunklen Türeingang und schlichen schnell hinter Raistlin und Bupu her.

»Hier ist es«, Tanis öffnete eine halbvermoderte Tür und spähte hindurch. »Es ist dunkel hier. Wir brauchen Licht.«

Caramon entzündete eine der Fackeln, die sie sich vom Großbulp ausgeliehen hatten. Der Krieger überreichte Tanis eine und zündete dann noch eine für sich und für Flußwind an. Tanis trat durch die Tür und fand sich sofort bis zu den Knöcheln in Wasser stehen. Er hielt die Fackel hoch und sah sich um. An den Wänden des verwüsteten Raumes sickerte Wasser herunter. In der Mitte des Raumes bildete es einen Wirbel und verschwand dann in irgendwelchen Spalten. Tanis watete zur Mitte und hielt seine Fackel dicht ans Wasser.

»Hier, ich kann es sehen«, sagte er, als die anderen ihm folgten. Er zeigte auf eine Falltür im Boden, an der ein kaum sichtbarer eiserner Ring befestigt war.

»Caramon?« Tanis richtete sich auf.

»Pah!« machte Flint. »Wenn ein Gossenzwerg diese Tür öffnen kann, dann kann ich es erst recht. Geht mal zur Seite.« Der Zwerg stieß alle weg, tauchte seine Hand ins Wasser und versuchte, die Tür zu heben. Nach einem Moment des Schweigens ächzte Flint, sein Gesicht war hochrot. Er hielt inne, richtete sich keuchend auf, dann versuchte er es noch einmal. Die Tür bewegte sich nicht.

Tanis legte seine Hand auf die Schulter des Zwerges. »Flint, Bupu sagte, daß sie nur in der Trockenzeit hierherkommt. Du versuchst, das halbe Neumeer mit der Tür zu heben.«

»Nun« – der Zwerg keuchte und schnaubte – »warum hast du das nicht gleich gesagt? Dann soll der große Ochse sein Glück versuchen.«

Caramon trat heran. Er griff ins Wasser und hob und stemmte. Seine Schultermuskeln spannten sich, und die Adern traten hervor. Man hörte ein saugendes Geräusch, dann ließ der Unterdruck so plötzlich nach, daß der Kämpfer fast nach hinten gefallen wäre. Aus dem Raum floß Wasser ab, als Caramon die hölzerne Tür lockerte. Tanis hielt seine Fackel nach unten. Ein quadratischer Schacht klaffte im Boden, eine enge Eisenleiter verlief nach unten.

»Wie weit sind wir?« fragte Tanis.

»Vierhundertdrei«, antwortete Sturm. »Vierhundertvier.«

Die Gefährten standen um die Falltür und zitterten in der eisigkalten Luft. Sie hörten nur das Wasser, das den Schacht hinuntertröpfelte.

»Vierhundertfünfzig«, zählte der Ritter ruhig.

Tanis kratzte sich am Bart. Caramon hustete zweimal, als ob er sie an seinen abwesenden Bruder erinnern wollte. Flint fuchtelte unruhig mit seiner Streitaxt im Wasser. Tolpan kaute geistesabwesend an seinem Haarzopf. Goldmond, blaß, aber beherrscht, trat näher zu Flußwind, den schlichten braunen Stab in ihrer Hand. Er legte seinen Arm um sie. Nichts war schlimmer, als zu warten.

»Fünfhundert«, sagte Sturm schließlich.

»Endlich!« Tolpan schwang sich auf die Eisenleiter. Tanis folgte und hielt seine Fackel hoch, um Goldmond zu leuchten, die nach ihm kam. Die anderen kletterten langsam den Schacht hinunter, der zum Abwassersystem der Stadt gehörte. Der Schacht verlief ungefähr acht Meter in die Tiefe, um dann in einem Tunnel zu enden, der sich nach Norden und Süden verzweigte.

»Prüfe die Tiefe des Wassers«, warnte Tanis den Kender, als Tolpan gerade von der Leiter springen wollte. Der Kender, der auf der letzten Stufe stand, hielt seinen Hupakstab in das dunkle wirbelnde Wasser. Der Stab versank zur Hälfte.

»Ein halber Meter«, sagte Tolpan fröhlich. Er ließ sich mit einem Aufplatschen fallen, dann sah er fragend zu Tanis hoch.

»Diese Richtung«, Tanis zeigte nach Süden.

Tolpan hielt seinen Stab hoch und ließ sich von der Strömung treiben.

»Was ist mit dem Ablenkungsmanöver?« fragte Sturm.

Tanis hatte sich die gleiche Frage gestellt. »Wahrscheinlich werden wir hier unten nichts hören.« Er hoffte, daß das stimmen würde.

»Raistlin wird durchkommen. Macht euch keine Sorgen«, sagte Caramon grimmig.

»Tanis!« Tolpan wich zurück. »Hier unten ist irgend etwas! Ich habe es an den Füßen gespürt.«

»Geh einfach weiter«, murrte Tanis, »und hoffe, daß es kein hungriger...«

Schweigend wateten sie weiter, die Fackeln flackerten an den Wänden. Mehr als einmal sah Tanis etwas nach ihm greifen, nur um dann festzustellen, daß es der Schatten von Caramons Helm oder Tolpans Hupak war.

Wenig später bog der Tunnel nach Osten ab. Die Gefährten hielten an. Unten, an einem Arm des Abwasserkanals schimmerte eine Lichtsäule. Diese markierte laut Bupu die Höhle des Drachen.

»Löscht die Fackeln!« zischte Tanis und tauchte die seine ins Wasser. Er berührte die glitschige Wand und folgte dem Kender im Dunkeln – Tolpans roter Umriß wies ihm den Weg. Hinter sich hörte er Flints Beschwerden über die Wirkung des Wassers auf sein Rheuma.

»Psst«, flüsterte Tanis, als sie sich dem Licht näherten. Sie versuchten, trotz der klirrenden Rüstungen geräuschlos zu sein. Bald standen sie vor einer schmalen Leiter, die nach oben zu einem Eisengitter führte.

»Niemand macht sich die Mühe, Bodengitter zu verriegeln.« Tolpan zog Tanis dicht zu sich, um in sein Ohr zu flüstern. »Aber ich bin sicher, daß ich es auch öffnen kann, wenn es verriegelt ist.«

Tanis nickte. Er fügte nicht hinzu, daß Bupu auch in der Lage gewesen war, es zu öffnen. Die Kunst, Verriegelungen zu lösen, war der ganze Stolz des Kenders. Sie standen knietief im Wasser und beobachteten, wie Tolpan die Leiter hochkletterte.

»Ich höre immer noch nichts von draußen«, murrte Sturm.

»Psst!« knurrte Caramon schroff.

Das Gitter hatte einen Verschluß, den Tolpan in Sekundenschnelle öffnete. Dann schob er es geräuschlos zur Seite und spähte hinaus. Eine plötzliche Dunkelheit tat sich vor ihm auf, eine Dunkelheit, so dicht und undurchdringlich, daß sie ihn wie ein schweres Gewicht erschlug und er fast den Halt verlor. Er ließ das Gitter schnell wieder auf die Öffnung rutschen, glitt die Leiter hinunter und stieß mit Tanis zusammen.

»Tolpan?« der Halb-Elf faßte nach ihm. »Bist du es? Ich kann nicht sehen. Was ist los?«

»Ich weiß es nicht. Plötzlich ist es ganz dunkel geworden.«

»Was bedeutet das, wirst du nichts sehen?« flüsterte Sturm Tanis zu. »Was ist mit deinem Elfentalent?«

»Weg«, sagte Tanis grimmig. »So wie im Düsterwald – und wie am Brunnen…«

Keiner sprach, als sie zusammengedrängt im Tunnel standen. Sie hörten nur noch ihren eigenen Atem und das von den Wänden tröpfelnde Wasser.

Und oben stand der Drache – und wartete auf sie.

Das Opfer
Die Stadt wird zum zweiten Mal zerstört

Verzweiflung, schwärzer als die Dunkelheit, machte Tanis blind. Es war mein Plan, dachte er, die einzige Möglichkeit, um hier lebend hinauszukommen. Er war vernünftig – er hätte funktionieren müssen! Was ist falsch gelaufen? Raistlin – könnte er uns verraten haben? Nein! Tanis ballte seine Faust. Nein, verdammt. Der Magier war zwar distanziert, unsympathisch, rätselhaft, aber den Gefährten gegenüber treu und zuverlässig. Er, Tanis, würde seine Hand dafür ins Feuer legen. Wo war Raistlin? Tot vielleicht. Das war jetzt egal. Sie würden alle sterben.

»Tanis« – der Halb-Elf spürte einen festen Griff um seinen Arm und erkannte Sturms tiefe Stimme –, »ich weiß, was du denkst. Wir haben keine andere Wahl. Die Zeit ist knapp. Das ist unsere einzige Möglichkeit, um an die Scheiben zu kommen. Wir werden keine andere bekommen.«

»Ich werde nachsehen«, sagte Tanis. Er kletterte am Kender vorbei und lugte durch das Gitter. Es war dunkel, auf magische Weise dunkel. Tanis versuchte nachzudenken. Sturm hatte recht: Die Zeit war knapp. Aber konnte er sich auf das Urteil des Ritters verlassen? Sturm wollte gegen den Drachen kämpfen! Tanis kroch die Leiter wieder hinunter. »Wir gehen«, sagte er. Plötzlich wollte er nur noch die ganze Sache hinter sich bringen, dann konnten sie nach Hause gehen. Heim nach Solace. »Nein, Tolpan.« Er hielt den Kender fest und zog ihn zurück. »Die Krieger gehen voran – Sturm und Caramon. Dann die anderen.«

Aber der Ritter hatte ihn schon eilfertig beiseite geschoben, sein Schwert klirrte gegen seinen Oberschenkel.

»Immer sind wir die letzten!« maulte Tolpan und schob den Zwerg vor. Flint kletterte langsam die Leiter hoch, seine Knie knirschten. »Beeil dich!« sagte Tolpan. »Ich hoffe, es passiert erst etwas, wenn wir oben sind. Ich habe noch nie mit einem Drachen geredet.«

»Ich wette, der Drache hat auch noch nie mit einem Kender geredet!« schnaubte der Zwerg. »Dir sollte klar werden, du Hirnloser, daß wir wahrscheinlich sterben werden. Tanis weiß es, ich höre es aus seiner Stimme.«

Tolpan machte eine Pause, hielt sich an der Leiter fest, während Sturm langsam das Gitter hochdrückte. »Weißt du, Flint«, sagte der Kender ernst, »mein Volk fürchtet sich nicht vor dem Tod. Irgendwie freuen wir uns darauf – das letzte große Abenteuer. Aber ich glaube, es macht mich traurig, aus diesem Leben zu gehen. Ich werde meine Sachen vermissen« – er klopfte an seine Beutel – »und meine Karten und dich und Tanis. Falls wir nicht«, fügte er strahlend hinzu, »alle an den gleichen Ort gelangen, wenn wir sterben.«

Flint hatte plötzlich eine Vision, er sah den glücklichen Kender kalt und tot daliegen. Er spürte einen schmerzhaften Stich in seiner Brust und war über die Dunkelheit dankbar. Er räusperte sich und sagte mit heiserer Stimme: »Falls du dir einbildest, daß ich mein Leben nach dem Tod mit einem Haufen Kender verbringen werde, bist du noch verrückter als Raistlin. Komm jetzt!«

Sturm hob vorsichtig das Gitter und schob es zur Seite. Er stemmte sich mühelos nach oben, wandte sich dann um und half Caramon, der Schwierigkeiten hatte, seinen Körper und sein klirrendes Waffenlager durch die Öffnung zu quetschen.

»Bei Istar, leiser!« zischte Sturm.

»Das versuche ich ja«, maulte Caramon und kletterte schließlich über den Rand. Sturm reichte Goldmond die Hand. Zuletzt kam Tolpan, entzückt, daß niemand etwas Aufregendes in seiner Abwesenheit unternommen hatte.

»Wir brauchen Licht«, sagte Sturm.

»Licht?« entgegnete eine Stimme, so kalt und dunkel wie eine Winternacht. »Ja, laßt uns Licht haben.«

Sofort verschwand die Dunkelheit. Die Gefährten sahen, daß sie sich in einer riesigen kuppelförmigen Kammer befanden, die sich einige hundert Meter in die Höhe erstreckte. Kaltes, graues Licht filterte durch einen Spalt in der Decke und beleuchtete eine Art riesigen Altar in der Mitte des kreisförmigen Raumes. Auf dem Boden um den Altar lagen Berge von Juwelen, Münzen und andere Schätze der zerstörten Stadt. Die Juwelen glänzten nicht. Das Gold strahlte nicht. Das trübe Licht beleuchtete nichts – nur den schwarzen Drachen, der wie ein riesiges Raubtier auf dem Altar thronte.

»Fühlt ihr euch hintergangen?« fragte der Drache im Plauderton.

»Der Magier hat uns betrogen! Wo ist er? Dient er dir?« schrie Sturm hitzig, zog sein Schwert und trat einen Schritt vor.

»Bleib zurück, widerlicher Ritter von Solamnia. Bleib zurück, oder euer Zauberer wird seine Magie nie mehr ausüben!« Der Drache schlängelte seinen Hals nach unten und starrte sie mit leuchtendroten Augen an. Dann hob er langsam und vornehm einen Klauenfuß. Unter dem Fuß auf dem Sockel lag Raistlin.

»Raist!« brüllte Caramon und sprang auf den Altar zu.

»Halt, Dummkopf!« zischte der Drache. Er ließ eine Klaue leicht auf dem Bauch des Magiers ruhen. Mit großer Anstrengung hob Raistlin seinen Kopf und sah seinen Bruder mit seinen seltsamen goldenen Augen an. Er machte eine schwache Handbewegung, und Caramon blieb stehen. Tanis sah eine Bewegung auf dem Boden unterhalb des Altars. Es war Bupu, in den Reichtümern zusammengekauert, zu ängstlich, um zu wimmern. Der Stab des Magus lag neben ihr.

»Komm nur noch einen Schritt näher, und ich werde diesen Menschen auf dem Altar mit meiner Pranke zerquetschen.«

Caramons Gesicht rötete sich. »Laß ihn gehen!« schrie er. »Kämpfe mit mir.«

»Ich werde mit keinem von euch kämpfen«, sagte der Drache und bewegte lässig seine Flügel. Raistlin fuhr zusammen, als sich die Pranke des Drachens leicht und neckend in sein Fleisch grub. Die metallische Haut des Magiers glänzte vor Schweiß. Er versuchte Atem zu holen. »Rühr dich nicht, Magier«, schnarrte der Drache. »Wir sprechen die gleiche Sprache, erinnerst du dich? Ein Zauberwort, und deine Freunde werden zum Leichenfutter für Gossenzwerge!«

Raistlin schloß die Augen, als wäre er erschöpft. Aber Tanis konnte sehen, wie sich die Hände des Magiers zusammenkrampften und wieder lösten, und er wußte, daß sich Raistlin auf seinen letzten Zauber vorbereitete. Er würde wahrhaftig sein letzter sein – denn sobald er ihn aussprechen würde, würde der Drache ihn töten. Aber er würde Flußwind die Chance geben, die Scheiben an sich zu reißen und mit Goldmond zu fliehen. Tanis schob sich neben den Barbaren.

»So wie ich schon sagte«, fuhr der Drache fort, »werde ich mit keinem von euch kämpfen. Wie ihr bisher meinem Zorn widerstanden habt, verstehe ich nicht. Jetzt seid ihr hier. Und ihr bringt mir das zurück, was mir gestohlen wurde. Ja, meine

Dame aus Que-Shu, ich sehe, du hältst den blauen Kristallstab in deiner Hand. Gib ihn mir.«

Tanis zischte ihr zu: »Halte ihn hin!« Aber als er in ihr kaltes Marmorgesicht sah, fragte er sich, ob sie ihn gehört hatte, ob sie den Drachen überhaupt gehört hatte. Sie schien anderen Worten, anderen Stimmen zu lauschen.

»Gehorche mir.« Der Drache senkte drohend seinen Kopf. »Gehorche mir, oder der Magier wird sterben. Und danach – der Ritter. Und dann der Halb-Elf. Und so weiter – einer nach dem anderen, bis du, Dame von Que-Shu, die einzige Überlebende bist. Dann wirst du mir den Stab geben und um Gnade flehen.«

Goldmond verbeugte sich unterwürfig. Dann schob sie Flußwind sanft mit ihrer Hand zur Seite und wandte sich zu Tanis und umarmte ihn. »Lebewohl, mein Freund«, sagte sie laut und legte ihre Wange an seine. Ihre Stimme wurde zu einem Wispern. »Ich weiß, was ich zu tun habe. Ich werde mit dem Stab zum Drachen gehen und...«

»Nein!« sagte Tanis heftig. »Das alles hat keinen Sinn mehr. Der Drache wird uns alle töten.«

»Hör mir zu!« Goldmonds Fingernägel bohrten sich in Tanis' Arm. »Bleib bei Flußwind, Tanis. Er darf mich nicht aufhalten.«

»Und wenn *ich* versuche, dich aufzuhalten?« fragte Tanis leise und hielt Goldmond noch enger an sich.

»Das wirst du nicht«, sagte sie mit einem süßen, traurigen Lächeln. »Du weißt, daß jeder von uns sein Schicksal zu erfüllen hat – wie der Herr der Wälder sagte. Flußwind wird dich brauchen. Lebwohl, mein Freund.«

Goldmond trat zurück, ihre klaren blauen Augen hefteten sich auf Flußwind, als ob sie jede Einzelheit für alle Ewigkeit in sich aufnehmen wollte. Als ihm klar wurde, daß sie sich verabschiedete, wollte er zu ihr treten.

»Flußwind«, sagte Tanis leise. »Vertraue ihr. Sie hat dir die ganzen Jahre über vertraut. Sie hat gewartet, während du deine Dinge ausgefochten hast. Jetzt mußt du warten. Es ist ihre Schlacht.«

Flußwind bebte, dann stand er still da. Tanis konnte sehen, wie die Adern an seinem Hals anschwollen und die Kiefermuskeln sich verkrampften. Der Halb-Elf kniff ihm in den Arm, doch der Barbar sah ihn nicht einmal an. Seine Augen hingen wie gebannt an Goldmond.

»Was soll diese Verzögerung?« fragte der Drache. »Es wird langweilig. Komm schon.«

Goldmond wandte sich von Flußwind ab. Sie ging an Flint und Tolpan vorbei. Der Zwerg senkte seinen Kopf. Tolpan beobachtete sie mit erschrockenen Augen. Irgendwie war das nicht so aufregend, wie er es sich vorgestellt hatte. Zum ersten Mal in seinem Leben fühlte sich der Kender klein und hilflos und einsam. Es war ein entsetzlich unangenehmes Gefühl, und er dachte, daß der Tod dem vorzuziehen war.

Goldmond blieb bei Caramon stehen und legte ihre Hand auf seinen Arm. »Mach dir keine Sorgen«, sagte sie ihm, der voller Schmerz seinen Bruder anstarrte. »Es wird schon gut werden.« Caramon schluckte und nickte. Und dann näherte sich Goldmond Sturm. Plötzlich rutschte sie aus, als ob das Entsetzen vor dem Drachen sie überwältigt hätte. Der Ritter fing sie auf und hielt sie fest.

»Komm mit mir, Sturm«, flüsterte Goldmond, als er seinen Arm um sie legte. »Du mußt schwören, das zu tun, was ich dir befehle, gleichgültig, was passiert. Schwöre bei deiner Ehre als Ritter von Solamnia.«

Sturm zögerte. Goldmonds Augen, ruhig und klar, trafen seine. »Schwöre«, verlangte sie, »oder ich gehe allein.«

»Ich schwöre«, sagte er zögernd. »Ich werde gehorchen.«

Goldmond seufzte dankbar. »Komm mit mir. Unterlaß jede Drohgebärde.«

Gemeinsam schritten sie auf den Drachen zu.

Raistlin lag unter der Drachenpranke, seine Augen waren geschlossen, und er bereitete sich geistig auf seinen letzten Zauber vor. Aber es gelang ihm nicht, sich zu konzentrieren. Er kämpfte mit sich, um die Unruhe aus seinen Gedanken zu vertreiben.

Ich verschwende meine Kräfte – und wozu? fragte sich Raistlin bitter. Um diesen Narren aus dem Durcheinander zu helfen, in das sie sich selbst gebracht haben. Sie werden nicht angreifen, aus Furcht, mich zu verletzen – obwohl sie mich fürchten und verabscheuen. Es ergibt keinen Sinn – so wie mein Opfer keinen Sinn ergibt. Warum soll ich für sie sterben? Wenn einer es verdient hat zu leben, dann doch ich!

Du tust es nicht für sie, antwortete eine Stimme. Raistlin schreckte zusammen, versuchte, die Stimme zu erkennen. Es war eine wirkliche Stimme, eine vertraute Stimme, aber er konnte sich nicht erinnern, wem sie gehörte oder wo er sie gehört hatte. Er wußte nur, daß sie in Augenblicken großer Anspannung zu ihm sprach. Je näher der Tod kam, um so lauter wurde die Stimme.

Du nimmst dieses Opfer nicht für sie auf dich, wiederholte die Stimme. *Es ist, weil du keine Niederlage verkraften kannst! Nichts hat dich je besiegt, nicht einmal der Tod...*

Raistlin holte tief Luft und entspannte sich. Er verstand die Worte nicht ganz, so wie er sich auch nicht genau an die Stimme erinnern konnte. Aber nun fiel ihm mühelos der Zauberspruch ein. *»Astol arakhkh um...«*, murmelte er und spürte die Magie durch seinen zerbrechlichen Körper fließen. Dann unterbrach eine andere Stimme seine Konzentration, und diese Stimme war eine lebende Stimme. Er öffnete die Augen, drehte langsam seinen Kopf und starrte auf seine Gefährten.

Die Stimme kam von der Frau – der Barbarenprinzessin eines ausgestorbenen Stammes. Raistlin sah auf Goldmond, die auf ihn zuging und sich dabei auf Sturms Arm stützte. Ihre geistige Stimme hatte Raistlin berührt. Er betrachtete die Frau kalt, distanziert. Seine verzerrte Sicht durch die Stundenglasaugen hatte jegliches physisches Verlangen in ihm abgetötet. Er konnte nicht die Schönheit erkennen, die Tanis und seinen Bruder so fesselte. Seine Stundenglasaugen sahen sie welken und sterben. Er fühlte keine Verbundenheit, kein Mitgefühl für sie. Er wußte, daß sie ihn bemitleidete – und dafür haßte er sie, aber sie fürchtete ihn auch. Warum also sprach sie zu ihm?

Sie sagte ihm, er solle warten.

Raistlin verstand. Sie wußte, was er vorhatte, und sie sagte ihm, daß es nicht notwendig war. Sie war auserwählt worden. *Sie* war diejenige, die sich opfern würde.

Er beobachtete Goldmond mit seinen seltsamen goldenen Augen, als sie immer näher und näher kam, ihre Augen auf den Drachen gerichtet. Er sah Sturm feierlich neben ihr gehen, er wirkte uralt und edel, wie der alte Huma persönlich. Aber warum hatte Flußwind sie gehen lassen? Erkannte er nicht, was sie vorhatte? Raistlin warf Flußwind einen Blick zu. Ah, natürlich! Der Halb-Elf stand an seiner Seite, blaß und trauernd, und ließ zweifellos Worte wie Blut fallen. Der Barbar war genauso leichtgläubig und einfältig wie Caramon. Raistlin richtete seine Augen wieder auf Goldmond.

Nun stand sie vor dem Drachen, ihr Gesicht blaß, aber entschlossen. Neben ihr wirkte Sturm ernst und gequält und innerlich zerrissen. Goldmond hatte ihn wahrscheinlich unbedingten Gehorsam schwören lassen. Und der Ritter mußte diesen Schwur halten, um nicht seine Ehre zu verlieren. Raistlins Lippen kräuselten sich höhnisch.

Der Drache sprach, und der Magier straffte sich. »Leg den Stab mit den anderen Überbleibseln menschlicher Torheit dorthin«, befahl der Drache Goldmond und neigte seinen glänzenden schuppigen Kopf zum Schatz unterhalb des Altars.

Goldmond, überwältigt von Drachenangst, bewegte sich nicht. Sie konnte nur noch auf die monströse Kreatur starren und zittern. Sturm durchsuchte mit seinen Augen den Schatz nach den Scheiben von Mishakal und versuchte seine Furcht vor dem Drachen zu bekämpfen. Er hatte nicht geahnt, daß er soviel Angst empfinden konnte. Immer wieder wiederholte er den Ritter-Kodex: »Die Ehre ist mein Leben«, und ihm war bewußt, daß nur der Stolz ihn am Weglaufen hinderte.

Goldmond sah Sturms Hand zittern, sie sah sein Gesicht vor Schweiß glänzen. O Göttin, schrie sie stumm, bitte gib mir Mut! Dann stieß Sturm sie an. Sie mußte irgend etwas sagen. Sie hatte schon zu lange geschwiegen.

»Was wirst du uns für den wundersamen Stab geben?« fragte Goldmond und zwang sich, beherrscht und ruhig zu sprechen, obwohl ihre Kehle ausgedörrt war und ihre Zunge sich geschwollen anfühlte.

Der Drache lachte – es war ein schrilles, häßliches Lachen. »Was ich euch geben werde?« Der Drache schlängelte seinen Kopf herum und starrte Goldmond an. »Nichts! Überhaupt nichts! Ich verhandle nicht mit Dieben. Jedoch...« Der Drache schob seinen Kopf zurück, seine roten Augen schlossen sich zu Schlitzen. Spielerisch grub er seine Pranke in Raistlins Fleisch. Der Magier zuckte zusammen, ertrug den Schmerz, ohne einen Ton von sich zu geben. Der Drache nahm die Pranke weg und hielt sie gerade so hoch, daß man das Blut von ihr tröpfeln sah. »Es wäre vorstellbar, daß die Tatsache, daß du den Stab übergibst, dir die Gunst von Lord Verminaard, dem Drachenfürsten, einbringt. Er könnte sogar geneigt sein, Gnade walten zu lassen – er ist ein Kleriker, und die haben seltsame Wertvorstellungen. Aber, daß du es weißt, Dame von Que-Shu, Lord Verminaard braucht deine Freunde nicht. Gib mir jetzt den Stab, und sie werden verschont. Zwinge mich, ihn zu nehmen – und sie werden sterben. Der Magier als erster!«

Goldmond, deren Geist gebrochen schien, sackte geschlagen in sich zusammen. Sturm trat dicht zu ihr und schien sie beruhigen zu wollen.

»Ich habe die Scheiben entdeckt«, flüsterte er. Er griff ihren Arm und spürte, daß sie vor Angst zitterte. »Bist du bereit?« fragte er leise.

Goldmond hob ihren Kopf. Sie war leichenblaß, aber beherrscht und ruhig. Obwohl sie besiegt aussah, sah sie zu Sturm hoch und lächelte. In ihrem Lächeln lagen Frieden und Leid, ähnlich wie das Lächeln der Marmorgöttin. Sie sprach nicht, aber Sturm erkannte die Antwort. Er verbeugte sich unterwürfig.

»Auf daß mein Mut deinem gleich sei«, sagte er. »Ich werde dich nicht enttäuschen.«

»Leb wohl, Ritter. Sag Flußwind...« Goldmond stockte,

blinzelte, als sich ihre Augen mit Tränen füllten. Sie schluckte die Worte hinunter vor Angst, sie könnte es sich anders überlegen, und wandte sich wieder dem Drachen zu, als Mishakals Stimme ihren Geist erfüllte und ihr Gebet beantwortete. *Biete den Stab kühn dar!* Goldmond, durchdrungen von einer inneren Kraft, hob den blauen Kristallstab.

»Wir werden uns nicht ergeben!« rief sie, ihre Stimme hallte durch die Kammer. Bevor der erstaunte Drache reagieren konnte, schwang die Tochter des Stammeshäuptlings den Stab ein letztes Mal und schlug auf die Pranke, unter der Raistlin lag.

Der Stab gab ein lautes Geräusch von sich, als er mit dem Drachen in Berührung kam – und dann zerbarst er. Ein reines blaues Licht erstrahlte aus dem zerbrochenen Stab. Das Licht wurde immer greller und breitete sich in dezentrischen Wellen aus und überflutete den Drachen.

Khisanth brüllte vor Wut. Der Drache war schwer, tödlich verletzt. Er peitschte mit seinem Schwanz um sich, warf seinen Kopf herum und versuchte, der brennenden blauen Flamme zu entkommen. Er wollte nichts mehr, nur noch jene töten, die es gewagt hatten, solchen Schmerz zu entfachen, aber das intensive blaue Feuer verzehrte ihn schonungslos – so wie es Goldmond verzehrte.

Die Tochter des Stammeshäuptlings hatte den Stab nicht fallengelassen, als er zerbrach. Sie hielt das Endstück fest, beobachtete, wie sich das Licht ausbreitete, und hielt es so nahe wie möglich an den Drachen. Als das blaue Licht ihre Hände berührte, fühlte sie einen intensiven Schmerz. Sie stolperte und fiel auf die Knie, hielt aber immer noch den Stabgriff umklammert. Sie hörte den Drachen über sich kreischen und brüllen, dann hörte sie nur noch ein lautes Geräusch, das der Stab verursachte. Der Schmerz wurde so entsetzlich, er war nicht länger Teil von ihr, und sie wurde von einer schweren Müdigkeit überwältigt. Ich werde schlafen, dachte sie. Ich werde schlafen, und wenn ich wieder aufwache, werde ich dort sein, wo ich immer hingehört habe…

Sturm sah das blaue Licht langsam den Drachen zerstören,

dann breitete es sich über das letzte Stückchen Stab auf Goldmond aus. Er hörte, wie das Geräusch immer lauter wurde, bis es schließlich sogar das Kreischen des sterbenden Drachen übertönte. Sturm trat zu Goldmond, um ihr den Stab zu entreißen und sie aus der tödlichen blauen Flamme zu ziehen... Aber als er sich ihr näherte, wußte er, daß er sie nicht mehr retten konnte.

Geblendet vom Licht und betäubt vom Lärm wurde dem Ritter klar, daß es seine ganze Kraft und seinen ganzen Mut beanspruchen würde, seinen Eid zu erfüllen – die Scheiben herauszuholen. Er riß seinen Blick von Goldmond los, deren Gesicht schmerzverzerrt war und deren Fleisch im Feuer verfiel. Er kämpfte gegen den Schmerz in seinem Kopf an und stolperte auf die Juwelen zu, unter denen er die Scheiben gesehen hatte – Hunderte von dünnen Scheiben aus edlem Metall, die von einem Ring zusammengehalten wurden. Er griff in den Juwelenberg und hob sie hoch, erstaunt über ihr leichtes Gewicht. Dann, plötzlich, setzte sein Herz fast aus, als eine blutige Hand aus dem Schatz hervorkam und sein Handgelenk umklammerte.

»Hilf mir!«

Er konnte die Stimme nicht hören, sondern spürte sie eher. Er ergriff Raistlins Hand und zog den Magier auf die Füße. Durch dessen rotes Gewand sickerte Blut, aber er schien nicht schwer verletzt zu sein – zumindest konnte er stehen. Aber konnte er gehen? Sturm brauchte Hilfe. Er fragte sich, wo die anderen waren. Er konnte durch die Helligkeit nichts erkennen. Plötzlich tauchte Caramon an seiner Seite auf, seine Rüstung glänzte in der blauen Flamme.

Raistlin umklammerte ihn. »Hilf mir, das Zauberbuch zu finden!« zischte er.

»Wen kümmert das jetzt?« brüllte Caramon und griff nach seinem Bruder. »Ich will dich hier rausholen!«

Raistlins Mund verzog sich dermaßen vor Wut und Enttäuschung, daß er nicht sprechen konnte. Er fiel auf die Knie und begann hektisch die Edelsteine zu durchwühlen. Caramon versuchte, ihn wegzuziehen, aber Raistlin schob ihn immer wieder mit seiner mageren Hand zurück.

Und das laute Geräusch schmerzte immer noch in ihren Ohren. Sturm spürte Tränen des Schmerzes an seinen Wangen entlanglaufen. Plötzlich krachte vor dem Ritter etwas zu Boden. Die Decke der Kammer war zusammengebrochen! Das ganze Gebäude erbebte; das Geräusch brachte die Säulen zum Zittern und die Wände zum Einstürzen.

Dann erstarb das Geräusch – und mit ihm starb der Drache. Khisanth war verschwunden, und zurück blieb nur noch ein Haufen glühender Asche.

Sturm keuchte erleichtert auf, aber nicht lange. Kaum war das Geräusch verstummt, mußte er hören, wie der ganze Palast zusammenbrach. Er hörte das Aufschlagen und das Zerbersten riesiger Steinplatten. Dann erschien aus dem Staub und dem Lärm Tanis vor ihm. Blut tropfte aus einer Schnittwunde an seiner Wange. Ein weiteres Stück der Decke fiel neben ihnen herunter, und Sturm konnte seinen Freund gerade noch rechtzeitig zum Altar ziehen.

»Die ganze Stadt bricht zusammen!« schrie Sturm. »Wie kommen wir hier raus?«

Tanis schüttelte den Kopf. »Der einzige Weg, den ich kenne, ist der zurück durch den Tunnel«, rief er. Er duckte sich, als wieder ein Stück der Decke auf den leeren Altar stürzte.

»Das ist eine Todesfalle! Es muß noch einen anderen Weg geben!«

»Wir werden ihn finden«, sagte Tanis bestimmt. Er spähte durch die Staubschwaden. »Wo sind die anderen?« fragte er. Dann wandte er sich um und erblickte Raistlin und Caramon. Tanis zuckte vor Entsetzen zusammen, als er den Magier im Schatz wühlen sah. Er bemerkte eine kleine Gestalt, die an Raistlins Ärmel hing. Bupu! Tanis stürzte sich auf sie und erschreckte die Gossenzwergin fast zu Tode. Mit einem angstvollen Aufschrei wich sie zurück.

»Wir müssen hier raus!« brüllte Tanis. Er bekam Raistlins Gewand zu fassen. »Hör auf zu plündern und bring diesen Gossenzwerg dazu, uns den Weg nach draußen zu zeigen, oder du wirst durch meine Hand sterben!«

Raistlins schmale Lippen kräuselten sich zu einem geisterhaften Lächeln, als Tanis ihn gegen den Altar schleuderte. Bupu kreischte: »Komm! Wir gehen! Ich weiß Weg!«

»Raist«, bettelte Caramon, »du kannst es nicht finden! Du wirst sterben, wenn wir nicht verschwinden!«

»Na gut«, schnarrte der Magier. Er nahm den Stab des Magus vom Altarsockel, stand auf und ergriff den Arm seines Bruders. »Bupu, zeige uns den Weg«, befahl er.

»Raistlin, laß deinen Stab leuchten, damit wir dir folgen können«, sagte Tanis. »Ich werde die anderen suchen.«

»Dort drüben«, sagte Caramon grimmig. »Du wirst bei dem Barbaren Hilfe brauchen.«

Tanis warf schützend seinen Arm über das Gesicht, als noch mehr Steine herunterfielen, dann sprang er über den Schutt. Er fand Flußwind zusammengebrochen an der Stelle, wo Goldmond gestanden hatte. Goldmond war von den Flammen völlig verzehrt worden. Nur noch ein Stück geschwärzten Steines war übriggeblieben.

»Lebt er?« schrie Tanis.

»Ja!« antwortete Tolpan, seine Stimme klang schrill. »Aber er rührt sich nicht!«

»Ich kümmere mich um ihn«, sagte Tanis. »Folgt den anderen. Wir kommen gleich nach. Geht schon!«

Tolpan zögerte, aber Flint legte nach einem kurzen Blick auf Tanis seinen Arm um den Kender. Schluchzend drehte sich Tolpan um und begann mit dem Zwerg durch den Schutt zu laufen.

Tanis kniete sich neben Flußwind, dann sah der Halb-Elf auf, als Sturm aus der Düsterheit auftauchte. »Geh schon«, sagte Tanis. »Du mußt das Kommando übernehmen!«

Sturm zögerte. Eine Säule stürzte neben ihnen ein und überschüttete sie mit Staub. Tanis warf sich auf Flußwind. »Geh schon!« schrie er den Ritter an. »Du bist jetzt verantwortlich!« Sturm holte tief Luft, legte eine Hand kurz auf Tanis' Schulter und rannte dann auf das Licht von Raistlins Stab zu.

Der Ritter fand die anderen in einem engen Flur zusammengekauert. Die gewölbte Decke über ihnen schien noch zu halten, aber wie lange noch. Der Boden unter ihren Füßen erzitterte, und kleine Rinnsale begannen durch neue Spalten in den Wänden zu tröpfeln.

»Wo ist Tanis?« fragte Caramon.

»Er kommt gleich«, antwortete Sturm barsch. »Wir warten... wenigstens ein paar Minuten.« Er sagte nicht, daß er sogar bis in den Tod warten würde.

Wieder krachte es ohrenbetäubend. Wasser strömte aus der Wand und überflutete den Boden. Sturm wollte gerade die anderen hinausbeordern, als eine Gestalt im berstenden Türrahmen erschien. Es war Flußwind, in seinen Armen Tanis.

»Was ist geschehen?« Sturms Kehle war wie zugeschnürt. »Er ist doch nicht...«

»Er war bei mir«, sagte Flußwind leise. »Ich sagte ihm, er solle gehen. Ich wollte sterben – dort bei ihr. Dann – eine Steinplatte. Er hat sie nicht gesehen...«

»Ich trage ihn«, sagte Caramon.

»Nein!« Flußwind funkelte den Krieger wütend an. Seine Arme umfaßten Tanis' Körper noch einen Deut fester. »Ich trage ihn. Wir müssen gehen.«

»Ja! Diesen Weg! Wir gehen!« drängte die Gossenzwergin. Sie führte sie aus der Stadt hinaus, die ein zweites Mal ausgelöscht wurde. Sie traten aus der Drachenhöhle auf den großen Platz, der überschwemmt wurde, als das Neumeer in die sich öffnende Höhle brach. Die Gefährten wateten durch das Wasser und hielten sich gegenseitig fest, um nicht von der Strömung weggerissen zu werden. Überall heulten Gossenzwerge in einem Zustand wilder Verwirrung, einige kämpften gegen die Strömung an, andere versuchten, auf die obersten Stockwerke der vibrierenden Gebäude zu klettern, während wieder andere auf den Straßen davonjagten.

Sturm hatte nur einen Weg nach draußen im Sinn. »Nach Osten!« schrie er und zeigte auf die breite Straße, die zum Wasserfall führte. Er sah ängstlich auf Flußwind. Der verwirrte Barbar schien das Chaos nicht zu bemerken. Tanis war ohnmächtig – vielleicht tot. Angst ließ Sturms Blut gefrieren, aber er zwang sich, alle Gefühlsregungen zu unterdrücken. Der Ritter rannte nach vorne und holte die Zwillinge ein.

»Unsere einzige Chance ist der Aufzug!« gellte er.

Caramon nickte langsam. »Das bedeutet Kampf.«

»Ja, verdammt noch mal!« sagte Sturm wütend und stellte sich die Drakonier vor, wie sie versuchten, diese heimgesuchte Stadt zu verlassen. »Es *wird* einen Kampf geben! Hast du einen besseren Vorschlag?«

Caramon schüttelte den Kopf.

An einer Straßenecke wartete Sturm, um die Gruppe zu lenken. Er spähte durch den Staub und Nebel und erkannte den Aufzug vor ihnen. Er war, wie er vorausgesehen hatte, von einer ganzen Horde Drakonier belagert. Sie mußten schnell handeln, um die Kreaturen zu überrumpeln. Der Kender huschte vorbei und wurde von dem Ritter festgehalten.

»Tolpan!« schrie er. »Wir fahren mit dem Aufzug hoch!«

Tolpan nickte verstehend, dann zog er eine Grimasse, mit der er offensichtlich einen Drakonier imitieren wollte, und machte eine aufschlitzende Handbewegung an seiner Kehle.

»Wenn wir näher dran sind«, rief Sturm, »schleichst du dich dahin, wo du den absteigenden Topf sehen kannst. Wenn er fast unten ist, gibst du mir ein Zeichen. Sobald er den Boden erreicht hat, greifen wir an!«

Tolpans Zopf tanzte auf und ab.

»Sag es Flint!« Sturms Stimme war vom Schreien heiser geworden. Tolpan nickte wieder und rannte los, um den Zwerg zu finden. Sturm streckte seinen schmerzenden Rücken, seufzte und lief weiter die Straße runter. Er konnte jetzt mehr als zwei Dutzend Drakonier erkennen, die sich im Hof versammelt hatten und auf den Topf warteten, der sie in Sicherheit bringen sollte. Der Ritter stellte sich das Chaos oben auf dem Berg vor – wütende Drakonier, die die panischen Gossenzwerge auspeitschten und antrieben und in den Topf zwangen. Er hoffte, daß die Verwirrung noch eine Weile anhalten würde.

Sturm sah Raistlin mit Caramon im Dunkel am Rande des Platzes stehen. Er trat zu ihnen und schrak nervös zusammen, als eine Steinplatte hinter ihnen herunterfiel. Flußwind stolperte aus dem Nebel und Staub, und der Ritter wollte ihm zu Hilfe kommen, aber der Barbar blickte den Ritter an, als ob er ihn noch nie zuvor in seinem Leben gesehen hätte.

»Bring Tanis hierher«, sagte Sturm. »Du kannst ihn hier hinlegen und selbst einen Moment ausruhen. Wir werden mit dem Aufzug hochfahren, und wir haben einen Kampf vor uns. Warte hier. Wenn wir Zeichen...«

»Tue, was du tun mußt«, unterbrach ihn Flußwind kalt. Er legte Tanis sanft auf den Boden, ließ sich neben ihn fallen und vergrub sein Gesicht in seinen Händen.

Sturm zögerte. Er wollte sich zu Tanis niederknien, als Flint ihn erreichte.

»Mach weiter. Ich kümmere mich um ihn«, bot der Zwerg an.

Sturm nickte dankbar. Er sah Tolpan über den Hof in einen Türeingang flitzen. Dann sah er zum Aufzug. Die Drakonier schrien und fluchten in den Nebel hinein, als ob sie so die Abfahrt des Topfes beschleunigen könnten.

Flint stieß Sturm in die Rippen. »Wie sollen wir denn die alle bekämpfen?« rief er.

»Nicht *wir*. Du wirst hier bei Flußwind und Tanis bleiben«, sagte Sturm. »Caramon und ich kommen damit schon klar«, fügte er hinzu und wünschte, er könnte selber daran glauben.

»Und ich«, flüsterte Raistlin. »Ich habe immer noch meine Magie.« Der Ritter antwortete nicht. Er mißtraute der Magie und er mißtraute Raistlin. Dennoch hatte er keine Wahl – Caramon würde nicht ohne seinen Bruder an der Seite in die Schlacht ziehen. Sturm zupfte an seinem Schnurrbart und lockerte unruhig sein Schwert. Caramon spannte seine Arme an, preßte die Hände zusammen und lockerte sie wieder. Raistlin war mit geschlossenen Augen in Konzentrationsübungen versunken. Bupu, die sich in einer Nische an der Wand hinter ihm versteckte, beobachtete alles mit weit aufgerissenen, verängstigten Augen.

Der Topf erschien, an seinen Seiten hingen Gossenzwerge. Wie Sturm gehofft hatte, begannen die Drakonier sich gegenseitig zu bekämpfen, keiner wollte zurückbleiben. Ihre Panik wuchs, als der Pflastersteinboden vor ihnen aufsprang und Wasser aus den riesigen Spalten sprudelte. Die Stadt Xak Tsaroth würde bald am Grund des Neumeers liegen.

Als der Topf den Boden berührte, sprangen die Gossenzwerge ab und flohen. Die Drakonier stiegen in den Topf, sich gegenseitig schlagend und stoßend.

»Jetzt!« gellte der Ritter.

»Aus dem Weg!« zischte der Magier. Er holte eine Handvoll Sand aus seinem Beutel, streute ihn auf den Boden und flüsterte: *»Ast tasark sinuralan krynaw.«* Dazu bewegte er seine rechte Hand in einem auf die Drakonier gerichteten Bogen. Einige von ihnen blinzelten und fielen schlafend um, während andere verhielten und sich beunruhigt umblickten. Der Magier versteckte sich im Türeingang, und da die Drakonier nichts bemerkten, wandten sie sich wieder dem Topf zu, dabei in hektischer Eile auf die Körper ihrer schlafenden Kameraden tretend. Raistlin lehnte sich gegen die Wand und schloß erschöpft seine Augen.

»Wie viele?« fragte er.

»Nur sechs.« Caramon zog sein Schwert aus der Scheide.

»Laßt uns endlich zu dem verdammten Topf gehen!« schrie Sturm. »Wir kommen zurück und holen Tanis, wenn der Kampf vorbei ist.«

Vom Nebel gedeckt, erreichten die zwei Kämpfer mit gezogenem Schwert schnell die Drakonier, Raistlin stolperte hinterher. Sturm stieß seinen Schlachtruf aus, der die Drakonier alarmiert herumwirbeln ließ.

Und Flußwind hob den Kopf.

Die Schlachtgeräusche bohrten sich in sein verzweifeltes Herz. Der Barbar sah Goldmond vor sich in der blauen Flamme sterben. Der totenähnliche Ausdruck verlor sich aus seinem Gesicht und wurde durch eine Wildheit ersetzt, so tierisch und schrecklich, daß Bupu, die sich immer noch in der Tür versteckt hielt, vor Bestürzung aufschrie. Flußwind sprang auf die Füße. Er zog nicht einmal sein Schwert, sondern stürmte unbewaffnet nach vorn. Er brach in die Reihen der sich raufenden Drakonier ein wie ein hungriger Panther und begann zu töten. Er tötete mit bloßen Händen, drehend, würgend, Augen ausdrückend. Drakonier stachen mit ihren Schwertern nach ihm, seine Ledertunika war bald mit Blut durchtränkt. Trotzdem hörte er nicht auf, um sich zu schlagen, zu töten. Sein Gesicht war das eines Wahnsinnigen. Die Drakonier sahen in Flußwinds Augen den Tod, und sie sahen auch, daß ihre Waffen keine Wirkung hatten. Einer nach dem anderen ergriff die Flucht.

Sturm, der gerade einen Gegner besiegt hatte, sah grimmig und erwartungsvoll auf, sechs weitere Drakonier vorzufinden. Statt dessen sah er den Feind, um sein Leben rennend, im Nebel verschwinden. Flußwind brach blutüberströmt auf dem Boden zusammen.

»Der Aufzug!« Der Magier zeigte nach oben. Der Topf schwebte einen halben Meter über dem Boden und begann, sich nach oben zu bewegen. Im anderen Topf waren Gossenzwerge.

»Halte ihn auf!« schrie Sturm. Tolpan rannte aus seinem Versteck und machte einen Satz auf den Rand zu. Er bekam ihn zu fassen, klammerte sich fest, seine Füße zappelten, und er versuchte verzweifelt, den leeren Topf am Hochsteigen zu hindern. »Caramon! Häng dich dran!« befahl Sturm. »Ich hole Tanis!«

»Ich kann ihn nicht lange halten.« Der schwere Mann ächzte, griff über den Rand des Topfes und grub seine Füße in den Boden. Es gelang ihm, den Aufzug zum Stillstand zu bringen. Tolpan kletterte hinein und hoffte, daß sein kleiner Körper zusätzlich Gewicht machen würde.

Sturm rannte zum Halb-Elf. Flint war an Tanis' Seite, die Axt in seinen Händen.

»Er lebt!« rief der Zwerg, als der Ritter ankam.

Sturm hielt einen Moment inne, um irgendeinem Gott zu danken, dann hoben er und Flint den ohnmächtigen Halb-Elf auf und trugen ihn zum Topf. Sie legten ihn hinein und wandten sich dann Flußwind zu. Zu viert schafften sie es, Flußwinds blutigen Körper in den Topf zu wuchten. Tolpan versuchte, die Blutungen mit einem Taschentuch zu stillen – ohne Erfolg.

»Beeilt euch!« keuchte Caramon. Trotz seiner Anstrengungen bewegte sich der Topf langsam nach oben.

»Steig ein!« befahl Sturm Raistlin.

Der Magier blickte ihn kalt an und rannte in den Nebel zurück. Kurz darauf erschien er wieder. In seinen Armen trug er Bupu. Der Ritter griff die zitternde Gossenzwergin und warf sie in den Topf. Bupu verkroch sich wimmernd auf dem Boden und hielt ihren Sack fest umklammert. Raistlin kletterte über den Topfrand. Der Topf stieg weiter; Caramons Arme waren fast ausgekugelt.

»Steig ein«, befahl Sturm Caramon. Wie gewöhnlich war der Ritter der letzte, der das Schlachtfeld verlassen wollte. Caramon wußte, daß es keinen Sinn hatte, mit ihm zu streiten. Er hievte sich nach oben und brachte den Topf dabei in eine gefährliche Seitenlage. Flint und Raistlin zogen ihn hinein. Jetzt, da Caramon den Topf nicht mehr festhielt, stieg er rasch auf. Sturm hatte sich mit beiden Händen außen festgeklammert. Nach zwei oder drei vergeblichen Versuchen gelang es ihm, ein Bein über den Rand zu schwingen und mit Caramons Hilfe hineinzuklettern.

Der Ritter kniete sich neben Tanis und stellte erleichtert fest, daß sich der Halb-Elf stöhnend bewegte. Sturm zog ihn vorsichtig an sich. »Du kannst dir gar nicht vorstellen, wie froh ich bin, daß du wieder da bist!« sagte der Ritter mit heiserer Stimme.

»Flußwind…«, murmelte Tanis benommen.

»Er ist hier. Er hat dein Leben gerettet. Er hat uns allen das Leben gerettet.« Sturm sprach schnell, fast unzusammenhängend. »Wir sind im Aufzug und fahren nach oben. Die Stadt ist zerstört. Wo bist du verletzt?«

»Gebrochene Rippen, glaube ich.« Tanis, vor Schmerzen wimmernd, sah zu Flußwind, der trotz seiner Wunden bei Bewußtsein war. »Armer Mann«, sagte Tanis leise. »Goldmond. Ich sah sie sterben, Sturm. Ich konnte nichts tun.«

Sturm half dem Halb-Elf auf die Füße. »Wir haben die Scheiben«, sagte der Ritter mit fester Stimme. »Sie wollte es so, dafür hat sie ihr Leben gegeben. Sie sind bei meiner Ausrüstung. Bist du sicher, daß du stehen kannst?«

»Ja«, antwortete Tanis. »Wir haben die Scheiben, was auch immer sie uns bringen werden.«

Sie wurden von schrillen Schreien unterbrochen, als der zweite Topf mit Gossenzwergen an ihnen vorbeikam. Die Gossenzwerge schüttelten die Fäuste und verfluchten die Gefährten. Bupu lachte, dann stand sie auf und sah Raistlin besorgt an. Der Magier lehnte an der Topfwand, seine Lippen bewegten sich stumm, um einen anderen Zauber herbeizurufen.

Sturm spähte nach oben durch den Nebel. »Ich frage mich, wie viele oben sein werden«, fragte er.

Tanis folgte seinem Blick. »Ich hoffe, die meisten sind geflohen«, sagte er. Er hielt den Atem an und faßte an seine Rippen.

Plötzlich gab es einen Stoß. Der Topf fiel ein Stück nach unten, hielt mit einem Ruck an und begann dann langsam wieder zu steigen. Die Gefährten sahen sich beunruhigt an.

»Der Mechanismus...«

»...bricht entweder zusammen, oder die Drakonier haben uns erkannt und versuchen, ihn zu zerstören«, sagte Tanis.

»Wir können nichts machen«, sagte Sturm bitter. Er starrte auf den Rucksack mit den Scheiben zu seinen Füßen. »Außer zu den Göttern zu beten...«

Der Topf ruckte und fiel wieder. Einen Moment lang hing er schwebend im Nebel. Dann hob er sich von neuem langsam und zitternd. Die Gefährten konnten den Rand des Felsenriffs und die Öffnung erkennen. Quietschend, Zentimeter für Zentimeter, stieg der Topf nach oben. Die Gefährten unterstützten geistig jedes Glied der Kette, das sie nach oben trug, zu...

»Drakonier!« kreischte Tolpan.

Zwei der Kreaturen starrten auf sie herab. Tanis sah, wie sie sich zum Sprung vorbereiteten.

»Sie wollen springen! Der Topf wird das nicht aushalten!« knurrte Flint. »Wir werden zerschmettern!«

»Das könnte ihre Absicht sein«, sagte Tanis. »*Sie* haben Flügel.«

»Tretet zurück«, sagte Raistlin, der sich taumelnd erhob.

»Raist, nicht!« Sein Bruder hielt ihn fest. »Du bist zu geschwächt.«

»Ich habe noch Kraft für einen Zauber«, flüsterte der Magier. »Aber vielleicht geht es nicht. Wenn sie sehen, daß ich ein Magier bin, könnten sie vielleicht widerstehen.«

»Versteck dich hinter Caramons Schild«, sagte Tanis schnell. Der Krieger stellte sich mit seinem Schild vor seinen Bruder.

Der Nebel wurde so dicht, daß die Drakonier sie nicht erkennen konnten, aber sie auch nicht die Drakonier. Der Topf stieg im Schneckentempo nach oben, die Kette quietschte und ruckte. Raistlin stand hinter Caramons Schild, seine seltsamen Augen waren starr. Er wartete, daß sich der Nebel lüften würde.

Tanis spürte einen kühlen Luftzug an seiner Wange. Eine Brise wirbelte den Nebel für einen Moment auseinander. Die Drakonier waren nun so nahe, daß sie sich fast berühren konnten. Einer breitete seine Flügel aus und schwebte mit einem Schwert in der Klaue und triumphierend kreischend auf den Topf zu.

Raistlin sprach. Caramon bewegte sein Schild, und der Magier spreizte seine dünnen Finger. Eine weiße Kugel schoß aus seinen Händen und traf den Drakonier mitten an der Brust. Die Kugel explodierte und überzog die Kreatur mit einem klebrigen Gewebe. Sein Triumphgeschrei verwandelte sich in ein entsetztes Kreischen, als das Gewebe auf seine Flügel überwuchs. Er stürzte in den Nebel, sein Körper schlug beim Fall gegen den Rand des Eisentopfes.

»Da ist immer noch einer!« keuchte Raistlin und sank auf die Knie. »Hilf mir, Caramon, hilf mir, daß ich nicht umfalle!« Der Magier begann heftig zu husten, Blut tröpfelte aus seinem Mund.

»Raist!« flehte sein Bruder, ließ den Schild fallen und fing seinen halb ohnmächtigen Bruder auf. »Hör auf! Du kannst nichts mehr tun. Du bringst dich um!«

Ein befehlender Blick genügte. Der Kämpfer stützte seinen Bruder, als der Zauberer wieder etwas in der unheimlichen Sprache der Magie murmelte.

Der übriggebliebene Drakonier zögerte. Immer noch hörte er die Schreie seines fallenden Kameraden. Er wußte, daß der Mensch ein Magier war. Er wußte auch, daß er Magie widerstehen konnte. Aber er war noch nie auf solch einen menschlichen Magier gestoßen. Der Körper dieses Menschen schien praktisch zu Tode geschwächt zu sein, aber er war von einer starken Aura der Macht umgeben.

Der Magier hob die Hand und zeigte auf die Kreatur. Der Drakonier warf einen letzten bösartigen Blick auf die Gefährten, dann drehte er sich um und floh. Raistlin lag ohnmächtig in den Armen seines Bruders, als der Topf seine Reise zur Oberfläche beendete.

Bupus Geschenk
Ein verhängnisvoller Anblick

Gerade als sie Flußwind aus dem Topf gezogen hatten, erschütterte ein heftiges Beben den Boden der Ahnenhalle. Die Gefährten, mit Flußwind im Schlepptau, krochen zurück, als der Boden aufriß und das große Rad und seine Eisentöpfe in den Nebel hinabgezogen wurden.

»Dieser ganze Ort stürzt zusammen!« schrie Caramon entsetzt, während er seinen Bruder in den Armen hielt.

»Lauft! Zurück zum Tempel von Mishakal.« Tanis keuchte vor Schmerzen.

»Wieder den Göttern vertrauen, häh?« sagte Flint.

Sturm ergriff Flußwinds Arm, um ihn hochzuheben, aber der Barbar schüttelte den Kopf und schob ihn beiseite. »Meine Verletzungen sind nicht so schlimm. Ich schaffe es schon. Laß mich.« Er blieb auf dem vibrierenden Boden liegen. Tanis sah fragend zu Sturm. Der Ritter zuckte die Achseln. Für die solamnischen Ritter war es edel und ehrenhaft, Hand an sich zu legen. Die Elfen hingegen hielten es für Gotteslästerung.

Der Halb-Elf faßte den Barbaren an seinen langen dunklen Haaren und zog seinen Kopf zurück, so daß der erstaunte Mann gezwungen war, in Tanis' Augen zu schauen. »Gut so. Bleib liegen und stirb!« sagte Tanis mit zusammengepreßten Zähnen. »Beschäme ruhig deinen Häuptling! Sie zumindest hatte den Mut zu kämpfen!«

Flußwinds Augen glühten. Er packte Tanis am Handgelenk und schleuderte den Halb-Elf mit solch einer Kraft von sich, daß dieser gegen eine Mauer stolperte und vor Schmerzen aufschrie. Der Barbar erhob sich und starrte Tanis haßerfüllt an. Dann drehte er sich um und taumelte mit gebeugtem Kopf in den bebenden Korridor.

Sturm half Tanis auf die Beine, dem Halb-Elf schwindelte vor Schmerzen. Sie folgten den anderen so schnell sie konnten. Der Boden neigte sich. Als Sturm ausrutschte, fielen sie gegen eine Wand. Ein Sarkophag polterte in den Gang und verschüttete seinen schauerlichen Inhalt. Ein Schädel rollte über Tanis' Füße und erschreckte den Halb-Elf dermaßen, daß er auf die Knie fiel. Er fürchtete, vor Schmerzen ohnmächtig zu werden.

»Geh«, versuchte er Sturm zu sagen, aber er brachte keinen Ton hervor. Der Ritter hob ihn hoch, und gemeinsam schlepppten sie sich durch den staubverhangenen Korridor. Am Fuß der Stufen, dem sogenannten Pfad der Toten, wartete Tolpan auf sie.

»Die anderen?« keuchte Sturm und hustete den Staub ein.

»Sind bereits im Tempel«, sagte Tolpan. »Caramon sagte mir, ich solle auf euch warten. Flint meint, der Tempel ist sicher, ein Werk der Zwerge, wißt ihr. Raistlin ist wieder bei Bewußtsein. Er sagt auch, daß es sicher ist. Flußwind ist da. Er hat mich angesehen. Ich glaube, er hätte mich am liebsten getötet! Aber er ging die Stufen hoch…«

»In Ordnung!« sagte Tanis, um den Redefluß zu stoppen. »Genug! Laß mich los, Sturm. Ich muß mich einen Moment ausruhen, oder ich sterbe. Nimm Tolpan mit. Wir treffen uns oben. Geht schon, verdammt!«

Sturm packte Tolpan am Kragen und zog ihn die Stufen hoch. Tanis sank zurück. Schweiß ließ ihn frösteln; jeder Atemzug war eine Qual. Plötzlich stürzte der restliche Boden in der Ahnenhalle mit einem lauten, krachenden Geräusch zusammen. Der Tempel von Mishakal bebte. Tanis stolperte hoch, dann hielt er einen Moment inne. Schwach hinter sich konnte er nun das tiefe donnernde Grollen von Wassermassen hören. Das Neumeer hatte Xak Tsaroth endgültig erobert. Die zerstörte Stadt war nun begraben.

Tanis trat langsam von der Treppe in den kreisförmigen Raum. Der Aufstieg war ein Alptraum gewesen, jeder Schritt ein Wunder. Die Kammer war still, das einzige Geräusch kam vom schweren Atmen seiner Freunde, die es bis hierher geschafft hatten und zusammengebrochen waren. Auch er war am Ende seiner Kraft.

Der Halb-Elf sah sich um, um sich zu vergewissern, daß es den anderen gut ging. Sturm hatte den Rucksack mit den Scheiben abgestellt und war gegen eine Wand gesackt. Raistlin lag auf einer Bank, seine Augen waren geschlossen, sein Atem ging schnell und flach. Natürlich saß Caramon neben ihm, sein Gesicht vor Sorge verdüstert. Tolpan hockte an der Säule und sah nach oben. Flint lehnte gegen eine Tür, zu erschöpft, um zu schimpfen.

»Wo ist Flußwind?« fragte Tanis. Er sah Caramon und Sturm Blicke austauschen, dann senkten sie ihre Augen. Tanis taumelte weiter, Zorn ließ ihn die Schmerzen vergessen. Sturm erhob sich und stellte sich ihm in den Weg.

»Es ist seine Entscheidung, Tanis. Es ist die Art seines Volkes, so wie mein Volk seine eigene Art hat.«

»Geh mir aus dem Weg«, sagte Tanis mit zitternder Stimme. Flint sah auf; Gram und Kummer und Leid, die sich im Gesicht des Zwergs im Laufe von mehr als hundert Jahren eingegraben hatten, ließen seinen finsteren Blick weicher erscheinen. Tanis erblickte in Flints Augen jene Weisheit, die ihn, einen unglücklichen Jungen, zur Hälfte Mensch und zur Hälfte Elf, zu einer seltsamen und beständigen Freundschaft mit einem Zwerg bewegt hatte.

»Setz dich hin, Junge«, sagte Flint sanft, als ob auch er sich an die Anfänge ihrer Freundschaft erinnerte. »Wenn dein Elfenverstand nicht begreifen kann, dann höre einmal auf dein Menschenherz.«

Tanis schloß die Augen, Tränen hingen an seinen Wimpern. Dann hörte er aus dem Tempel einen Aufschrei – Flußwind. Tanis stieß den Zwerg zur Seite und riß die riesigen goldenen Türen auf. Seinen Schmerz ignorierend, eilte er mit Riesenschritten zur nächsten Tür und betrat die Kammer von Mishakal. Wieder hatte er das Gefühl von Frieden und Ruhe, aber jetzt verstärkten diese Gefühle seinen Zorn auf das, was geschehen war.

»Ich kann nicht an euch glauben!« schrie Tanis. »Was für Götter seid ihr, daß ihr immer wieder Opfer wollt? Ihr seid dieselben Götter, die die Umwälzung über die Menschen gebracht habt. Nun gut – ihr seid mächtig! Aber jetzt laßt uns in Ruhe. Wir brauchen euch nicht!« Der Halb-Elf weinte. Durch seine Tränen konnte er sehen, daß Flußwind mit einem Schwert in der Hand vor der Statue kniete. Tanis stolperte nach vorn, in der Hoffnung, den Akt der Selbstzerstörung zu verhindern. Er umrundete den Sockel der Statue und hielt wie erstarrt inne. Eine Minute lang weigerte er sich, zu glauben, was er sah; vielleicht spielten die Trauer und der Schmerz ihm etwas vor. Er hob seine Augen zu dem schönen ruhigen Gesicht der Statue und beruhigte seine verwirrten Sinne. Dann sah er wieder nach unten.

Dort lag Goldmond, schlafend, ihre Brust hob und senkte sich mit dem Rhythmus ihres ruhigen Atems. Der Stab war wieder Teil der Marmorstatue, aber Tanis sah nun, daß Goldmond um ihren Hals jenes Amulett trug, das einst die Statue geschmückt hatte.

»Jetzt bin ich eine wirkliche Klerikerin«, sagte Goldmond leise. »Ich bin eine Jüngerin von Mishakal, und ich habe die Kraft meines Glaubens, obwohl ich noch viel lernen muß. Vor allem bin ich jedoch eine Heilerin. Ich bringe das Geschenk der Heilkunst zurück.«

Sie streckte ihre Hand aus und berührte Tanis an der Stirn und flüsterte ein Gebet zu Mishakal. Der Halb-Elf spürte Frieden und Kraft durch seinen Körper fließen, die seinen Geist klärten und seine Wunden heilten.

»Jetzt haben wir also eine Klerikerin«, sagte Flint, »das ist gar nicht so übel. Aber nach allem, was wir erfahren haben, ist auch dieser Lord Verminaard ein Kleriker und zudem ein sehr mächtiger. Wir haben wohl die uralten guten Götter gefunden, aber er hat die uralten bösen Götter ein wenig schneller gefunden. Mir ist nicht klar, wie uns diese Scheiben eigentlich gegen Horden von Drachen helfen sollen.«

»Du hast recht«, erwiderte Goldmond. »Ich bin kein Kämpfer. Ich bin ein Heiler. Ich habe nicht die Macht, die Völker unserer Welt zu vereinen, um das Böse zu bekämpfen und das Gleichgewicht wiederherzustellen. Meine Pflicht ist es, die Person zu *finden,* die die Stärke und die Weisheit für diese Aufgabe hat. Ihr werde ich die Scheiben von Mishakal übergeben.«

Die Gefährten blieben lange Zeit schweigsam. Dann...

»Wir müssen hier verschwinden, Tanis«, zischte Raistlin aus dem Schatten des Tempels, in dem er stand und von wo aus er durch die Tür in den Hof starrte. »Hört doch.«

Hörner. Sie alle konnten das schrille Schmettern unzähliger Hörner hören, vom Nordwind an ihre Ohren getragen.

»Die Armeen«, sagte Tanis leise. »Der Krieg hat begonnen.«

Die Gefährten flohen im Zwielicht aus dem, was einmal Xak Tsaroth gewesen war. Sie marschierten gen Westen, auf das

Gebirge zu. Die Luft war eisigkalt. Totes, vom Wind getragenes Laub blies in ihre Gesichter. Sie hatten sich entschlossen, nach Solace zu gehen, um ihre Vorräte aufzufrischen und Informationen zu sammeln, um sich dann zu entscheiden, wo sie einen Führer suchen sollten. Tanis hörte schon die kommenden Streitereien. Sturm sprach bereits von Solamnia, Goldmond erwähnte Haven, während Tanis selbst dachte, daß die Scheiben von Mishakal am sichersten im Elfenkönigreich aufgehoben wären.

Vage Pläne diskutierend, marschierten sie bis spät in die Nacht weiter. Sie begegneten keinen Drakoniern und vermuteten, daß jene, die aus Xak Tsaroth entkommen konnten, in den Norden gewandert waren, um sich dort mit den Armeen von Lord Verminaard, dem Drachenfürsten, zu verbünden. Der silberne Mond ging auf, dann der rote. Die Gefährten kletterten immer höher, der Klang der Hörner ließ sie ihre tiefe Erschöpfung vergessen. Auf dem Gipfel des Gebirges schlugen sie ihr Lager auf. Nach einer freudlosen Mahlzeit – sie hatten nicht gewagt, ein Feuer anzuzünden –, bestimmten sie die Wachen und legten sich schlafen.

Raistlin wurde in der kalten grauen Stunde vor der Morgendämmerung wach. Er hatte etwas gehört. Hatte er geträumt? Nein, da war es schon wieder – jemand weinte. Goldmond, dachte der Magier irritiert und wollte sich wieder hinlegen. Dann sah er Bupu, die wie ein Häuflein Elend zusammengekauert dasaß und in ein Tuch schluchzte.

Raistlin sah sich um. Alle schliefen, außer Flint, der an der anderen Seite des Lagers Wache hielt. Der Zwerg hatte offensichtlich nichts gehört, und er sah auch nicht in Raistlins Richtung. Der Magier erhob sich und schlich sich leise zur Gossenzwergin. Er kniete sich neben sie und legte seine Hand auf ihre Schulter.

»Was ist los, Kleine?«

Bupu rollte sich herum, um ihn anzusehen. Ihre Augen waren rot, ihre Nase geschwollen. Tränen liefen über ihr schmutziges

Gesicht. Sie schniefte und wischte mit der Hand über die Nase. »Dich nicht verlassen. Mit dir gehen«, sagte sie gebrochen, »aber – oh – ich mein Volk vermissen.« Schluchzend vergrub sie ihr Gesicht in den Händen.

Ein Blick unendlicher Zärtlichkeit erschien in Raistlins Gesicht, ein Blick, den niemand in seiner Welt je sehen würde. Er streckte seine Hand aus und streichelte Bupus borstiges Haar. Er kannte das Gefühl der Schwäche und wußte, wie es war, wenn man der Gegenstand von Spott und Mitleid war.

»Bupu«, sagte er, »du bist mir eine gute und wahre Freundin gewesen. Du hast mein Leben gerettet und das Leben derer, die mir etwas bedeuten. Jetzt wirst du zum letzten Mal etwas für mich tun, Kleine. Geh zurück. Ich muß auf Straßen reisen, die dunkel und gefährlich sind, bevor meine lange Reise beendet ist. Ich kann dich nicht bitten, mit mir zu kommen.«

Bupu hob ihren Kopf, ihre Augen strahlten. Dann fiel ein Schatten über ihr Gesicht. »Aber du unglücklich ohne mich.«

»Nein«, sagte Raistlin lächelnd. »Mein Glück wird in dem Wissen liegen, daß du in Sicherheit bei deinem Volk bist.«

»Meinst du?« fragte Bupu besorgt.

»Das meine ich wirklich«, antwortete Raistlin.

»Dann ich gehe.« Bupu erhob sich. »Aber zuerst du nimmst Geschenk.« Sie begann in ihrem Sack zu wühlen.

»Nein, Kleine.« Raistlin erinnerte sich an die tote Echse. »Das ist nicht nötig...« Die Worte blieben ihm im Hals stecken, als er sah, was Bupu aus ihrem Sack herausholte – ein Buch! Er blickte verwundert drein, als das blasse Licht des eisigen Morgen auf die silbernen Runen eines nachtblauen Ledereinbandes fiel.

Raistlin streckte eine zitternde Hand aus. »Das Zauberbuch von Fistandantilus!« keuchte er.

»Magst du?« fragte Bupu schüchtern.

»Ja, Kleine!« Raistlin nahm den wertvollen Gegenstand in seine Hände und hielt ihn liebevoll fest und streichelte das Leder. »Wo...«

»Ich nehme vom Drachen«, antwortete Bupu, »als blaues

Licht schien. Ich freue mich, es gefällt dir. Jetzt gehe ich. Finde Großbulp Phudge I, den Großen.« Sie schwang ihren Sack über die Schulter. Dann verhielt sie und wandte sich um. »Der Husten – du sicher, willst du nicht Echsenkur?«

»Nein, danke, Kleine«, sagte Raistlin und erhob sich.

Bupu sah ihn traurig an, dann – mit großem Mut – nahm sie seine Hand und küßte sie. Sie drehte sich mit gesenktem Kopf um und schluchzte bitterlich.

Raistlin trat zu ihr. Er legte seine Hand auf ihre Stirn. Wenn ich überhaupt irgendeine Macht habe, Allmächtiger, sagte er zu sich, eine Macht, die sich mir noch nicht gezeigt hat, dann sorge dafür, daß diese Kleine sicher und glücklich durchs Leben geht.

»Lebwohl, Bupu«, sagte er leise.

Sie starrte ihn mit großen bewundernden Augen an, dann wandte sie sich um und rannte fort, so schnell ihre Füße sie tragen konnten.

»Was war denn los?« fragte Flint, der von der anderen Seite des Lagers angestapft kam. »Oh«, fügte er hinzu, als er Bupu laufen sah. »So bist du also dein Tierchen losgeworden.«

Raistlin antwortete nicht, sondern blickte Flint nur mit einer Bösartigkeit an, die den Zwerg schaudern ließ.

Der Magier hielt das Zauberbuch in seinen Händen und sah es bewundernd an. Er sehnte sich danach, es zu öffnen und in seinen Schätzen zu stöbern, aber er wußte, daß Wochen des Studiums vor ihm lagen, bevor er die neuen Zaubersprüche verstehen würde, geschweige, sie sich anzueignen. Und mit den Zaubersprüchen würde mehr Macht kommen! Er seufzte ekstatisch und drückte das Buch an seine Brust. Dann verstaute er es schnell im Rucksack zu seinem eigenen Zauberbuch. Die anderen würden bald erwachen – sollten sie sich nur wundern, wie er an das Buch gekommen war.

Raistlin stand auf und blickte gen Westen, wo er seine Heimat vermutete und sich der Himmel von der frühen Morgensonne erhellte. Plötzlich versteifte er sich. Dann ließ er seinen Rucksack fallen, rannte durch das Lager und kniete sich neben den Halb-Elf.

»Tanis!« zischte Raistlin. »Wach auf!«

Tanis blinzelte und griff nach dem Dolch. »Was…«

Raistlin zeigte nach Westen.

Tanis blinzelte wieder und versuchte seine verschlafenen Augen zu öffnen. Die Aussicht von der Bergspitze war herrlich. Er konnte die hohen Bäume sehen, die in die mit Gras bewachsene Ebene übergingen. Und jenseits der Ebene, sich in den Himmel schlängelnd…

»Nein!« Tanis würgte. Er stieß den Magier an. »Nein, das kann nicht sein!«

»Doch«, flüsterte Raistlin. »Solace brennt.«